ARROW
VINGANÇA

OSCAR BALDERRAMA & LAUREN CERTO

ARROW
VINGANÇA

Tradução
Miguel Damian Ribeiro Pessoa

GRYPHUS
GEEK

Rio de Janeiro

Copyright © 2016 DC Comics
Arrow and all related characters and elements ©& ™ DC Comics and Warner Bros. Entertainment Inc.
WB SHIELD: ™ & ©WBEI. (s16)

Título original
Arrow Vengeance

Revisão
Lara Alves

Editoração Eletrônica
Rejane Megale

Capa
www.gabinetedeartes.com.br

Adequado ao novo acordo ortográfico da língua portuguesa

CIP-BRASIL. CATALOGAÇÃO-NA-FONTE
SINDICATO NACIONAL DOS EDITORES DE LIVROS, RJ
....
B147a

Balderrama, Oscar
  Arrow : vingança / Oscar Balderrama, Lauren Certo ; tradução Miguel Damian Ribeiro Pessoa. - 1. ed. - Rio de Janeiro : Gryphus, 2016.
  366 p. : il. ; 21 cm.

Tradução de: Arrow - vengeance
ISBN 978-85-8311-078-1

1. Ficção americana. I. Pessoa, Miguel Damian Ribeiro. II. Título.

16-34516   CDD: 813
                                                        CDU: 821.111(73)-3
....

GRYPHUS EDITORA
Rua Major Rubens Vaz 456 — Gávea — 22470-070
Rio de Janeiro — RJ — Tel.: +5521 2533-2508 / 2533-0952
www.gryphus.com.br — e-mail: gryphus@gryphus.com.br

1
O EXTERMINADOR

1

O PASSADO

— Outra decepção.

Slade Wilson jogou o corpo do prisioneiro para o lado, que caiu pesado e mole no chão molhado do navio cargueiro. Sangue escorria como lágrimas dos olhos do homem.

Sinal de que era um covarde, fraco demais para sobreviver.

Até mesmo na cabine grande o cargueiro era frio e úmido, muito parecido com o que haviam suportado na ilha de Lian Yu. O convés era escorregadio, traiçoeiro, mas Slade se levantou e seguiu em direção a um dos muitos piratas que estavam servindo como sua tripulação improvisada. Os homens originalmente haviam servido a outro — um médico que se chamava Anthony Ivo —, mas Slade havia conquistado a lealdade deles com uma proposta mais vantajosa.

Servi-lo ou morrer.

Homens brutais como aqueles normalmente não sentiam medo, mas sabiam o que Slade havia se tornado. Em apenas algumas horas, haviam visto um prisioneiro após o outro morrer nas mãos dele, e estavam com medo.

— Livrem-se dele! — Slade ordenava. — E me tragam outro.

Obedientemente, o pirata arrastou o corpo sem vida que estava junto aos pés de Slade, substituindo-o por outro soldado, que foi forçado a se ajoelhar. Então entregou uma bolsa de lona enrolada a Slade. Enquanto Wilson estava desenrolando lentamente a bolsa, dois dos prisioneiros mais recentes, um homem e uma mulher, observavam aterrorizados. Eles haviam conhecido a pessoa que Slade costumava ser, antes de o *mirakuru* começar a atingir a mente dele. Aquele homem havia sido bom e justo. Diferente do monstro que estava parado à frente deles agora.

A mulher, Sara Lance, havia ficado em silêncio. Ela e Oliver Queen haviam feito um plano para injetar o antídoto em Slade. Fora produzido pelo dr. Ivo para reverter os efeitos do soro mirakuru, mas o plano deles havia falhado catastroficamente e agora, sem a cura, Slade não podia ser impedido. Ele havia ido longe demais.

O prisioneiro, entretanto, endurecido pelos anos de tortura em Lian Yu, ainda não estava pronto para desistir. Continuava acreditando que poderia chegar até o amigo.

— Você não tem que fazer isso, Slade — Oliver disse calmamente.

Ignorando-o, Slade tirou uma seringa de vidro da bolsa, o líquido verde brilhando em meio às sombras do cargueiro. Aquilo era o mirakuru, um soro que havia sido dado como perdido desde a Segunda Guerra Mundial. Os que fossem dignos de suportar a tortura causada pela substância eram recompensados com habilidades além da imaginação. Força sobre-humana, sentidos aguçados, uma capacidade inerente ao corpo de se autocurar. Os japoneses consideravam o soro um milagre, e o dr. Ivo havia viajado meio mundo à procura dele.

A substância era a responsável por levar Slade Wilson à beira da loucura.

Finalmente ele respondeu a Oliver, com uma malícia fria e distante na voz.

— É claro que eu preciso, garoto — disse. — Estou conquistando um avanço para a ciência. — Slade deixou a seringa pronta e olhou fixamente para o prisioneiro aterrorizado aos seus pés.

— Por favor... Não... — O homem tentou rastejar para longe dali, com a voz aumentando até estar gritando pela própria vida. — *Pelo amor de Deus... Não!* — Mas foi em vão. Slade agarrou o braço do homem de forma brusca e se preparou para cravar a agulha na veia dele.

— Espera! — Oliver gritou. — Não, Slade, não... Espera! — Quando Slade hesitou, ele continuou. — Eu sei que você me culpa pela morte de Shado. — Evocou o único nome que ainda exercia alguma influência sobre o monstro. A menção do nome fez Slade parar por um momento. Ele olhou para Oliver, como se o estivesse vendo pela primeira vez, suas palavras pareciam um facho de luz atravessando a neblina.

— Eu me culpo — Oliver completou.

— E ele devia fazer isso mesmo. — Havia outra voz na escuridão, uma voz familiar. Uma voz que apenas Slade podia escutar. — A gente não está junto por causa dele. — Era Shado, vinda do além para encontrá-lo. Embora fosse apenas um espectro, para Slade era como se estivesse presente em carne e osso.

— Você disse uma vez que nós éramos irmãos — Oliver disse, — e agora estou implorando a você, de irmão para irmão, só me *escute*.

Slade queria escutá-lo. Lembrou-se da amizade deles. Vislumbrou momentos de um passado recente, antes do sofrimento...

— Não ouça ele — Shado interferiu. — Tudo o que ele fala é mentira!

— Eu não estaria vivo agora se não fosse você — Oliver continuou.

— *Eu* estaria viva se não fosse ele — Shado sussurrou.

— Pense em Shado — Oliver insistiu, com uma urgência crescente na voz. — Ela gostava de nós dois. Ela não iria querer isso. Ela só iria querer que nós fugíssemos de Lian Yu. Ela iria querer que esse pesadelo acabasse!

Sem soltar a seringa, Slade agarrou a própria cabeça, em agonia. Era como se a sua sanidade estivesse sendo rasgada ao meio. Em algum lugar no fundo dele, um lugar que ainda não havia sido transformado pelo mirakuru, sabia que Shado estava morta. Havia sentido os contornos delicados dela, o corpo mole e pesado em seus braços, o sangue ainda quente no lugar onde havia levado um tiro na cabeça. Ele a havia enterrado com as próprias mãos — mesmo assim ali estava ela, parada à frente dele, tão adorável quanto na primeira vez em que havia colocado os olhos nela. Sua amada.

Vê-la agora endureceu novamente o coração dele, sentiu o pesar e a mágoa frescos como na noite em que haviam surgido. Na noite em que Oliver a havia traído. Na noite em que Slade havia feito a sua promessa.

— Ele está certo — Shado disse. — Isso precisa acabar. — Slade a sentiu próxima, como se estivesse ao lado dele, sussurrando uma canção sedutora no seu ouvido, como uma sereia. — Você precisa matar ele.

Ele encarou a seringa que continha o mirakuru, finalmente cedendo aos poderes do soro, sem reservas. Era a hora de acabar com o pesar e o sofrimento. De vingar sua amada. Virando-se de costas para Oliver, Slade tirou do bolso uma máscara aterrorizante, preta e laranja, que gostava de usar quando matar se tornava inevitável.

— Acabe com isso — Shado disse, impaciente.

Ele colocou a máscara e sacou a arma. O pirata que estava segurando Oliver até então o soltou, deixando-o cair de joelhos. Oliver olhou para cima. Já havia visto a máscara antes. Sabia o que ela significava, o que estava por vir. Desesperada, Sara se esforçou sem sucesso para se libertar da pessoa que a estava segurando.

— Slade! — ela gritou. — Não!

Slade levantou a arma até a altura da cabeça de Oliver, mirando.

— Puxe o gatilho! — Shado instigou.

Oliver implorou misericórdia, ainda buscando o amigo.

— Slade!

Slade soltou um gemido de fúria enquanto a última sobra de humanidade que lhe restava sucumbia ao poder do mirakuru. Pressionou um pouco o gatilho, pronto para atirar.

KA-BUM.

De repente, uma explosão abalou o cargueiro, ondas de choque causadas pelo impacto jogaram todos ao chão do convés. Slade se manteve em pé, mas deixou a seringa cair. Um guincho de rachar os tímpanos tomou o ambiente enquanto folhas de metal se rasgavam como papel. Um buraco surgiu na lateral da cabine, e água começou a jorrar para dentro do navio. Rapidamente, o peso do oceano começou a afundar a embarcação, ameaçando parti-la em dois.

Um torpedo, Slade compreendeu instantaneamente. *Só pode ser o Anatoly...* Ele não conseguiria fazer isso sem que Oliver houvesse-lhe dado instruções.

O navio começou a virar enquanto a água jorrava como uma cachoeira para dentro dele, causando danos incalculáveis. Então ele soltou um rangido e começou a desabar sobre si próprio. Vigas de sustentação envergaram sobre eles, lançando uma chuva de destroços metálicos sobre Slade e os prisioneiros. Em meio ao caos, a tripulação se dispersou sem nenhum destino, e até mesmo Slade ficou desorientado.

Usando a confusão para distrair o homem que o estava segurando, Oliver se lançou para cima e lhe deu uma forte cotovelada no estômago, jogando-o ao chão, depois avançou rapidamente para onde a sua aljava estava boiando, com a água na altura da canela. Pegou uma flecha e se precipitou contra o homem que estava segurando Sara, apunhalando-o no peito, a ponta afiada da lança atravessando pele e osso e perfurando o homem diretamente no coração. Enquanto ele caía, o outro pirata se recuperou do golpe que havia levado e estava tentando alcançar uma metralhadora. Oliver empurrou Sara para trás de uma gaiola de carga.

— Vai vai vai *vai*!

O capanga soltou uma rajada de tiros, fazendo faíscas voarem e balas ricochetearem na gaiola de metal. Uma delas, sem rumo, atingiu uma lâmpada que estava dependurada próxima a eles, liberando uma chuva de fagulhas que iniciaram um incêndio elétrico, aumentando ainda mais o caos do momento. O pirata esgotou a munição, jogou a arma para o lado e fugiu pelo outro lado do convés inclinado.

Finalmente conseguindo se reorientar, Slade observou seu lacaio fugir.

Covarde, pensou. Então ele viu. Boiando na água a alguns metros de distância, lá estava o mirakuru, a seringa ainda intacta. A bolsa de lona estava logo ao lado. Avançou cambaleante na direção dela, perdendo o equilíbrio a cada passo devido ao balanço do navio.

Oliver também viu o soro e gritou para Sara.

— Sai do navio!

— Não sem você! — ela gritou de volta, com terror na voz, mas Oliver já estava se movimentando. Ainda segurando a flecha como uma arma, correu até a seringa e, bem a tempo, tomou-a do alcance de Slade, deslizando pela água até parar. Pegou também a bolsa de lona.

Não! Slade cambaleou enquanto o barco balançava de novo, então estendeu a mão.

— Me dê isso — exigiu. — Me dê o mirakuru!

Sem hesitar, Oliver jogou o soro no meio das crescentes chamas elétricas, o que causou explosões verdes e luminosas no fogo.

— Não! — Slade berrou, com o sangue fervendo de raiva. Lançou-se contra Oliver, dominando-o com uma série de golpes e o fazendo recuar, distanciando-se de Sara. Oliver fez o melhor que pôde para se defender da investida, mas Slade o subjugou, acertando um chute violento no peito dele e o lançando estatelado contra a porta da cela. Ele se chocou contra o chão soltando um gemido de dor.

— Oliver! — Sara correu na direção deles, tentando intervir. Tomado pela raiva, Slade a levantou do chão e a atirou para o outro lado do convés inundado, na direção da brecha no casco. Ela estendeu os braços e gritou, bem como havia feito no *Queen's Gambit* dois anos antes.

— Ollie!

— Sara! — Oliver pôde apenas assistir enquanto ela era sugada para o oceano, com o rosto absorto num grito aterrorizado. Mas ele não teve tempo de processar o que havia acabado de acontecer enquanto Slade Wilson avançava em sua direção. Teve tempo o bastante apenas para conseguir se colocar de pé.

— Pobre Sara — Slade disse, insultando-o. Debochando dele. — Quantas vezes você vai assistir ela morrendo?

As palavras obtiveram o efeito desejado. Dominado pela raiva, Oliver atacou, mas Slade foi de frente ao seu encontro, os dois se chocando no meio do convés de listagem, enquanto a água jorrava para dentro do navio, o fogo ardia ao redor, e o metal rangia sobre eles. Embora o cargueiro estivesse afundando rapidamente, nenhum dos dois se importava com isso. Ambos estavam atrás de sangue.

Oliver acertou o primeiro soco, mas o impacto do golpe quase o fez cair. Slade, entretanto, não se abalou. Manteve-se de pé, encarando Oliver de volta através da horrível máscara preta e laranja, esperando o próximo ataque dele. Estava assustadoramente calmo.

A adrenalina que estava correndo pelas veias de Oliver não era páreo para o mirakuru. Slade bloqueou facilmente um soco na direção do seu rosto, devolvendo o golpe com outro. A força dele atordoou Oliver, fazendo-o baixar a guarda por um instante. Slade aproveitou a oportunidade para acertar uma joelhada voadora violenta no peito do adversário, seguida por um rápido gancho de esquerda na mandíbula, jogando Oliver na água que chegava à altura do joelho. Mesmo assim, Oliver conseguiu juntar forças para se levantar enquanto Slade começava a rodeá-lo; a água ainda jorrava sobre eles.

— Você não pode me matar — disse enquanto Oliver, ainda tentando manter o equilíbrio, tomava distância para outro ataque em vão. Slade o afastou com uma pancada, tirando a perna de apoio de seu oponente com um chute. Então o pegou pela garganta, suspendendo-o no ar com um braço. Oliver arranhou a mão dele, desesperado, os dedos rasgando a máscara preta e laranja. Conseguiu arrancá-la, mas Slade, em resposta, apenas apertou mais firme o pescoço dele.

A máscara caiu no chão alagado.

Esforçando-se para respirar, Oliver lançou um soco contra o rosto dele, então martelou o braço que o estava prendendo com o punho — um golpe após o outro — tentando se soltar. Slade absorveu os golpes sem se abalar, servindo apenas para deixá-lo mais enfurecido. Estrangulou Oliver e o forçou a ajoelhar-se, depois, soltando um grito primitivo, atirou-o ao chão com um soco. Oliver chocou-se com força, caindo com o rosto contra a água, com olhos arregalados e o nariz apontado para a máscara de Slade.

A profecia de morte.

Tentou se levantar, mas estava sentindo dor demais. Slade caminhou ao redor dele, observando seus esforços e saboreando aquele momento. Então tomou distância e chutou Oliver com toda a sua força de mirakuru, lançando-o pelo ar e fazendo com que girasse antes de cair com força sobre o piso de metal inundado mais uma vez. Mesmo assim, Oliver não iria desistir. Slade esperou, observando Oliver levantar-se obstinado, juntando forças para uma última investida.

Adiando o inevitável, Slade pensou. *Você espera que eu demonstre misericórdia? Você não demonstrou nenhuma misericórdia com Shado enquanto Ivo atirava nela. Eu vou arruinar você, Oliver Queen.* Se era tortura o que o garoto queria, ele a concederia de bom grado.

Os dois se precipitaram mais uma vez, quando de repente o navio girou. Houve outra explosão, causada pelo incêndio elétrico. A proa se separou do resto da embarcação, que finalmente se partiu em dois pedaços. Ambos os homens foram jogados ao convés quando a última viga de sustentação cedeu, lançando metal retorcido sobre eles. Um clarão tomou conta do ambiente, depois a escuridão.

Slade se viu deitado com as costas no chão, esmagado pelos destroços que haviam caído, com o peso prendendo-o firme ao piso. Aquela seção ainda não havia sido inundada. Quando recuperou a visão, encontrou Oliver. Com a sorte ao lado dele mais uma vez, fora lançado para longe do caminho dos destroços.

Ele observou enquanto Oliver se aproximava, ainda com a flecha numa das mãos e, na outra, uma seringa de vidro, milagrosamente intacta. Slade soube na mesma hora o que havia dentro dela. Fez força contra o peso das vigas, com a fúria crescendo.

— O que é que você vai fazer, garoto? — rosnou. — Vai injetar a cura em mim? Isso não importa. Vou manter a minha promessa. Vou tirar de você tudo e todos que você ama. Sara foi só a primeira.

Conhecia as áreas vulneráveis de Oliver, suas palavras o apunhalavam como se fossem adagas.

— Ela foi só a primeira!

Oliver diminuiu a força com que segurava a cura.

— Sua irmã...

Apertou a flecha com mais força.

— Laurel...

E o assassino emergiu nos olhos de Oliver.

— *Sua mãe!*

A última coisa que Slade viu foi Oliver tomando distância, levantando a flecha bem alto sobre a cabeça e a afundando em direção ao olho dele.

Então o mundo ficou negro.

2

Slade Wilson já havia sido deixado para morrer antes, em um submarino encalhado no meio de Lian Yu. Naquele tempo, como agora, havia sentido a escuridão cercá-lo, morna e convidativa, o silêncio agindo como um bálsamo tranquilizante para sua dor. Seria muito fácil simplesmente ceder e desaparecer em meio à escuridão infinita.

Mas ele não iria desistir.

Não com o mirakuru correndo pelas veias.

Não com Shado no coração.

Na primeira vez em que Slade havia lutado contra o beijo da morte, ele o havia feito para salvar sua amada. Desta vez, ele o faria para poder vingá-la.

Oliver Queen vai pagar pelo que fez.

Enquanto o soro em seu sangue continuava a trabalhar, consertando os ossos quebrados, Slade sentiu a própria consciência voltando, o mundo retornando pedaço por pedaço.

O corpo preso por metal.

A boca e os pulmões cheios de sal.

O olho direito atormentado pela dor.

Slade acordou e se viu ainda preso sob as vigas decaídas. Para o próprio horror, percebeu que estava submerso, os pulmões se esforçavam para conseguir oxigênio, a cabine completamente inundada. Viu uma bolsa de ar presa um pouco acima dele, a uma distância tão curta que parecia um deboche.

Então os destroços que estavam sobre ele começaram a se deslocar. A água que havia ameaçado afogá-lo poderia também provar-se a sua salvação. Usando sua força aprimorada, empurrou a massa de metal, com esforço, a água retirando um pouco do peso dos escombros, apenas o bastante para que se libertasse. A cada empurrão, ondas de dor trespassavam o olho. Com um chute, lançou-se em direção à bolsa de ar, emergindo da água e sugando o ar em porções grandes e gulosas.

Um pensamento o consumia.

Onde está o Oliver? A raiva dentro de si retornou. Levantando a mão, agarrou a flecha que ainda se projetava do próprio olho e quebrou o longo cabo, deixando um pedaço curto ainda preso no interior do crânio. Haveria tempo o bastante para isso depois.

Mergulhou de novo, procurando por qualquer sinal do traidor. Havia corpos espalhados em meio aos escombros retorcidos e queimados, e alguns deles estavam boiando sem peso em direção à superfície. Muitos deles eram dos piratas. Outros eram dos prisioneiros que havia torturado.

Onde está o OLIVER?

O cargueiro virou de novo, soltando um gemido que pulsava pela água. Pelo som que estava produzindo, o navio estava a pouquíssimos instantes de afundar completamente, e neste momento o ímpeto do naufrágio o arrastaria para o fundo do oceano. Tinha que ir embora. Se Oliver houvesse sobrevivido, ele daria um jeito de chegar à costa. A Lian Yu. Slade o encontraria lá.

Depois de voltar à bolsa de ar e tomar bastante fôlego, nadou para fora do navio através do talho no casco, o mesmo buraco pelo qual Sara havia sido sugada. Esforçando-se contra a correnteza criada pela embarcação enquanto afundava, foi se empurrando até a superfície, em direção ao céu noturno.

O sol estava nascendo no horizonte, iluminando a carnificina. Ao emergir da água em meio a destroços que estavam flutuando, perscrutou a ilha, a costa rochosa a pouco mais de meio quilômetro de distância, solitária no meio do Mar do Norte da China. Picos rochosos se projetavam em direção ao céu matinal, formando sombras que se estendiam como dedos sobre um terreno agitado e exuberante. Para um forasteiro, a ilha devia parecer a salvação. A fachada de cartão postal não dava nenhuma pista dos horrores que se escondiam em seu interior.

Slade tomou fôlego, então começou a nadar energicamente, um animal à caça de sua presa.

Slade brotou como uma explosão das ondas e chegou à praia. Levantou, com o peito arfando, o corpo coberto de escoriações, deixando traços de sangue em muitas das pedras cinzentas e inóspitas. Empurrou a dor para o fundo da mente. Todos os ferimentos que o mirakuru não podia curar tornavam-se insignificantes devido ao profundo pesar que sentia por Shado... e ao ódio que sentia por Oliver Queen.

Pegou a ponta da flecha que ainda estava se projetando do próprio olho — a arma mortal de Oliver que havia falhado — e a arrancou, levando carne consigo. Jogando-a para trás, começou a caminhada em direção ao centro da ilha.

— Oliver! — gritava enquanto atravessava a vegetação de Lian Yu, possuído pelo ódio. Havia abandonado há um bom tempo qualquer pretensão de se manter discreto. Não havia nenhum lugar na ilha onde não pudesse procurar. Nem na pista de pouso, nem na fuselagem queimada, nem na caverna de Yao Fei. Mesmo assim, onde quer que procurasse, não encontrava nenhum rastro de sua presa. Nem cheiro, nem pegada... nada.

Passaram-se dias e logo não havia mais nenhum lugar para procurar.

Será que ele pereceu com o navio? O pensamento enfureceu Slade, mas se recusou a acreditar nele. *Quando ele morrer, tem que ser nas minhas mãos.* Impelido por este pensamento, chegou a uma clareira e diminuiu o passo ao ver o que lá se encontrava. Seu destino final — o acampamento dos mercenários de Fyers, ou o que havia sobrado dele depois de ser incinerado pelos foguetes Scylla. A natureza havia começado a retomar lentamente o local, ramos e folhas alongados sobrepujando a maquinaria que havia permanecido imóvel por mais de um ano.

Slade caminhou em meio aos restos carbonizados das tendas, procurando qualquer sinal do inimigo, mas tudo o que encontrou foi a morte. Havia corpos em decomposição espalhados por todo o lugar, mas o cheiro fétido já havia se dissipado há muito tempo, varrido pelo tempo e pela brisa da ilha. Mais uma vez, não havia sinal de Oliver.

Com a frustração borbulhando, Slade bateu o punho com força contra o caminhão mais próximo, e o som do impacto fez um grupo de pássaros se dispersar pelo céu. O veículo balançou de um lado para o outro com o golpe até enfim parar silenciosamente, deixando apenas a porta amassada como lembrança do ocorrido. Foi então que notou outro corpo sobre a grama, no mesmo lugar onde os pássaros haviam estado.

Era Bill Wintergreen, que fora seu parceiro antes e o havia traído, ainda vestindo a armadura negra e com o rosto escondido por uma máscara preta e laranja que parecia idêntica à usada por Slade, com uma longa faca ainda presa ao olho — colocada ali pela mão do próprio Slade, lembrou-se com uma ironia maliciosa.

O desgraçado me traiu e mereceu morrer.

A visão do corpo de Wintergreen atravessou a raiva que havia engolido a mente dele, lembrando-o do porquê de ter sido mandado até aquela ilha esquecida por Deus no começo das contas. Slade havia chegado ali como um agente do *Australian Secret Intelligence Service*[1], mandado até lá numa missão secreta para resgatar o pai de Shado, Yao Fei, e descobrir o que Edward Fyers estava planejando. Entretanto, seus planos haviam deslindado rapidamente, após ser traído pelo parceiro e ver as esperanças de um retorno seguro escaparem por entre os próprios dedos.

---

1 N. T.: Serviço Secreto de Inteligência Australiano.

Com lucidez, deu-se conta de algo de forma clara e evidente.

Oliver Queen não estava mais na ilha.

Não, sua presa ainda estava viva — disso Slade tinha certeza —, mas seria encontrada em outro lugar. Para fazer isso, Slade precisaria dos recursos do A.S.I.S. para ajudá-lo a rastreá-la. Porém, fazia mais de dois anos desde a última vez em que havia colocado os pés em solo australiano.

Talvez fosse hora de voltar...

Antes de deixar Lian Yu, Slade visitou o túmulo de Shado para dizer adeus. Estava como ele lembrava. A pilha de rochas pesadas, o pedaço de madeira servindo de lápide improvisada, com o nome de Shado entalhado nela. Ver aquilo foi o bastante para renovar a dor em sua alma.

— Não chore por mim — Shado disse. Tão simples assim, ela estava ao lado dele de novo. Sua amada. Adorável sob o sol matinal. — Encontre ele — ela continuou, aproximando-se e sussurrando no ouvido de Slade. — Faça ele pagar por essa traição.

Então ela levou as mãos ao rosto dele, olhando profundamente em seus olhos.

— *Me vingue.*

Slade cerrou o punho, então começou a tremer enquanto sentia a raiva crescer dentro de si. A única coisa que queria era entregar a cabeça de Oliver numa bandeja. Fazê-lo sofrer como ele mesmo havia sofrido.

— Você me promete? — Shado perguntou.

— Eu prometo — Slade respondeu.

— E você cumpre as suas promessas? — Ela estava tão próxima agora que Slade podia sentir a respiração dela contra os próprios lábios. Ele encarou os olhos dela, com aço na voz.

— Cumpro.

***

Ele ficou sozinho na praia, absorvendo a ilha pelo que esperava ser a última vez. Foi então que viu, presa a uma rocha, sendo torcida pelas ondas que retrocediam. Sua máscara, a inconfundível imagem preta e laranja. Caminhou até ela e a pegou, checando se havia sido danificada. A parte de baixo estava rasgada e chamuscada, marcas da jornada do navio até o litoral. Não estava em condições de ser utilizada de novo.

Slade tinha um uso diverso em mente.

Achou um pedaço de madeira boiando, robusto e de pouco mais de um metro de comprimento, cilíndrico como um poste. Seria pesado para um homem normal, mas nas mãos de Slade era leve como uma pena. Pegou-o com firmeza e então o cravou na costa de Lian Yu, atravessando o barro e a pedra, prendendo-o com força e bem fundo logo além da linha costeira.

Reservando um momento para olhar para a máscara, lembrou-se de como ele e Billy as haviam vestido quando tinham orgulho da própria tarefa, naquela vida distante no passado. Então, num eco do próprio ferimento, Slade prendeu a máscara ao poste com uma flecha bem no olho direito. Uma mensagem para Oliver, caso voltasse em algum momento.

A vingança está a caminho.

Depois Slade foi em direção à água, a fúria causada pelo mirakuru mais uma vez servindo de combustível para o próprio ímpeto, empurrando-o para a frente numa arrancada a toda velocidade, lançando-o de cabeça contra as ondas. Furou-as e começou a nadar, os braços e pernas agitando o mar e formando uma espuma branca por trás dele.

Um monstro no mar.

3

Por quase duas semanas Slade nadou em direção ao sul pelo gelado Pacífico Norte, navegando suas águas traiçoeiras sem nem pensar em descansar ou se alimentar. Com o soro nas veias, acreditava-se uma força da natureza, invulnerável e imbatível, mas a mesma fúria mirakuru que servia de combustível à sua jornada também o cegava, sobrepujando o julgamento tático que havia adquirido durante os muitos anos no A.S.I.S.

Nunca subestime o inimigo.
Especialmente quando o rival é a própria natureza.
A 50 km da costa norte das Filipinas, um tufão estava se formando, transformando o céu e a água que o cercavam em um inferno, e mesmo assim Slade não deu atenção às nuvens que surgiam escuras e furiosas no horizonte. Impelia-se adiante, a mente havia se retorcido até que enxergasse apenas o que estava à sua frente, um túnel mortal. A única preocupação que tinha era de realizar sua vingança.

A tempestade ainda não havia chegado ao auge, mas mesmo naquele estágio infantil era um teste aos limites de sua força aprimorada. Rangia os dentes, mergulhava os braços contra as ondas cada vez maiores, batendo as pernas furiosamente e nadando com duas vezes mais ímpeto para cobrir metade da distância. Os ventos, tão calmos há apenas uma hora, ganharam força e agora produziam um rugido ensurdecedor, fazendo a chuva formar folhas horizontais que se chocavam contra o rosto de Slade e dificultavam a sua respiração.

Mesmo assim Slade nadava em frente, recusando-se a se desviar do caminho. Os músculos se esforçavam enquanto era atacado uma vez atrás da outra pelas ondas que chegavam à altura de edifícios. O oceano o jogava de um lado para o outro como se fosse uma boneca de pano, agredindo seu corpo e roubando-lhe as forças até finalmente fazê-lo submergir.

Foi puxado para baixo, para a escuridão do oceano, todos os sons da tempestade atroadora emudecidos por um silêncio misterioso e assustador. Tentou lutar contra a força que o arrastava para baixo, mas, exausto como estava por causa da tempestade, faltaram-lhe forças para se libertar. A correnteza o bateu contra corais afiados como facas, e as pontas de rocha entraram fundo em sua pele, cortando-a até alcançar os ossos. Sangue brotou como uma rosa vermelha por trás dele quando tentou impelir-se em direção à superfície com um chute, alcançando-a e conseguindo respirar algumas vezes antes de ser puxado para baixo mais uma vez.

Ecoando os feitos de Sísifo, cada vez que Slade lutava e conseguia alcançar a superfície era sugado novamente para baixo por um ataque implacável. Sentia os braços e as pernas queimando, e não conseguia mais avançar através da tempestade. Havia esquecido a raiva, e a determinação em seguir em frente fora substituída por um simples objetivo: sobreviver.

Com as forças diminuindo, foi levado até outra série de pedras esqueléticas. Cansado demais para impedir o impacto, chocou-se contra elas, batendo a cabeça violentamente contra uma rocha que se precipitava da superfície. Seu corpo ficou mole. Enquanto o mirakuru se esforçava para manter o organismo funcionando, Slade perdia e recuperava a consciência. Equilibrando-se no precipício entre a vida e a morte, o efeito do soro na mente de Slade começou a se abrandar.

De repente, teve uma visão de um menino na escuridão. Com sete anos de idade, cabelo ruivo e um sorriso tímido, os olhos tinham a mesma cor que os de Slade. O filho dele, Joe, o menino que havia deixado para trás, há tantos anos. O menino que havia jurado ver novamente. Sua primeira promessa, e uma que havia quase esquecido.

Abriu os olhos repentinamente mais uma vez. Buscando forças para os braços e pernas de novo, com vigor e determinação renovados voltou rapidamente à superfície, e ao emergir deparou-se com o céu limpo sobre ele. A água estava impossivelmente calma.

Havia encontrado o olho do furacão.

E uma razão para viver.

Um pescador surgiu de uma cabana à beira-mar, a água estava agitada ao redor do píer da propriedade, mas, por sorte, não passava disso. O tufão havia permanecido a 80 km do litoral até exaurir-se, deixando para trás apenas o céu nublado. Encarou as nuvens cinzentas no horizonte, com um tapa-olho servindo de lembrete de um tempo em que não tivera tanta sorte. Verificou o nó que estava ancorando o modesto barco de pesca ao litoral e o apertou com força. O nó mantinha-se firme enquanto o barco se sacudia sobre as ondas.

De repente, uma figura emergiu de águas próximas, negra contra o sol nascente, vindo cambaleante da praia. As roupas estavam em farrapos, a pele ensanguentada, e lhe faltava um olho. O pescador congelou onde estava, na beira do píer.

— Você tem um rádio? — o recém-chegado perguntou com uma voz que parecia mais um animal rosnando. Quando o pescador não respondeu, ele repetiu a pergunta em Tagalog.

— Mayroon ka ng isang radio?

Mesmo assim o pescador não disse nada, mas apontou para o próprio barco. Dentro da minúscula cabine da embarcação havia um rádio.

Arrastando-se até a cabine, Slade apertou o botão que ligava o rádio e o alto-falante ganhou vida com um barulho causado pela estática. Lembrando-se da frequência pela própria memória, ajustou o aparelho e então pressionou o botão para falar, desta vez em inglês.

— Cauda-de-cunha três-dois-cinco, requisitando evac. Repetindo, Cauda-de-cunha três-dois-cinco, requisitando evac. Câmbio.

Nada.

Então o rádio soltou um guincho como resposta.

— Cauda-de-cunha três-dois-cinco confirmado. Identificação.

— Agente Um-dois-sete-Juliet-Papa-Charlie.

Outra pausa.

— Pode repetir mais uma vez? — A voz no outro lado da linha soava desconfiada, era evidente pelo tom de voz que não estava acreditando no que ouvia.

— Um-dois-sete-Juliet-Papa-Charlie. — Parou, depois decidiu ignorar o protocolo. — É Slade Wilson. Me levem pra casa.

Após um longo momento a voz do outro lado da linha perguntou a localização dele. Encontrando o sistema de posicionamento global do barco, Slade deu as coordenadas. A breve conversa terminou e ele deixou a embarcação. Indo do barco para o píer, cambaleou e se manteve de pé agarrando a frágil grade de proteção. Os danos causados pela tempestade haviam cobrado seu preço. Estava exausto e dolorido, com as feridas ainda abertas e ensanguentadas e os braços e pernas pesados devido ao cansaço.

Pela primeira vez, desde que havia recebido o soro, sentiu-se mortal.

O pescador, que não havia se movido durante todo aquele tempo, encarava-o com uma mistura de espanto e medo. Andou em direção ao homem ferido. Como se estivesse fazendo um sacrifício aos deuses, removeu o tapa-olho, revelando um olho branco com uma cicatriz. Entregou o tapa-olho à criatura que havia vindo do mar.

Slade fez uma careta com uma espécie de sorriso, aceitando o presente em silêncio. Colocando o tapa-olho sobre o buraco no rosto, virou-se e seguiu em direção ao lugar marcado para o resgate, pronto para voltar para a Austrália e o A.S.I.S.

Voltar para o seu filho, Joe.

4

O *Australian Secret Intelligence Service* mantinha três agências regionais espalhadas pela Austrália. A filial tática — o quartel-general que lidava com agentes disfarçados como Slade Wilson — era localizada bem a oeste, nos arredores de Perth, em um prédio de tijolos cinza e indescritível.

Escondida a céu aberto, a estrutura afastada não dava nenhum sinal das atividades que ocorriam dentro de suas paredes. A maior parte dos habitantes da cidade acreditava que os homens e mulheres que iam e vinham de lá tentavam vender seguros de vida, equipamentos de escritório, ou alguma outra coisa irrelevante demais para ser notada. Por isso, ninguém estava olhando quando o helicóptero de classe militar passou voando por cima do prédio, depois fez a volta para pousar sobre o terraço. Os que por acaso o vissem assumiriam que cometeram um engano.

Enquanto o helicóptero se aproximava, Slade espreitou pela porta aberta, com a mente livre dos efeitos do mirakuru. Uma pequena delegação de boas-vindas esperava a sua chegada no terraço do A.S.I.S. Embora fossem em sua maioria médicos, um homem se destacava. Estava vestindo um terno azul-marinho, o corte impecável ressaltava os ângulos agudos de sua fisionomia. Não era grande em nenhum sentido, mas a presença dele era imponente mesmo assim. Seus olhos, sérios e perspicazes, eram o resultado de uma década de cálculos que reduziam o custo de vidas humanas a estatísticas centrais da organização.

Este era Wade DeForge, diretor regional do A.S.I.S., o homem que havia enviado Slade para Lian Yu no começo de tudo. Ele foi o primeiro a cumprimentar Slade quando o helicóptero finalmente tocou o solo.

— Eu devia aprender a nunca duvidar do seu instinto de sobrevivência — disse DeForge. — Você é a porra de uma barata.

— Nós sabemos reconhecer um dos nossos — Slade respondeu. Então, lembrando-se do decoro da agência, complementou — *Senhor*.

— Bem, estou feliz por você não estar morto. — DeForge estendeu a mão e Slade retribuiu o gesto. Então DeForge seguiu para a pergunta que Slade estava esperando.

— O Wintergreen ainda está desaparecido?

DeForge tinha experiência em manter as emoções escondidas e, para o pessoal reunido no terraço, fora bem-sucedido, parecendo apenas um comandante que queria saber o paradeiro de outros agentes que haviam desaparecido. Mesmo assim, Slade havia notado uma centelha de vulnerabilidade surgir em seus olhos, por apenas um instante. A chama moribunda de uma esperança ainda não inteiramente extinta, apesar do bom senso do comandante.

Billy Wintergreen era meio-irmão de DeForge. Fora padrinho do casamento e do filho de DeForge. Era parte da família, e os dois eram próximos — tão próximos quanto Billy e Slade o eram antes de Lian Yu revelar que Wintergreen era um traidor. Mas Slade não estava preparado para revelar aquilo no terraço, isso não era algo que devesse ser compartilhado publicamente. Haveria tempo para isso mais tarde.

— Não — respondeu, e ficou surpreso ao sentir remorso.

DeForge concordou com a cabeça.

De repente, Slade cambaleou, suas pernas cederam debaixo dele. Arregalou os olhos, surpreso. Mesmo um dia depois da tempestade, o mirakuru ainda não havia regenerado completamente suas forças. O pessoal da ala médica se aproximou para ajudá-lo, mas DeForge foi mais rápido, pegando-o pelo cotovelo e o ajudando a manter-se de pé.

— Descanse um pouco — DeForge disse —, depois me encontre para explicar o que aconteceu. Digamos, às mil e cem horas?

Slade concordou com a cabeça. Enquanto os médicos assumiam a situação, DeForge girou e voltou em direção às catacumbas do A.S.I.S. Completamente profissional, sem revelar nenhuma das perguntas das quais exigiria respostas. O que havia acontecido em Lian Yu? Como ele havia conseguido sobreviver?

Como Billy havia morrido?

Slade tinha duas horas para decidir o quanto de verdade estava pronto para revelar. Mas, agora, uma preocupação se destacava em sua mente.

O que havia acontecido com o mirakuru?

O médico removeu o tapa-olho de Slade, ficando visivelmente pálido ao observar o estrago causado pela flecha de Oliver Queen. Slade conseguia ver traços do ferimento refletidos nos óculos do médico. No lugar do que havia sido seu olho direito, havia agora um buraco de bordas bastante irregulares. A voz do médico demonstrava surpresa por Slade ainda estar vivo após um ferimento daquela magnitude. A flecha podia ter entrado diretamente no cérebro dele.

— Pode me dizer como foi que isso aconteceu? — perguntou.

Slade encarou o homem.

— De uma forma bem violenta — respondeu.

Dando de ombros, o médico sabia bem que era melhor não insistir no assunto. Limpou rapidamente a ferida, colocou uma atadura sobre ela e forneceu um tapa-olho limpo antes de seguir para as lacerações causadas pelos corais e pedras. Removeu as bandagens temporárias colocadas pela equipe de resgate, revelando os ferimentos que estavam encobertos. Embora houvessem melhorado um pouco desde a tempestade, os cortes profundos ainda estavam abertos, a carne vermelha e irritada.

Slade escondeu a própria surpresa. Havia estado quase invulnerável desde que lhe injetaram o mirakuru. O soro havia sempre sido bem-sucedido em regenerar a carne e revigorar as forças. Após tantos milagres, por que estava fracassando agora?

O médico deu pontos nos ferimentos e fez curativos sobre eles. Então estendeu a mão para pegar uma seringa, preparando-se para colher uma amostra de sangue. Olhando para a agulha, Slade virou-se para o médico, levantando a mão e o parando por um momento.

— Por quê? — Slade perguntou.

— Procedimento padrão — o médico respondeu. — Um exame de sangue, para termos certeza de que você está saudável, sem patógenos, doenças. — Houve um longo período de silêncio, nenhum dos dois disse nada.

— Está bem — Slade esticou o braço para a frente, oferecendo-o para o exame. — Mas se encontrar alguma coisa, fale comigo primeiro.

O médico aceitou e então inseriu a agulha na veia de Slade.

Enquanto o frasco ficava vermelho, Slade se perguntava — o mirakuru ainda estava no sangue dele? Ou teria se perdido no mar de alguma forma?

Slade estava caminhando em direção ao escritório de DeForge pelos corredores desertos, vidro e metal brilhavam sob a iluminação de halogênio. Estava se esforçando para manter o passo firme, e sentia os olhares curiosos dos agentes nas áreas comuns da organização — olhares que se esgueiravam até ele vindos de trás de telas de computadores e relatórios de inteligência. Sabiam apenas que Slade era um agente de campo que havia retornado recentemente de uma missão secreta cujos detalhes estavam além do nível de confiança que haviam conquistado.

Ele continuou seguindo em frente, passando pela seção de treinamento onde havia começado a afiar suas habilidades de combate tanto tempo atrás. Uma janela ampla revelava o espaço das instalações, a academia tinha todos os aparatos de treinamento imagináveis. Todos os possíveis agentes de campo eram treinados e testados ali, transformados em combatentes discretos que serviam à pátria com honra em meio às sombras. Observou os mais novos recrutas sendo colocados em marcha por instrutores, alguns dos quais agentes veteranos que foram reconhecidos por Slade.

Um deles, um homem que se chamava Digger Harkness, foi notado por Slade imediatamente. O caminho dos dois havia se cruzado antes, enquanto subiam nas escalas do A.S.I.S. Slade observou enquanto Harkness, sempre em movimento, tirava dois bumerangues da bandoleira. As armas fizeram uma curva em arco no ar, suas protuberâncias arredondadas acertando com uma precisão infalível, desarmando e subjugando uma dupla de recrutas, uma delas chegando mesmo a atingir um terceiro oponente.

Nada mal, Slade meditou. *Até habilidoso. Talvez até melhor que da última vez.* Sempre havia achado que o bumerangue era uma arma enganosa, mas, nas mãos de Harkness, tornava-se uma objeto letal — quando o lançava. O homem acenou para Slade, mostrando que o reconhecia, depois voltou-se para os recrutas que estavam ajudando os companheiros a se levantarem.

Ao aproximar-se do escritório de DeForge, Slade viu uma parede repleta de retratos emoldurados. Eram os oficiais mais importantes do A.S.I.S., ordenados por hierarquia, com o retrato de Wade DeForge no topo. Slade conhecia bem essa ordem. Traçou uma linha abaixo e para o lado, algumas posições após DeForge. O retrato de um homem ocupava o espaço, mas há alguns anos não era assim. O lugar era ocupado por uma mulher. Slade sentiu uma pontada inesperada de nostalgia, algo que normalmente lhe era estranho.

Só pode ser a fraqueza, pensou com um toque de pânico. *Onde é que está a porra do soro?* Então rapidamente deixou de lado as angústias de um passado enterrado há muito tempo e seguiu o caminho pelo corredor, preparando-se mentalmente para o inquérito. O chefe faria perguntas — isto é, o que havia acontecido com Billy Wintergreen? Como Slade poderia contar a verdade a DeForge? Que Billy havia traído tanto o irmão quanto a própria pátria?

Como poderia revelar que ele havia retribuído aquela traição cravando uma faca no olho de Billy?

Ao entrar no escritório, Slade notou imediatamente a foto no pequeno porta-retratos na mesa do chefe. Ela mostrava DeForge com o braço em volta de uma mulher. Tempos atrás, aquela foto costumava ficar no corredor que dava para o escritório.

— Estava me perguntando onde é que ela tinha ido parar — Slade disse, apontando para a foto. DeForge não se importava de deixá-la à mostra, e Slade respeitava isso.

— Eu acabaria esquecendo como ela era se não fosse por isso — DeForge respondeu, embora Slade soubesse que isso não era bem verdade. Ele permaneceu próximo à janela. — Você conhece a Adie, ela mantém todo mundo ao alcance dela. — Ele se sentou casualmente na cadeira do lado oposto da mesa, abrindo uma pasta. — Provavelmente eu tenho que agradecer a você por isso.

Slade foi direto ao assunto.

— Você disse pra ela que eu voltei? — perguntou.

— Aham — DeForge respondeu, passando uma ínfima impressão de relutância. — Ela está esperando você. Os dois estão. — Slade recebeu a informação acenando a cabeça. As reuniões teriam que ficar para depois. Ele se blindou, preparado para o que certamente viria em seguida. Mas sabia o que estava pronto para revelar e o que deveria esconder.

Não podia se mostrar um monstro.

— O que acha de seguirmos adiante então?

— Tudo bem — DeForge concordou. — O que acha de começarmos por onde você esteve durante os últimos três anos? — Inclinou-se para a frente. — Que *merda* que deu errado lá?

Slade começou com o básico. Ele e Billy haviam sido enviados a Lian Yu para encontrar e libertar Yao Fei, um soldado que fora confinado na ilha pelo exército chinês para encobrir um massacre. Quando chegaram, porém, havia uma equipe militar na ilha, e ele e Billy foram mandados para os ares por um míssil *tomahawk*, e a explosão causada pelo ataque desintegrou a parte traseira do avião.

— Eu consegui fazer nós chegarmos ao solo vivos, mas por um fio de cabelo — complementou. — Eu e o Billy fomos capturados e feitos prisioneiros.

— Mas não pelos chineses — DeForge notou.

— Não — Slade concordou. — Era um exército de mercenários comandados por um homem chamado Edward Fyers.

Os olhos de DeForge deixaram transparecer rapidamente uma expressão de reconhecimento.

— E então o que foi que aconteceu?

— Tortura — Slade respondeu inexpressivamente. Explicou como, por mais de um ano, ele e Billy foram submetidos a todo tipo de dor por Fyers e os homens dele, numa tentativa de fazê-los revelar para quem trabalhavam. Forneceu detalhes suficientes para fazer um homem normal se assustar, e prestou atenção na reação do chefe. DeForge não demonstrou nenhuma emoção.

— Como foi que você e o Billy escaparam? — perguntou.

Slade parou por um momento, decidindo como prosseguir. A verdade era que Billy havia mudado de lado, traindo Slade e o país dele para se unir ao exército de mercenários de Fyers. Mas revelar essa informação levaria a muitas perguntas que não queria responder. Então Slade mentiu.

— Eu e o Billy conseguimos escapar com a ajuda do Yao Fei — disse. — Nos escondemos na floresta e conseguimos evitar sermos capturados enquanto reuníamos informações sobre Fyers e os homens dele. Eles eram bons, mas nós éramos melhores.

— O que você conseguiu descobrir? — DeForge insistiu.

— Fyers era um agente contratado — Slade respondeu —, e quem quer que estivesse pagando a ele tinha grandes planos; Fyers tinha ordens de abater uma aeronave comercial que ia em direção à China. Então ele botaria a culpa no governo chinês, fazendo com que todos os voos que tivessem o país como origem ou destino fossem cancelados, e então isso iria desestabilizar a economia deles.

Mas você já sabia disso, não sabia? — Slade perguntou. Manteve o próprio rosto indecifrável.

DeForge sorriu.

— O que foi que fez você descobrir?

— Você nos mandou no escuro, sem planos de resgate — Slade observou. — Como éramos soldados, sabíamos que não devíamos fazer perguntas, mas aquele nível de sigilo... Eu sabia que alguma coisa estava acontecendo.

O comandante concordou com a cabeça. Revelou que, antes de enviar Slade e Billy a Lian Yu, o A.S.I.S. estivera seguindo os rastros de uma organização fantasma com base nos Estados Unidos. A *Advanced Research Group United Support*, 2 também conhecida como A.R.G.U.S.

— A inteligência australiana indicava que o Yao Fei era um alvo de extrema importância — DeForge admitiu —, mas subestimamos a extensão dos planos da organização.

— Teria sido ótimo saber disso quando estávamos indo — Slade disse.

— Você sabe como essas coisas funcionam — DeForge se opôs. — O que você *não* sabe não pode ser tirado de você sob tortura. — O A.S.I.S. havia se mantido no encalço de Fyers (como fazia com a maior parte dos grupos de mercenários), revelou, e sabia que ele fora mudado de posição, mas eles não sabiam nem para onde nem por quem.

— Isso nos dá mais informações sobre a A.R.G.U.S. — continuou —, e por isso você tem a minha gratidão. — Parou por um momento, e Slade sabia o que viria em seguida. — O que foi que aconteceu com o Billy?

Slade lançou um olhar que esperava parecer doloroso e respirou fundo.

— O Billy, o Yao Fei e eu chegamos à conclusão de que Fyers tinha os únicos equipamentos de comunicação da ilha e a única forma de entrar e sair de Lian Yu. Então, a única forma de *sair* da ilha era

---

2 N. T.: Grupo de Apoio a Pesquisas Avançadas da União.

através de Fyers e os homens dele. Isso queria dizer que teríamos que atacá-los onde menos esperariam, no acampamento deles.

— O confronto logo tomou um caminho inesperado. — Substituindo Oliver e Shado por Billy e Yao Fei, explicou detalhadamente a batalha que de fato havia ocorrido. O lançador de mísseis, que deveria ser usado contra voos comerciais, foi voltado contra o próprio acampamento. Repassou a explosão que se seguiu, a carnificina e o derramamento de sangue. — Fiz o melhor que pude para proteger o pescoço dele, mas quando a poeira baixou, eu era o único sobrevivente. Fyers e os homens dele, o Yao Fei e o Billy, todos eles estavam mortos.

Com isso, parou e esperou.

DeForge ficou em silêncio por um momento, com uma expressão indecifrável no rosto.

— E o corpo do Billy? — perguntou. — Você enterrou ele?

O cadáver de Billy surgiu como um raio na mente de Slade, a faca cravada profundamente no crânio do antigo amigo. Encarou DeForge nos olhos.

— Não — mentiu. — Não tinha nada para enterrar. Só cinzas.

Olhando para baixo, o comandante tentou enterrar os sentimentos, mas Slade pôde notar que o encerramento de tudo o que havia acontecido pesou bastante sobre ele. Levantando a cabeça, balançou-a de um lado para o outro lentamente.

— Você realmente é a merda de uma barata.

Slade deixou o escritório de DeForge, satisfeito por ter conseguido o que queria e por não ficar sob suspeita. Com isso fora do caminho, havia outro assunto, bem mais importante, com o qual devia lidar. Estivera esperando por três longos anos.

Era hora de ver o filho dele de novo.

5

Slade encostou o Jeep próximo ao meio-fio e estacionou perto da casa, fora do campo de visão da varanda por muito pouco. A casa era em um local relativamente escondido, com um terreno exuberante de cerca de um hectare que contava com arbustos verdes e árvores de eucalipto. Uma cerca de estacas marrons delineava o perímetro da propriedade. Um caminho de terra bem cuidado, marcado por pedras lisas, ligava a rua à varanda.

Saindo do carro e fechando a porta em silêncio, alisou o paletó e a calça do terno que estava vestindo após trocar de roupa rapidamente no A.S.I.S. Cinza escuro e impecavelmente cortado, a vestimenta elegante era a única extravagância que havia se permitido aproveitar após voltar de uma missão. Havia começado como uma história de fachada — homem de negócios, rico, que havia voltado há pouco de uma viagem internacional —, mas agora a enxergava como uma recompensa por ter sobrevivido.

Era também o disfarce perfeito para os muitos curativos sobre seus ferimentos. Todos, exceto pelo olho, entretanto, que estava coberto por um tapa-olho completamente preto. Isso Slade não conseguiria esconder. Esperava apenas que aquela visão não se mostrasse chocante demais para Adeline nem Joe.

Começou a andar em direção à porta da frente, ainda mancando um pouco. A casa tinha estilos rural e do século XIX em proporções semelhantes, uma mistura arquitetônica comum naquela região. O telhado inclinado era cinzento, bem próximo às paredes de alvenaria com tijolos expostos. Duas robustas pilastras de sustentação compunham a moldura da entrada, contrastando com a delicada treliça coberta por videiras verdes.

Quando ele e Adeline eram recém-casados, costumavam brincar dizendo que a casa espelhava o relacionamento dos dois. Aparentemente sem um estilo pensado, mas mesmo assim funcionava de alguma forma. Ou talvez funcionasse justamente *por causa* disso — nunca tiveram certeza sobre o assunto. Porém, enquanto a arquitetura básica de uma casa era imutável, o mesmo não se podia dizer sobre a união entre marido e mulher.

Quando Slade havia partido para a missão, o divórcio deles havia sido finalizado há apenas alguns meses.

Quando se conheceram, ele havia se apaixonado por Adie imediatamente, intoxicado pela forma como era deslumbrante sem fazer nenhum esforço. E além de ser naturalmente linda, ela era também uma pessoa sincera e de bom coração. Nos casos em que a atitude de Slade era rígida, Adeline o havia suavizado — mas isso não havia continuado assim. O amor deles fora endurecendo, até mesmo após o nascimento de Joe. Slade havia considerado o divórcio por meses antes de finalmente dar entrada no processo e então assinar rapidamente os papéis — transformando a missão em Lian Yu na fuga desesperada de que precisava.

O som dos passos dele no piso de madeira da varanda fez Adeline ir até a porta. Estava aberta, a porta de tela fechada sem muita força. Com a pele bronzeada e cabelo castanho formando cachos macios, ela estava bela como sempre, bonita de uma forma que não visava chamar a atenção. Sensível ao se vestir como sempre, preferiu a praticidade em vez da moda, usando calças jeans com uma camisa de flanela, ambos gastos e confortáveis. O único efeito que os anos lhe haviam causado fora salientar um pouco os contornos suaves de sua compleição. Slade imaginou que isso fosse em parte culpa sua. Ela havia sido deixada sozinha para criar o filho.

Adeline observou Slade com o rosto tomado por emoções conflitantes. Alívio por ele estar vivo, raiva por ter demorado tanto tempo para voltar. Preocupação pelos ferimentos que podia ver e pelos outros que sabia estar escondendo, e frustração por ele ter desde o princípio se colocado numa posição em que deveria sofrer todos aqueles danos. Ela soltou a fechadura e abriu a porta, olhando para o tapa-olho de Slade e balançando a cabeça.

— O Wade ligou — disse. — Eu sequer quero perguntar?

— Provavelmente não — Slade respondeu, entrando na casa. — De qualquer forma, foi só um arranhão.

— É — Adie concordou sarcasticamente. — Tenho certeza que vai se regenerar e que vai ficar tão bom o quanto antes.

Slade sorriu com um toque de ironia, pensando sobre o mirakuru.

— Você ficaria surpresa.

— Bem, até que melhorou essa sua cara feia.

— PAI!

Joe veio voando dos fundos da casa, pegando Slade de surpresa e pulando sobre ele, com os braços apertando com força a cintura do pai. Não recuou, embora tenha ficado atordoado com o abraço — o amor incondicional. Havia passado a maior parte dos últimos três anos aumentando suas defesas, afastando-se das próprias emoções para que pudesse sobreviver. Não houvera espaço para afetos, ou pelo menos era o que havia pensado até conhecer Shado. Ela havia se importado com ele, colocava o bem-estar dele à frente do dela, abrindo brechas em seus mecanismos de defesa ao longo do tempo.

Era raro permitir que alguém ultrapassasse os muros que cercavam o coração dele. Por isso odiava Oliver com tanto ardor. Por ter dado tão pouco valor ao amor de Shado. Por tê-la tirado dele. Ele queria vingança, não só por Shado, mas por ele mesmo. O desespero dele tinha raízes na crença de que um amor como o de Shado jamais o tocaria novamente.

Slade havia aceitado que sempre haveria uma parte faltando dentro dele. Era o que acontecia com soldados. Era por isso que não havia ficado em casa. Por isso escolheu ser um soldado em detrimento de ser um marido ou um pai. Nunca havia amado ninguém mais do que o trabalho e a pátria, mas, naquele momento, com os braços do filho em volta de si, apertando-o com força, sentiu a frieza no coração esmorecer-se e o amor puxá-lo de volta. Começando a preencher o buraco que a morte de Shado havia criado dentro dele.

Joe finalmente o soltou, olhando para o pai e notando o tapa-olho pela primeira vez.

— Uau! — o menino disse, com espanto. — Você ficou assim lutando com caras maus?

— Lutando com caras maus? — Slade respondeu, surpreso. — Quem fez você pensar isso?

— A mamãe. Ela falou que você é um herói e que por isso você ficou tanto tempo longe de casa.

Slade olhou para Adie, que encolheu os ombros.

Minha desculpa já era...

— Então sim — Slade cedeu. — Foi contra um cara mau especialmente *mau*.

— Você pegou ele?

— Ainda não.

— Ele soltou o karatê em você?

— Ele 'soltou o karatê' em mim? Onde é que você está aprendendo essas coisas, menino?

— Na TV.

— Ei, Joe — Adie interviu, mudando de assunto. — Por que é que você não mostra pro seu pai a sua bola de futebol americano nova?

— É, isso! — Ele olhou para o pai, animado. — Eu jogo muito bem agora. Acho que posso vencer você!

— É mesmo? — Slade bagunçou o cabelo dele, uma confusão de cachos soltos como o da mãe. — Vai lá pegar a bola e a gente vê isso.

Joe correu para o quintal dos fundos, e Adie se aproximou.

— Olha — ela disse, com uma certa dificuldade. — Eu sei que toda vez que mandam você pra algum lugar, você pode não voltar mais. É assim que as coisas funcionam, mas eu realmente pensei que a gente tinha perdido você dessa vez. Estou feliz que você esteja aqui de novo... em casa.

— É como eu sempre disse pra você, Adie — respondeu, cansado, sentindo que uma velha discussão estava borbulhando. — É difícil pra cacete me matar. Você sempre teve medo demais de que eu não voltasse para casa.

— E você nunca teve medo o bastante. — Adie foi ponderada ao responder. — Mas não estou falando isso por minha causa. É por causa dele. Ele fez aniversário três vezes desde a última vez que você viu ele. Quantos mais você vai querer perder?

Slade sentiu as palavras dela o atingirem em cheio. Havia voltado à Austrália para encontrar Oliver Queen e realizar sua vingança, mas, agora, dentro da casa que uma vez havia chamado de lar, estava cara a cara com a despedida de um velho papel. O de um pai e marido, que havia voltado ao lar para ficar com a própria família.

Haveria espaço dentro dele para ambas as coisas?

Joe voltou correndo com a bola.

— Eu ia dizer que a gente podia ir ver um jogo, mas a temporada só começa no inverno. — Olhou para o pai. — Você provavelmente não vai estar aqui, né?

Slade olhou para o filho, encarando os olhos castanhos iguais aos seus.

Ele não tinha uma resposta para aquilo.

6

O médico examinou cuidadosamente cada ferida de novo, verificando o estado dos pontos e trocando os curativos. Fora o olho perdido — não havia nada a fazer quanto a isso —, todo o resto estava cicatrizando. Seria um processo lento, mas uma hora ele voltaria ao normal.

Mas Slade havia se acostumado a uma forma diferente de passagem do tempo. Com o mirakuru no organismo, deveria ter se recuperado cinco vezes até agora.

O que estava acontecendo?

— Doutor, o exame de sangue — perguntou, mantendo um tom de voz brando. — Encontrou alguma coisa fora do normal?

O médico abriu a pasta que continha o relatório, percorrendo os dados com os olhos através dos óculos colocado sobre a ponta do nariz.

— Bem, sua taxa de colesterol faria inveja à maior parte dos homens da sua idade — respondeu, observando Slade por trás das lentes. — A parte boa de uma dieta de isolação em uma ilha, imagino. Não é pra mim, porém. — Slade resistiu à tentativa do médico de ser engraçado e apenas o observou. Ele queria números, não piadas. O homem suspirou, tirou os óculos e os colocou no bolso, indo direto ao assunto. — Fora os danos ao seu olho direito e a pressão sanguínea um pouco elevada, o senhor está com a saúde perfeita.

— Nenhum... patógeno? — Slade pressionou. — Nenhum vírus?

— Se tivesse, sr. Wilson — o médico respondeu —, o senhor seria o primeiro a saber. — Com isso deixou a sala, após entregar o que sem dúvida considerava se tratar de boas notícias. E seriam para a maior parte dos pacientes que viessem à sala dele, mas, para Slade Wilson, o resultado causava confusão.

Como o mirakuru poderia simplesmente desaparecer?

— Não estou tentando apressar você a voltar à ação — DeForge disse, sem perder o passo. — Mesmo assim, a informação que temos sobre a A.R.G.U.S., embora seja limitada, leva a crer que a organização está indo em direção a algum lugar na China, provavelmente pra Hong Kong. Eles estão se preparando pra alguma coisa grande. — Parou um instante antes de empurrar a porta da área de Tecnologia Avançada e se voltar para Slade. — Você é o meu melhor homem. Eu adoraria ter os seus ouvidos no campo.

DeForge não estava tentando seduzi-lo — Slade *era* o melhor agente que tinha —, mas podia sentir que havia um outro motivo por trás das palavras dele. Conhecia DeForge há tempo o bastante para entender que não fazia nenhum elogio sem um motivo. Talvez fosse por causa de Adie. A vida era mais simples para todo mundo quando Slade estava longe.

— O médico disse que você vai estar completamente recuperado... quando? — DeForge perguntou.

— Em dois meses, mais ou menos.

— Bom. Isso deve dar tempo o bastante à área de Tecnologia para dar os toques finais no novo uniforme de campo. — Levou Slade até uma das muitas alas de engenharia. Lá, protegido por paredes de vidro e suspenso por um manequim de arame, havia uma versão atualizada do uniforme de campo que Slade havia vestido quando estava chegando a Lian Yu. Era preto, feito para se camuflar nas sombras, e contava com fibras de promécio em seu tecido, um composto de metal quase indestrutível que era tanto leve quanto duradouro. As bandoleiras formavam um xis sobre o peito, fornecendo bolsos que escondiam inúmeros dispositivos e armas. Havia pentes de munição para as duas pistolas de alto calibre, cada uma com seu próprio coldre nas laterais da cintura, prontas para abrir as portas do inferno.

A maior diferença era no desenho e na funcionalidade da balaclava. Embora ainda apresentasse as cores preta e laranja que eram sua marca registrada, era o fim da máscara flexível de borracha e tecido que Slade e Wintergreen haviam usado na ilha — a mesma que Slade havia deixado para Oliver na costa de Lian Yu. No lugar dela, havia um capacete feito completamente de promécio, o metal liso e brilhante sob as luzes da sala. À prova de balas e impermeável, a máscara era de uma simplicidade aterrorizante.

Finalmente, correndo paralelas às bandoleiras atravessadas no peito, duas correias se cruzavam nas costas do uniforme, ambas levando bainhas para a arma favorita de Slade — duas machetes de uso militar, cada uma de 70 centímetros de comprimento. Ele preferia a eficiência silenciosa do metal bem afiado aos barulhentos e — na opinião dele — menos refinados instrumentos de combate contidos no laboratório e, ao contrário dos bumerangues de Digger, não havia muito mistério envolvido no uso das espadas. Elas simplesmente proporcionavam um ataque mortal silencioso e fácil, que Slade havia infligido sobre inimigos demais para manter as contas.

Ele estendeu a mão e tocou no metal frio do uniforme, passando a mão sobre a superfície dele. DeForge certamente sabia como seduzir o soldado interior de Slade. A armadura era, de fato, impressionante.

— Legal, não é? — DeForge disse. — Acho que você, sendo esse filho da puta forte que é, vai testá-la em algumas semanas, senão antes.

— Sobre isso — Slade aproveitou —, se não for um problema pra você, eu gostaria de ficar aqui por agora. — Viu um breve espasmo de decepção cruzar o rosto de DeForge.

— Slade Wilson, um rato de escritório? — DeForge respondeu. — É difícil de imaginar.

Ele estava tentando dar um jeito de convencê-lo.

Não vai funcionar, Slade pensou. Continuou em voz alta:
— Acabei de chegar em casa. Queria passar um tempo com o meu filho. — Slade olhou para DeForge. — Depois de Lian Yu, acho que conquistei esse direito.

DeForge encarou o soldado, avaliando-o.
— Cansado de desviar de balas?
— Por agora, pelo menos.

DeForge concordou com a cabeça, cedendo.
— Tem alguma ideia do que gostaria de fazer?

Slade fingiu pensar sobre sua resposta.
— Ajudar a treinar os novatos, quando estiver preparado — respondeu. — Mas também queria ajudar no setor de inteligência. Pode valer a pena ter alguém como eu, que tem experiência no campo, pra processar os dados enquanto vocês rastreiam a A.R.G.U.S. Pode ser que eu veja algo que um 'rato de escritório' deixaria passar.

— Muito bem — DeForge disse, balançando a cabeça. — Vou ajeitar as coisas pra você com o Matt, do setor de Análise. — O comandante começou a deixar a ala de equipamentos. — Slade Wilson atrás de uma mesa — lamentou-se, balançando a cabeça de novo. — O mundo deve estar de cabeça pra baixo mesmo. — Ele desapareceu no fundo do corredor, deixando Slade para trás com o protótipo.

Slade observou com mais atenção o uniforme, perdido nos próprios pensamentos. DeForge estava certo. A ideia de não aceitar uma missão era chocante, até mesmo para ele. Havia nascido para usar armaduras como o protótipo que estava à sua frente. Estes aparatos eram feitos para homens como ele, homens que viviam para servir à pátria usando todos os meios que fossem necessários.

Um dia, poderia ver-se de novo no campo de combate, mas, agora, ficar para trás fazia parte de seus planos. Precisava ter acesso aos recursos de vigilância do A.S.I.S. Sob o disfarce de ajudar numa luta justa contra a A.R.G.U.S., Slade usaria a tecnologia para descobrir se Oliver Queen ainda estava vivo.

7

O Departamento de Análise, assim como o resto do A.S.I.S., não parecia nada especial aos olhos de um leigo. Era composto por um grande escritório aberto dividido em cubículos, como o de uma empresa tecnológica ou um estúdio de *video games*, com monitores de computador iluminados em cada mesa. A área comum estava quieta, cada um de seus membros estava focado na tarefa que lhe era incumbida — reunir e processar dados de vigilância adquiridos por meios que às vezes escapavam do alcance da lei. Se é que a lei sabia da existência da organização no começo das contas.

— Provavelmente, é melhor pensar no sistema como se fosse mais uma arma.

Matt Nakauchi, um dos técnicos do departamento, levou Slade até uma mesa vazia. Estava vestindo uma camisa de botão cinzenta aberta no colarinho e calças folgadas, e aparentemente era um cara normal, na média. O único breve momento em que deixou sobressair sua excentricidade oculta foi quando conversavam sobre os recursos tecnológicos do A.S.I.S.

Então ele falou a mil por hora.

— Provavelmente é mais eficaz também, pelo menos é a minha opinião — Nakauchi acrescentou. — Mais silenciosa que uma arma, mais precisa que uma faca, só que *bem* menos sangrenta.

— Você nunca *me* viu usar uma espada — Slade respondeu com um sorriso afetado.

— Mas é isso que quero dizer. O que nós fazemos, ninguém vê.

— Nakauchi pegou o *mouse* e começou a clicar. — Enquanto você normalmente enfrenta o inimigo cara a cara, nós atacamos onde ele menos espera: nos momentos aos quais nos referimos ironicamente como 'privados'. Ou onde 'ela' menos espera — acrescentou. — Não vejo diferença entre os sexos.

Com espanto, Slade assistiu enquanto o técnico abria um programa. Imagens aéreas da Austrália brotaram na tela, provavelmente feitas por drones ou satélites de vigilância em órbita.

— Essa é a nossa mais recente arma de análise massiva de dados: o *Super Intelligent Image Recognition Algorithm*[3] — continuou, orgulhoso. — Ou, como eu chamo, SIIRA, com a pronúncia igual à daquele vinho da Califórnia. Deixa ele mais elegante.

— Eu não vou chamá-lo desse jeito — Slade contrariou.

— Você vai, sim, depois que eu mostrar pra você o que ele faz. — Nakauchi lhe mostrou um sorriso convencido enquanto abria outra página, desta vez revelando uma lista aparentemente infinita de arquivos e dados. — Imagina você tentando encontrar alguém no meio de toda essa bagunça. Uma situação bem ao estilo uma-agulha-no--palheiro. A não ser, é claro, que você tenha uma ferramenta que passe a peneira em todo o palheiro para você. — Pressionou alguns comandos e pegou uma foto de Slade, uma tirada bem antes de Lian Yu. Talvez até antes de Joe. Os dois olhos estavam intactos. Slade encarou--se na foto, tentando recordar o tempo em que ainda estava inteiro.

— Essa é do seu dossiê — Nakauchi explicou. — Estou usando ela não pra chamar a atenção pra essa coisa de você ter perdido o olho (peço desculpas, aliás, porque isso é uma merda), mas pra ilustrar os vastos recursos do programa. Se você esteve ao alcance de uma câmera, ele vai encontrar você, com ajustes de idade, cabelo, cicatrizes, o que quer que seja. Olha só. — Slade se inclinou sobre a tela enquanto o técnico fazia uma busca. Alguns segundos depois, gravações de uma câmera de segurança mostraram o próprio Slade

---

[3] N. T.: Algoritmo de Reconhecimento de Imagens Super Inteligente.

fazendo compras no mercado da vizinhança. — Marmite,[4] né? Acho que nunca tinha visto ninguém comprar um pote. É uma coisa que simplesmente existe, sabe como é?

— Tinha me batido uma vontade de comer — Slade disse. — O que mais que ele pode fazer?

— O Marmite ou o computador? — Nakauchi perguntou e, sem receber uma resposta, continuou. — Você lembra o que estava fazendo há, vamos ver, 10 anos?

— Esperando meu filho nascer.

Após pressionar algumas teclas, uma gravação apareceu na tela — mostrava um Slade bem mais jovem, andando de um lado para o outro numa sala de espera de um hospital.

— Assustador, mas de uma forma legal, não é? — Nakauchi perguntou.

Slade encarou a tela, com a cabeça a pleno vapor.

— Qual é a precisão dele? — disse.

— Ainda está em fase de testes, por isso ainda tem alguns problemas, mas diria que a precisão é de cerca de 85 por cento. Definitivamente bom o bastante pra apontar essa sua espada afiada na direção certa.

Slade acenou com a cabeça para mostrar que havia entendido. *Bom o bastante, realmente.*

***

— Isso é o melhor que você pode fazer?

Digger Harkness estava em pé sobre Slade Wilson, que estava deitado com as costas no chão. Os dois estavam treinando durante a última meia hora. Harkness, que estava tentando se manter afiado no período entre uma missão e outra, havia desafiado Slade para uma luta amistosa. Combate de mãos limpas, o primeiro a fazer o outro

---

4 N. T.: Pasta intensificadora de sabor bastante difundida em países como a Inglaterra e a Austrália.

bater cinco vezes ganhava. O agente mais jovem estava ansioso para testar as próprias habilidades contra a lenda.

Slade, da parte dele, havia aceitado de bom grado. Um mês depois de sofrer os ferimentos, estava se coçando para se colocar em prática e testar se havia se recuperado bem. O desafio contra o ego apenas jogou mais lenha na fogueira. Achava que ia ensinar uma lição a Harkness.

Ao invés disso, estava perdendo de quatro a um.

Frustrado, deu um tapa no tatame e se levantou. O peito estava arfando enquanto o suor escorria pelas suas sobrancelhas. Parecia que estava sobre areia movediça. A agilidade e a força que tinha ainda não haviam voltado. Harkness o olhou com um sorriso astuto e convencido.

— Precisa parar um pouco?

Slade respondeu com um grunhido, preparando-se.

Harkness encolheu os ombros e entrou no combate.

Foi rápido. Slade se esquivava, bloqueando uma série de socos e chutes, manteve o ritmo no começo, mas depois diminuiu o passo, cansado devido ao ataque incessante do homem mais jovem. Enfim, Slade, descuidando da própria técnica, lançou um soco desesperado que Harkness evitou com facilidade, usando o ímpeto do oponente para jogá-lo no tatame uma última vez.

Xeque-mate.

O homem mais novo estendeu a mão para ajudá-lo a se levantar. Com um suspiro desanimado, Slade aceitou a ajuda. Não gostava de ser derrotado, mas não queria ser um mau perdedor. Harkness lhe deu um tapinha nas costas.

— Boa luta — disse, tentando soar sincero.

Slade riu de si mesmo.

— Acho que não.

— Você só está um pouco enferrujado. — Harkness jogou uma garrafa d'água para ele. — Leva um tempo pra recuperar a habilidade de antes.

— Aceita uma revanche quando me recuperar?

— Claro — Harkness concordou —, mas, na próxima vez, usamos nossas armas. — Slade fez que sim com a cabeça, observando-o enquanto pegava bruscamente a bandoleira com os bumerangues e partia em direção ao vestiário. Ele era habilidoso, sem dúvida, mas Slade acreditava que era um lutador melhor que ele. Havia sido subjugado, não pela habilidade, mas pelo cansaço; a força e a agilidade que tinha ainda não haviam sido restauradas após a natação árdua no oceano.

Slade foi em direção ao chuveiro, o treinamento de combate havia confirmado os resultados do exame de sangue feito um mês antes. Estava começando a aceitar o fato de que o mirakuru o havia deixado.

Usando o sistema SIIRA, Slade rastreou e localizou a família Queen e os associados a ela. A mãe de Oliver, Moira, a irmã, Thea, o melhor amigo, Tommy Merlyn, e até mesmo a ex-namorada dele, Laurel Lance, a garota cujo retrato Oliver havia guardado na carteira durante todos os anos em que passara na ilha.

Passava o tempo reunindo detalhes cuidadosamente, um *voyeur* a milhares de quilômetros de distância. Se Oliver Queen estivesse vivo, estas pessoas saberiam, e elas levariam Slade até sua vingança.

Começou a desprezá-los. Mais uma família opulenta, que vivia sob o ar rarefeito do luxo e da decadência que poucos chegariam a conhecer. Observava enquanto Thea e Tommy viviam às custas da riqueza dos pais, e se perguntava se Oliver teria sido como eles enquanto crescia. Slade foi atrás de reportagens antigas sobre os dias de festa de Oliver, viu o inimigo andando sem rumo pelos salões da Queen Consolidated, saindo com uma celebridade após a outra. Desmotivado e fraco. Como era possível que um filhinho de mamãe mimado que nem aquele pudesse ter encontrado a força moral necessária para sobreviver a uma ilha como Lian Yu?

Como havia se tornado um assassino de sangue frio?

Pensar no fato de que aquele homem o havia derrotado deixava Slade completamente enfurecido. Acreditava que alguém tinha que pensar como ele — se não sobre o próprio Oliver, então sobre algum membro da família privilegiada que o havia criado. Então começou a procurar pessoas que pudessem ser inimigas dos Queen.

O inimigo do meu inimigo é meu amigo. Ou, pelo menos, um aliado em potencial.

Decidiu começar as investigações pela Queen Consolidated. Procurou padrões em ações legais abertas contra a companhia, em tentativas de aquisição de suas subsidiárias, e no comportamento de competidores. Foi durante essa linha de investigação que se deparou com uma jovem executiva da Stellmoor International, uma companhia rival. O nome da executiva era Isabel Rochev, e ela fazia parte da Stellmoor há anos, trabalhando para subir uma posição de cada vez. Rochev havia construído a própria carreira tomando divisões satélites mais fracas da Queen Consolidated, como se fosse um pássaro rodeando sua presa.

Ela desmembrava as companhias em partes rentáveis antes de descartar suas carcaças sem nenhuma cerimônia. No fim das contas, as perdas não faziam nenhuma diferença nos lucros da Queen Consolidated, fato que era constantemente lembrado pelos materiais de imprensa da companhia. Essas subsidiárias não causavam muitos danos, o que tornava as ações de Rochev mais óbvias — claramente, essa mulher tinha intenções para além de simples negócios.

Slade sabia como era o ódio.

Mesmo assim, isso não era o bastante para encontrar Oliver Queen.

Após quatro meses de pesquisa, entretanto, e para a própria surpresa, o nojo de Slade pela família Queen começou a evoluir quando percebeu como eram miseráveis enquanto pessoas. Embora mantivessem um rosto corajoso quando estavam em público, a portas fechadas — nos momentos mais privados que tinham —, os Queen eram uma família destruída pelo pesar. Mais de três anos haviam se passado desde o naufrágio do *Queen's Gambit*, quando Oliver e o pai, Robert, haviam desaparecido e sido dados como mortos. Apesar disso, a tristeza da família permanecia tão viva quanto no dia em que o desastre havia acontecido. Observava enquanto Moira se perdia em meio ao trabalho e nos braços de Walter Steele, um alto executivo da Queen Consolidated, enquanto sua filha, Thea, tentava afogar as mágoas em um oceano de drogas de farmácia.

Estes efeitos também estavam presentes na casa dos Lance. O pai de Laurel, o detetive Quentin Lance, foi sugado para dentro de uma toca de coelho especialmente dele: o alcoolismo.

Embora tentasse se manter alerta durante a busca, enquanto os dias passavam sentia na verdade que seu ódio estava *minguando*. Para a própria surpresa, Slade se viu sendo dominado pelo remorso.

Remorso pelo que ele mesmo estava fazendo.

Por que é que estou perdendo tanto tempo com essa família miserável, correndo atrás de um fantasma?, perguntou-se. Para todos os efeitos, Oliver Queen estava morto. Enquanto isso, sua própria família estava esperando por ele em casa, bem perto e bastante viva.

Slade decidiu ir para casa cedo, para variar.

Meu lar. Um lugar que Slade havia esquecido por um bom tempo. Embora ficasse relutante no começo, Adeline ainda permitia que ele voltasse para casa. O cheiro do jantar foi levado pelo vento para saudar Slade enquanto percorria o caminho até a varanda. Conseguia até discernir os detalhes no odor — cenouras e cebolas ficando caramelizadas em uma panela, a gordura de carne picada dourando na manteiga, o aroma de pimenta-do-reino e tomilho. A fragrância saborosa marcava o início de um ensopado de encher a barriga. Depois do tempo que havia passado em Lian Yu, a refeição que antes era das mais corriqueiras havia se transformado em um luxo muito apreciado.

Joe estava sentado de pernas cruzadas no chão de seu covil, fazendo o dever de casa. Adie escutou Slade entrando e colocou a cabeça para fora da cozinha.

— Ficou cansado de invadir a privacidade dos outros? — ela perguntou.

— Decidi que prefiro ter a minha própria privacidade — Slade respondeu.

— Você é que sabe, mas é bom pra você se agarrar a suas ilusões — ela disse. — Agora você pode ajudar o Joe com o dever de casa.

Slade jogou o casaco sobre uma cadeira e sentou ao lado do filho. Sentiu o corpo afundar no carpete, a figura calorosa do garoto se aconchegando contra ele. Joe olhou para ele e sorriu, depois abaixou de novo a cabeça para continuar fazendo a tarefa do momento. Estava fazendo o rascunho de uma pequena redação a lápis, com uma caligrafia rabiscada e acidental característica de uma criança de 10 anos. Slade reconheceu a própria caligrafia em algumas das vogais.

— No que é que você está trabalhando? — perguntou.

— Num relatório sobre um livro — Joe respondeu. — A gente está lendo um livro de fantasmas, e a sra. Cho quer saber se a gente achou a história assustadora, mas se achar que não foi, aí a redação tem que ser sobre o que a gente acha *realmente* assustador.

— Parece uma boa tática. — Slade sorriu. Conhecer o medo de um inimigo significa que se tem os meios de controlá-lo. Por que o mesmo não seria verdade com crianças na escola?

— O que é que significa tática? — Joe o encarou.

— Que a sua professora é uma senhora bem esperta — Slade disse. — Então, o livro era assustador?

— Não muito. — Joe encolheu os ombros. — Tinha aranhas nele, mas eu vejo aranhas todos os dias, e aranhas grandes de verdade não existem.

— Não sei não, meu chapa. Eu já vi umas aranhas bem grandes.

— Grandes quanto?

— Do tamanho do seu rosto. — Slade usou as mãos e os dedos para imitar uma aranha andando. — E elas pulam em você, assim! — Pegou a cabeça de Joe com carinho, fazendo o menino guinchar de tanto rir.

— Então, se você não tem medo de aranhas, do que é que você tem? Dragões? Vampiros?

Joe fez que não com a cabeça.

— A mamãe diz que isso é tudo mentira, e que você não pode ter medo de coisas que não são de verdade.

— Está certo, valentão — Slade disse. — E do que é que você tem medo e que é de verdade?

Joe parou um instante, levando aquilo em consideração. Então encolheu os ombros de novo, sendo prático.

— Acho que eu tinha medo de não ver você de novo — respondeu, — mas acho que isso não conta.

Slade ficou atordoado. Lutando contra a emoção dentro de si, bagunçou o cabelo de Joe.

— Eu acho que conta sim.

***

Slade encontrou Adie ao fogão, mexendo a panela de ensopado. Ela acenou para que viesse em sua direção, dando uma colherada na panela.

— Aqui — ela disse, oferecendo-lhe a colher. — Prova isso.

— Você estava perdendo o seu tempo no A.S.I.S. — Slade comentou, lambendo a colher até deixá-la limpa. — Porque você é uma chef boa pra cacete.

— Ah, por favor. — Adie pegou a colher e a lavou na pia antes de colocá-la na panela de novo. — Você estava perdido numa ilha comendo ramos de plantas e terra durante os últimos três anos. Eu podia dar uma sola de sapato pra você comer e você iria adorar.

— Depende de qual fosse o sapato. — Adie soltou uma risada falsa e foi até o balcão para cortar alface para uma salada.

— Como ficou o dever de casa?

— Ficou bom. Joe escreve que nem eu, o que não é o ideal.

— Você quer dizer que ele escreve besteiras?

— Não — Slade respondeu, roubando novamente a colher da panela. — Como se estivesse tendo ataques epiléticos enquanto escreve. Deve querer dizer que ele é inteligente.

Adie, brincalhona, pegou a colher de volta.

— E isso, meu amigo, teria vindo de mim.

— Isso é indiscutível — Slade concordou. Parou por um segundo, olhando para o ensopado fervendo no fogão. — Joe falou que tinha medo de que eu nunca mais voltasse.

— Nós dois tínhamos medo disso — Adie completou. Assim como Joe, o tom de voz dela era prático, direto ao ponto. Ela continuou picando as folhas de alface. — Isso deixa você surpreso?

— Não de verdade. — Slade colocou um dedo no ensopado para prová-lo de novo. — Mas ouvir isso vindo dele... Eu nunca tinha pensado sobre isso de verdade antes.

— É por isso que você chegou em casa cedo hoje?

— O que é que você quer dizer? — Slade encarou a ex-mulher, pego de guarda baixa pela pergunta.

— Eu conheço você, Slade — ela disse, ainda picando a alface. — Você não está ficando esse tempo todo no trabalho pra achar agentes da A.R.G.U.S. Você está atrás de alguma outra coisa.

Slade pegou um pano de prato na alça do fogão para limpar as mãos. Olhou com atenção para ela, bem de perto.

— Parece que você está pensando sobre isso há algum tempo — ele disse. — De onde surgiu essa ideia?

— Nós estamos divorciados há mais tempo do que fomos casados, Slade — ela respondeu. — Eu perdi o direito de fazer perguntas a você há muito tempo, mas vou lhe dizer uma coisa... — Passou a salada para uma tigela e limpou as mãos no avental. Depois voltou-se para o ex-marido, olhando bem nos olhos dele. — O que quer que tenha acontecido com você lá, quem quer que seja o responsável por esse olho, mantenha isso lá. Deixe isso pra trás. Esqueça aquela ilha.

Antes que ele pudesse responder, ela o beijou na bochecha e então saiu, levando a salada para a mesa de jantar. Deixado para trás na cozinha, Slade inalou o cheiro de ensopado, sentiu o calor dele começar na barriga e se espalhar de dentro para fora, tomando seus braços e pernas. Então escutou seu garoto rindo na sala ao lado e caminhou até a porta para olhar o que estava acontecendo. Viu a ex-mulher fazendo cócegas no filho, tentando fazê-lo ajudar a colocar a mesa.

Seguindo em direção a uma cadeira em seu canto da casa, deixou o próprio peso afundá-lo bastante nas almofadas macias. Observou pela janela, contemplando o final da luz do dia enquanto o sol se punha rapidamente no horizonte e as estrelas emergiam no alto do céu. Fechou os olhos, respirando fundo, o cheiro do jantar no ar e a risada do filho nos ouvidos.

Pela primeira vez desde quando podia se lembrar, Slade se sentiu feliz.

Os japoneses haviam desenvolvido o mirakuru enquanto estavam coagidos, quando as atrocidades da Segunda Guerra Mundial os estavam esmagando. Desesperados para ficarem no mesmo nível que seus oponentes, mantiveram a existência do soro em segredo, escondendo o laboratório em um submarino nas profundezas do Pacífico Norte. Escondidos com segurança, aceleraram os testes com a droga passando direto para o uso clínico, testando o soro nos próprios soldados antes que pudessem conduzir uma pesquisa adequada.

Os resultados foram imediatos e aterrorizantes. Muitos dos soldados morreram instantaneamente, com os órgãos arruinados pelos efeitos do soro. Os poucos que sobreviveram, entretanto, emergiram com força e agilidade muito além das de homens normais.

Quanto a isso, o mirakuru fora um sucesso.

Porém, junto a essas habilidades surgiu uma consequência inesperada. As mentes dos soldados foram afetadas, tomadas lentamente por uma fúria violenta que os fazia atropelar o que e quem tivesse o azar de cruzar o caminho deles. Estes super-humanos não podiam ser controlados. Então os japoneses abandonaram abruptamente os testes antes que a pesquisa pudesse ser levada adiante, considerando a situação arriscada demais para continuarem.

O dr. Anthony Ivo, o cientista que havia rastreado o soro até encontrá-lo no submarino encalhado em Lian Yu, havia conseguido combater os efeitos destrutivos do soro enquanto estudava suas propriedades regenerativas a bordo do cargueiro. Desenvolveu um antídoto baseado em uma simples observação: o soro poderia ser totalmente consumido. Levando consigo todas as propriedades que exacerbavam a força e curavam feridas, a concentração de mirakuru no sangue diminuía, reduzindo seus efeitos. Nesse sentido, a droga poderia 'se esgotar'.

Mas se qualquer traço do soro conseguisse permanecer no sangue, ele se replicaria. Conforme o tempo passasse, voltaria a ganhar força e dominar o hospedeiro.

Tudo o que o mirakuru precisava era de tempo.

8

Slade estava se preparando para enfrentar Digger Harkness na sala de treinamento do A.S.I.S., segurando firme a machete de uso militar. Harkness pegou os dois bumerangues de metal. Diferentemente da primeira vez em que se enfrentaram, meses antes, ele parecia aflito, o peito estava enchendo e murchando, sugando o ar. Enquanto isso, Slade era a calma em pessoa, as gotas de suor próximas às têmporas eram a única coisa que indicava estar fazendo algum esforço. O cabelo naquela região havia começado a ficar grisalho.

Acenando a cabeça um para o outro, os homens correram para a frente, chocando-se no centro da sala. Harkness se movimentava como um redemoinho, girando o corpo com os braços estendidos. A curva das lâminas dos bumerangues atacaram em cima e em baixo, fazendo o mesmo movimento. Slade evitou os ataques com a machete, defendendo-se dos golpes com movimentos rápidos para cima e para baixo, cortando o ar com elegância.

Abruptamente, Harkness mudou de tática e mandou uma das lâminas voando em direção à cabeça de Slade, fazendo-o agachar-se. Enquanto a arma fazia a volta, Digger aproveitou o momento de distração para atacar, tentando cortar o oponente. Slade bloqueou o golpe, mas então Digger girou, pegou a arma que havia lançado enquanto ela voltava e atingiu o braço de Slade, fazendo-o sangrar.

O ferimento pouco fez para parar Slade, ao invés disso serviu para deixá-lo com raiva. Ele atacou com uma série de golpes, fazendo o oponente recuar. Jogou a machete, pegando Harkness de surpresa e cravando-a na parede ao redor da cabeça dele, o que o distraiu por um instante. Então acertou um chute no peito de Harkness e em seguida outro, giratório, na perna dele, tirando seu pé de apoio.

Harkness caiu no tatame provocando um forte estampido, deixando os bumerangues caírem ruidosamente cada um para um lado. Slade pegou a arma na parede e pressionou a ponta dela contra o pescoço do oponente. Harkness levantou as mãos, concedendo o ponto e a vitória.

— Eu diria que você está recuperado — Harkness admitiu. — Completamente.

Slade o ajudou a pôr-se de pé.

— Mais um *round*?

— Pra sofrer outra derrota pro 'Raposa Prateada'? — Harkness respondeu ironicamente. — Não, obrigado, meu chapa; já atingi minha cota de humilhação por hoje.

— Não se sinta mal... meu chapa. — Slade lhe deu um tapinha nas costas. — Eu estava devendo uma pra você.

— Acho que é verdade o que dizem por aí — Harkness disse. — O que vai, volta. — Riu com aquele pensamento e, enquanto iam em direção ao chuveiro, mudou de assunto. — Então, quando vai ser a sua próxima missão?

Slade fez que não com a cabeça.

— Não estou atrás de uma.

Harkness olhou curioso para Slade.

— Com a habilidade que você tem, achava que estaria se coçando pra voltar à ativa.

— Eu estou tentando uma coisa diferente — Slade disse. — Prioridades novas.

— Então eu desejo sorte a você, meu amigo. — Harkness olhou nos olhos dele, extraindo informações a partir de uma experiência tácita. — Não é fácil pra guerreiros como a gente deixar isso pra trás. — Slade concordou com a cabeça, sabia bem demais o alcance daquela verdade; mas estava em paz com aquilo. Adie estava certa. Durante a maior parte de um ano, não houvera nenhum sinal de Oliver Queen. Pelo bem de Joe, talvez fosse a hora de considerar o *playboy* de Starling City morto e enterrado.

— Desculpa pelo braço, a propósito — Harkness continuou. — Embora não pareça tão feio quanto tinha pensado.

Slade olhou rapidamente para o ferimento, surpreso por ver que o corte, tão sangrento poucos momentos atrás, já havia começado a cicatrizar.

Slade estava sentado à mesa, com a busca por Oliver Queen deixada de lado, quando uma nova fornada de informações chegou, vinda das atividades de vigilância da base em Hong Kong da agência. Um homem havia sido esfaqueado, assassinado em um beco que dava para uma das ruas urbanas mais movimentadas. De acordo com as autoridades chinesas, era um crime comum, um lamentável ato de violência perpetrado contra estrangeiros por uma gangue local. Haviam declarado que a vítima se chamava John Doe.

A Inteligência do A.S.I.S., entretanto, havia identificado o homem como Adam Castwidth, um homem bem conhecido por seus vínculos a mercenários e de quem suspeitavam ter ligações com Edward Fyers, o mentor do massacre em Lian Yu.

O incidente tinha o cheiro da A.R.G.U.S. do começo ao fim, e Slade fora encarregado de revisar os relatórios de vigilância que estavam chegando. A importância da tarefa, entretanto, não amenizou em nada o tédio. Fez o melhor possível para não ficar aborrecido enquanto analisava as centenas de fotos e vídeos de câmeras de segurança registrados em volta da cena do crime. Uma procissão infinita de rostos estava atravessando a tela do computador enquanto o SIIRA cruzava cada uma das pessoas designadas com a base de dados interna. Um palheiro sendo desfeito fio a fio, em busca de uma agulha.

Slade ampliou os parâmetros de processamento do SIIRA, pedindo ao programa para isolar todos os rostos de origem desconhecida na multidão. Era um tiro no escuro — apesar da paranoia disseminada, não valia a pena catalogar a maior parte das pessoas no banco de dados. Mesmo assim, a técnica havia se mostrado bem-sucedida algumas vezes antes.

Uma imagem chamou a atenção de Slade. Havia sido registrada apenas alguns momentos depois de um inocente que estava pelos arredores descobrir o corpo. A maioria da multidão estava sendo guiada em direção ao tumulto. Porém, um homem — caucasiano, cabelos castanhos de comprimento mediano — estava claramente indo contra o fluxo. A maior parte do rosto dele, virado para o lado, estava escondida por sombras, e o movimento enquanto caminhava deixava seus traços embaçados.

Enquanto chegava mais perto de reconhecê-lo, Slade sentiu os pelos do braço se arrepiarem e o coração acelerar. A visão dele ficou completamente focada na imagem e os sons da área comum se esvaneceram. Embora o homem fosse apenas um borrão escuro, sua identidade era inconfundível. Era o rosto do homem que o havia traído e deixado para morrer.

Oliver Queen?

Slade isolou a imagem, depois deixou o SIIRA conduzir uma busca baseada numa simulação computacional de como Oliver estaria atualmente. O programa reportou 50% de equivalência possível. Para a maioria, seria como um cara ou coroa, mas para Slade era uma confirmação suficiente.

A mão dele começou a tremer de leve, e a sensação familiar o fez ficar alerta. A foto de Oliver estava começando a acordar a fúria mirakuru que havia permanecido inativa por tanto tempo. A mente dele começou a dar voltas para trás. Na memória, Slade reviveu o momento em que chegou a Lian Yu com Billy — seus laços fraternais mais fortes do que nunca. Outro *flash* de quando Shado se uniu a ele e Oliver na fuselagem. Slade e Shado, treinando juntos para o combate, vigorosamente, e, enquanto faziam isso, ele se apaixonando mais por ela a cada instante em que a desafiava.

Finalmente, viu Oliver pairando sobre si mesmo, encharcado e com a flecha na mão, antes de cravá-la na cabeça dele.

O som de plástico quebrando o fez voltar ao presente de forma abrupta. Olhou para baixo e abriu a mão. O *mouse* do computador caiu dela já em pedaços, destruído.

***

— O Harkness já está em Hong Kong, se infiltrando na A.R.G.U.S.
— Então traz ele de volta — Slade exigiu.
— Infelizmente, não posso fazer isso — DeForge respondeu.
— *Por que não?* — a voz de Slade ressoou pelo escritório. A sala ficou tensa e silenciosa. Slade estava em pé e com os punhos cerrados, de frente para DeForge, que permaneceu sentado à mesa. O comandante o encarou calmamente.
— Você vai se sentar ou vai me dar um soco? — perguntou. — Qualquer que seja o caso, só toma a merda de uma decisão.

Ser confrontado abrandou a raiva de Slade. Ele se sentou, colocando o peso sobre a borda da cadeira. Os dois continuaram olhando bem no olho um do outro.

— Sem esconder nada? — DeForge começou. — Não foi fácil pra mim, ver você voltar pra vida deles. Mas guardei meus sentimentos para mim porque sei como você é importante pro Joe... e pra Adie. — O comandante deixou de fazer contato visual ao mencionar o nome dela, concedendo relutantemente. — Então nem a *cacete* eu vou ficar parado e deixar você largar eles de novo. Não pra procurar a merda de um riquinho de Starling City.

Foi a vez de Slade perder a compostura momentaneamente.

— É, Slade, eu tenho estado de olho no seu trabalho. Sabe todos aqueles dias que você ficou até tarde? A Adie estava preocupada. — Ele deixou as palavras atingirem o alvo. — Por que é que você está obcecado por Oliver Queen?

Slade foi pego desprevenido. Encontrar Oliver deveria ser sua empreitada particular. Agora que DeForge sabia, qual seria o próximo passo? Não fazia sentido manter segredo agora, mas também não havia necessidade de contar toda a verdade.

— Porque — Slade respondeu cuidadosamente — foi ele que matou o seu irmão.

DeForge franziu o rosto e examinou o rosto de Slade.

— Se isso é verdade, por que é que você não contou durante o seu interrogatório?

— Ninguém iria acreditar em mim — Slade mentiu. — Eu precisava de provas de que ele ainda estava vivo, e agora eu tenho. — Estendeu a foto do homem deixando o beco em Hong Kong. DeForge olhou para ela, balançando a cabeça.

— Isso mal passa de um borrão.

— *Não* — Slade contrariou, rosnando. — É ele. O SIIRA confirmou.

— Esse programa está longe de ser infalível — DeForge argumentou. — Apesar do que o sr. Nakauchi tenha feito você acreditar.

— Como é que você pode não querer justiça? — Slade exigiu. — *Ele matou o seu irmão!*

— Mesmo se isso fosse verdade — DeForge respondeu, já recomposto. — Nenhuma justiça pode ser feita a partir do cadáver do homem errado. — Abriu uma pasta sobre a mesa e passou uma folha de papel para Slade. — Nós interceptamos esse e-mail no começo do mês. É um relato enviado por Tommy Merlyn a Laurel Lance. Acho que você reconhece esses nomes.

Slade começou a ler. Merlyn havia viajado a Hong Kong para procurar Oliver, depois de o e-mail dele ter sido acessado em um cybercafé local, mas todo o incidente fora um embuste armado por sequestradores para atraí-lo até lá e o pegar para pedir um resgate. Se não fosse pela polícia local, Merlyn ainda estaria nas garras deles, talvez até morto.

O Oliver está morto, dizia o relato, fornecendo dados que condiziam com a afirmação. *É hora de seguir adiante.*

Slade cedeu sob o peso da revelação.

Tinha tanta certeza.

DeForge quebrou o silêncio:

— Quando você pediu pra ficar fora do campo, eu honrei o seu pedido, contra meus próprios pressentimentos — disse. — Faça o mesmo. Fique com a sua família. Pare de correr atrás de fantasmas.

Slade concordou com a cabeça e saiu atordoado do escritório. Enquanto caminhava pelo corredor, com o brilho das luzes de halogênio forte sobre si e o som dos passos ecoando, tentou colocar a cabeça no lugar. Por um brevíssimo momento, a possibilidade de Oliver estar vivo havia reanimado o seu ódio. Estava chocado com a velocidade com que a emoção o havia dominado.

Pensando sobre Adie e Joe, tentou abafar a raiva.

Assim como Tommy Merlyn, sabia que era hora de seguir adiante.

9

Fazia quase dois anos desde que havia voltado para casa, e com a passagem do tempo adquiriu um novo propósito.

Os novos recrutas do A.S.I.S., uma mistura de 10 homens e mulheres, estavam alinhados contra a parede da sala de treinamento. Todos eram jovens e estavam ansiosos para impressionar os antigos membros. Futuros assassinos estavam sendo preparados.

Slade percorreu a fileira, avaliando-os.

Amadores.

O cabelo nas têmporas dele havia ficado mais grisalho com as estações, do inverno para a primavera e então para o verão. Os tremores também haviam aumentado, e sentiu um começando a surgir na mão direita, mas logo o impediu cerrando o punho. Então pegou um jogo de bastões de treinamento no cavalete de armas.

— Alguém sabe o que é isso aqui?

Um dos recrutas mais convencidos, um homem chamado Ian, deu um passo à frente. Tinha rosto de bebê, mas era bonito, o cabelo bem curto era loiro, da cor de areia. Era a imagem escarrada de Oliver Queen. Slade demorou um momento para reagir, deixando a comparação de lado.

— São bastões de Eskrima — Ian disse. — Das Filipinas.

— Você fala como se já tivesse usado eles antes — Slade respondeu.

— Sou faixa-preta. Então, é, diria que já usei eles antes.

Debochando da forma como o garoto estava se vangloriando, Slade levantou as sobrancelhas.

— Impressionante. — Depois virou-se para a turma. — A maioria dos mestres não se chamaria de mestre, a não ser que estivesse atrás de um desafio. — Os olhos voltaram a apontar para Ian. — Não é verdade?

Ian deu um passo à frente, sem recuar. Apontou com a cabeça para o tapa-olho de Slade.

— A sua deficiência não atrapalha um pouco não, meu velho?

— Deficiente *e* velho — Slade concordou. — Acho que você não vai ter nenhuma desculpa se perder. Pegue suas armas.

Enquanto Ian seguia em direção ao cavalete de armas, Slade lutou contra outro tremor na mão. Cerrou o punho mais uma vez para estabilizá-lo e caminhou até o centro do tatame, preparando-se para o treinamento de combate. Quando se virou para encarar Ian, entretanto, viu-se cara a cara com Oliver Queen.

Não é possível, Slade disse para si mesmo. Fechou os olhos, afastando a alucinação.

Quando os abriu de novo, o rosto de Ian havia voltado.

Ian o estava encarando, intrigado.

— Você está bem?

— Vou perguntar a mesma coisa pra você daqui a pouco — Slade respondeu. — *Já!*

Acenando com a cabeça, Ian se lançou contra Slade. Demonstrava proficiência, mas de uma forma que indicava que ele nunca havia lutado além das fronteiras de um ringue. Não era nem um pouco prático. Usando a experiência que havia adquirido no campo, Slade se esquivou com facilidade do ataque, então surpreendeu o oponente fingindo tentar um golpe contra a cabeça dele e acertando-o com velocidade na perna de apoio, o que fez o jovem agente girar no ar e cair de costas no chão.

— Você luta como se estivesse na academia, garoto. — A palavra 'garoto' escapou dos lábios de Slade, pegando-o desprevenido. Havia sido o apelido de Slade para Oliver em Lian Yu, durante os treinamentos de combate que faziam juntos, como amigos. Antes da traição. O devaneio distraiu Slade por um momento, permitindo que Ian levantasse rapidamente e acertasse um golpe na cabeça de Slade: pegou de raspão, mas foi o bastante para deixá-lo desorientado.

O jovem recruta, que lutava de uma forma pouco natural, mas não chegava a ser estúpido, tomou vantagem do lapso de concentração de Slade, lançando uma série de ataques tanto com o bastão quanto com os pés, fazendo o oponente recuar. Slade estava se defendendo, mas Ian estava apertando o passo e conseguindo acertar os golpes mais vezes do que errava.

A visão de Slade foi ficando embaçada até conseguir ver apenas Oliver Queen atacando-o. A alucinação ia e vinha a cada golpe, como um rádio sintonizado entre duas estações diferentes, e a raiva começou a borbulhar. O ímpeto de adrenalina guiada pelo mirakuru consertou sua visão, permitindo que contra-atacasse.

Ele o fez com brutalidade, sem misericórdia.

Acertou um golpe após o outro com força, até que, movido pelo soro, se preparou para um ataque final. Trouxe a mão para trás e, em um único ato fluido de fúria, atravessou o bastão de Ian com o seu, deixando-o em pedaços. O golpe seguiu até atingir a perna do oponente, quebrando seu osso e provocando um barulho chocante. Ian reagiu soltando um urro, o que fez Slade voltar a si instantaneamente. Olhou para a frente.

Os recrutas o estavam encarando horrorizados.

Wade DeForge, que estava passando pelo corredor em frente, foi atraído pela comoção e entrou na sala de treinamento. Seus olhos viraram-se diretamente para os de Slade.

— Que merda é essa que está acontecendo aqui?

Slade percorreu a cena com os olhos, notando Ian no chão, contorcendo-se de dor, e a turma, todos com os pés pregados ao tatame em diferentes estados de choque. Deixou os bastões caírem no chão e abriu caminho em direção à porta da sala de treinamento, encarando DeForge enquanto isso.

— Ele pediu pra lutar — Slade murmurou. — Então eu lutei com ele.

— Ei — Joe disse, dando um tapinha com as costas da mão no braço de Slade, alguns dias após a luta. — Você conhece esse cara ou alguma coisa do tipo?

O contato tirou Slade de dentro dos próprios pensamentos. Estava encarando um homem de rosto rechonchudo no final da ala de cereais, que o observou com uma expressão curiosa antes de sair do lugar. Apenas alguns momentos antes, Slade havia visto Oliver Queen parado ali. Ele o havia encontrado enquanto percorria o mercado lotado e o seguiu até a fileira multicolorida de caixas de grãos processados que estava na ala quatro.

A mente dele vagava sem rumo frequentemente agora, perdida em meio a visões de Oliver dentre uma multidão próxima, na fila do banco, ou olhando os cereais na ala de café da manhã.

Optou por ignorar a pergunta de Joe, preferindo pegar uma caixa fluorescente de cereal infantil na prateleira. Mostrou-a para o filho, que agora estava quase oito centímetros mais alto e beirava a adolescência.

— Você ainda come essa bosta? — Slade perguntou.

— Não — Joe respondeu, pegando outra caixa da prateleira, uma escolha igualmente ruim. — Eu como *essa* bosta aqui.

— *Muito* mais nutritivo.

— Ok, *mãe*...

— Eu vou mostrar pra você. — Slade pegou o filho e bagunçou o cabelo dele. — Está pronto pra jogar um futebol americano?

— Só se você estiver pronto pra levar uma surra.

— Isso é o que a gente vai ver.

Enquanto Joe caminhava em direção aos caixas, Slade olhou de soslaio para o outro lado do corredor, com o espaço que separava a realidade e a fantasia começando a ficar embaçado.

O vento havia esticado as nuvens brancas, formando listras no céu azul, como se fossem ondas em um oceano nas alturas. Joe chutou a bola tão alto que ela girou inúmeras vezes antes de aterrissar nos braços esticados de Slade.

Gritou para o filho no outro lado do campo:
— Essa você mandou pra fora do estádio!
— É isso aí, a perfeição vem com a prática!

O 'estádio' não passava de um trecho de grama vazio cercado de arbustos grandes demais, mais ou menos afastado da rua principal. Perfeito para um treino de futebol com as regras da Austrália.

— Você ainda lembra como é que se chuta? — Joe debochou, com um sorriso largo.

— Muito engraçado. — Slade tomou distância e chutou a bola. A força restaurada do mirakuru fez com que passasse muito acima da cabeça de Joe, mandando-a para o meio dos grandes arbustos.

— Pô, pai — Joe disse.

— Desculpa, meu chapa. Acho que estou enferrujado. — Slade correu de leve até o filho. — Eu vou pegar ela.

— Vai precisar de nós dois. — Joe começou a andar por entre os arbustos.

— Fica na ponta dos pés — Slade advertiu. — Aqui é território de víboras.

— *Eu sei.* — Joe desapareceu por entre os arbustos. Slade não precisava ver o filho para saber que ele estava virando os olhos, exasperado. O pensamento fez ele sorrir. Seguindo-o mata adentro, foi na direção noroeste enquanto Joe ia a nordeste.

— Já viu ela?

— Nada. Tem muita planta aqui.

Enquanto Joe seguia em frente, Slade escutou um farfalhar à sua frente. Não vinha exatamente da direção de Joe. O movimento parou bruscamente, como se o que quer que o estivesse causando houvesse sido pego. Slade parou, esforçando-se para escutar algo além do vento. Então, em meio às hastes verticais verdes e marrons, a cerca de 10 metros de distância, Slade o viu.

Oliver Queen, tão real quanto em carne e osso.

O jovem *playboy* lhe mostrou um sorriso rápido e malévolo e seguiu em direção a Joe pelo meio dos arbustos.

— Não! — Em pânico, Slade começou a abrir caminho pela vegetação densa, arrancando-a pelas raízes. — *Oliver... não!* — Parou, respirando fundo e tentando escutar algum movimento.

De repente, ouviu um farfalhar atrás de si. Virou-se rapidamente, tomando a ofensiva, e esticou o braço para agarrar a garganta de Oliver. Ao invés disso, suas mãos encontraram o pescoço do próprio filho, que estava de olhos arregalados e aterrorizado. Joe deixou a bola cair no chão.

Slade soltou o pescoço de Joe.

Afastou-se lentamente do filho, sentindo a mão se contrair.

— Que *merda* foi essa, pai... Por que você fez *isso*? — Joe afagou o próprio pescoço. — Quem é Oliver?

Slade abriu a boca, tentando responder, incerto das palavras que deveria dizer, quando escutou outro farfalhar na vegetação atrás de Joe. Pegou o filho, colocando-se à frente dele. Estava esperando ver Oliver, mas ao invés disso o que viu foi uma cobra. As listras marrons, pretas e cinzas na barriga permitiam identificá-la imediatamente como uma víbora.

A cobra silvou para Slade, depois deu o bote, com os dentes venenosos prontos para atacar. Agindo por instinto, Slade se esquivou do ataque e agarrou a cobra pelo pescoço. Então segurou a cauda do animal e rasgou o corpo dele no meio, fazendo o sangue morno escorrer pelos antebraços. Jogou o cadáver rasgado na terra, que provocou um baque ao cair, e olhou nos olhos do filho.

Neles, havia confusão misturada a medo.

— Ela ia machucar você — Slade disse.

— Eu sei.

— Então por que é que você está me olhando desse jeito?

— Você não entende? — Joe perguntou, com a voz rouca. Afagou o pescoço de novo. — Merda, pai, isso podia ter sido *eu*. — Joe se virou de costas para o pai e fez o caminho de volta pelos arbustos, em direção ao campo. Olhando para baixo, Slade viu a bola do filho, esquecida sobre a terra.

Estava coberta de sangue.

— Terra para Wilson. — Matt Nakauchi acenou em frente ao rosto de Slade. — Você escutou alguma coisa do que eu acabei de falar?

Slade estava sentado à mesa, folheando distraído as fotos informativas mandadas por Harkness do campo em Hong Kong. Sua mente estava sendo levada em duas direções diferentes: para os pensamentos sobre Oliver Queen, como sempre, e então para como havia chegado perto de quebrar o pescoço do próprio filho. As alucinações estavam ficando mais frequentes com o passar das semanas.

Não havia sequer notado que Nakauchi estava falando com ele.

— Do que é que você precisa? — Slade perguntou.

— O Guggino está em cima de mim querendo saber o que conseguiram arrancar no reconhecimento em Tel Aviv. Você se importa de ir até os arquivos encontrar isso? — Nakauchi encarou Slade, viu a expressão abatida do rosto dele e a confundiu com cansaço. — Pode ser que o escuro faça bem pra você, cara.

Slade fez que sim com a cabeça, depois foi em direção aos elevadores. Os arquivos ficavam no porão, uma área extensa mas ainda assim claustrofóbica devido ao teto baixo, às prateleiras lotadas e à luz esparsa. Slade, entretanto, não se importava, e achava os confins escuros confortantes.

Enquanto vasculhava as fichas de reconhecimento, Slade se deparou com uma caixa de informações arquivadas sobre Lian Yu: tudo o que o A.S.I.S. havia conseguido descobrir sobre a ilha antes da missão. Com a curiosidade tomando conta de si, abriu a tampa e folheou o conteúdo da caixa, cuja maior parte já havia visto antes de ser deixado lá.

Em meio aos documentos sobre Yao Fei, Slade encontrou um *pendrive*. Estava marcado com um nome que fez Slade perder o fôlego. *Shado*.

De volta à mesa, Slade inseriu com pressa o *pendrive* no computador, revelando seu conteúdo — uma série de arquivos de vídeo, todos anteriores à chegada dele a Lian Yu. Clicou em um deles e o vídeo tomou a tela do computador.

Emoções brotaram enquanto via a amada de novo pela primeira vez desde a ilha. Os vídeos mostravam uma Shado mais jovem, na faculdade, sorridente e despreocupada, e tão bonita quanto ele se lembrava. Ao vê-la se mexer e escutar sua voz, era como se ela ainda estivesse viva. Slade esticou a mão até ela, esquecendo por um segundo que não passava de uma imagem numa tela, uma fração de minuto de toda uma vida suspensa no tempo.

O devaneio foi interrompido por uma voz familiar, cheia de escárnio.

— Eu pensei que você me amava.

Levantou a cabeça e viu Shado ao lado dele, voltando pela primeira vez desde que Slade havia deixado a ilha. Ela zombou dele, apontando para a foto sobre a mesa. Era de Adie e Joe.

— Você mentiu.

Slade sentiu a mão se contorcer. Fechou os olhos, dizendo para si mesmo que ela não era real ao mesmo tempo em que desejava desesperadamente o oposto daquilo.

— Eu pensei que você tinha feito uma *promessa* pra mim.

— O Oliver Queen está morto — Slade protestou, com desespero na voz, tentando fazê-la entender. — Ele está morto!

— Foi *você* que matou ele?

— Não. — Ele tentou encostar nela. — Por favor...

Shado recuou, fugindo por um triz do toque dele.

— Então você quebrou a sua promessa.

Slade observou enquanto ela desaparecia bem em frente aos olhos dele. Levou as mãos à cabeça, sendo dominado pela agonia.

— Não, não vai embora, espera... — Fechou os olhos, lutando contra a dor que estava sentindo. Quando os abriu, encontrou Nakauchi o encarando, chocado.

— Com quem que você está falando, cara?

Slade não respondeu. Percorreu a sala com os olhos, tentando ver para onde ela havia ido. Então percebeu abruptamente onde estava. No trabalho. Cercado de olhares bisbilhoteiros. Sentindo subitamente, com uma urgência avassaladora, que precisava estar em qualquer outro lugar que não fosse o A.S.I.S., passou por Nakauchi e foi com pressa até o corredor, dando de cara com Wade DeForge.

— Nós precisamos conversar — o comandante disse.

— Agora não. — Slade tentou tirar DeForge da sua frente, mas o caminho estava bloqueado.

— Isso não é um pedido, Slade.

— *Sai da minha frente* — Slade disse, rangendo os dentes. Com a raiva fervendo, empurrou DeForge para trás, jogando-o contra a parede. Os agentes que estavam ao redor reagiram, saindo para persegui-lo, mas o comandante levantou uma mão para impedi-los. Slade atravessou o corredor e saiu do edifício, com o mirakuru atingindo o auge do seu domínio.

Era a última peça que faltava.

10

Estava sentado sozinho na sala, com a televisão competindo aos berros com a cacofonia de dentro de sua cabeça e o mirakuru estimulando uma raiva que não tinha meios de se externar. Estava correndo atrás de fantasmas de novo, sua mente estava obcecada por pensamentos sobre Shado e o fracasso em acertar as contas com Oliver Queen.

Ela estava certa, pensou. *Eu quebrei a minha promessa*. Era como se nada dos últimos anos houvesse acontecido.

Pensamentos sombrios começaram a tomar forma, sobre Joe e Adie, competindo com o pensamento racional de Slade. Que direito tinha a uma vida feliz? Como poderia amar outra pessoa? Essa vida era uma farsa — uma expressão do seu fracasso em vingar Shado.

Não, isso estava errado. Por que não poderia amá-los também?

Slade tentou se distrair passando os canais na televisão. Passou de um em um, sons de esportes, explosões e comerciais ressoando rápida e sucessivamente, até que enfim parou, aterrissando no noticiário local. Um repórter estava de frente para uma tela, indicando que uma tempestade estava a caminho, vinda do leste.

Joe entrou na sala com a bola de futebol americano embaixo do braço e se aproximou cautelosamente de Slade.

— Pai? — disse. — Quer dar uns chutes antes do jantar?

— Você não está ouvindo? — Slade respondeu, com olhos vazios presos à tela. — Vai ter uma tempestade.

— Ah, vamos, não jogamos há...

— Eu disse NÃO — Slade vociferou, fazendo o filho recuar com o ataque. Joe olhou para o pai, confuso e emotivo, à beira das lágrimas. A discussão fez Adie vir da cozinha, onde estava preparando outro ensopado de carne.

— Joe, você pode me deixar sozinha com seu pai um segundo?

Joe fez que sim com a cabeça e foi em silêncio para o quarto, desanimado. Assim que saiu do alcance da conversa, Adie se virou para Slade.

— Qual é a *merda* do problema com você?

Slade voltou a passar de canal, sem responder.

— Meu Deus, Slade — ela vociferou, indo para o meio do caminho entre ele e a televisão. — Eu estou tentando falar com você.

Ele olhou para ela com uma expressão fria e distante.

— Então fala.

Adie se arrepiou com o desapego na voz dele.

— Eu devia saber que isso ia acontecer — ela disse. — Eu pensei sinceramente que aquilo ia ter feito você mudar, quase morrer daquele jeito, mas você ainda é a mesma pessoa. Pensei que você poderia ficar aqui pela gente, mas não tinha como isso durar. Eu fui uma idiota de pensar que poderia fazer isso.

Slade continuou passando de canal em canal, seu dedo estava apertando o botão sem nenhum objetivo além de manter o som repetitivo dos cliques, a única proteção contra o caos que estava se formando no cérebro dele. Frustrada, Adie tomou bruscamente o controle da mão dele. A TV parou em uma série de comédia, o som gravado de risadas estranhamente fora de hora.

— Se você quiser voltar pro campo, tudo bem — ela pressionou, — mas pare de torturar a gente com promessas que você não consegue cumprir.

— Promessas? — Slade respondeu, a menção da palavra concentrando a sua ira. — Você não faz *nenhuma ideia* do que é uma promessa. — Com a raiva aumentando, Slade se levantou da cadeira e começou a andar na direção dela, os risos gravados ainda ressoando da televisão. — O que é fracassar com alguém que você ama.

— Eu pensei que isso era sobre *a gente* — Adie disse, sem pensar antes de falar.

— Você nunca me amou — ele respondeu. — Não como ela.

— Como quem?

— Shado Fei, muito provavelmente. — Mas a voz não era a de Slade. Eles se viraram e viram Wade DeForge atravessando a porta de entrada, escoltado por dois agentes do A.S.I.S. Mais deles podiam ser vistos pelas janelas enquanto se posicionavam taticamente ao redor da casa. Todos estavam preparados com os equipamentos de combate: SIG Sauers carregadas, mas nos coldres, e facas afiadas, ainda na bainha.

— Encontramos ela enterrada ao lado do pai dela em Lian Yu — DeForge complementou. Havia uma intensidade sob a calma habitual dele. Raiva. — Mas, estranhamente, não havia uma cova parecida para o meu irmão.

— O que é que está acontecendo, Wade? — Adie exigiu, ficando atenta.

DeForge caminhou lentamente ao redor de Slade, posicionando-se entre os dois. Os agentes o seguiram prontamente, ficando cada um de um lado de Slade, preparados para caso algo ocorresse. A televisão continuava a fazer bastante barulho no fundo da situação.

— Eu estou revelando como ele é mentiroso — DeForge respondeu, sem tirar os olhos de Slade. — Você estava tão obcecado por Oliver Queen, tinha que ter um motivo, alguma coisa que você não estivesse falando. Minha curiosidade falou mais alto, e fiquei me perguntando se ele tinha ido para aquela ilha. Então eu mandei uma equipe pra investigar, pra achar alguma prova da morte dele pra você. No começo, o meu objetivo era tirar esse assunto da sua cabeça. — A mandíbula de DeForge começou a ranger, uma emoção rara o estava inundando. — Ao invés disso, eles acharam o cadáver do Billy. Jogado a céu aberto. Com a *sua* faca cravada no olho dele. As evidências de DNA provaram isso com facilidade.

— Não — Adie disse. — Com certeza isso é um engano. Por que é que ele mataria o Billy? — Ela se virou para Slade, tanto com raiva quanto suplicante. — Diz pra ele que é um engano, merda!

Slade não respondeu.

As risadas da série foram cortadas de repente, interrompidas por uma reportagem especial. As últimas notícias de Starling City. Uma imagem surgiu na tela.

Bilionário desaparecido foi encontrado.

Então o âncora começou a falar.

— Oliver Queen está vivo — disse. — O residente de Starling City foi encontrado por pescadores no mar do norte da China há apenas cinco dias, após cinco anos de desaparecimento e ser dado como morto... — Fotos de Oliver passavam na televisão enquanto o repórter continuava. — Notícias sobre o resgate causaram impacto no mercado, inclusive na Bolsa de Valores da Austrália, que fechou notavelmente em alta. — O barulho na cabeça dele diminuiu enquanto a raiva encontrava um novo foco, único e letal.

Finalmente, ele sabia. *Oliver está vivo.*

E é hora de fazer ele pagar pelo que fez.

Slade se virou e começou a andar em direção à porta, mas foi impedido por dois dos agentes.

— Seu traidor desgraçado — DeForge disse. — Você não tem *nada* a dizer?

Slade se virou de novo para o comandante, encarando-o.

— O Oliver Queen me traiu — Slade rosnou. — E ele vai sofrer por causa disso. *Igualzinho ao seu irmão...*

— Oh, meu Deus... — Adie deixou escapar.

— ... E eu vou abater qualquer um, *qualquer um*, que ficar no meu caminho.

DeForge sacou a arma, os outros agentes seguiram o comando.

— Esse vai ser o seu único aviso. Vem com a gente em paz, ou eu vou atirar em você dentro da sua própria casa.

— Não me teste — Slade respondeu.

— Será que todo mundo podia abaixar as armas?! — Adie disse. — Slade, não faz isso!

— Essa é a sua última chance — DeForge respondeu, mas Slade virou as costas para o comandante e começou a andar em direção à porta. DeForge acenou com a cabeça para os agentes e eles avançaram, preparando-se para dominá-lo. O que estava mais próximo de Slade segurou o pulso dele para impedi-lo. Slade girou, pegando o braço do agente e o torcendo por cima do ombro dele. Enquanto o homem urrava, agonizante, Slade desembainhou a faca do próprio agente e o apunhalou no coração.

Os tiros irromperam enquanto quatro agentes que estavam esperando do lado de fora entraram abruptamente pelas janelas. Slade arrancou a faca do agente morto, rearmando-se, e colocou o corpo na sua frente como um escudo temporário contra o fogo à queima-roupa. Vendo uma abertura, lançou a faca na cabeça do segundo agente da escolta e o corpo dele caiu no chão, aos pés de Adie, provocando um estampido chocante.

DeForge avançou, mantendo-se entre Slade e Adie. Puxou o gatilho, disparando uma vez atrás da outra e conduzindo Slade para dentro da sala, em direção à metade do grupo de agentes invasores. Os outros o seguiram, mas o alvo se movimentava rápido demais para que conseguissem atirar, rolando para trás do braço da cadeira para se proteger. Então, usando sua força extraordinária, pegou um aparador de madeira e o jogou contra dois dos oficiais. Um conseguiu escapar do impacto, mas o outro foi atingido e lançado contra a parede com o crânio esmagado.

Slade continuou se movimentando, correndo pelo perímetro da casa e atraindo os tiros antes de propositalmente chegar ao centro da sala. Parou por um brevíssimo momento, deixando que os homens mirassem, então com um pulo saiu do campo de visão deles. O fogo que resultou da manobra abateu um dos agentes, deixando buracos na parede por trás dele. Atravessando a sala de estar, DeForge conseguiu alcançar a parte de fora da casa, ainda atirando, mas uma bala perdida atingiu Adie.

Ela arquejou, mas não gritou.

— Não! — DeForge parou de atirar enquanto ela caía no chão, por trás de uma estante de livros. Ele se aproximou dela, agachando-se totalmente, mas era tarde demais. A bala a havia atingido na têmpora, matando-a instantaneamente.

Sem se dar conta do que havia ocorrido, Slade estava enfrentando os homens que restavam, trazendo-os para perto em combates corpo a corpo. Quebrou a perna de um agente com um chute violento e esmagou o rosto dele com o cotovelo, matando-o na hora. O último agente, atacando-o por trás, conseguiu atingir a parte de cima das costas de Slade com uma faca, mas o golpe não fez nada para impedir o ataque mortal. Slade simplesmente pegou o homem e o jogou através da parede, na direção do quarto de Joe.

Então voltou a atenção para Wade DeForge. O comandante soltou um rugido gutural e correu para a frente, abrindo fogo. Slade se agachou o bastante para se esquivar de um tiro que o atingiria na cabeça, sendo baleado no ombro e na parte de cima do braço. Ainda livre, usou um braço para pegar DeForge pelo pescoço, enquanto o outro forçava a mão que segurava a arma a voltar-se lentamente contra o corpo do próprio Wade. Então apertou o dedo do gatilho, liberando quatro balas que atravessaram o peito e o estômago de DeForge.

Os olhos de DeForge mostraram choque por um instante. Depois, viraram para dentro das órbitas.

Slade soltou o comandante e observou o corpo dele atingir o piso de madeira com um estampido. Quando levantou a cabeça, viu Joe a menos de dois metros de distância, junto ao corpo da mãe. Ela estava deitada, em parte apoiada contra a estante de livros.

Uma piscina de sangue estava começando a brotar no peito do menino. As balas haviam atravessado o corpo de DeForge, atingindo Joe diretamente no coração. Ele tentou balbuciar alguma coisa antes de cair amontoado no chão.

A visão abalou Slade, abrindo espaço em meio à raiva que estava sentindo. Deu um passo em direção ao filho e à ex-mulher mortos, com os olhos enchendo de lágrimas. *O que foi que eu fiz?* Slade caiu de joelhos, levantou o cadáver do filho, e se viu à beira de um ataque histérico, com o remorso e a raiva pulsando, o sangue de Joe e Adie nas próprias mãos.

— Isso é culpa *dele*.

Subitamente, parou e olhou para cima, vendo Shado à sua frente.

— Ele é o culpado — ela sussurrou — de tudo isso. — Ela apontou para a televisão, a reportagem ainda estava passando em meio a toda a carnificina. Gravações em vídeo de Oliver Queen tomavam a tela.

Slade deixou o corpo do filho cair e se levantou, a raiva o estava dominando mais uma vez.

— Encontre ele — Shado disse. — Faça ele pagar por isso.

Ela fez um carinho no rosto dele.

— *Me vingue.*

Slade concordou com a cabeça, com os olhos num foco mortal.

— Ele vai ter aliados.

— Assim como você — Shado respondeu.

Slade concordou, um plano estava começando a tomar forma.

— Dessa vez, eu vou esperar.

— Isso...

— Quando ele menos esperar, eu vou atacar...

— *Isso...*

— ... e vou fazer ele sofrer.

2

ROCHEV

1

O PRESENTE

Nuvens escuras e melancólicas cobriam o céu matinal em Starling City. A chuva estivera caindo persistentemente e não dava sinais de que iria diminuir, pintando a linha do horizonte da bela cidade de cinza e tornando-a quase invisível.

    Da janela de seu escritório sofisticado em um dos cantos da Stellmoor International, Isabel Rochev observava os pedestres correndo para procurar abrigo com seus olhos castanho-amarelados. O longo cabelo castanho estava ligeiramente encaracolado e caía perfeitamente sobre os ombros dela. Seu rosto estava severo e sem expressão. Estava usando meias pretas e grossas para complementar uma saia lápis marrom, que abraçava o contorno esguio dela da forma certa. Completou o vestuário com uma blusa de seda de um bege suave, que estava abotoada até o colarinho e deixava espaço o bastante para mostrar um cordão pequeno e discreto.

    Estantes de madeira marrons escuras ficavam alinhadas às paredes, preenchidas por livros e revistas. As paredes estavam cobertas de obras de arte que havia colecionado ao longo dos anos — Isabel tinha muito orgulho de sua coleção de originais. Uma pintura abstrata estava apoiada em uma das paredes, a tela tomada por tons profundos de vermelho e cinza da cor de carvão. Sua mais nova aquisição, as cores do quadro pareciam vibrar. Na parede oposta havia um esboço emoldurado de Starling City que Isabel havia comprado numa feira de arte local há muitos anos, quando havia acabado de chegar na região. Os altos edifícios formavam uma imagem elegante.

Virando-se, foi em direção à mesa de vidro. Nenhum objeto pessoal tomava o espaço da sua área de trabalho. Quando era uma garotinha, Isabel sonhava com uma vida na qual tivesse uma carreira próspera, conquistada com o próprio esforço, e que no final do dia iria para casa e ficaria junto da própria família. Ela havia acreditado que poderia ter tudo isso — não era questão de como, mas de quando.

Hoje em dia, tudo o que precisava era de um computador e da caneta esferográfica preferida, sentindo-se mais em paz quando estava trabalhando. Empoleirou os óculos de leitura no nariz e voltou ao teclado do computador, digitando furiosamente. De repente, a porta de vidro do escritório abriu e o assistente dela, Theodore Decklin, entrou com um café com leite e um bloco de notas na mão.

— Bom dia, senhorita Rochev — Decklin disse enquanto colocava a bebida ao lado do computador de Isabel. — Estava esperando que pudéssemos conferir os afazeres de hoje.

Isabel continuou a trabalhar sem se dar conta dele, então Decklin folheou com nervosismo as páginas do bloco de notas e continuou.

— Hoje, a senhorita tem uma reunião com a diretoria às 10h30, seguida por um almoço de negócios com o sr. Wu. Faço a reserva em algum lugar em particular? — perguntou.

Isabel tirou os óculos.

— São 10h15, e eu ainda não terminei a proposta de reunião de que você tão *gentilmente* me lembrou — Isabel disse, de forma sucinta. — Então eu sugiro que você me deixe trabalhar. — Sem dizer mais nenhuma palavra, Decklin se virou e deixou o escritório. Isabel virou os olhos, colocou os óculos de novo e voltou ao trabalho. Os dedos dela digitavam com precisão enquanto pegava o ritmo. Um leve sorriso surgiu no rosto dela enquanto lia o próprio relatório.

De repente, um falatório alto irrompeu fora do escritório. Ela olhou de relance para a porta, depois voltou ao teclado.

As vozes continuaram, e foram ficando mais altas.

Eu não estou pagando a eles para conversarem, Isabel pensou, irritada, e se levantou da mesa, pegando os arquivos e pisando firme na direção da porta do escritório. Ela a abriu e encontrou a maior parte de sua equipe amontoada, encarando a televisão. A tela mostrava as palavras *ÚLTIMAS NOTÍCIAS*.

— Oliver Queen está vivo — o apresentador anunciou.

O sangue deixou o rosto de Isabel e ela sentiu um momento de tontura. Os empregados da Stellmoor zuniam, cheios de perguntas.

— O que é que isso significa?

— Onde é que ele estava?

— Ele vai voltar pra cidade?

Mas ela não escutou nada do falatório inútil. Lágrimas começaram a queimar nos olhos dela, lágrimas que havia segurado por anos. Os arquivos caíram livremente das mãos dela, farfalhando ao chegarem ao chão.

Sentiu a respiração começar a acelerar enquanto os empregados estavam se virando na direção dela. Vários deles pareceram assustados com a emoção evidente no rosto dela. Alguns desviaram o olhar, como se estivessem com medo do que aquilo poderia significar.

2

SEIS ANOS ANTES

Isabel saiu do metrô e pisou em Starling City. Estava com o cabelo preso num coque frouxo e usava óculos de armação grossa. Uma sapatilha de couro chamativa acompanhava o vestido de *tweed* que chegava até o joelho e era um pouco apertado para o contorno dela. Parecia um pouco fora de moda e levemente insegura de si mesma. Como estudava administração e tinha pouco tempo disponível, checou rapidamente o relógio e apertou o passo quando chegou à calçada.

Vou chegar atrasada...

Abria caminho cautelosamente pelos pedestres, tentando parecer invisível enquanto passava por eles. Quando finalmente chegou ao seu destino, a sede da megacorporação Queen Consolidated, Isabel sorriu ao entrar no edifício.

— Bom dia, Bobby! — cumprimentou o guarda enquanto agitava o crachá da QC para entrar.

— Bom dia, senhorita Rochev — Bobby respondeu. — A senhorita parece bastante feliz pra uma segunda-feira.

— Não tem muito do que reclamar quando se é estagiária na companhia número um da cidade — Isabel disse, sorrindo enquanto seguia em direção ao elevador.

Alguns minutos depois Isabel chegou ao próprio cubículo, deixou a bolsa em um canto e ligou o computador. Caminhou até o vizinho de cubículo, Marcus, e o encontrou de cabeça baixa, enterrada entre os braços na mesa — dormindo.

Isabel deu uma risadinha.

— Acho que nem preciso perguntar como foi o seu final de semana selvagem.

Ficando sentado no susto, Marcus olhou para ela, grogue.

— Err... — respondeu. — Eu odeio segundas. Tenho que entregar um monte de trabalho pro sr. Klein até a reunião de pessoal à tarde. Não estou nem perto de terminar, e essa ressaca não passa.

— Bem, ficaria feliz de ajudar você, caso precise — Isabel ofereceu.

Marcus sorriu de leve.

— Você ama demais o trabalho pra uma estagiária, minha amiga.

Algumas horas depois, naquela mesma tarde, Isabel e sua amiga, Becca, encontraram-se enquanto iam a uma reunião. Ficaram conversando enquanto estavam caminhando pelo corredor, levando consigo as anotações que haviam feito.

— Então me conta sobre o seu final de semana — Isabel pediu. — Aconteceu alguma coisa divertida que valha a pena contar?

— Nada fora do comum. Passei do limite na Spark.

— O que é Spark?

— É uma boate! Meu Deus, Isabel, você *tem* que ir na próxima vez. Os caras de lá são tão fofos, e eles vão pagar shots infinitos pra você. — Isabel sorriu timidamente da revelação. Soava como algo bem distante de sua zona de conforto. — Aí eu não lembro o que aconteceu exatamente — Becca continuou, — mas eu terminei no Big Belly Burger, e acordei ontem com uma ressaca absurda. — Ela franziu o rosto, lembrando-se da dor, depois se animou. — Mas na próxima vez, você vai!

— É, bem... talvez — Isabel respondeu, em dúvida. — Eu não sou muito de beber. — Isso a fez ganhar uma virada de olhos da amiga.

— Então o que é que *você* fez nesse final de semana? — Becca perguntou.

— Basicamente, eu só trabalhei nos relatórios que o sr. Klein pediu. Queria começar logo as coisas. Aí eu saí pra correr...

— Sério — Becca interrompeu, — você *tem* que ir comigo. Você tem que ter uma vida. Não dá pra fazer tudo girar em volta do curso de administração e desse estágio.

Isabel se virou sem parar.

— Não vejo nada de errado em fazer o meu trabalho — protestou. — E além disso, agora é a hora em que *devemos* ficar focados no trabalho e não ficar de brincadeira...

BAM!

Ela bateu de frente com alguém enquanto fazia a curva no corredor. Os arquivos e anotações que estava levando voaram pelos ares e aterrissaram espalhados no chão. Recuperando o equilíbrio, agachou-se rapidamente para pegá-los de volta.

Becca começou a soltar risadinhas.

— Eu peço mil desculpas! Desculpa mesmo, eu não estava prestando atenção — Isabel balbuciava enquanto levantava a cabeça para ver com quem havia se chocado. Era ninguém menos que o presidente da Queen Consolidated, Robert Queen. Isabel sentiu o coração começar a acelerar e o estômago ficar pesado. Então, para a surpresa dela, uma risada alta e contagiosa escapou da boca da vítima enquanto se abaixava para ajudá-la a pegar os papéis.

— É culpa minha, na verdade — ele protestou. — Eu também estava distraído, com uma garota tão jovem dizendo que a vida dela devia ser focada no trabalho e não em brincadeiras, senhorita... — o sr. Queen disse enquanto devolvia os arquivos de Isabel.

— Rochev — Isabel conseguiu articular. — Isabel Rochev.

Ohmeudeus, ele está falando comigo.

— Isabel. Que nome bonito. Em qual departamento você trabalha, esse que não deixa você ter uma vida?

— Eu sou só uma estagiária, sr. Queen — ela respondeu, mansa.

— Estagiária? Mais um motivo pra você ir aproveitar a vida. Você só tem uma, sabia? — ele disse, piscando o olho.

— Eu sei...

— O que é que você quer fazer, senhorita Isabel Rochev? — o sr. Queen perguntou.

— Ela quer pegar o seu lugar — Becca respondeu subitamente.

— Bem... não exatamente — Isabel completou, lançando facas com o olhar para a amiga. *Eu não acredito que ela disse isso!*

— O meu lugar! — ele respondeu, e sorriu. — Eu gosto disso. Quem sabe um dia? — acrescentou, sem tirar os olhos dela. — Mas vou dar um conselho pra você, já que você vai assumir o meu lugar um dia: os negócios devem ser interessantes e divertidos. Se você se concentrar demais no tédio, vai perder tudo o que é bom. — O sr. Queen piscou outra vez para Isabel, depois ajeitou a gravata.

A confiança dele era quase intoxicante.

— Espero ver você mais vezes, senhorita Isabel Rochev. — disse o sr. Queen, colocando a mão no ombro de Isabel enquanto passava por ela e seguia pelo corredor. Ela e Becca se viraram para observá-lo enquanto Isabel tocava nas próprias bochechas, quentes e vermelhas de vergonha. O charme dele era inegavelmente atraente. Respirou fundo, sentindo-se uma boba completa. Para a própria surpresa, entretanto, também estava se sentindo intrigada, e queria mais daquilo que havia acabado de acontecer.

Alguns dias depois, Isabel estava em seu cubículo trabalhando diligentemente em cima de um relatório após o horário de expediente. Ficou surpresa quando o conselheiro encarregado dos estagiários, o sr. Klein, apareceu de repente, espreitando-a com um olhar estranho.

— Trabalhando até tarde de novo? — disse. — Isabel, não tenho palavras pra dizer o quanto estou impressionado com o seu trabalho. A apresentação que você fez com a sua equipe ultrapassou todas as expectativas que se tem de um funcionário. — Com humildade, ela agradeceu bastante o elogio e expressou gratidão por todo o apoio e a orientação que ele lhe havia oferecido. Mas ela conseguia perceber que havia algo além na mente dele.

— Você me passou uma boa impressão — ele continuou, — e parece que também passou para o sr. Queen. Ele quer falar com você diretamente... no escritório dele.

Isabel engoliu em seco.

— O sr. Queen? — perguntou. — Por que é que ele quer falar comigo?

O sr. Klein sorriu.

— Não se preocupe, Isabel, o seu futuro aqui na Queen Consolidated vai ser longo e brilhante, disso tenho certeza. Não tem nenhum motivo pra você ficar intimidada. — Com isso o sr. Klein seguiu o próprio caminho, deixando Isabel confusa e em pânico.

O que é que ele quis dizer com isso?, ela se perguntou.

Levantou-se abruptamente, abriu a gaveta da mesa e nela pegou perfume e chiclete. Depois de algumas borrifadas de perfume e de enfiar o chiclete na boca, Isabel foi em direção ao elevador. Enquanto subia, afligiu-se pensando no que poderia estar esperando por ela no topo do prédio. Ao sair do elevador, viu Robert Queen em pé ao lado das grandes portas de vidro do escritório. Estava vestindo um terno impecável.

— Senhorita Rochev, por favor, entre! — Ele estava radiante enquanto ela entrava no escritório, decorado com uma mobília vasta, escura e que parecia cara. Ela se sentou nervosa na poltrona de couro, percorrendo o ambiente ao redor com o olhar e admirando as obras de arte nas paredes e os diversos livros enfileirados em prateleiras altas. Havia um porta-retratos no criado-mudo ao lado dela: nele havia uma foto da família Queen. Todos que trabalhavam na Queen Consolidated reconheciam os membros daquela família de ouro. Robert e a esposa dele, Moira, sorriam enquanto Oliver e Thea faziam caretas para a câmera.

Isabel sorriu. De repente arregalou os olhos quando percebeu que ainda estava mascando o chiclete.

Ele vai achar que eu sou uma idiota, uma garotinha estúpida.

Enquanto Queen se virava para ir para o seu lado da mesa, ela o tirou da boca. Olhando em volta, não conseguiu encontrar uma lixeira, então deslizou a mão pela borda da cadeira e grudou o chiclete ali.

— A sua filha é um amor, sr. Queen — disse, nervosa, olhando para a foto.

— Ah, não deixe a fofura dela enganar a senhorita — o sr. Queen respondeu. — Ela dá um trabalhão, essa aí, mas é tão esperta e bonita. Eu a amo por me fazer andar na linha. — Sorriu orgulhoso enquanto lhe oferecia uma dose de uísque que estava sobre uma mesa próxima. Ela colocou o copo sobre a mesa, esperando que ele não notasse.

— A maior parte das meninas tende a fazer isso com os pais — ela disse, e riu das próprias palavras. Ele sorriu de volta, concordando.

— O meu filho, o Oliver, ele era uma criança tranquila — continuou. — Era só a gente jogar bola ou ir com ele em um jogo e ele era a criança mais feliz do mundo. Agora, a Thea, por outro lado, ela adora me desafiar de maneiras que nem achava que fossem possíveis, sempre querendo ter o sol e a lua, e eu sempre tentando dar eles pra ela. — O sr. Queen estava brilhando de orgulho enquanto falava. Isso fez Isabel sorrir.

Abruptamente, ele pegou o próprio copo de uísque e o levantou.

— Saúde — disse. — Aos desafios e novas possibilidades.

— Oh... provavelmente eu não deveria tomar... — ela respondeu, olhando para o copo e tentando não soar muito frágil. — Eu não sou muito de beber.

— Isso não faz sentido, essa é a parte que 'mistura trabalho e diversão' do emprego, senhorita Rochev — contestou o sr. Queen, piscando para ela enquanto tomava um gole da bebida e se sentava no sofá de frente para Isabel. — Mesmo assim, provavelmente você está se perguntando por que está aqui. Posso garantir que não é nada que deva deixar a senhorita preocupada. Como sabe, ser o presidente dessa grande companhia traz grandes responsabilidades, e eu me orgulho de saber o que todo mundo está fazendo entre essas paredes. Eu perguntei ao sr. Klein como estão indo as apresentações, e ele imediatamente destacou a senhorita dentre todos os estagiários escolhidos a dedo este ano. — Isabel ficou felicíssima de escutar aquilo, mas tentou esconder o entusiasmo crescente o melhor que podia.

— E por mais que odeie admitir, estou ficando cada vez mais velho — o sr. Queen continuou. — Não vou continuar aqui pra sempre e, embora meu filho, Oliver, vá um dia assumir a companhia, a Queen Consolidated só vai sobreviver se contar com pessoas boas e determinadas na direção pra ajudar e apoiá-lo nessa tarefa. Nós somos tão bons quanto nossos melhores funcionários. — Pegou o uísque e deu mais um gole. Então a espreitou atentamente. — Quero me tornar o seu mentor, senhorita Rochev. A senhorita está demonstrando ser promissora, é um grande trunfo da empresa, e quero garantir que tenha a chance de brilhar.

O que... como...

Isabel continuou sentada, imóvel, sem conseguir falar. Não tinha muita certeza do que poderia dizer sem soar completamente não profissional: e isso seria o fim de tudo aquilo. Passou os dedos pelo cabelo, pensando cuidadosamente em como lhe agradecer.

— Sr. Queen, eu nem sei o que dizer — respondeu lentamente. — Trabalhar aqui foi um sonho pra mim por muito tempo. Eu adoro vir para o escritório todo dia, e fico muito lisonjeada de que veja potencial em mim. Seria uma honra se o senhor se tornasse o meu mentor. — Ela parou, tentando manter a compostura. Então pegou a bebida e a estendeu na direção dele.

— Aos novos desafios e infinitas possibilidades — Isabel disse enquanto os dois brindavam.

3

Era segunda-feira de manhã e Isabel chegou ao seu cubículo, como de costume. Caminhava confiante e resoluta, vestida com uma saia lápis preta e lustrosa e uma camisa rosa de manga comprida. Havia trocado a sapatilha de couro por um salto preto refinado. O cabelo fazia apenas uma curva leve, e os óculos pesados haviam desaparecido.

— Oh... você está chique, quem é que você está tentando impressionar? — Becca perguntou.

Isabel sorriu, ciente de que estava bonita.

— Ninguém.

— Talvez... o sr. Queen? — Becca insinuou.

— Becca, ele é o meu chefe! — protestou. — Na verdade, hoje vou tentar bancar a estagiária sociável, se conseguir terminar tudo a tempo.

— Finalmente! — Becca guinchou. — A gente vai conseguir fazer você sair desse cubículo e ir pra rua com a gente! Estou tão animada!

Há mais semanas do que poderia contar, Robert era o mentor de Isabel, encontrava-a com frequência e lhe mostrava como as coisas funcionavam. Ela já havia aprendido muito — coisas que nunca encontraria em um livro ou numa sala de aula. Sentia como se fosse importante para a companhia de alguma forma e, o que era ainda melhor, para *alguém* na companhia. Robert tinha uma experiência de vida real — havia criado um império e feito o próprio nome.

Era isso que ela queria, e para consegui-lo deveria continuar fazendo mudanças. Uma delas era praticar a arte de se socializar.

O fim do dia chegou, e as duas mulheres estavam se preparando para sair. Foram interrompidas quando o sr. Klein brotou para dizer a Isabel que o sr. Queen queria vê-la. Ela conseguiu esconder a animação provocada pela perspectiva de passar outra noite com Robert, conversando sobre negócios e até mesmo a vida em geral sem hora para terminar.

A amiga soltou faíscas dos olhos na direção dela.

— Na próxima vez eu vou, Becca, eu prometo — Isabel disse enquanto pegava seus pertences e seguia em direção ao elevador que levava para a cobertura.

Caixinhas de comida chinesa estavam espalhadas pela mesa de café, misturadas a documentos da companhia. Isabel estava sentada no chão, comendo com pauzinhos, enquanto Robert estava no sofá à frente dela. Ela riu, apesar do fato de estar com a boca cheia de yakisoba.

— Eu não acredito que você foi preso durante a faculdade! — ela disse. — Isso é uma loucura!

— Ah, é, eu era novo e burro como a maior parte dos adolescentes tende a ser; deve ser por isso que o Oliver é assim também — respondeu o sr. Queen enquanto enfiava uma torta na boca. Ele olhou para o relógio. — Já passou das nove horas, por favor, não me deixe prender você se tiver planos para o fim de semana.

— Estou exatamente onde gostaria de estar — Isabel disse enquanto colocava mais yakisoba na boca.

Robert sorriu, parecendo satisfeito com a resposta de Isabel.

— Então, e você? — ele perguntou. — Quais são as histórias loucas da sua infância?

Isabel deixou os pauzinhos sobre a mesa e tomou um grande gole d'água, claramente querendo reter aquelas informações.

— Vamos lá, Isabel — incitou. — Já sou seu mentor há quatro meses agora. Essa é a terceira sexta-feira seguida que pedimos uma comida barata, nos sentamos juntos e batemos papo, acho que ganhei o direito de saber um pouquinho mais sobre você. De onde você é? Como é que os seus pais são? Eles devem ter bastante orgulho da filha deles. — Deixou o sofá e se juntou a Isabel, no chão.

— Por mais que isso pareça um clichê, meus pais eram pessoas simples — ela respondeu relutantemente. — Eu nasci em uma cidadezinha na Rússia, onde eles mesmos nasceram. Meu pai, que se chamava Viktor, fez umas escolhas ruins nos negócios enquanto a gente vivia lá. Ele ficou endividado com a Bratva, a máfia russa, e, bem... — Parou por um momento antes de continuar. — Quando eu tinha nove anos, eles acabaram tirando a vida dos meus pais. — Isabel virou o rosto para o outro lado e lágrimas começaram a se formar lentamente nos olhos castanhos dela. — Depois eu fui mandada pros Estados Unidos como uma órfã. Eu não me lembro de muita coisa, sinto como se tivesse bloqueado uma grande parte dessas memórias horríveis na minha cabeça. Depois disso, eu passei a minha infância mudando de um orfanato pra outro, até finalmente parar em um lar adotivo. O casal que me criou é um amor, mas eu nunca senti uma ligação muito forte com eles, e é por isso que às vezes sou fria com as coisas... exceto com coisas como agora — Isabel disse, limpando as lágrimas e sentindo como se fosse morrer de constrangimento.

Robert pegou na mão dela. Ela tentou esconder sua reação, mas então, naquele instante, não pareceu algo muito surpreendente. Na verdade, pareceu ser certo e, acima de tudo, reconfortante para ela. Sorriu com o gesto, limpando os olhos de novo.

— Você é uma jovem forte... e especial, Isabel — Robert disse. — Eu admiro você. — Isabel sentiu o coração dar um pulo com o elogio, mas fez o melhor que pode para esconder a reação.

— Então eu simplesmente coloquei todo o meu coração e a minha alma nos estudos — ela continuou. — Os meus pais, os de verdade, sempre me disseram que queriam que a minha vida fosse diferente da deles. Eu fiz uma promessa pra eles e pra mim mesma que um dia eu ia fazer alguma coisa da minha vida. Que um dia as pessoas iam saber o meu nome, e que ele ia *significar* alguma coisa...

— Isso é muito admirável, Isabel — Robert interviu. — Porém, como eu disse antes pra você, não se esqueça de que a vida vai além de simplesmente trabalhar. — Parou, depois continuou. — O trabalho é maravilhoso, e dá um propósito pras pessoas, mas não deixe isso ser o único propósito da sua vida. Não tenha medo de arriscar de vez em quando.

Isabel olhou nos olhos dele enquanto sentia o polegar de Robert afagar suavemente a mão dela, e percebeu que sua boca havia ficado seca e que estava fisicamente incapaz de falar.

— Eu sei como é vir de lugar nenhum — ele continuou. — Eu me lembro de quando cheguei em Starling, de não saber o que deveria fazer. Eu vi tantas portas serem fechadas na minha cara... Mas parece que você e eu partilhamos de muitas das mesmas qualidades. Uma delas é a perseverança. Muitas pessoas acham que esse nome, esse império, o dinheiro, que tudo isso é uma coisa que sempre tive, mas a verdade é que eu casei com o dinheiro e meus contatos, e também com os lados bons e ruins de ter feito isso. Eu sei como é se esforçar, como é querer e ver alguma coisa pra você que às vezes parece simplesmente inalcançável. Mas eu sou a prova viva de que isso *é* alcançável.

Isabel sorriu, dando valor à disposição de Robert de compartilhar aqueles pensamentos.

— Eu tive muito prazer de ver você evoluir durante esses últimos meses, e não há sombra de dúvida de que você terá muita sorte. — Ele piscou. — E que as pessoas vão saber o seu nome.

Isabel ficou radiante ao escutar as palavras dele. Soltou a mão dele lentamente e se inclinou sobre Robert, pegando o biscoito da sorte que estava sobre a mesa, atrás dele.

— Por enquanto, vou ter que me contentar com um biscoito da sorte — ela disse enquanto abria o pacote do biscoito. Robert também pegou um deles. Isabel quebrou o dela cuidadosamente, jogando metade na boca enquanto revelava sua sorte.

— O maior risco é não arriscar — ela leu, olhando provocantemente para ele.

— Uma viagem vai preencher a sua vida com incontáveis mistérios — Robert leu, enigmático, olhando para Isabel.

Os dois permaneceram sentados por um momento, saboreando aquele momento a dois. Isabel lembrou a si mesma da sua posição — que era uma estagiária, e que Robert era o mentor dela —, mas sentia o coração clamar por ele. Queria descobrir tudo o que se pudesse saber sobre ele, mas se impediu de continuar ao perceber que seus sentimentos estavam evoluindo para algo além do profissional. Ele era o motivo pelo qual saía da cama de manhã. Ele era o motivo pelo qual havia refeito o guarda-roupa, e ele era o motivo pelo qual estava andando com mais confiança e determinação.

De repente, inundada por emoções que não sabia como processar, Isabel pegou a bolsa, agradeceu a Robert abruptamente por aquela noite e deixou o escritório dele.

4

Isabel estava parada em frente à entrada da mansão Queen com uma sensação sombria, tomada pelo medo.

Já há algum tempo estava curiosa acerca do lar de Robert — de como ele vivia, do quão suntuosa a casa dele realmente era. Parada ali, nervosa, vestindo o terninho de trabalho cinza como ardósia numa fraca tentativa de manter o cenário atipicamente particular mais profissional, finalmente reuniu a coragem de que precisava para bater na porta. Robert atendeu com uma camisa polo e calça jeans, um estilo casual ao qual Isabel não estava acostumada.

— Isabel, fico muito feliz por ter conseguido passar aqui — ele disse, dando um abraço nela. — Por favor, entre e se aqueça.

Quando entrou, não conseguiu se impedir de suspirar perante a beleza e a extensão da casa. O apartamento inteiro de Isabel cabia no salão de entrada, naquele espaço aberto com paredes repletas de obras de arte. Uma série de paisagens americanas a cercavam. Havia um grande lustre dourado, que parecia impressionantemente caro, pendurado no teto. Robert a conduziu para a sala de estar, onde encontraram uma mobília branca luxuosa e um piano de cauda preto em um dos cantos. A lareira a gás estava acesa, chamas rugiam de lá.

— Essa casa é incrível — ela disse, enfim.

— Obrigado, embora não possa tomar crédito por muita coisa dela — Robert respondeu. — Minha esposa contratou decoradores, e um antigo colega de faculdade, que ainda é meu amigo, cuidou do estilo geral.

Isabel se sentou em um sofá branco intocado e colocou a pasta sobre o colo. Então abriu a pasta, tirou dela diversos arquivos e os colocou sobre a pequena mesa de vidro.

— Aqui estão todos os arquivos que você pediu — Isabel gaguejou, tentando manter a compostura enquanto Robert se sentava ao lado dela. *Por que não me sentei numa cadeira?*, censurou-se.

— Obrigado, mas eu tenho que ser sincero — Robert disse, com um toque de relutância, — eu pedi eles como uma desculpa pra ver você. — Parou, e pareceu colocar os pensamentos em ordem. — Eu não consigo parar de pensar sobre você — confessou. — Eu tinha que ver você.

Isabel corou com a honestidade dele. Vários dias haviam se passado desde o último encontro deles, no escritório, e apesar do esforço que ela havia feito para manter uma atitude estritamente profissional, estava animada e temerosa pelo que aquilo significava. Sua cabeça estava fazendo muitas perguntas, mas o coração estava palpitando de emoção.

— A sua família... está em casa? — ela gaguejou.

— A Moira e a Thea estão passando um final de semana de mãe e filha na cidade, e o Oliver saiu com o amigo dele, Tommy, e vai passar a noite toda fora. Ele só vai voltar bem mais tarde, se é que vai voltar. — Ele sorriu, depois colocou o braço sobre o encosto do sofá. Após um momento, voltou a falar. — Eu sei que provavelmente você acha que estou cometendo um erro. Eu sei, eu sou casado... mas você tem alguma coisa, Isabel...

As palavras dele ficaram pairando no ar, e ela não sabia ao certo o que deveria fazer.

Finalmente, as emoções dela a tomaram, deixando o pensamento racional de lado na mente dela. Como um espectador pairando fora do próprio corpo, sentiu inclinar-se mais para perto dele no sofá, e ele fez o mesmo. Os dois mantiveram os lábios bem próximos um do outro, tímidos e ansiosos ao mesmo tempo. Enfim, Robert pressionou os lábios contra os dela, e Isabel sentiu o beijo pelo qual ansiou por tanto tempo.

Ele colocou as mãos no rosto dela, e Isabel derreteu. Passou os braços pelo pescoço dele, aceitando o conselho que Robert havia lhe dado e se deixando levar enquanto sentia o coração dele batendo contra o dela. Seu coração estava pronto para o que viria quando Robert tirou as mãos do seu rosto e as abaixou para desabotoar a blusa dela.

Estavam deitados sobre o tapete persa, nus e enrolados em lençóis ao lado da lareira. Isabel estava aconchegada no peito de Robert, surpresa pela naturalidade que sentia naquilo. Percebeu como eram fortes os sentimentos que tinha por ele.

— Eu não quero que isso acabe nunca — ela disse, procurando os olhos dele.

Robert beijou a testa dela.

— Eu também não.

Naquele exato instante, um carro entrou a toda velocidade na garagem. Robert se levantou rapidamente e foi em direção à janela. Ela o seguiu e viu Oliver sair tropeçando de um carro, claramente bêbado. Robert revirou os olhos devido às atitudes infantis do filho, e Isabel começou a juntar as coisas dela com pressa.

— O que é que eu devo fazer?

— Não se preocupe — ele respondeu. — O Oliver não vai se lembrar de nada de manhã, independentemente do que vir. E você pode sair pela ala leste da casa, tem uma porta lateral.

Apesar da calma que ele estava demonstrando, Isabel se vestiu rapidamente, depois se apressou para ir em direção à porta, beijando Robert nos lábios. Sorrateiramente, deslizou para o ar noturno e espreitou pelo canto da parede, vendo Oliver e o amigo gritando na entrada da garagem.

— Eu queria ir pra casa com ela! — Oliver gritou.

— Só tinha um pequeno problema, meu amigo — o companheiro respondeu. — O que é que você ia fazer amanhã de manhã quando acordasse e visse que não era a Laurel? Ia ser a irmã dela, a Sara, e você teria causado uma confusão dos infernos.

— Isso é fácil — Oliver disse, pronunciando as palavras superficialmente. — Depois que terminasse meus assuntos com a Sara, ia só entrar de fininho no quarto da Laurel e fingir que nada tinha acontecido. Eu consigo ser safo desse jeito, Tommy. — Cambaleou em direção à porta.

— Ah, é, muito safo — Tommy disse enquanto os dois entravam na mansão. Isabel esperou trancarem a porta e então correu para o carro. Colocou a chave na ignição, deu partida no motor e saiu pela noite, com o coração acelerado.

Nunca mais, prometeu para si mesma — mas sabia que estava mentindo.

5

Um rastro de roupas levava ao quarto de Isabel, diretamente para a cama. Ela e Robert estavam deitados e abraçados debaixo das cobertas. Sorriram um para o outro, felizes e contentes. Ela rolou na direção dele, aconchegando-se nos braços de Robert, como gostava de fazer após terminarem de fazer amor.

— Eu te amo — Isabel disse, e mesmo depois de todas as semanas em que estavam juntos, ainda se surpreendia com a naturalidade com que as palavras saíam de sua boca.

— Eu também te amo — Robert respondeu, beijando-a na testa.

— Queria que a gente pudesse ficar aqui pra sempre — ela murmurou. — Esquecer de todo o resto no mundo, e só ficar aqui.

— E por que é que a gente não faz isso? — ele perguntou. Ela simplesmente riu dele, pegando o roupão e saindo da cama. — Eu estou falando sério, Isabel — Robert insistiu, sentando-se na cama. — Eu tenho pensado sobre o assunto, e acho que é hora de deixar a Moira.

Ela se virou para ele.

— Desculpa, o que foi que você disse?

Robert levantou da cama e, juntos, foram até a cozinha. Ele foi até a cafeteira e a ligou, familiarizado com a forma como funcionava.

— É, eu acho que é hora de deixar a Moira — repetiu. — Nós estamos muito infelizes juntos, e eu não aguento mais ficar longe de você. Quando eu estou com meus filhos ou com a Moira... eu só consigo pensar em você. — Ele ofereceu uma xícara de café para ela.

— Eu não acredito nisso — Isabel suspirou. — Isso é incrível! — acrescentou, e depois franziu a sobrancelha. — Mas e as crianças? E a sua reputação?

— De forma nenhuma isso vai ser uma coisa fácil — admitiu. — Eu ainda sou um pai, e quero estar perto dos meus filhos, ter a custódia deles, e tenho certeza que a Moira vai lutar por isso. Mesmo assim, eu e você poderíamos começar de novo, juntos. Estou morrendo de vontade de me aposentar. Você pode assumir a companhia, e aí *você* vai botar o pão na mesa.

— Eu... eu não sei o que dizer — Isabel respondeu. — Você me ensinou tantas coisas, mas ainda não estou nem perto de estar pronta.

Robert se aproximou, pegou as duas mãos dela e as colocou sobre o peito dele.

— Seria uma coisa gradual — disse. — Você tomaria parte em cada vez mais processos do dia a dia, devagar e sempre, pra ninguém ficar alarmado. Mesmo depois de deixar a companhia, eu ainda iria trabalhar com você dos bastidores. A coisa mais importante vai ser a confiança. — Ele olhou nos olhos dela. — Não tem ninguém em quem confie mais do que você.

— Nem mesmo o Oliver? — Isabel perguntou. — E o Walter? — Walter Steele era o amigo mais próximo de Robert e com quem dividia a presidência da companhia.

— O Oliver é jovem e imaturo, e não tem o dom pra liderar — Robert respondeu, lamentando. — Quanto ao Walter, eu vou tomar conta dele, eu devo isso a ele; e você, Isabel Rochev, nasceu pra ser uma líder. Você vai ser o meu futuro. Eu prometo.

Dominada pelas palavras dele, ela o beijou apaixonadamente enquanto ele abria o roupão dela.

Isabel e Becca estavam sentadas em uma mesa, num bar de luxo próximo a Morton Square. Isabel tomou um gole de vinho enquanto a amiga observava o ambiente.

— Oh! Ele é bonitinho! — Becca disse enquanto fazia um gesto em direção a um cara no bar. — E também está vestindo um terno, o que quer dizer que provavelmente tem um emprego.

Isabel olhou de relance para o cara e deu de ombros.

— O quê, você não acha que ele é bonitinho? — Becca perguntou.

— Olha a mão esquerda dele — Isabel respondeu, rindo e tomando outro gole de vinho. — Ele é casado.

Becca bateu o punho na mesa.

— Sério! Todos os caras bons ou são casados, ou são gays, eu juro!

— E eu não sei disso? — Isabel disse, suspirando.

— Você se importa de elaborar esse comentário, senhorita? — Becca pediu.

Isabel encolheu os ombros e tomou outro gole, fugindo do assunto.

— Bem, aceite o conselho de alguém que... conhece alguém que sabe do assunto — Becca continuou. — Não se meta com homens casados. Não importa o que eles digam, eles nunca deixam as esposas deles. — Ela chamou a garçonete para pedir outra rodada.

***

TOC. TOC. TOC.

Isabel abriu a porta do próprio apartamento e ficou chocada ao ver Robert na entrada — com malas.

— O que é que você está fazendo aqui? — ela perguntou. Estava no inverno e o saguão de entrada estava frio.

— Isabel, estamos juntos há quase um ano agora — ele respondeu —, e tudo ficou mais claro pra mim. Eu quero começar uma nova vida, deixar essa pra trás, começar do zero em algum lugar onde ninguém nos conheça.

De repente, ela percebeu que ele não estava ali com o intuito de se mudar para o apartamento, e se viu cética quanto àquela vontade súbita de sair da cidade.

— E os seus filhos — perguntou —, e quanto àquilo que disse sobre ser um pai pra eles? E a companhia, e todos aqueles desafios maravilhosos que você tinha dito que eu... a gente iria enfrentar?

Em resposta, ele atravessou a porta e a pegou firme pela cintura, depois afastou uma mecha de cabelo do rosto dela.

— Um dia, quando os meus filhos estiverem mais velhos e apaixonados... eles vão entender por que eu estou fazendo isso — disse.

— Agora, vamos só ir embora daqui e deixar tudo pra trás.

Isso é sério?, Isabel pensou consigo mesma. Desde quando conseguia se lembrar, queria que Robert lhe dissesse aquelas palavras, mas agora que o momento parecia ter chegado, ela não sabia o que dizer. Não tinha nem certeza de como estava se sentindo.

E o trabalho que realizei?, pensou furiosamente, virando-se de costas. *E a companhia que você me prometeu? E a minha carreira?* As perguntas inundavam a mente dela, mas se voltou para ele e viu o amor nos olhos de Robert. Naquele momento, ela percebeu que aquela era a única resposta de que precisava.

— Me dê 20 minutos pra arrumar minhas malas.

No aeroporto, Isabel ficou maravilhada ao ver o jatinho particular de Robert na pista de decolagem. Ela estava vestindo um casaco longo que ondulava no vento. Robert colocou os óculos escuros, preparado para começar a fuga.

— Eu nunca fui pra Fiji antes! — Isabel disse.

— Acostume-se com isso, meu amor. — Ele colocou o braço em volta dos ombros dela e a beijou no topo da cabeça. — De agora em diante, a gente pode ir pra qualquer lugar que você queira ir. — A cabeça dela deu voltas com a possibilidade de se tornar uma viajante, a mil léguas de distância da órfã perdida que sempre havia acreditado ser no fundo do coração. Enquanto estavam andando a passos largos pelo asfalto, a bagagem deles foi colocada no avião, e quando chegaram aos assentos lhes foram entregues duas taças de champanhe. Isabel levantou a dela instantaneamente.

— Um brinde: ao dia pelo qual estive esperando a minha vida toda — ela disse. — Você me fez ficar de uma forma que nunca tinha pensado que poderia ficar: feliz. Eu devo isso a você, e mal posso esperar pra começar essa jornada. — Lágrimas brotaram dos cantos dos olhos dela enquanto se abraçavam e brindavam com as taças de champanhe. Isabel tomou um gole grande, depois se recostou no assento, sorrindo ao pensar na vida futura que levariam, juntos.

O celular de Robert vibrou. Ele colocou a mão no fundo do bolso e, quando o tirou, viu uma mensagem de texto de Moira.
Por favor, me ligue — é a Thea.
Preocupado, discou rapidamente o número.
— O que foi que aconteceu? — Robert perguntou.
— A Thea estava praticando saltos com o cavalo dela, o Apollo. — A voz de Moira soava terrível. — De algum jeito ela perdeu o controle dele e foi jogada no chão. Ela quebrou o braço em dois lugares, e num deles foi grave. Estou no Hospital Geral de Starling, e ela está perguntando por você. Onde é que você está?
Despedaçado, Robert olhou para Isabel, que estava terminando a taça de champanhe e lhe lançando um olhar intrigado.
— Encontro vocês aí — Robert respondeu, terminando a ligação.
— Está tudo bem? — Isabel perguntou.
Ele não sabia o que dizer enquanto a realidade caía sobre a cabeça dele. Estava se dando conta de que por mais que quisesse começar uma nova vida com Isabel, isso não seria tão fácil assim. Se não fosse Thea, seria Oliver, ou até mesmo Moira. Por mais que tentasse, nunca conseguiria fugir de Starling City. Seus negócios, seu nome — tudo o que vinha junto à posição dele o seguiria.
O acidente de Thea trouxe à tona uma dura verdade — uma que não podia evitar. Robert sabia que uma vida com Isabel significava uma vida na qual os filhos o veriam de uma forma diferente. Ou talvez até não os visse em nenhum momento. Oliver e Thea saberiam que ele era capaz de mentir para eles, destroçando tudo o que

houve de bom no relacionamento com os dois. Eles o veriam como um traidor, e a ideia de perder os filhos assustava Robert até o fundo da alma.

Oliver e Thea eram a vida dele, mesmo que isso significasse uma vida com Moira.

— Eu tenho que ir, Isabel — finalmente disse.

— Ir? Mas o nosso avião está prestes a decolar! — Ela o encarou enquanto ele jogava a mochila por cima do ombro.

— É a Thea... — Robert começou. — Ela quebrou o braço caindo do cavalo e está no hospital, assustada... Ela precisa de mim. Tenho que ir lá.

— Crianças quebram o braço o tempo todo — Isabel protestou.

— Isabel, eu não posso... não hoje. Amanhã nós vamos, minha querida. Eu prometo. — Ele tocou no rosto dela. Enquanto as lágrimas enchiam os olhos dela, Robert se virou e começou a andar em direção à porta da cabine.

— Robert... por favor! Você disse que me amava! — ela gritou. Ele se virou para ela.

— Isabel, tente entender, eu sou pai. Eu tenho que estar lá quando meus filhos precisarem. Eles são tudo pra mim. — Ele ficou em silêncio, e então acrescentou — Amanhã vai chegar antes de você se dar conta.

Isabel queria acreditar nele, mas sabia que Becca estava certa. Um homem casado nunca deixaria a própria família. Foi uma ilusão pensar que ela poderia mudá-lo.

— Mas você mesmo me disse que a Thea não é sua — ela disse, levantando do assento. — Foi a Moira que traiu você. Como é que você pode voltar correndo pra uma pessoa que não ama você como eu amo?

Robert ficou rígido com a menção à paternidade de Thea, e naquele momento ela soube que o havia perdido. Anos antes, Moira havia dormido com Malcolm Merlyn. Pela maior parte do tempo,

Robert havia colocado a culpa nele mesmo — havia dito tudo aquilo a Isabel —, mas finalmente havia se livrado daquela sensação.

Ou pelo menos era o que parecia.

— A Thea é minha filha, Isabel — respondeu. — Ela pode não ter o meu sangue correndo pelas veias dela, mas eu estive ao lado dela desde o dia em que nasceu. Desculpa, meu amor, mas amanhã, depois do trabalho, nós vamos pra Fiji, eu prometo.

Ela andou até ele, segurou o rosto de Robert e olhou bem nos olhos dele.

— Me desculpa — ela disse. — Eu sei que você precisa fazer isso. Amanhã, depois do trabalho.

6

No dia seguinte Isabel saiu do metrô e foi em direção à calçada iluminada pelo sol, cerrando os olhos. Ela colocou os óculos escuros e se virou em direção ao escritório, com o salto fazendo barulho contra o cimento enquanto puxava a mala de viagem por trás de si.

— Bom dia, Bobby — disse, pegando o crachá.

— 'Dia, senhorita Rochev — ele respondeu. Ela bateu o ponto com o crachá, mas como resposta obteve um barulho de *bipe* alto e desagradável e, na tela, apareceu a palavra RECUSADO.

Estranho, ela pensou, e tentou de novo. Bobby deixou seu banquinho e se aproximou.

— Às vezes a faixa magnética fica gasta, senhorita Rochev — disse enquanto pegava o crachá da mão dela. — Deixa eu dar uma olhada. — Examinou o crachá, esfregando a faixa magnética para remover possíveis detritos, mas não conseguiu encontrar nenhum dano. Então caminhou até um telefone próximo e fez uma chamada que ela não pôde escutar.

Depois voltou.

— Você pode só me deixar subir, Bobby, por favor? — ela pediu, mantendo a voz firme. — O sr. Queen está me esperando.

— Na verdade, srta. Rochev, vou precisar que a senhorita espere aqui por um momento — respondeu, com um tom de voz diferente do de antes.

— Tem alguma coisa errada?

— Só permaneça aqui por um momento, srta. Rochev — Bobby disse enquanto voltava para o seu posto de segurança e começava a checar outros funcionários. A preocupação dela foi ficando mais forte enquanto mais e mais funcionários passavam por ela. De repente, Walter Steele surgiu de um dos elevadores e atravessou o saguão de entrada. Isabel teve uma sensação de alívio ao vê-lo, e sorriu para ele.

— Srta. Rochev — Walter disse, com uma expressão indecifrável.

— Bom dia, Walter — ela respondeu. — Como é que você está? O Robert já chegou?

— Fico triste de ter que contar isso, srta. Rochev, mas a Queen Consolidated não precisa mais da sua... assistência. O seu cargo foi eliminado.

Isabel sentiu o coração afundar até o chão.

— O que é que você quer dizer com isso, eliminado?

— Se a senhorita fizesse a gentileza de deixar o edifício assim que for possível, seria um grande favor — Walter disse, com firmeza. — Nós vamos mandar os seus pertences pro seu endereço.

A confusão de Isabel se transformou em raiva e, antes que pudesse perceber, fora sugada pela fúria.

— Ele mandou você fazer isso, não foi? — exigiu saber, com a voz ficando mais alta. — O Robert Queen não consegue nem ser homem o bastante pra falar isso na minha cara — gritou. Walter pegou no braço dela, mudando seu papel para o de um ombro solidário.

— Por favor, Isabel, só vai embora em silêncio.

De repente, ela sentiu algo dentro dela estalar. Seu rosto ficou quente enquanto as emoções inundavam o cérebro dela. Lágrimas que normalmente guardaria para si começaram a escorrer pelo rosto. Viu vividamente todos os erros que estivera cometendo. Estava furiosa consigo mesma por ter-se deixado confiar em Robert, e sabia com certeza que ele havia feito aquelas promessas vazias apenas para dominá-la, como se fosse um fantoche.

O coração dela estava sendo partido... e sua carreira havia terminado antes mesmo de começar. O sonho de se tornar alguém que fosse lembrada pelas pessoas — isso já era. Seu nome seria lembrado apenas pelo caso amoroso ilícito que havia tido com o próprio chefe.

— Diz pro Robert que não vou pra lugar nenhum — gritou. — Ele não pode ficar escondido atrás da companhia que nem um covarde. Diz pra ele que, se quiser que eu vá embora, ele mesmo vai ter que vir aqui falar comigo.

Walter soltou o braço de Isabel e se virou para voltar ao elevador, fazendo um sinal para o segurança enquanto isso.

— Diz pra ele que um dia ele vai se arrepender de ter feito isso — ela continuou. — Eu prometo isso pra você, ele vai se arrepender! Ele vai aprender como é perder tudo!

Bobby se aproximou de Isabel, com um olhar pesaroso no rosto, e lhe disse que era hora de ir embora, mas ela se recusou a sair do lugar.

— Liga pro Robert Queen — ela exigiu, aos berros. — Bota ele pra falar no telefone, diz pra ele que eu não vou pra lugar nenhum! — Bobby implorou de novo para que ela fosse embora.

— Por favor, srta. Rochev, você precisa ir ou eu vou ter que retirar você à força do prédio, e eu realmente não quero fazer isso.

— Eu não ligo! — ela gritou. — Eu não ligo pro que você diz! Todo mundo precisa saber que o Robert Queen é um *mentiroso*! — Multidões de empregados começaram a se juntar, assistindo ao ataque completo de Isabel. Dois seguranças adicionais se aproximaram para tentar acalmá-la, mas não havia forma de confortá-la, então eles começaram a usar a força, segurando cada um em um braço dela.

— Ele vai se arrepender de ter feito isso comigo! — ela gritou. — Diz pra ele que é melhor ele ficar de olho aberto! — Girou os braços com força, tentando ficar livre dos seguranças. — Ele não pode fazer isso comigo! Ele não pode fazer isso comigo! *Ele me prometeu!* — continuava gritando enquanto os guardas a arrastavam na direção da porta.

— Isso não era pra ser assim! — gritou quando os guardas finalmente conseguiram tirá-la da Queen Consolidated. Quando eles a soltaram, Isabel olhou ao redor e percebeu muitos olhos a encarando. Deu alguns passos para trás, olhando para o topo do prédio e sabendo que Robert provavelmente a estava observando da janela do escritório.

Ele vai se arrepender de ter feito isso, Isabel pensou furiosamente enquanto finalmente se afastava do edifício. Prometeu para si mesma, entretanto, que um dia voltaria à Queen Consolidated.

7

Alguns dias depois da cena na Queen Consolidated, Isabel estava dirigindo de forma imprudente pelas ruas de Starling City. Estava afundando o pé no acelerador, quando viu de soslaio o próprio rosto no retrovisor.

Os olhos estavam vermelhos e brilhantes, sua compleição, outrora impecável, estava pálida e fantasmagórica. Não reconhecia quem era aquela garota no espelho, e se perguntou como as coisas haviam ficado tão ruins. Perguntou-se quando Robert havia conseguido dominar a vida dela daquele jeito. Sentiu-se boba por deixá-lo ter tanto poder sobre ela, logo percebendo que esse fora um dos motivos pelos quais ela havia sido levada até ele no começo de tudo. Xingou Robert repetidamente enquanto fazia a volta no fim da rua.

— Você acha que pode me fazer de boba, e que eu vou simplesmente desaparecer — murmurou em voz alta para si mesma. — Bem, você não sabe o que está à sua espera. Você acha que pode simplesmente me demitir e arruinar a minha vida; é, eu posso arruinar a sua também.

Ela fez uma curva fechada para a direita com o carro minúsculo e os portões abertos da mansão Queen ficaram ao alcance da vista. Isabel parou o carro logo antes dos portões e pensou por um minuto. Sem nenhuma explicação, de repente se sentiu um pouco triste por ele.

Um homem desprezível e um covarde total, Isabel pensou. Apenas uma pessoa fraca e insegura faria o que Robert havia feito. Ela recordou as vezes em que conversaram sobre ter filhos deles... juntos. O pensamento fez um arrepio percorrer a espinha quando notou como Robert era um pai horrível, já que era capaz de mentir daquele jeito.

Colocou o pé no acelerador e passou pelo portão.

Estacionou junto à porta e saiu do carro, com o corpo tremendo por uma combinação de medo e raiva. Lembrou-se da primeira vez em que Robert a havia convidado para aquela casa, a primeira vez em que dormiram juntos. Isabel sorriu um pouco, pensando sobre como havia se sentido em relação a Robert naquele momento, e o coração dela se partiu um pouco mais ao refletir sobre onde estava agora.

Quando alcançou a porta da frente da casa, voltou rapidamente à realidade.

TOC. TOC. TOC.

Isabel tentou se recompor quando escutou passos se aproximando da porta. Ela se abriu, revelando Moira Queen.

— Isabel Rochev — ela disse. — Eu preciso falar com o Robert.

— Eu sei quem a senhorita é, srta. Rochev — Moira respondeu, inexpressiva. — O Robert não está aqui, ele foi levar os nossos filhos pra pescar no barco dele durante o final de semana.

Isabel permaneceu em silêncio. Seu plano de falar com Robert, de fazer o discurso que havia redigido na própria cabeça, estava fora de questão. E embora não pudesse dizer por quê, nem sequer esperava que Moira aparecesse em meio àquela situação.

— Eu sei por que está aqui, srta. Rochev — Moira continuou —, e eu tenho pena da senhorita. Uma mulher conseguir dormir com um homem casado é uma das coisas mais nojentas que posso imaginar.

Aquelas palavras abriram um corte profundo em Isabel — estava surpresa do fato de Moira saber do caso. E ficou ainda mais depois de lembrar que Moira o havia traído também.

Será que ela se odeia tanto quanto me odeia?

— Você não achava que eu sabia, achava? — Moira perguntou. — Você não passou de uma historinha romântica para aquele homem. Um nome numa lista. Você foi só uma entre as muitas outras garotas bobas antes de você que foi insensata o bastante pra achar que um homem como o Robert trocaria a vida que ele tem agora... por você.

De repente, Isabel sentiu uma calma estranha dominá-la. Finalmente se sentiu capaz de desligar as emoções como se tivesse um interruptor, e não tinha mais vontade de chorar. Na verdade, decidiu naquela hora e naquele lugar que nunca mais choraria — por Robert Queen ou por quem quer que fosse. Estava cansada de sentir pena de si mesma.

— Agora, faça um favor pra você mesma e saia da minha propriedade antes que eu chame a polícia — Moira vociferou antes de começar a fechar a porta na cara de Isabel.

— Ou então? — Isabel a confrontou. — Sabe, Moira, nós duas nos envolvemos com um bobo, um homem que me contou muitos, muitos segredos sobre a própria vida. Sobre a sua vida. Então, seria do seu interesse ficar de olho aberto. Tome cuidado, porque nunca se sabe quando é que eu posso decidir bater um papo com a imprensa sobre a preciosa família Queen, talvez vender seus segredos pra quem pagar mais... especialmente no que se refere à pequena Thea — Isabel ameaçou com frieza. — Não é maravilhoso que ela esteja se recuperando tão rápido?

A porta parou e Moira espreitou por ela mais uma vez. Os olhos dela estavam arregalados de medo.

8

Um jazz clássico estava tocando suavemente no fundo do estabelecimento escuro. Os patrões estavam sentados em mesas fixas com bancos de couro alinhadas às paredes, conversando em voz baixa. Madeira de cerejeira reluzia por todo o estabelecimento. Enquanto a maior parte das pessoas estava saboreando um coquetel de *happy hour* com os colegas de trabalho, contando as histórias do dia uns para os outros, Isabel estava sentada sozinha num banco alto no balcão do bar.

Apenas um ano depois do desastre com Robert, Isabel era a decisão e o estilo em pessoa. Estava vestindo um terninho de negócios vermelho escuro. Seu cabelo estava longo e muito liso. Um salto preto bateu numa protuberância do balcão. Um barman bonito colocou um Martini em frente a Isabel, com duas azeitonas, e ela sorriu diabolicamente para ele, que respondeu piscando o olho e logo voltou ao trabalho.

Na televisão que ficava em cima do bar estava passando o noticiário local.

— Negócios: a Ramsford International, uma subsidiária da Queen Consolidated, foi comprada pela Unidac Industries — relatou a âncora Bethany Snow. — A aquisição foi orquestrada por Isabel Rochev, e essa é a terceira subsidiária que a Queen Consolidated perde para Rochev nos últimos seis meses.

Um pequeno sorriso surgiu no rosto de Isabel enquanto tomava um gole do Martini.

Saindo de sua Mercedes Benz preta e lustrosa, ela pegou a pasta de couro preta e marchou até o escritório na Unidac Industries. Andava com a cabeça bem erguida, resoluta e confiante. Seus subordinados olhavam para baixo quando ela se aproximava, e Isabel havia cessado há bastante tempo de cumprimentar as pessoas com um sorriso. Permanecia focada na tarefa da qual estava encarregada e não tinha tempo para conversas fiadas e agrados.

Quando chegou ao escritório, em uma das salas do canto do edifício, seu secretário executivo, Theodore Decklin, saudou-a com um café com leite matinal e um resumo dos afazeres do dia.

— A primeira tarefa de hoje, srta. Rochev, é a reunião da diretoria às 9 horas — Decklin lhe informou. Sem dizer nenhuma palavra, Isabel lhe entregou o casaco e a pasta, pegou o café com leite e os arquivos e seguiu em direção à sala de conferências. Quando chegou lá, os outros nove membros da diretoria já estavam em seus lugares. Ela tomou o próprio assento na longa mesa e, enquanto os outros membros estavam conversando despreocupadamente, Isabel manteve para si os próprios pensamentos, bebendo o café com leite e revisando os documentos. De repente, a porta de vidro se abriu por completo e Malcolm Merlyn entrou.

Malcolm Merlyn, presidente da Merlyn Global.

O pai de Thea Queen.

A confiança irradiava dele enquanto estava parado em frente ao grupo. Vestido impecavelmente, olhava de cima para as pessoas na sala, quase como se fossem insetos implorando para serem esmagados. Todas as conversas cessaram.

— Peço perdão pelo meu atraso nesta manhã — ele disse, e então sorriu. — Não há nada como uma primeira impressão.

Algumas risadas abafadas percorreram o ambiente, e todos os olhos estavam voltados para ele.

— Eu sei que todos nós temos muito a fazer, muita coisa para mastigar, então vou ser breve. É com grande prazer que venho até os senhores para anunciar a parceria entre a Unidac e a Merlyn Global. Para nós, da Merlyn Global, não foi preciso pensar muito quando chegou a hora de escolher as companhias com que queríamos trabalhar. — Para a surpresa de Isabel, ele se virou e olhou diretamente para ela. — E grande parte disso vem do trabalho incansável conduzido pela srta. Isabel Rochev, que viemos observando com grande interesse enquanto ela pegava uma subsidiária da Queen Consolidated atrás da outra.

A direção aplaudiu educadamente, e Malcolm continuou.

— Ninguém acredita mais nessa cidade do que eu. Eu nasci aqui, Starling City é a minha casa, e, como muitos dos senhores sabem, quando a minha esposa, Rebecca, estava viva, nossa família partilhava do mesmo objetivo: de fazer de Starling City um lugar melhor. Um lugar melhor pra criar as nossas crianças, onde nossa comunidade possa trabalhar unida, oferecendo oportunidades de emprego pra todos. E embora a minha esposa não esteja mais aqui pra ser testemunha disso, esse ainda é um objetivo pelo qual pretendo trabalhar incansavelmente. Essa parceria vai aproximar duas grandes companhias, e vai ajudar a fortalecer Starling City — Malcolm continuou. — Obrigado pelo trabalho árduo e pelo apoio dos senhores.

Os membros da diretoria ficaram de pé e aplaudiram o discurso de Malcolm. Isabel se levantou junto com eles. Malcolm deu a volta na mesa retangular, apertando a mão de cada membro da diretoria. Quando chegou a Isabel, pegou com firmeza a mão dela.

— Estou ansioso para trabalhar com a senhorita, srta. Rochev — ele disse, olhando bem nos olhos dela.

Na manhã seguinte, Isabel entrou em sua sala e encontrou Malcolm Merlyn sentado na cadeira dela. Ficou surpresa com a ousadia dele e se sentiu intrigada.

— Sr. Merlyn — ela disse, calmamente. — A que devo esse prazer?

Malcolm mostrou seu sorriso diabólico e levantou da cadeira.

— Acho que a pergunta mais adequada é como eu posso ajudar *a senhorita*, srta. Rochev — respondeu enigmaticamente. — Podemos nos sentar e conversar?

Foram até a lateral da sala e se sentaram no sofá. Isabel se sentou rigidamente e cruzou os braços sobre o colo, na defensiva.

— Srta. Rochev, como é uma mulher de negócios inteligente, a senhorita não deve ficar surpresa de saber que sou bem meticuloso quando se trata de negócios. Eu não sou daqueles que simplesmente caem em cima de uma oportunidade só porque ela existe. Eu faço pesquisas, especialmente sobre as pessoas que criaram a oportunidade no começo das contas. Nesse caso, essa pessoa é a senhorita — disse. — Acho que não é nada mais que justo dizer pra senhorita que sou um amigo bem próximo da família Queen.

Isabel mudou de posição no sofá. Até hoje, a simples menção da família Queen fazia um arrepio correr pela espinha dela. Ainda assim, havia aprendido a manter a compostura quando o assunto vinha à tona.

— E mais — ele continuou —, eu sei do seu passado... da relação que teve com eles. — O ambiente ficou mais tenso, e ela decidiu ir direto ao assunto antes que aquilo se tornasse doloroso.

— Sr. Merlyn, onde quer chegar com isso? — perguntou, mantendo o tom de voz em rédeas curtas.

— Bem, como disse ontem, eu acredito nessa grande cidade de Starling. Porém, tanto eu quanto a senhorita sabemos que ela vem sofrendo já há um bom tempo. A favela conhecida como Glades, por exemplo, é trágica por muitos motivos, e acho que a senhorita já sabia disso. A vida da minha esposa foi tirada lá. — Ele parou por um instante para aumentar o efeito daquelas palavras, depois continuou. — Mas estou confiante de que unir nossas companhias é a chance de Starling City virar uma nova página. Isso é apenas o começo.

Isabel o encarou inexpressivamente.

— Mas eu não posso fazer isso sozinho — continuou. — Preciso que todos os atores de peso de Starling City estejam a bordo... inclusive a senhorita, srta. Rochev. A senhorita é *especialmente* essencial para os meus planos.

— E posso perguntar por quê? — Isabel respondeu. — O que é que o senhor está propondo?

— Estou propondo algo que a senhorita deseja pelos últimos dois anos, algo pelo que a senhorita anseia fervorosamente — disse. — Remover o Robert Queen do cenário, permanentemente.

Aquilo a pegou de surpresa, e fez com que deixasse a expressão do rosto escorregar. Franziu as sobrancelhas e dobrou o pescoço para o lado.

— Com a sua ajuda — ele continuou —, podemos fazer isso acontecer.

O céu estava preto, e nem mesmo a lua podia ser vista. Isabel, de óculos, estava sentada em sua mesa, digitando no computador, o escritório iluminado apenas pelo brilho da tela. Outra noite de trabalho, mas ela mal estava notando. Finalmente tinha o poder e o respeito pelo qual havia ansiado durante toda a vida, e dessa vez ninguém iria tirá-los dela.

Respirou fundo e parou de digitar.

Isabel foi até o gabinete do escritório e pegou uma garrafa de uísque. Era da mesma marca do que Robert costumava dividir com ela na sala da Queen Consolidated, tanto tempo atrás. Serviu uma dose generosa e, quando encostou os lábios no copo, o telefone tocou.

— Está feito — uma voz disse. — Deve sair nas notícias de amanhã...

— Obrigada pela ajuda.

Click.

Colocou o telefone no gancho lentamente, sem muita certeza de como deveria se sentir. Embora estivesse firmemente empenhada no plano de Malcolm Merlyn agora, ainda estava um pouco atordoada. Para a própria surpresa, sentiu-se incapaz de tomar fôlego por um minuto, então voltou ao gabinete e pegou de novo o uísque, tomou um gole grande e deixou a bebida queimá-la por dentro.

Depois voltou lentamente para a mesa.

Enquanto estava se sentando, uma única lágrima correu pela sua bochecha.

9

O PRESENTE

— Aqui, srta. Rochev — um jovem estagiário disse. — Srta. Rochev?

Os olhos de Isabel ainda estavam presos à televisão. Sua boca permanecia levemente aberta, com a respiração rápida enquanto o choque dominava o seu corpo.

— Srta. Rochev — o estagiário repetiu, dando um tapinha no ombro de Isabel.

A mente dela estava dando voltas enquanto repassava os acontecimentos que levaram ao naufrágio do *Gambit*, levando consigo Oliver e o pai dele. Voltando a si bruscamente, olhou para o estagiário que, intrigado, começou a pegar os arquivos que ela havia deixado cair.

— Obrigada — Isabel disse distraidamente enquanto passava os olhos pela sala. — As pessoas devem voltar ao trabalho. — Sem dizer outra palavra, voltou lentamente para o escritório, com a mente a um milhão de quilômetros por minuto.

Oliver Queen está vivo.

Como isso é possível?

Cinco anos antes, Isabel pensou que, com a ajuda de Malcolm Merlyn, finalmente havia conseguido aquietar a comoção causada pelo desastre da família Queen. Mesmo assim, ali estava a prova de que Oliver ainda estava vivo. Será que fora tudo um estratagema da parte de Merlyn?

Será que o Robert também está vivo?

Isabel foi até a mesa e pegou uma chave para destrancar a gaveta de baixo. De lá, tirou uma caixa de metal e a abriu devagar, até mesmo um pouco tímida, e pegou uma foto nela.

Ela e Robert. Mal podia se reconhecer. A foto havia sido tirada no barco de Robert, e nela Isabel estava vestindo um biquíni, com a pele bronzeada brilhando. Robert a estava beijando na testa, e ela estava sorrindo. Olhando para a foto, lembrou-se de como era se sentir feliz, mesmo que fosse por apenas um momento fugaz. Outro sorriso passou rapidamente pelos lábios dela.

Será que você está vivo?
Será que você também está lá fora?

Abafando o sorriso, colocou a foto na caixa e a trancou novamente.

Eram sete horas e ela desligou o computador, checando a mesa de novo para se certificar de que estava trancada. Após pegar a gabardina do gancho atrás da porta, foi em direção ao elevador.

O edifício de estacionamento estava quase vazio, e o único som que se podia escutar era o barulho do salto dela contra o piso. Toda noite era assim, mas enquanto estava se aproximando da Mercedes, uma sensação estranha a atravessou. Parou no meio do caminho e espreitou por cima do ombro cuidadosamente para ver se havia alguém por perto.

Silêncio.

Balançando a cabeça, soltou um suspiro de alívio enquanto localizava o carro apenas uma fileira à frente. Aproximando-se da porta do motorista, procurou a chave na bolsa. Então levantou a cabeça, viu seu reflexo na janela... e congelou.

Havia um homem parado por trás dela. Estava vestindo um paletó preto e um tapa-olho.

— Ele está morto, srta. Rochev.

A voz rouca dele ecoou nas paredes de concreto, induzindo-a a se mexer. Ela se virou, deixando a chave cair enquanto o fazia.

— Quem é você? — ela exigiu saber, com a mão de novo dentro da bolsa. — O que é que você quer? — Encontrou o *spray* de pimenta e o apontou para o intruso; mesmo assim, ele não recuou.

— Mesmo se eu ainda tivesse os dois olhos, srta. Rochev, isso não faria muito efeito em mim. — Levantou as mãos e mostrou a palma das duas, ambas vazias. — Por favor, srta. Rochev, só estou aqui pra conversar.

— Você escolheu um lugar e uma hora estranhos pra isso — ela disse, sem abaixar o *spray* de pimenta. — Quem é você?

— O meu nome é Slade Wilson — respondeu. — Eu estou aqui pra dizer que a senhorita não precisa se preocupar, ele está morto.

— Eu não sei do que é que você está falando.

— O Robert Queen está morto — Slade explicitou.

Ao escutar o nome dele, Isabel se sentiu tonta e finalmente abaixou o *spray* de pimenta. Examinou o intruso, que estava vestindo um terno preto bem cortado e tinha mechas de cabelo grisalho ao redor das orelhas. O tapa-olho cobria perfeitamente o olho direito dele.

— Eu... Eu não estou entendendo — ela disse.

— O Oliver Queen voltou — Wilson prosseguiu. — O garoto de ouro de Starling City voltou depois de todos esses anos. A senhorita estava se perguntando se o retorno do Oliver significava que ainda havia esperanças quanto ao pai dele, mas eu posso garantir pra senhorita que o Robert se foi.

— Por que é que você está me dizendo isso? — perguntou, retomando a compostura. — O que é que você quer?

— Estou dizendo isso pra senhorita porque eu sei como é perder alguém que se ama. Alguém com quem você se importa tão profundamente que está no seu sangue, que está enraizada bem dentro de você, e sofrer uma perda dessa magnitude é algo que pesa na alma pelo resto da vida. — Enquanto ele falava, ela sentiu as bochechas ficando mais quentes e lágrimas se formando nos olhos, e tinha medo de piscar por achar que se o fizesse elas escorreriam pelo seu rosto.

— Eu conheço esse tipo de perda, srta. Rochev — ele continuou e, se notou a emoção dela, não o demonstrou. — Estou aqui pra ajudar a senhorita.

— Eu não preciso de nenhuma ajuda — ela respondeu bruscamente.

— A senhorita pode não perceber agora, mas eu e a senhorita partilhamos de um interesse comum, um que tem sido um peso pra nós há tempo demais. — Parou por um instante, e o olho dele brilhou. — Um que precisa ser destruído.

De que merda que ele está falando? A raiva tomou o lugar do medo.

— E por acaso o que é que podemos ter em comum? — perguntou autoritariamente.

— O ódio pela família Queen.

De repente, sentiu-se tonta de novo, e todas as emoções que havia deixado de lado começaram a fervilhar. Lembrou-se das mentiras e das promessas não cumpridas, das vezes que ele a havia abandonado para encontrar aquelas crianças: o concurso de soletrar e o recital de dança de Thea, a pressa para ir até Oliver e pagar sua fiança. Indignidades que ela havia suportado apenas para ser mandada embora por Moira como se não passasse de um rato de esgoto.

— A família Queen é um veneno pra essa cidade — Wilson continuou, como se pudesse ler a mente dela. — Eles infectam todos em volta deles. Acham que o dinheiro que eles têm pode livrar a cara deles em qualquer situação. Acima de tudo, são mentirosos e assassinos. O Oliver não só arrancou o meu olho, mas também tirou de mim uma pessoa que nunca vou poder ter de volta, e vou fazer tudo o que estiver sob o meu poder pra me certificar de que ele vai receber exatamente o que merece. Eu sei o que o Robert fez com a senhorita, e mesmo assim, de algum jeito, a família Queen continua ilesa. Mas chegou a hora de eles sentirem a mesma dor que eles nos causaram.

Todos os músculos do corpo de Isabel se enrijeceram com as palavras de Wilson. Robert armou para destruí-la, para deixar em pedaços uma carreira que havia sido promissora, e agora Oliver estava de volta, um pirralho mimado que estava prestes a se tornar o presidente da Queen Consolidated — o cargo que um dia havia sido prometido para ela.

Pensar naquilo a deixou enjoada.

— Como é que fazemos isso acontecer? — ela perguntou.

10

Isabel encontrou Slade em um galpão abandonado e em estado precário em Central City. Era feito totalmente de cimento; as paredes, o piso, tudo era sólido e à prova de som, apesar da decadência. Vestida para trabalho, com o terninho cinza favorito, ela entrou no prédio sem saber o que esperar, sabendo perfeitamente que mesmo se gritasse não haveria ninguém para escutá-la.

De repente, começou a suar, entrando em pânico devido ao fato de ter confiado em um completo estranho.

— Bem-vinda ao dia um, srta. Rochev — Slade disse, aparecendo por uma porta lateral. Havia dispensado o terno de aparência profissional e o substituído por um traje de combate. As botas de couro preto rangiam contra o concreto, os músculos pulavam da camiseta regata preta. — Estou ansioso pra começar o treinamento — acrescentou. — A senhorita, porém, não está vestida de uma forma apropriada pra isso.

— Desculpe? — Isabel disse. — Eu estava supondo que nós iríamos conversar sobre como destruir a família Queen. Você não falou nada sobre nenhum 'treinamento'.

— O plano pra destruir eles já foi iniciado, não há mais espaço pra discussões — rosnou. — Agora, a senhorita precisa vestir isso. — Entregou a Isabel um conjunto de roupas de treinamento.

Deixada de guarda baixa pelo tom com que Slade se dirigiu a ela, pegou o embrulho mesmo assim. Agachada por trás de uma parede de contensão feita de concreto, tirou o terninho. Alguns momentos depois apareceu vestindo uma calça de *lycra* preta e uma camiseta laranja.

— E agora? — Isabel perguntou, irritada.

— Agora nós lutamos — Slade respondeu, entregando uma vara de bambu para Isabel usar como arma. Ela franziu a sobrancelha.

— Sr. Wilson, eu sou uma mulher de negócios, não uma ninja — disse com seriedade, olhando para a vara como se pudesse mordê--la. — Tudo o que eu quero é o que me foi prometido antes, e ver a expressão no rosto da Moira Queen quando eu conseguir isso. Então, se você espera que eu bata em você com uma vara de bambu, você precisa me dizer como é que isso vai me ajudar a tomar o controle da Queen Consolidated.

Sem responder, Slade pegou outra vara de bambu, olhando-a fixamente. O rosto dele ficou com uma expressão severa, e dava sinais de uma raiva que estava ameaçando irromper.

— O Oliver Queen voltou pra sua amada Starling City mudado — ele explicou, com a voz baixa, mas clara. — Há muito tempo, eu prometi pra ele que tiraria tudo e todos dele. Pra que esse plano funcione, tenho que estar preparado pra infligir dor física nele, também, e você precisa estar apta a fazer o mesmo. — Tomou uma posição defensiva e esperou.

Isabel respirou fundo, processando o que Slade havia acabado de lhe dizer. Olhou de relance para a vara, levantou-a subitamente e atacou Slade. Ele bloqueou o golpe dela com a própria vara, e ela atacou de novo, mas dessa vez acertou apenas o ar. Lançou golpes um atrás do outro, e todas as vezes ele se defendia, até que uma raiva começou a ganhar força também dentro dela. A cada ataque frustrado, ela se inflamava cada vez mais.

— A raiva é uma coisa boa — ele disse. — Agora vamos começar *de verdade*.

Sozinha no galpão, Isabel pegou uma das duas espadas longas que estavam perto dela. A lâmina brilhava sob a forte iluminação do edifício. Tocou na ponta dela, furando o dedo com o mínimo de força necessária para cortar a pele, e observou uma gota minúscula de sangue escorrer pelo dedo. Limpou a mão, sem sentir nenhuma dor, então pegou a segunda espada. As mãos dela tremiam bem de leve enquanto ela as impelia para a frente.

— O que é que você pensa que está fazendo? — Slade vociferou ao aparecer sem nenhum aviso e a fazer pular de susto, deixando uma das espadas cair no chão. — Você não está pronta pra isso, vai acabar perdendo um dedo, ou pior.

Furiosa consigo mesma, levantou a espada novamente com um movimento brusco.

— Já se passaram três meses — protestou —, e eu estou cansada de lutar com varas. Se você acha que eu não estou pronta, então prove!

Slade a olhou por um momento, depois tirou o paletó e lentamente desfez o nó da gravata. Foi até uma maleta comprida e a destrancou. Dentro dela estavam as espadas dele.

— Então está bem — ele disse, tirando as espadas e as mostrando para Isabel, com as lâminas resplandecentes. — Vamos ver do que você é capaz.

Isabel assumiu uma posição de luta, com os músculos tensionados. Estava com a postura ereta e firme, e as semanas de treinamento haviam resultado em uma definição muscular perfeita. Estava cheia de raiva e ódio, e os aceitava entusiasticamente. Sua vida estava focada em uma coisa, e nada mais.

Vingança contra a família Queen.

Sugando o ar à sua frente para dentro dos pulmões, avançou e golpeou com a espada. Slade evitou o ataque, mas pela expressão dele ela notou que o havia pego de surpresa. Ele retribuiu o golpe desferindo a espada, e ela se esquivou com um movimento de dança, imprimindo outro ataque. A cada golpe ela se focava nos ensinamentos dele, colocando em prática todos os truques que havia sido ensinada. Sua confiança cresceu, mesmo quando estava coberta por uma capa de suor.

Ela se aproximou e, com a mão esquerda, desferiu outro golpe. Slade se esquivou e usou a espada da mão direita para abrir um corte no braço dela. Gritando, ela recuou e olhou de relance para a ferida. Embora fosse superficial, havia sangue escorrendo pelo bíceps dela.

Slade ignorou o grito de Isabel e brandiu novamente a espada, recolocando-a em jogo. Isabel se defendeu rapidamente, protegendo-se com a sua própria espada. De repente, ele girou e deu uma joelhada no estômago de Isabel, fazendo-a cair enrolada no chão. Ele ficou parado enquanto ela se recompunha e levantava, voltando à posição de defesa.

Tentando ignorar a dor, ela desferiu uma sequência de ataques com os quais esperava dominá-lo, mas a ferida a estava distraindo bastante e ele conseguiu manter a vantagem com facilidade. O cansaço estava fazendo os braços dela ficarem mais pesados a cada minuto, fazendo-a diminuir o ritmo até Slade conseguir encontrar uma brecha. Com um golpe, tirou uma das espadas da mão dela e, enquanto ela observava a queda da arma, ele chutou a perna dela, fazendo-a cair no chão.

Ela bateu o rosto no concreto, produzindo um barulho de algo quebrando. Ficou deitada por um momento, inerte, enquanto Slade pairava sobre ela. Finalmente mexeu as mãos por baixo do corpo e se levantou, com sangue pingando do lábio e do nariz. Vacilante, ficou em pé e levantou as mãos para mostrar que estava se rendendo.

— Por favor, para — grunhiu. — Eu não consigo... Desculpa...

— Que isso seja uma lição — Slade disse com desdém. — Sou eu quem vai dizer quando você está pronta. — Com isso foi até a maleta e guardou as espadas. Então caminhou em silêncio até a porta e a deixou lá, sobre uma piscina do próprio sangue.

Isabel estava dirigindo a Mercedes por uma estrada longa e sem fim. As janelas do carro estavam abertas e o cabelo dela voava ao vento, dando leves chicotadas ao redor de sua cabeça. Ao ver o galpão no horizonte, soltou um suspiro enquanto pressionava o pé com mais força no acelerador.

Ao entrar no prédio parcamente iluminado, tirou os óculos escuros. Isabel estava usando uma sapatilha de couro preto no pé esquerdo e uma bota ortopédica no outro. Foi mancando pelo piso de cimento, olhando ao redor, mas Slade não estava em lugar nenhum. Caminhou até uma porta lateral, abriu-a e espreitou por um longo corredor. Escutou vozes e seguiu naquela direção.

As luzes fluorescentes eram fortes, então colocou os óculos de novo e começou a andar pelo corredor. O som foi se aproximando até ficar claro de onde vinha, e Isabel colocou o ouvido contra uma porta. Girando a maçaneta, empurrou a porta e encontrou Slade sentado atrás de uma mesa dilapidada, vestindo um terno elegante de três peças. Ele não estava se mexendo, com os olhos fixos na televisão à sua frente.

— O vigilante de Starling City deu as caras mais uma vez ontem à noite, ao abater Martin Somers — um âncora estava anunciando. — O comissário de polícia continua pedindo a todos os cidadãos para apresentarem quaisquer informações sobre o vigilante, e recomenda fortemente que, caso o encontrem face a face, não entrem em contato direto com ele.

— Não entrem em contato, certamente — Slade disse, virando a cadeira. — A que devo o prazer, srta. Rochev?

— Vou ser breve, sr. Wilson — Isabel respondeu, tirando os óculos e revelando dois olhos inchados. — Estou fora.

— O que é que você quer dizer com isso, fora? — perguntou com calma.

— Você quase me matou! — ela vociferou. — Eu fraturei duas costelas e o pé esquerdo. Tenho sorte de não ter perdido nenhum dente. Eu posso odiar os Queen tanto quanto você, mas eu não posso fazer isso. *Nós* não podemos fazer isso.

— É mesmo?

— O seu plano precisa de mais pessoas — ela declarou. — Eu sou só uma pessoa e, sim, eu acredito firmemente que posso acabar com a Queen Consolidated nos negócios, mas você precisa de outra pessoa, alguém que possa ajudar você na rua. Alguém como o vigilante.

Slade sorriu ironicamente para ela.

— O vigilante *é* o Oliver Queen.

Os olhos de Isabel ficaram arregalados enquanto juntava as peças do quebra-cabeças. Tudo o que Slade havia lhe dito de repente começou a se encaixar.

— Você disse que o Oliver tinha um novo objetivo...

— E realmente ele tem — Slade continuou. — O objetivo dele é consertar os erros do pai e limpar a cidade, um milionário de cada vez.

Isabel zombou da menção ao pai de Oliver.

— Independentemente do fato de o Oliver querer passar as noites vestindo roupas verdes coladas no corpo, eu preciso de ajuda. *Nós* precisamos de ajuda. Ainda mais se ele *for* esse vigilante. Precisamos tomar a cidade dele à força.

— Esse é um ponto de vista válido — Slade concordou, para a surpresa dela —, mas você está errada quanto à natureza da ajuda de que precisamos. Eu consigo dar conta das ruas e do vigilante, disso tenho certeza. Não, a cidade precisa se *voltar* contra os Queen, precisa rejeitar tudo o que eles representam; e, pra fazer isso acontecer, nós precisamos de um infiltrado.

Ele sorriu, algo que não fazia com frequência.

Isabel estremeceu ao perceber a situação em que estava.

3

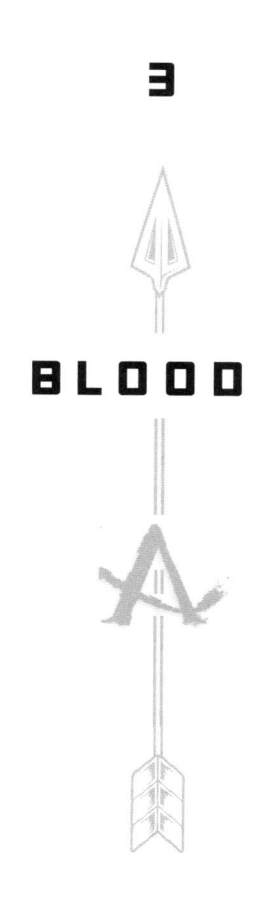

BLOOD

1

As ruas do Glades estavam acabadas, cheias de lixo e poeira. Havia pichações rabiscadas em todas as pontes e *outdoors*. Uma multidão de mendigos estava aglomerada em volta de uma fogueira acesa dentro de um latão de lixo para se aquecer, pois a noite estava cruelmente fria. Sirenes de carros de polícia soavam a distância, provavelmente, correndo para uma cena de crime da espécie que tornava o Glades infame. Era esse o legado da vizinhança.

Crime e imundície.

Na Stark Road, preenchendo o espaço entre duas lojas abandonadas, ficava o Orfanato Zandia. Uma comoção estranha podia ser escutada da rua, vinda de lá. Aplausos e risadas estavam crescendo a cada momento, contrastando bastante com os arredores do edifício. Dentro dele, um grupo de moradores da vizinhança estava bebendo champanhe e devorando *crudités*.

Sebastian Blood folgou o nó da gravata antes de pegar dois copos de plástico.

— Obrigado por ter vindo, dr. Vaca — disse, entregando uma das bebidas ao médico. O cabelo castanho da cor de chocolate de Sebastian estava penteado para trás enquanto mostrava um sorriso.

— É claro que eu ia vir, Sebastian — Vaca respondeu. — Virar o novo vereador do Glades com certeza merece uma celebração.

— Bem, eu não conseguiria ter feito isso sem um apoio incansável, isso significou muito pra mim — Blood continuou, brindando com o médico. Tomou um gole da bebida e deixou as bolhas fazerem cócegas na garganta.

— É o mínimo que eu posso fazer, Sebastian. Afinal, você esteve do meu lado muitas vezes, é um amigo de verdade da Clínica Rebecca Merlyn. Estou ansioso pra ver o seu trabalho como vereador, e tenho grandes esperanças de que você vá trazer mais atenção pra clínica... e, o que é ainda mais importante, pro Glades. — O dr. Vaca espreitou por cima do ombro de Sebastian e agitou o braço para indicar dois recém-chegados. — Você se lembra da família Gomez, não lembra? Eles estavam no seu comício há três semanas.

Sebastian estendeu a mão.

— Olá de novo, sr. e sra. Gomez, muito obrigado por virem à nossa pequena celebração.

Embora estivessem contentes, Richard e Amelia Gomez também pareciam cansados. A maquiagem de Amelia formava uma camada grossa embaixo dos olhos, escondendo os círculos escuros que os cercavam.

— Nós dois queríamos apenas agradecer pessoalmente por toda a atenção que o senhor trouxe pra clínica durante a sua campanha, sr. Blood — ela disse. — Quando o nosso filho, o Bobby, recebeu o diagnóstico de câncer, nós não sabíamos o que fazer. O nosso plano de saúde não ia ajudar de jeito nenhum, e só de pensar que o nosso menino não ia receber tratamento porque não podíamos pagar por ele, bem, era... de partir o coração.

— E como é que ele está? — Blood perguntou.

— Está em remissão — Richard Gomez respondeu, e então abriu um sorriso radiante. — Não seria assim se não fosse pela clínica e pelo dr. Vaca.

— Fico muito feliz de ouvir isso — Sebastian disse, com sinceridade. — Espero que agora, como vereador representante do Glades, eu possa continuar a ajudar famílias como a sua. Se conseguir o que quero, a Clínica Merlyn vai prosperar durante os anos que virão.

De repente, deu um pequeno pulo de susto quando sentiu uma mão forte segurar no seu ombro, por trás. Sebastian se virou e viu o velho amigo, Cyrus Gold.

— Parabéns, meu amigo! — Cyrus disse, abrindo os braços para abraçar Sebastian. — Estou muito orgulhoso de você.

— Obrigado, Cyrus — Blood respondeu, abraçando forte o amigo. Virou-se para os outros e disse: — Por favor, me deixem apresentar pra vocês um dos meus melhores amigos, o pastor Cyrus Gold, da igreja irmã do orfanato.

— É um prazer conhecer todos vocês — Cyrus cumprimentou —, e que ocasião alegre, celebrando o nosso novo líder, o vereador Blood. — Apertou vigorosamente a mão de cada pessoa do grupo.

— Você faz parte de qual paróquia? — o sr. Gomez perguntou.

— Da paróquia de São Pancrácio — Cyrus respondeu. — São Pancrácio é o santo padroeiro das crianças, foi martirizado quando ainda era criança porque se recusou a sacrificar a própria fé. Tinha uma convicção real no que acreditava; parecia que nomear a nossa paróquia em sua homenagem cabia perfeitamente. O meu mentor, o padre Trigon, infelizmente faleceu há alguns meses. Ele acreditava que nenhuma criança devia sofrer, nem ser esquecida, e foi isso que nos levou a fazer uma parceria com o Orfanato Zandia.

— Deve ser tão gratificante pra vocês verem todas as crianças do Glades terem um lugar pra chamar de lar — o sr. Gomez disse, mas foi Sebastian quem respondeu.

— É muito bonito o que o Cyrus e o padre Trigon fizeram por esses meninos e meninas. Sem eles, essas crianças estariam perdidas, vagando pelas ruas, entrando em Deus sabe que tipos de confusão... mas, aqui, eles têm quem se importe com eles, têm pessoas pra se certificarem de que estão seguros. Tenho que dizer que tenho muita admiração pelo que o Zandia fez pelas crianças do Glades.

Levantou o copo na direção de Cyrus e, sorrindo, fez um brinde ao amigo de longa data.

2

QUINZE ANOS ATRÁS

O padre Trigon estava sentado em sua sala no Orfanato Zandia, com os óculos empoleirados na ponta do nariz, enquanto se debruçava sobre uma papelada. Tinha cabelo preto, mas alguns fios estavam ficando grisalhos em volta das orelhas, e seus olhos estavam cansados depois de passar horas demais cuidando de crianças cansativas. Coçou a testa e levantou a cabeça quando bateram na porta.

Cyrus Gold entrou na sala.

— Desculpa incomodar você, padre — disse docilmente o adolescente desengonçado.

— Não está me incomodando nem um pouco, meu menino, por favor, entre — o padre Trigon respondeu enquanto Cyrus, nervoso, sentava-se de frente para ele. — O que é que posso fazer por você?

Cyrus parou por um segundo e evitou fazer contato visual. O padre Trigon viu o esforço no rosto do jovem e pegou a mão dele do outro lado da mesa para tranquilizá-lo.

— Você pode me contar qualquer coisa, meu garoto — disse. — Você está em um lugar seguro.

— Eu encontrei um menino ontem à noite — Cyrus começou, abruptamente. — Ele estava lá fora, vagando sozinho pelas ruas. Ele parecia estar perdido, então eu perguntei onde era a casa dele, mas ele não me respondeu. Eu vi que ele tinha chorado, e o rosto dele estava sangrando como se tivesse entrado numa briga, mas mesmo assim ele não queria falar. Eu não podia deixar ele sozinho lá, quem sabe o que teria acontecido com ele se tivesse sido deixado no Glades? Então... eu coloquei ele aqui pra dentro de fininho ontem à noite — Cyrus confessou.

O padre Trigon tirou os óculos.

— Entendo. Onde é que o garoto está agora?

— Ele está sentado ali fora — Cyrus respondeu.

— E você conseguiu saber o nome do garoto?

— Não — Cyrus admitiu. — Eu não sei nem o nome dele, nem de onde veio, nem se tem uma casa. Ele ainda não disse nada. — Cyrus engasgou, segurando as lágrimas.

— Meu filho, você fez uma boa ação, mesmo tendo quebrado regras — o padre Trigon disse. — Suas intenções e o seu coração continuam no lugar certo. Por que é que você não traz o seu novo amigo e nós todos batemos um papo?

Cyrus se levantou da cadeira e saiu apressado pela porta. O padre conseguiu escutar ele falando, até que finalmente entrou, trazendo consigo um garotinho muito frágil e assustado. Era muito pequeno e magro, parecia que não havia comido uma refeição completa há semanas. Tinha alguns arranhões sanguinolentos na bochecha direita e um galo na testa. Suas roupas estavam gastas e pequenas demais. Cyrus o conduziu até uma cadeira e se sentou ao lado dele.

O padre Trigon sorriu para o garoto.

— Oi, o meu nome é Roger Trigon, qual é o seu?

O garoto não respondeu.

— Você não precisa ficar com medo, meu menino. Aqui no Zandia você está fora de perigo, e num lugar de amor e adoração. Ninguém está aqui pra machucar você. — O garoto permaneceu em silêncio. O padre olhou para Cyrus por um momento e então tentou de novo.

— Você sabe onde estão os seus pais? Eles devem estar preocupados com você. — O garoto franziu as sobrancelhas com a menção aos pais. O padre Trigon percebeu que podia estar chegando a algum lugar e continuou. — Você fugiu dos seus pais? Nem sempre é fácil se dar bem com os pais, mas eles são os professores que Deus designou pra mostrar o caminho certo pras crianças.

— Não os *meus* pais — o garoto resmungou.

— O que é que você quer dizer com isso, meu filho? — O padre Trigon se inclinou para mais perto dele. — Conta pra mim o que aconteceu.

— Ninguém está por perto, nunca — a criança disse e começou a chorar. — Onde quer que eu esteja, está sempre escuro. Eu estou sempre com medo. Eu fico deitado, acordado, ouvindo os passos se aproximando da porta do meu quarto, com medo do que o meu pai pode vir a fazer comigo quando chega em casa bêbado e chateado. Até quando eu consigo dormir eu escuto os passos... chegando mais perto de mim. Mas eles não são do meu pai — continuou. — São do homem de preto, o que tem uma caveira no lugar da cara. Os dentes dele são pontudos e afiados e assim que ele chega perto o bastante de mim, eu acordo, sempre. Eu grito, mas minha mãe não vem me acalmar. Eu fico sozinho.

Cyrus e o padre Trigon escutaram atentamente.

— Como é que você foi parar nas ruas? — o padre perguntou.

— Eu acordei pra contar pros meus pais de novo sobre o homem de preto, mas o meu pai me bateu, dizendo que eu não devia inventar histórias. Minha mãe estava ocupada demais pra se importar com o que quer que fosse, especialmente comigo. — O garoto estava chorando, limpando a coriza e as lágrimas na manga da camisa. — Por favor, não me façam voltar pra lá! Eu não posso voltar pra lá! — gritou enquanto começava a chorar mais ainda.

O padre Trigon se levantou da cadeira, com o coração partido pela dor que aquela criança havia suportado. Envolveu o garoto com os braços, segurando firme a parte de trás da cabeça dele contra o peito. O corpo frágil balançava enquanto chorava, soluçando cada vez mais.

— Você está seguro aqui, meu filho — o padre respondeu, — e eu nunca vou fazer você ir embora, eu prometo. Logo, logo, você vai

parar de sentir medo e de ser assombrado pelos seus sonhos. Vou garantir que isso aconteça. — Soltou o garoto e se abaixou para encará-lo, limpando as lágrimas dos olhos vermelhos e inchados dele, ainda arregalados de medo.
— Qual é o seu nome, meu garoto? — o padre Trigon perguntou.
— Sebastian — o menino respondeu. — Sebastian Blood.

A parte de fora da casa estava acabada, as paredes soltavam lascas de tinta cinza. Árvores e arbustos haviam crescido demais no quintal, enquanto musgos e fungos cobriam a fundação da casa. O jovem Sebastian Blood caminhava lentamente pela entrada de cascalho da garagem, voltando tarde da noite depois de uma semana fora de casa. Chegou à porta da frente, congelado de medo, sem saber qual surra lhe esperava.

Entrou e encontrou a mãe completamente apagada no sofá, com a televisão ainda ligada mostrando um comercial. Havia embalagens velhas de comida espalhadas pela mesinha de café, junto a um estoque de remédios e garrafas de cerveja vazias.

Sebastian seguiu pelo corredor e viu o pai inclinado sobre a porta da geladeira. A arma dele estava sobre a mesa, ao lado de uma garrafa de cerveja vazia. Sebastian manteve o olhar sobre ela, sabendo que o pai provavelmente estava bêbado e com medo do que ele poderia fazer.

De repente, o pai o notou.

— Onde é que você esteve, seu moleque?

Sebastian permaneceu em silêncio.

— Eu fiz uma pergunta pra você, seu merdinha — o pai disse, aumentando o volume da voz. — Onde é que você *esteve*? — Quando Sebastian se virou para sair dali, ele pegou a arma com uma velocidade que contradizia seu estado e a pressionou contra a cabeça de Sebastian.

Sebastian fechou os olhos com força, sentindo o metal gelado contra a parte de trás da cabeça. Mesmo assim, permaneceu em silêncio, suando ao pensar no que viria pela frente, à espera da bala que perfuraria o seu cérebro.

BAM!

A porta dos fundos abriu a toda velocidade após ser chutada por dois vultos escuros, que logo entraram na casa. Ambos os recém-chegados estavam vestidos de preto da cabeça aos pés. Um deles estava com uma máscara de demônio. Parecia feita de osso, escondendo o rosto e deixando à mostra apenas os olhos de quem a vestia, e os chifres que a completavam eram longos e retorcidos.

O outro vulto tinha o rosto de um capanga — todo branco, mas com olhos pretos e mortos. O demônio e o seu capanga empurraram o pai de Sebastian, batendo na parte de trás dos joelhos dele e o jogando ao chão. Pegaram a cabeça dele e a bateram repetidamente contra a mesa da cozinha, até que sangue começasse a verter do nariz e da boca do homem. A cada golpe, Sebastian se encolhia mais de medo.

A mãe de Sebastian, Maya, correu até a cozinha e gritou ao ver aquela violência. Os olhos dela pareciam estar sendo engolidos pelas órbitas do rosto esquelético, e os cabelos na altura dos ombros estavam desarrumados. Implorou para que o demônio e o capanga parassem, e eles deixaram o pai de Sebastian livre. A figura rechonchuda caiu amarrotada no chão, quase inconsciente, com sangue se misturando ao suor e outras manchas na camisa branca e suja.

— Sebastian, chama a polícia — ele murmurou, cuspindo sangue, mas Sebastian permaneceu congelado, incapaz de se mover. Pegou-se quase contente de ver o pai passando por aquele sofrimento, o mesmo que havia provocado no próprio filho com bastante frequência, e aquele pensamento o fez sentir vergonha.

O demônio e seu capanga voltaram as atenções para Maya, e as emoções de Sebastian se transformaram em medo. O capanga torceu o braço dela por trás das costas.

— Me soltem! — ela gritava. — Sebastian, me ajuda!

O demônio começou a falar. A máscara estava abafando a voz dele.

— Que ironia! Você implora pela ajuda de um filho que nunca recebeu nenhuma ajuda dos próprios pais. O próprio Deus disse que não existe nada como o amor de uma mãe e um pai, e mesmo assim aqui está você, que nunca mostrou a esse garoto nem amor, nem compaixão.

O capanga foi até o pai de Sebastian e o levantou do chão. O rosto dele estava inchado, já ficando roxo. Ele tentou lutar contra quem o estava atacando, mas estava fraco demais para oferecer resistência e rapidamente caiu de novo sobre os azulejos. O demônio pegou a pistola, abriu o tambor e viu as balas dentro dele.

— Por favor! Não mate a gente! — Maya gritou. — Não mate o meu filho! Ele é só um menino!

O demônio foi até Sebastian e se ajoelhou à frente dele. Ele lhe ofereceu a arma.

— Você é digno de ser aquele que traz a retribuição? — disse. — Vós não deveis permitir que alguém os iluda com palavras vazias, pois a ira de Deus cairá sobre aqueles que cometerem os pecados da desobediência e da negligência. — Levantou a arma, oferecendo-a para Sebastian, que ficou de olhos arregalados. Olhou para o homem vestido de demônio e pensou se deveria escutá-lo.

Aquela era a oportunidade de conseguir sua vingança; vingança por todas as vezes que o pai o havia ignorado e deixado de lado como se fosse um sapato velho e sujo. Pelas surras que havia suportado, e por aquelas que a mãe havia sofrido também. Estendeu a mão, tocando no cano da arma com a ponta dos dedos, depois a agarrou com decisão.

— Sebastian, não escute eles! — Maya gritou. — Nós amamos você! Nós sempre amamos você. Eu e o seu pai vamos melhorar. Nós *vamos* melhorar, eu *prometo*.

Sebastian se virou para o pai, esperando... *querendo* que ele também implorasse pela própria vida.

— Você não consegue matar ninguém, seu moleque desgraçado — ele zombou, mostrando os dentes arruinados. — Você não é forte o bastante, você é um garotinho fracote.

Sebastian ergueu a pistola, fechou os olhos e apertou o gatilho, atirando duas vezes no abdômen do pai. Foi lançado para trás e, quando olhou, um mar de sangue vermelho jorrava das feridas provocadas pelas balas, deixando a camisa do pai encharcada rapidamente enquanto os olhos dele giravam para trás nas órbitas.

A mãe dele estava guinchando incoerentemente e, quando Sebastian virou a arma na direção dela, implorou para que ele a poupasse, as palavras se embolando com soluços ofegantes.

— Por favor, Sebastian, eu te amo!

A alma de Sebastian estava incendiada de raiva, e ele se sentia mais vivo do que nunca. Estava ajeitando o corpo para puxar o gatilho quando, sem aviso, o demônio entrou na frente da pistola. Lentamente, ele colocou as mãos na arma, conduzindo-a para a mesa e tirando as mãos de Sebastian dela.

— Poupe ela, garoto — ele disse. — Enquanto mãe, alguém que dá a vida, ela vai ter que suportar a maior tortura de todas: saber que a morte é uma opção fácil demais para escapar do que fez, e de como tratou um presente de Deus.

Sebastian a encarou com nada além de puro ódio. O demônio colocou o braço em volta do garoto e o conduziu pela porta em direção à noite escura.

O demônio e seu capanga levaram Sebastian para uma fábrica abandonada no Glades. Ele estava sentindo o sangue correndo pelas veias, ainda extasiado pela sensação de conseguir realizar sua vingança. Não sentia nenhum remorso ou pesar pelo que havia feito; na verdade, estava se sentindo em paz com o que havia escolhido.

Levaram-no para o porão do edifício decrépito. Estava frio e úmido, cheirava a naftalina, e ficou surpreso quando viu um grupo de meninos e homens sentados em bancos de igreja improvisados. O demônio ofereceu um lugar a Sebastian em um dos bancos. Confuso, sem saber ao certo o que estava acontecendo, Sebastian se sentou enquanto o demônio ia à frente da congregação.

— Essa é uma noite de alegria — anunciou. — Hoje é a noite em que celebramos a manutenção de uma frente forte, protegida e unida. — O grupo aplaudiu e se animou nos bancos. Sebastian aproximou as mãos vagarosamente, pensando se não teria cometido um erro.

— Nós temos um convidado de honra hoje à noite — o capanga anunciou. — Meus amigos, apresento a vocês o Sebastian Blood.

Sebastian sentiu todos os olhos se voltarem para ele, enquanto afundava um pouco mais no banco. Agora que a onda de adrenalina havia diminuído, começou a ficar assustado com a situação em que havia se colocado e sentiu que estava começando a suar.

— Sebastian, conheça o Irmão Langford — o demônio disse, e um homem se levantou e foi se juntar a ele na frente da sala. O demônio colocou as mãos nos ombros do Irmão Langford. — O Irmão Langford está aqui pra ajudar a conduzi-lo nessa nova jornada. E conheça também o Irmão Daily — continuou, enquanto um adolescente se levantava e se dirigia à frente da sala. Ele juntou os braços com o Irmão Langford e, em seguida, o demônio apresentou o Irmão Clinton Hogue, outro jovem adolescente. O Irmão Hogue uniu os braços com o Irmão Daily.

— O Irmão Daily e o Irmão Hogue eram bem parecidos com você, Sebastian. Quando eram meninos, eram menosprezados e esquecidos pelo mundo... até nos encontrarem. Juntos, nós unimos forças. Juntos, ninguém jamais vai ser esquecido. — Enquanto falava, o demônio e o capanga uniram os braços ao resto do grupo, então finalmente tiraram as máscaras.

Eram o padre Trigon e Cyrus Gold.

Ele havia suspeitado daquilo, mas mesmo assim ficou surpreso.

— Sebastian, você é parte da irmandade agora. Nós vivemos pra proteger nossos irmãos na cidade. Nós começamos esse grupo pra proteger os jovens e os órfãos de Zandia. — Deu voltas com a mão no ar para indicar todos na sala. — Você não está mais sozinho. Cada vida que foi e que será tirada por esta causa é um sacrifício por um bem maior. — O padre Trigon pegou uma bolsa e tirou algo dela enquanto gesticulava para que Sebastian se juntasse a eles na frente da sala.

O garoto se levantou e se aproximou do resto do grupo. O padre Trigon presenteou Sebastian com uma máscara de caveira, a mesma que havia visto no próprio sonho — com dentes longos e pontudos, exatamente como Sebastian havia descrito. Chifres desciam até a altura da mandíbula e se retorciam para cima como se fossem presas.

— De agora em diante, você é o Irmão Blood, o *Irmão Sangue*,[5] e o terror que um dia você sentiu não vai mais assombrar os seus sonhos. Daqui pra frente, você não viverá sentindo medo, mas, sim, sentindo o poder que sua máscara possui, e vai se empenhar para manter a irmandade viva e ajudar aqueles que mais precisarem.

Sebastian olhou para a máscara, sem as dúvidas de antes, e sem sentir o medo que costumava sentir. Sabia que o padre Trigon estava certo. Sabia que os pais tiveram o que mereceram, e que pertencia àquela irmandade. Essa era a sua nova família, a única família de que precisaria. Sebastian esticou o braço e pegou a máscara. Respirou fundo e a colocou no rosto.

O padre Trigon irradiava o orgulho que estava sentindo.

— Bem-vindo à sua nova casa, Irmão Sangue.

---

5   N. T.: Em inglês, *blood* significa sangue.

3

Algumas semanas depois, o padre Trigon e Sebastian estavam passeando juntos pelas ruas do Glades. O colarinho clerical do padre Trigon estava bem arranjado em seu pescoço. Ele abotoou o casaco e colocou um chapéu de frio em Sebastian enquanto seguiam pelo caminho. Os dois chegaram ao sanatório Saint Walker. O padre Trigon abriu a porta do hospital e foi cumprimentado por uma das enfermeiras.

— Olá, padre Trigon!

— Boa tarde, Wendy, como vai você? — perguntou o padre Trigon. — Como está a sua família?

— Tudo está indo muito bem, e obrigada por perguntar — a enfermeira Wendy respondeu calorosamente. — Quem é que trouxe com você hoje? — perguntou, espreitando por cima do balcão.

Sebastian saiu furtivamente de trás do padre, sorrindo com inocência para a mulher.

— Wendy, esse é Sebastian Blood — o padre Trigon respondeu.

— Sebastian, é um prazer conhecer você — Wendy disse, com um sorriso gentil. Então colocou uma prancheta sobre o balcão. — Vocês se importam de assinar a lista de visitas?

— É claro que não — respondeu o padre Trigon, rabiscando sua assinatura no papel.

— Você está aqui hoje pra ver alguém em particular? — ela perguntou.

— Uma paciente nova, a tia de Sebastian, Maya Resik — o padre disse, com um sorriso diabólico.

Maya estava sentada e vestia um camisolão branco de hospital enquanto observava a paisagem de fora através da janela gradeada. Os olhos dela estavam vermelhos e inchados, e as mãos estavam algemadas, descansando sobre o colo dela. Escutou o barulho do trinco da porta e virou a cabeça, com medo de quem poderia estar vindo. Foi tomada pelo alívio quando viu o filho entrar.

— *Sebastian!* — exclamou com alegria, mas o garoto não foi até ela. O padre estava parado ao lado dele, segurando firme no braço do menino. — Sebastian, *mi amor*! Vem aqui abraçar a sua mãe! — ela implorou, mas Sebastian não se moveu.

— Você não é a mãe dele, Maya — o padre disse com uma voz firme.

— Eu sou sim, padre — ela protestou. — Sebastian, vem cá!

O padre apertou com mais força o braço de Sebastian, fazendo a pele dele ficar branca na região.

— Mães protegem os filhos e não deixam que façam mal a eles — disse, com um toque de raiva na voz. — Mães ensinam os filhos a viver de acordo com os ensinamentos do Senhor. Você não fez nada disso. Você fracassou com essa criança. Você não é uma mãe, Maya, muito menos pra esse garoto.

Ela começou a chorar, deixando lágrimas escorrerem pelo rosto.

— Me perdoa, meu filho. Me perdoa. Eu *fui* uma mãe horrível, mas eu mudei. Eu quero ser melhor pra você.

Sebastian olhou para o padre e depois para a mãe. Quando a mãe falava, era como se estivesse entorpecido — as palavras dela não causavam mais nenhum efeito real nele. Ele sentia que agora fazia parte de uma família de verdade. Uma que lhe demonstrava amor e o que significava ter carinho por algo. Era um laço que não podia ser desfeito.

— Vós não deveis permitir que alguém os iluda com palavras vazias — Sebastian disse.

— Pois a ira de Deus cairá sobre aqueles que cometerem os pecados da desobediência e da negligência — o padre Trigon completou.

Os olhos de Maya ficaram arregalados enquanto se dava conta de quem era o padre.

— Você é o demônio! Era você naquela noite! É por sua causa que o meu marido está morto! Você que fez isso com o meu filho! — ela gritou e começou a ter um ataque, ficando cada vez mais histérica. Acusou o padre Trigon de roubar o filho dela, de fazê-lo acreditar nas mentiras dele e de sequestrar Sebastian. Então pediu ajuda, gritando com toda a força que tinha nos pulmões, até uma jovem funcionária finalmente entrar no quarto.

— Maya, se acalma! — a funcionária disse, gentilmente.

— Ele é o demônio, ele é o demônio! ELE ESTÁ LEVANDO O MEU FILHO! — ela gritou, enquanto forçava as algemas que prendiam as mãos para tentar se soltar. Enfim, a funcionária tirou do bolso uma seringa. Ela pegou o braço de Maya, segurou tanto quanto podia para tentar mantê-lo estável, então espetou a agulha nele, sedando-a. O embate fez Maya parar de gritar e, enquanto o sedativo fazia efeito, a funcionária afagou o cabelo dela.

— O padre não é o demônio — ela disse suavemente. — Ele é um homem de Deus, e aquele garoto ali é o seu sobrinho, não o seu filho. Você está confundindo as coisas, Maya. — Quando Maya ficou totalmente calma, a funcionária a ajudou a se levantar e a guiou até a cama, colocando-a para dormir com carinho.

— O meu filho... — Maya disse, sem forças. — Ele está com o demônio.

O padre Trigon se aproximou da cama e pairou sobre ela. Os olhos de Maya estavam úmidos e vermelhos, e ele colocou a mão sobre a testa dela. Maya ficou rígida de medo, sabendo do que o padre Trigon era capaz.

— Fique em paz — ele disse, então se virou e conduziu Sebastian para fora do quarto, deixando Maya aos prantos pelo filho.

— Sebastian, eu falei que ia proteger você — disse enquanto caminhavam em direção à saída. — O Irmão Langford e eu, assim como todos os outros irmãos, trabalhamos em equipe. Os salões de Saint Walker estão repletos de homens e mulheres que fracassaram com o dever deles com a cidade ao fracassar com o dever que tinham com o próprio sangue. A muitos deles, como a você, foi dada a chance de melhorar a vida dos outros, para que um dia, depois que eu tiver partido, vocês possam continuar a proteger as pessoas vulneráveis que abusam dos próprios lares e fazem com que caiam em desgraça.

Sebastian olhou para o padre, estremecendo com um sentimento de admiração pela nova jornada que lhe havia sido conferida. Uma que duraria pelo resto da vida dele.

4

O PRESENTE

Em forte contraste com a celebração no Orfanato Zandia, estava acontecendo uma festa na Mansão Queen para receber todos os eleitos aos postos de vereador. Muitos membros da elite da cidade estavam presentes, incluindo o prefeito Altman e os anfitriões do evento, Walter Steele e Moira Queen.

Você deve ser amigável com os ricos, Sebastian pensou enquanto pegava uma taça de champanhe de uma bandeja que estava passando. Admirou o cristal elegante que continha uma dose muito cara de Dom Pérignon. No geral, entretanto, não havia ficado impressionado com toda a pompa e glamour — as risadas forçadas, a convivência com a elite, o favoritismo que demonstravam com aqueles que lhes eram próximos. Mas sabia que, por ser vereador do Glades, esperariam que participasse de eventos como aquele e sabia que se quisesse salvar a cidade deveria entrar naquele jogo.

Sebastian viu Moira e Walter a distância, vestidos elegantemente e em poses magistrais, sorrindo enquanto conversavam com os convidados. Tomou um gole do champanhe, deixou a taça em uma mesa e se aproximou deles quando terminaram de conversar com outras pessoas. Walter se afastou, mas Moira continuou onde estava.

— Com licença, sra. Queen — ele disse, tocando no ombro dela. Ela se virou e mostrou um sorriso caloroso enquanto ele lhe estendia a mão. — Sou Sebastian Blood, vereador eleito pelo Glades.

— Sr. Blood, é um prazer conhecer o senhor — ela cumprimentou, apertando a mão dele. — Parabéns pela vitória, o senhor deve estar bastante animado.

— Estou animado e muito ansioso para ir ao trabalho — respondeu.

Walter voltou com uma taça de champanhe para a esposa e a colocou na mão dela.

— Walter, quero apresentar você ao sr. Sebastian Blood — ela disse. — Ele é o vereador eleito pelo Glades — acrescentou enquanto os dois se cumprimentavam.

— É um prazer, sr. Blood — Walter disse.

— Muito obrigado por me receber na casa dos senhores, ela é bastante requintada — Sebastian agradeceu, olhando de relance para as obras de arte penduradas nas paredes.

— Obrigada — Moira respondeu, seguindo o olhar dele. Depois virou-se novamente para Sebastian. — O senhor veio de onde, sr. Blood?

— Do Glades mesmo, sou nascido e criado lá — disse, achando graça da expressão de curiosidade no rosto deles. — É verdade que a maior parte das pessoas que vem do Glades acabam nas ruas. Acho que sou só um dos poucos que tiveram a sorte de terem uma ótima criação.

— Bem, o senhor tem bastante trabalho a sua espera, sr. Blood — Walter observou. — Quais são os seus planos pra ajudar o distrito, já que ele tem um lugar especial no seu coração?

— Eu tenho um plano de cinco anos que realmente acho que pode dar uma nova vida à cidade — Sebastian respondeu.

— Muitos homens vieram aqui antes do senhor, sr. Blood, e disseram a mesma coisa. Infelizmente, o Glades continua como é, uma parte perdida da cidade — Moira disse. Sebastian se enrijeceu ao escutar as palavras dela, mas sabia do poder que os Queen tinham, e conseguir colocá-los a bordo dos planos dele seria essencial se quisesse ser bem-sucedido.

— A senhora está completamente certa, sra. Queen — concordou suavemente. — Porém, meus predecessores não conheciam o Glades como eu conheço. Eu planejo começar por uma coleta de fundos pro Orfanato Zandia, assim como pela expansão da Clínica Merlyn. Se conseguir sucesso nesses dois pontos, vamos ter começado bem.

— O Zandia faz um ótimo trabalho com as crianças de lá — Moira concordou.

— Eu sei disso por experiência própria, já que meus pais morreram quando ainda era um garotinho e por isso passei muito do meu tempo no Zandia. E quanto à Clínica Merlyn, acho importante que as pessoas do Glades recebam um ótimo tratamento médico, pra que possam ficar bem e sair das ruas. — Parou por um instante, depois acrescentou. — Me corrija se estiver errado, mas os senhores não são próximos do sr. Merlyn e do filho dele?

Uma expressão estranha surgiu no rosto de Moira Queen, mas foi logo substituída por um sorriso caloroso.

— Ah, somos, nossos filhos são muito amigos — ela respondeu, — assim como Malcolm era do meu antigo marido e de mim.

— Fico contente de ouvir isso, e agradeço por cederem o tempo dos senhores pra me ouvir tagarelar sobre o meu plano — Sebastian disse, sendo o mais charmoso que podia. — Espero que talvez nós três possamos nos sentar e discutir o assunto com mais detalhes.

Moira estava prestes a responder quando um jovem se aproximou e tocou no ombro dela. Ela se inclinou e o homem sussurrou algo no ouvido dela. Ela ficou rígida, depois se voltou para Walter, com o rosto branco.

— Moira, está tudo bem? — ele perguntou.

— É o Oliver... Ele... Ele está vivo. — Ela rapidamente deixou o copo sobre uma mesa e foi em direção à porta, Walter a seguiu na mesma hora.

Sebastian permaneceu ali, completamente esquecido.

5

Uma onda de animação fez Sebastian estremecer ao chegar à Prefeitura[6] de Starling City no seu primeiro dia como vereador. Enquanto ele e os companheiros políticos caminhavam até a câmara de conferências e trocavam gracejos corteses, sentia como se o ar crepitasse de possibilidades.

Cada um deles foi até o assento que lhe era previamente designado e o vereador Charles Hirsh tomou sua posição na cabeceira da mesa.

— Boa tarde, senhoras e senhores — Hirsh disse com a voz alta o bastante para ser ouvido, apesar do barulho, que logo se aquietou. — Obrigado por terem vindo hoje. — Colocou a pasta à frente dele e a abriu. Tirou dela o jornal matinal. Mesmo de longe, a manchete podia ser lida.

'ESTOU VIVO!' As palavras eram acompanhadas por uma foto de uma foto ultrapassada de Oliver Queen junto ao pai, Robert.

— Não há nada como um pouco de animação pra começar o dia, né? — Hirsh comentou. — Deixem que a família Queen mantenha a cidade de olhos abertos. — Uma leve onda de risadas atravessou a câmara.

— Mas a pergunta continua em aberto — o vereador Steve Petros observou —, será que o Robert Queen ainda está por aí?

---

6   N. T.: Nos EUA, tanto o prefeito quanto os vereadores (*Aldermen*) exercem suas funções no que é equivalente à Prefeitura (*City Hall*).

— Eu espero que não — outro membro respondeu, embora Sebastian não tenha conseguido ver quem era.

— Eu discordo — outro disse. — A visão e a influência dele trouxeram muitas coisas positivas pra Starling City. — O comentário levou a muitas discussões individuais por toda a câmara, e o barulho de murmúrios voltou. Ansioso para começar, Sebastian se viu impaciente com os companheiros de cargo.

— Vereador Hirsh — ele disse bruscamente. — Poderíamos começar os procedimentos do dia? Eu tenho uma proposta para o Glades que gostaria de apresentar para o grupo. — As palavras dele causaram uma calmaria momentânea, e Hirsh lhe lançou um olhar rápido.

— Vamos começar daqui a pouco, sr. Blood — respondeu o vereador. — Só espere um pouco. — Virou a cabeça para se dirigir a todo o grupo e perguntou: — Onde acham que o Oliver Queen esteve durante todo esse tempo, e o que é que ele estava fazendo?

— Bem, acho que ele não estava na Ilha dos Birutas[7] — disse uma voz. Petros de novo.

— Julgando pelas reportagens, ele não parece estar muito disposto a entrar em detalhes — outro membro comentou, uma mulher.

— Eu estava com os Queen quando eles receberam a notícia — Sebastian interpôs. Toda a atenção se voltou na direção dele, e sentiu o rosto ficar mais quente. — Nós estávamos discutindo os planos para a cidade e para o Glades — acrescentou.

— Por favor, continue, sr. Blood — Hirsh pediu, com um toque de condescendência na voz. — O que foi que os Queen disseram pra você nesse momento?

— Eu tinha falado para eles sobre o meu plano quinquenal para o Glades — Sebastian respondeu, provocando algumas risadas abafadas. Impediu-se de franzir o rosto. — Nós concordamos quanto ao objetivo de tirar as pessoas dessa grande cidade das ruas e de proporcionar a elas empregos e lares. — Pegando no tranco, falou com clareza. — O Walter e a Moira pareceram bastante interessados em

---

7 N. T.: Série de comédia americana.

restaurar a cidade e em ajudar a custear os esforços que seriam necessários para isso.

Parou, e por um longo momento ninguém disse nada.

— Sr. Blood — Charles Hirsh comentou —, se você for sobreviver aqui como vereador, é melhor que entenda que pessoas ricas fazem um monte de promessas. Porém, desejo muita sorte pra que consiga a ajuda deles em algum projeto tangível. — Com isso, abriu a agenda e gesticulou para que a assembleia fizesse o mesmo, então deu início à reunião. Mortificado, Sebastian deixou o corpo cair contra o encosto da cadeira. No fundo, sabia que Hirsh estava certo. Os ricos não eram a resposta para os males da cidade.

Eles eram o problema.

***

O dia estava quente e claro, mas o humor de Sebastian estava sombrio enquanto andava rapidamente até a Clínica Merlyn, no Glades. Estava no intervalo de almoço. Os pensamentos dele estavam desolados ao meditar sobre o quão pouco havia alcançado durante o primeiro mês como vereador. Por mais que tentasse, continuava marginalizado e despercebido.

Entretanto, a caminhada enérgica ajudava a tirar as teias de aranha das suas ideias, e se lembrava do porquê de haver escolhido aquele caminho. Disse para si mesmo que era impossível não haver pedras pelo caminho, que essas coisas precisavam de tempo. Na hora em que chegou à clínica, havia decidido que não deixaria ser jogado de lado.

Ao aproximar-se da sala do dr. Vaca, encontrou a porta entreaberta. Espreitando o interior da sala, viu o médico cercado por uma montanha de papéis empilhados. Bateu de leve na porta.

— Oi, dr. Vaca — cumprimentou, com tanta animação quanto conseguia demonstrar. — Estou só checando pra ver como as coisas estão indo.

O dr. Vaca tirou os óculos e passou a mão sobre os olhos cansados.

— Sebastian, olá, meu amigo! Entre, por favor. — Ele se levantou da cadeira e estendeu a mão. — Como as coisas estão indo pra você como nosso novo vereador?

— A vida está bem... satisfatória — Sebastian respondeu. — Não tenho do que reclamar. — Olhou rapidamente ao redor, notando a bagunça do lugar. — E você? Como vão as coisas aqui na clínica? — O médico franziu as sobrancelhas de leve e demorou um pouco para responder.

— Vou ser honesto com você, Sebastian, não vão bem. Não vão nem um pouco bem. Eu me esforço todo dia pra manter essa clínica respirando, e todo dia esse desafio fica maior ainda. — O médico diminuiu o volume da voz. — Tem horas em que perco as esperanças. — Parou por um segundo, apoiando-se no encosto da cadeira. Os olhos dele estavam vermelhos, e sua compleição estava pálida. — Você se lembra da família Gomez, da sua festa de comemoração? Bem, o câncer do filho deles acabou de voltar.

— Isso é horrível — Sebastian disse, sentindo um vazio surgir no fundo do estômago.

— A clínica está passando por maus bocados, e acho que não temos recursos suficientes pra cuidar dele. Eu me sinto horrível, mas simplesmente não tenho meios de fazer isso. — Encarou os contornos sobre a mesa. — Nós precisamos expandir a clínica, acrescentar novas funções, e precisamos que financiem isso. Estou tentando todos os meios em que consigo pensar. — Levantou a cabeça, e uma centelha de esperança surgiu no rosto dele. — E você? Conseguiu algum progresso nos seus planos?

Sebastian sentiu o coração se partindo.

— Me desculpa, dr. Vaca, mas não. Não consegui progredir muito nesse último mês. — Tentou mostrar sua expressão mais otimista. — Mesmo assim, tenho grandes esperanças de que as coisas vão mudar, e logo.

— Queria poder dizer que acredito em você, Sebastian —, o médico disse, sem mais o olhar esperançoso —, mas eu sei como essas coisas funcionam. Nós estamos atolados na papelada jurídica da cidade. A verdade é que eles simplesmente já não se importam mais com a nossa situação, e está ficando cada vez mais difícil que eu mesmo me importe, estando aqui um dia após o outro e vendo como nós continuamos a sofrer. As pessoas simplesmente não acreditam no Glades...

— Me perdoe, doutor, mas eu não sei o que dizer... — Sebastian se levantou, apertou a mão do médico e saiu da sala.

Tem que ter algum jeito, pensou friamente enquanto começava o caminho de volta para o escritório. De repente, um jovem malvestido entrou no caminho dele, forçando-o a parar, e enfiou um panfleto na cara de Sebastian.

— Ei, cara, saca só.

Sebastian deu um pulo quando o garoto o tirou repentinamente do transe em que estava. Pegou o panfleto e o observou.

EM BREVE
VERDANT
Bebidas e Dança
Entrada Grátis

Outra boate nova estava sendo aberta ali no Glades — mais uma cujo proprietário e responsável era ninguém menos que Oliver Queen. Havia uma foto — de Queen, de pessoas bonitas, pessoas *ricas*, rindo e festejando.

Rindo e festejando, enquanto o Bobby Gomez está morrendo.

Sebastian encarou o panfleto com nojo, amassando-o com a mão e o jogando numa cesta de lixo antes de continuar o seu caminho.

Sebastian estava andando de um lado para o outro em frente à cabine de segurança, limpando as palmas suadas das mãos nas laterais da calça e tentando se manter focado enquanto Bobby, o guarda, esperava pelo sinal para deixá-lo entrar na Queen Consolidated.

— Eu tenho um horário marcado com a sra. Queen e o sr. Steele, os dois devem estar me esperando — ele repetiu, e Bobby apenas acenou com a cabeça e sorriu. Sebastian checou o relógio. *Eu cheguei na hora*, irritou-se. *Eles cuidam da maior corporação da cidade, por que é que não conseguem simplesmente receber alguém no horário marcado?*

Pulou de susto quando o telefone tocou. Bobby o atendeu e o desligou sem dizer nenhuma palavra, depois pediu que Sebastian se aproximasse.

— Pode entrar, meu jovem — disse e acompanhou Sebastian até o elevador.

Subindo para o escritório de Walter, Sebastian respirou fundo algumas vezes para se preparar para a reunião. Os outros vereadores viam a causa dele como perdida, mas ele tinha que tentar. O elevador apitou quando Sebastian chegou à cobertura, onde ficava o escritório de Walter Steele. Com a porta do elevador aberta, Sebastian ajeitou a gravata e atravessou as portas de vidro.

A secretária de Steele se apresentou como Anna e ofereceu um assento para Sebastian. Ele havia se sentado há apenas um momento, porém, quando Moira apareceu.

— Olá, sr. Blood — ela disse com um sorriso. — Obrigada por esperar.

— Sra. Queen, obrigado por reservar um tempo para se encontrar comigo — Sebastian respondeu, apertando a mão dela.

— É, bem, infelizmente, eu e o Walter vamos ter que reagendar nossa conversa. Surgiu um outro assunto — ela disse, desculpando-se. — Eu não sei se escutou, mas meu filho voltou recentemente...

— É, eu ouvi algo sobre o assunto — Sebastian respondeu. *Eu estava lá, sabe, não que você fosse se lembrar disso.* — Meus parabéns.

— Bem, então o senhor pode entender por quanta coisa minha família está passando agora — Moira complementou, jogando uma bolsa por cima do ombro. — Por favor, ligue pra Anna, talvez na próxima semana ou na depois dessa. Ela vai tentar encaixar o senhor no próximo mês, por aí. — Virou-se de costas para ele, indicando que a conversa havia terminado, e seguiu em direção ao elevador.

Alguma coisa em Sebastian estalou.

O corpo dele se enrijeceu e sentiu todos os músculos ficarem tensos. Cerrou os punhos com força, cravando as unhas nas palmas das mãos, e a dor o deixou focado. Chegou ao seu limite.

— É claro que eu entendo — disse abruptamente. — Deve ser cansativo ir a todos os eventos chiques e inaugurações de boates, especialmente nos que o seu filho está envolvido.

Moira girou para encará-lo.

— Me perdoe, sr. Blood?

— Estou só dizendo, pra que perder tempo com problemas maiores da cidade quando o seu filho está inaugurando uma boate no Glades? Outros problemas como a Clínica Merlyn estar rejeitando pacientes doentes, pacientes que estão *morrendo*, por falta de recursos.

Moira Queen parecia estar prestes a esmagar Sebastian como se fosse um inseto.

— Se o senhor está tão preocupado com a clínica, sr. Blood, — disse, inexpressiva, — talvez devesse falar com alguém da família que fundou a instituição. Tenho certeza que o Malcolm Merlyn estaria ansioso para escutar suas preocupações. — Naquele momento, as portas do elevador se abriram e Moira entrou nele.

— Tenha um bom dia, sr. Blood — completou enquanto as portas se fechavam na cara de Sebastian, mais uma vez.

Sentindo o rosto quente de tanta raiva, Sebastian entrou de assalto no escritório do prefeito. O prefeito Altman estava sentado à mesa, assinando documentos e usando o ombro para segurar o telefone no ouvido. Ao ver o visitante, inventou uma desculpa rapidamente e desligou o telefone.

— Vereador Blood — disse o prefeito, levantando-se da cadeira. — Você parece estar agitado.

Sebastian começou a falar, depois se interrompeu e passou os dedos pelo cabelo, sentindo a frustração ferver dentro de si. Estava em pé em frente à mesa de Altman, ofegante, então se sentou na cadeira e colocou a cabeça entre as pernas.

— Vereador Blood? — o prefeito Altman repetiu.

Levantando a cabeça, Sebastian esperou que o desespero não estivesse visível no próprio rosto.

— Prefeito Altman, eu preciso da sua ajuda. — Respirou fundo. — As pessoas estão sem casas pra morar, famintas, *morrendo*, as pessoas às quais eu sirvo, que vêm me pedir ajuda, e ninguém se importa. — Contou ao prefeito sobre a visita à clínica e a reunião com Moira Queen. Quando terminou, Altman franziu o rosto.

— Vereador Blood, por mais que eu compreenda sua frustração, existem outros problemas nos quais você deve focar o seu tempo, problemas que são mais importantes pra cidade como um todo. Eu sei que o seu coração pertence ao Glades, mas você tem que encarar a realidade: o Glades é uma causa perdida. Eles já eram antes de você chegar, e vão continuar sendo depois que você se for. Existem outras partes da cidade que estão passando por dificuldades também, partes que temos mais chances de salvar. Nós não podemos sair lutando contra moinhos só porque um garoto está morrendo.

Sebastian se sentiu como se houvesse recebido um soco no estômago.

A raiva e o desespero o deixaram sem palavras, mas tinha que se agarrar a uma única e simples verdade. Sabia que se houvesse desistido de ter esperanças quando era uma criança não estaria ali hoje. Se o padre Trigon houvesse desistido do garotinho tímido que fora até a sua sala, ele não teria sobrevivido para lutar por sua cidade, por seu distrito. Lembrou-se de quando foi ver a mãe, de como havia se sentido morto por dentro quando a viu. Sebastian estava olhando para o prefeito Altman agora e se sentia tão vazio quanto daquela vez.

Então o vazio foi preenchido pela raiva.

— Prefeito Altman, se o Glades é uma causa tão perdida, então me diga como é que o Oliver Queen conseguiu as licenças e os créditos tributários necessários pra abrir uma boate. — Parou um instante e encarou o prefeito. — Como é que uma boate é uma prioridade, enquanto se permite que uma clínica médica caia aos pedaços? Onde é que estão as nossas prioridades quando um pirralho endinheirado consegue um passe livre só por causa do sobrenome que tem?

O prefeito Altman se enrijeceu na cadeira e ajeitou a gravata.

— Vereador Blood, o que é que você está querendo dizer?

— Só estou me perguntando o que poderia fazer com que você e a câmara apoiassem um empreendimento novo e enorme em um bairro que está morrendo? E o que poderia fazer com que o Queen corresse um risco tão grande quanto esse? Ele vai pagar impostos? O Glades vai se beneficiar de alguma forma? — Inclinando-se para mais perto, perguntou: — Ou esse dinheiro vai parar em outro lugar? Ele vai parar nos bolsos de outras pessoas, pessoas que não precisam dele pra simplesmente sobreviver?

O prefeito se levantou lentamente, e Sebastian fez o mesmo.

— Eu... não tenho certeza do que é que você está querendo dizer, vereador Blood, mas eu não gosto da forma como isso está soando — respondeu o prefeito Altman, com a voz ficando mais alta. — Talvez eu não tenha sido claro o bastante. O Glades é um buraco dos infernos. O distrito tem o menor número de eleitores da cidade. Os votos que elegeram você, vereador Blood, não teriam colocado você nem como candidato em qualquer outra região da cidade. Ninguém se importa com aquele lugar, nem mesmo as pessoas que vivem lá. Então eu sugiro que você saia do meu escritório e vá achar algo produtivo com que ocupar o seu tempo.

Quando saiu da Prefeitura, o celular de Sebastian tocou. Ele o tirou do bolso do paletó e viu que estava recebendo uma chamada do dr. Vaca. Sentiu o estômago embrulhar e se preparou para a conversa.

— Oi, dr. Vaca — atendeu. — Como você está?

— Oi, Sebastian — o homem mais velho respondeu. — Desculpa incomodar você, eu sei que você é uma pessoa ocupada, mas acabei de admitir o sr. e a sra. Gomez na clínica e achei que você devia saber.

— O que foi que aconteceu? — Sebastian perguntou. — Eles estão bem?

— Eles estão bem, sim, mas a casa deles foi invadida ontem à noite, enquanto estavam dormindo. Os intrusos não causaram muito estrago, eles só estão com alguns arranhões e hematomas. Mesmo assim, eles perderam muitos pertences e estão bastante abalados. Esperava que talvez você pudesse passar na clínica e dizer oi, tentar melhorar o humor deles.

Ele parou na rua, esperando a ficha cair.

— É claro que eu vou, doutor — respondeu, mantendo o tom de voz equilibrado. — Vou passar aí assim que puder. — Mas, por dentro, a única sensação que não tinha era a de calma. *O que é que está acontecendo com a minha cidade?*, pensou, com um caos na mente.

O Glades era de fato um buraco dos infernos, mas pessoas inocentes viviam lá. O prefeito estava errado, as pessoas se importavam *sim*. *Ele* se importava, e era hora de fazer algo quanto a isso. Se o sistema não iria ajudar, então ele precisaria agir por trás do sistema.

A raiva se transformou em resolução, e Sebastian seguiu o caminho pela rua em direção à clínica.

6

No porão da paróquia de São Pancrácio, Sebastian colocou a máscara sobre o rosto e reservou um momento para se preparar. Ela o fez se sentir estranhamente *vivo*, deu-lhe confiança e o lembrou do propósito da irmandade que estava reunida à frente dele. Cyrus Gold e Clinton Hogue estavam sentados em frente a ele, assim como o Irmão Michael Daily, que estava vestindo o uniforme do departamento de polícia da cidade. Eles haviam atendido ao chamado dele, como muitos outros também haviam feito.

— Meus irmãos — ele começou —, não nos reunimos desde o falecimento do nosso líder, mentor e querido amigo, o padre Trigon. Como todos sabemos, o padre Trigon acreditava na bondade das pessoas que vivem aqui no Glades, e por causa dele os salões de St. Walker estão repletos de culpados. — Murmúrios de aprovação preencheram o salão. — Mas estou aqui pra dizer pra vocês, meus irmãos, que o nosso trabalho ainda não acabou. Apesar dos esforços dele, a cidade está caindo aos pedaços. Ontem à noite mesmo, pessoas boas foram atacadas malevolamente, a casa deles foi invadida bem perto daqui. Mesmo assim, os oficiais de Starling City viraram as costas pra eles e chamaram o Glades de buraco dos infernos, de um lugar pelo qual não têm esperanças.

Ao escutar essas palavras, o Irmão Michael Daily franziu o rosto completamente, e murmúrios raivosos atravessaram a sala. Sebastian levantou a mão para pedir silêncio.

— Os residentes do Glades não devem viver com medo. Eles não devem ser reduzidos ao silêncio político. Meus irmãos, nós precisamos nos unir a uma só voz, ou nada vai mudar. A nossa irmandade deve resgatar a voz deles e provar pro Glades que eles não estão abandonados. A hora é agora, irmãos.

Ele levantou as mãos e a irmandade ficou de pé. Começaram a bater palmas, e Sebastian sentiu a emoção do empoderamento. Mas não havia tempo a perder. Eles precisavam agir. A missão que tinham devia começar o quanto antes.

Poucas noites depois, a irmandade se reuniu de novo, e a sensação de ansiedade energizava o ambiente. Estavam esperando quase completamente em silêncio, quebrado apenas por murmúrios ocasionais que logo eram abafados.

A porta se abriu e o Irmão Daily entrou. Ele e dois outros irmãos arrastaram uma dupla de bandidos pela escada de madeira dura até deixá-los no porão da igreja. O Irmão Cyrus Gold estava à frente da sala, vestindo a sua máscara e esperando pacientemente enquanto eles eram empurrados até o piso de concreto e cercados pelos outros membros da irmandade.

— Que porra é essa? — um dos bandidos exigiu saber. — O que é que você vai fazer com a gente, padre? Vai pregar um sermão pra gente? Fazer a gente ver a luz? — O outro bandido deu uma risadinha com aquele comentário.

— Não — o Irmão Cyrus respondeu enquanto as luzes do porão se apagavam. — A escuridão.

Os bandidos começaram a entrar em pânico e a gritar, olhando freneticamente para as trevas ao redor. Então uma única luz brilhante foi acesa abruptamente, e eles ficaram cara a cara com o Irmão Sangue.

— Eu estou aqui para mostrar pra vocês como é sentir medo *de verdade* — disse o Irmão Sangue enquanto os bandidos percebiam que estavam sendo agarrados por várias mãos, que os levantaram e os amarraram a cadeiras. Os prisioneiros se esforçaram para escapar, praguejando e balançando as cadeiras de um lado para o outro. Os esforços deles se transformaram em pânico quando viram o brilho de diversas facas surgir em meio à escuridão.

— Parem de se debater e calem a boca — continuou o Irmão Sangue. — Isso não vai ajudar vocês em nada. — Então olhou ao redor.

— Comecem, irmãos — instruiu, e então os irmãos começaram a colocar as lâminas em uso. Cortaram os prisioneiros apenas o bastante para lhes causar dor e fazê-los sangrar. Arrastavam as facas por braços, barrigas e pernas enquanto os bandidos urravam de dor.

Quando terminaram, os irmãos usaram as facas para soltar os prisioneiros.

— Espalhem a notícia — o Irmão Sangue disse, agarrando-os mais uma vez. — Façam todos saberem que o Glades está fora dos limites pra criminosos. Aqui não é mais um parque de diversões pra escória que nem vocês. Digam aos seus amigos que eles podem se unir aos vizinhos deles pra fazer do Glades um lugar mais forte, ou então vão encarar o demônio.

Então ele sacou a própria faca e a passou pelas palmas das mãos dos bandidos, abrindo cortes nelas e observando o sangue pingar no piso do porão.

Semanas depois, Sebastian estava sentado em seu escritório, a raiva e a frustração eram coisas do passado. Estava satisfeito com o progresso que havia sido feito. Grupos cívicos haviam começado a limpar o Glades, e novos negócios foram abertos. Ao mostrarem sinais de prosperidade, outros começaram a investir, e uma sensação de orgulho começou a florescer na comunidade. Ainda tinham um longo caminho pela frente, mas aquilo era o começo.

Bateram na porta do escritório.

— Sebastian, você está pronto pro almoço? — Cyrus Gold perguntou enquanto entrava na sala.

Sebastian levantou a cabeça, ainda sentado à mesa.

— Estou, espera só um segundo, Cyrus. — Gesticulou para que o amigo entrasse. — Entra e senta, eu tenho notícias maravilhosas. — Cyrus se sentou no sofá e Sebastian girou na cadeira para ficar de frente para ele. Havia uma animação evidente na expressão dele.

— Boas notícias, é? — Cyrus respondeu. — Mesmo depois de tudo o que fizemos, do avanço incrível que realizamos, a Prefeitura continua a agir como se não existíssemos. O que mais podemos esperar deles?

— Aquilo que sempre estivemos esperando — Sebastian disse. — Eles finalmente começaram a ver a luz. Aprovaram planos de expansão pra clínica.

— Isso é maravilhoso! — Cyrus reconheceu. Ele se levantou e abraçou o amigo de longa data. — Parabéns, meu irmão!

— Eu não conseguiria fazer isso sem a sua ajuda e sem a ajuda de todos da irmandade. Nesses últimos meses as coisas mudaram da água pro vinho. O programa de vigília noturna está prosperando, a criminalidade caiu em 35%, e finalmente tenho a sensação de que estamos começando a fazer a diferença.

— O padre Trigon ficaria orgulhoso — Cyrus disse.

— Eu espero que sim. — Sebastian abaixou a cabeça, lembrando-se do homem que havia começado aquilo tudo. — Espero que ele saiba como sou grato a ele por tudo o que fez por mim.

— Tenho certeza que ele sabe. — Cyrus colocou a mão no ombro de Sebastian. — O que você está fazendo é maravilhoso; graças a você, o céu é o limite, Sebastian.

— Realmente é — Sebastian concordou.

7

No salão comum do Orfanato Zandia, um pequeno grupo de pessoas havia comparecido a uma festa beneficente em prol da Clínica Rebecca Merlyn. O clima era de animação — o dr. Vaca estava radiante ao falar sobre os planos que tinham, enquanto Richard e Amelia Gomez apresentavam o filho deles, Bobby, para os doadores. Embora estivesse exausto devido ao rigor do tratamento, mostrava um sorriso largo com a atenção que estava recebendo. Sebastian estava fazendo a parte dele, socializando com as pessoas que o estavam apoiando.

Quando enfim deixou as festividades, Sebastian estava se sentindo nas alturas. O Glades finalmente estava começando a prosperar e, lembrando-se de como estivera desencorajado alguns meses antes, Sebastian sabia que havia colocado em movimento o que era necessário para realizar seus planos e sonhos, apesar de qualquer oposição imposta pela máquina política da cidade.

Quando chegou ao seu apartamento modesto, apertou o interruptor da luz e passou os olhos com pesar pelas paredes brancas e vazias e pela mobília esparsa. Um sofá pequeno e gasto ficava na sala de estar, junto a uma mesinha. O único objeto que ocupava a mesa era uma planta que havia batido as botas há muito tempo. A televisão ficava ao lado de uma lareira que Sebastian nunca havia usado.

A cama, desarrumada, ficava no centro do quarto do segundo andar. Uma cômoda havia sido empurrada para o lado, ficando junta ao armário, no qual uma porta aberta revelava uma série de ternos antigos e engomados de uma ampla variedade de cores. Os ternos não foram o que lhe chamou a atenção, porém, ao se aproximar do quarto — havia um vulto sentado na cama em meio às sombras do aposento, iluminado apenas por um poste da rua. Quem quer que fosse, não mexeu nenhum músculo enquanto Sebastian lentamente se arrastava para dentro do quarto, pegando uma faca que mantinha no bolso.

— Eu não estou aqui pra machucar o senhor, sr. Blood — o intruso disse, levantando-se com calma e ajeitando o paletó. Mesmo em meio à semiescuridão, Sebastian via que o homem estava vestido impecavelmente, tinha membros musculosos e uma linguagem corporal que demonstrava confiança.

Usava um tapa-olho, uma mancha negra na semiescuridão.

— O meu nome é Slade Wilson — o homem disse, estendendo a mão.

Sebastian não a apertou.

— O que é que você quer?

— Eu... *nós*... temos uma proposta de negócios para o senhor — respondeu o homem enquanto uma mulher entrava no quarto por trás de Sebastian. — Sr. Blood, essa é a senhorita Isabel Rochev — Slade acrescentou quando a recém-chegada parou ao lado dele.

— Vou perguntar mais uma vez — Sebastian rosnou —, o que é que você quer? Mais uma vez e eu chamo a polícia.

— Ah, eu não acho que o senhor quer fazer isso — Wilson disse, mostrando a máscara de caveira de Sebastian. Sebastian arregalou os olhos e estendeu a mão com pressa para pegá-la, mas o intruso agarrou o pulso dele com um punho de ferro muito mais poderoso do que o tamanho de Slade poderia indicar. Quando sentiu a mão que o estava segurando relaxar, Sebastian deu um passo para trás.

— O senhor tem trabalhado duro, sr. Blood, pra tentar mudar as coisas nessa cidade — Wilson continuou —, e embora devam apreciar os resultados que o senhor conquistou, nem todo mundo ficaria animado com a sua forma de encarar os problemas. — Ele levantou a máscara de novo. — Mas eu sei mais ou menos como é usar uma máscara, e embora ela possa ser uma ferramenta valiosa quando usada direito, só pode levar o senhor até um certo ponto. Eu... — Gesticulou na direção da mulher. — Nós gostaríamos de oferecer a nossa ajuda no que está fazendo pela sua cidade. Na verdade, gostaríamos de oferecer ao senhor a própria cidade.

Do que é que ele está falando?, Sebastian se perguntou. Franziu o rosto, mas se manteve em silêncio.

— Nós temos feito nosso dever de casa — Wilson prosseguiu —, e está claro que o senhor vai fazer tudo o que estiver ao seu alcance pra salvar Starling City, ou então não sairia correndo por aí tarde da noite com os seus... irmãos. Nós podemos oferecer ao senhor uma coisa mais poderosa: um exército que possibilite tomar o controle de tudo, fazer a cidade ser sua, e colocar o senhor como prefeito.

— Prefeito? — Sebastian respondeu com um ceticismo evidente na voz, e a mulher, Rochev, zombou.

— Eu disse pra você, ele não está pronto — ela disse.

— Agora, srta. Rochev, as ações do sr. Blood falam por ele, e o amor que tem pela própria cidade está profundamente enraizado nele. Mais profundamente que na maioria, na verdade... — Ele se virou para Sebastian de novo. — E é por isso que o senhor vai aceitar a minha oferta.

— Eu não sei quem você pensa que é, Wilson, pra me seguir e invadir o meu apartamento, mas eu já comecei a mudar essa cidade sem a sua ajuda, e vou continuar a fazer isso. — Apontou para a máscara. — Isso não prova nada, e eu não vou ser ameaçado dentro da minha própria casa, nem seduzido por uma proposta de araque.

Wilson mostrou um sorriso de irritação e, embora Sebastian quisesse demonstrar confiança, ficou desconcertado.

— Eu garanto ao senhor que a minha oferta é válida — Wilson contestou. — E nós não temos nenhuma intenção de ameaçar o senhor. Acredito que o senhor verá o valor de se ter um grupo diferente de aliados, e vai mudar de ideia. Isso é pra quando isso acontecer... — Slade entregou seu cartão para Sebastian. — Vamos, srta. Rochev. — Passou por Sebastian e saiu do quarto, seguido de perto pela companheira, e foram embora.

Sebastian virou a esquina num passo acelerado, aproximando-se da clínica para o encontro que havia marcado para aquela tarde com o dr. Vaca, quando parou abruptamente. A entrada estava fechada com tábuas. Dois longos pedaços de madeira de construção estavam pregados nas portas, e não havia ninguém à vista. Saindo do estado de confusão inicial, pegou o celular.

Vaca atendeu no primeiro toque.

— Doutor, eu estou aqui na clínica — Sebastian disse. — O que é que está acontecendo?

— Aconteceu tudo tão rápido que nem tive tempo de ligar pra você — o médico disse, com um tom de voz que indicava estar em pânico. — O Malcolm Merlyn fechou a clínica hoje de manhã, antes mesmo de abrirmos ela. Ele retirou o apoio dele.

Sebastian sentiu o rosto esquentar.

— Eu ligo de volta pra você. — Desligou o telefone e ficou parado, encarando a clínica. Em um rápido momento, muito do seu trabalho (a clínica que representava o progresso que estava fazendo) havia sido desfeito. A raiva se transformou em uma resolução férrea. Virou de costas e seguiu num passo ainda mais apressado do que antes.

— Eu não me importo se ele estiver no meio de alguma coisa — Sebastian disse, com o volume da voz aumentando no escritório de Malcolm Merlyn. Quando a secretária desapareceu por uma sala atrás dele, Sebastian ficou andando de um lado para o outro na sala de recepção.

Ela voltou, e momentos depois Sebastian estava em frente ao próprio Merlyn, suando e fervendo de raiva. Apesar do estado de Sebastian, Merlyn, sentado, apoiou-se casualmente no encosto da cadeira, e a expressão dele demonstrava que não estava surpreso com a entrada de Sebastian.

— O senhor causou uma algazarra bem grande pra vir me ver, sr. Blood — ele disse, apontando para a cadeira destinada às visitas. — Por favor, sente-se, o senhor deve estar precisando se recuperar depois de uma *performance* dessas.

— Obrigado, mas eu prefiro ficar em pé — Sebastian respondeu com firmeza. — Não precisamos nos incomodar com gracejos, sr. Merlyn. Por que foi que o senhor fechou a clínica?

— Ah, isso. — Merlyn se levantou. — Sr. Blood, eu deveria ter fechado aquela clínica há *anos* — continuou. — Ela era um projeto da minha esposa, e deveria ter sido fechada quando as pessoas do Glades assassinaram ela.

— Você tem ideia de quantas pessoas dependem daquela clínica? — Sebastian perguntou. — Você não pode simplesmente...

— Guarde as suas energias — Malcolm interrompeu, levantando a mão para parar a conversa. — Eu já ouvi falar dos seus objetivos, todo mundo já ouviu. 'O vereador Blood está aqui pra salvar o Glades' — disse, com um sarcasmo condescendente. — Mas o senhor não vai, sr. Blood. O Glades já está morto, e as pessoas que moram lá vão receber o que está a caminho delas. Então eu insisto bastante pra que o senhor faça um favor pra si mesmo e ache uma nova causa pra apoiar, uma com a qual as pessoas realmente se importem. Porque, apesar de suas ilusões juvenis, ninguém jamais vai se importar com o Glades. A clínica foi fechada de vez — Malcolm concluiu. — Agora, se o senhor puder fazer a gentileza de deixar o meu escritório de uma forma um pouco mais silenciosa do que a que entrou, eu também tenho coisas mais importantes com que lidar. — Com isso ele pegou o telefone.

Pouco tempo depois, Sebastian chegou à Prefeitura e viu um facho de luz por baixo da porta do escritório do prefeito Altman. Respirando fundo e ajeitando a postura, bateu de leve na porta.

— Entra — disse o prefeito Altman.

Sebastian entrou e encontrou o prefeito preenchendo uma papelada e assistindo ao noticiário local, com a âncora Bethany Snow na tela. O som estava baixo. Sebastian viu de relance o próprio reflexo na janela e percebeu como estava desarrumado. O cabelo estava despenteado e bagunçado, apenas metade da camisa estava para dentro da calça e a gravata estava folgada no pescoço.

Não é um bom visual, pensou.

— Sebastian, o que foi que aconteceu? — o prefeito Altman perguntou, preocupado.

— Eu vim pedir um conselho, sr. prefeito. Eu sei que, na última vez que fiz isso, deixei as emoções tomarem conta de mim, e por isso peço que me perdoe — Sebastian disse.

— Eu reconheço o valor do que diz, obrigado — o prefeito respondeu. — Então, o que foi que aconteceu que deixou você parecendo... isso? — acrescentou.

— O Malcolm Merlyn fechou a clínica no Glades hoje — Sebastian explicou.

— Eu sei — Altman disse. — Ouvi por aí. — Sebastian achou que também ele soou desanimado.

— Sr. prefeito, a comunidade depende da clínica, pra muitas pessoas ela é a única alternativa. Eles não saberiam mais o que fazer nem pra onde ir. — Parou por um momento, depois continuou. — Talvez se nós trabalharmos juntos, mostrarmos uma frente unida, nós possamos apresentar alguma alternativa. Pode até ser uma vantagem pra nós — ofereceu, tentando convencê-lo. — Ceda um pouco de capital político pra nós.

O prefeito se recostou na cadeira por um segundo, coçando a testa com a ponta dos dedos, quando subitamente uma chamada bombástica na televisão anunciou notícias de última hora. Os dois viraram as cabeças, e o prefeito Altman pegou o controle remoto para aumentar o volume.

— Agora, vamos ao vivo para a Mansão Queen — Snow narrou por cima das imagens —, onde fomos informados de que Moira Queen convocou uma coletiva de imprensa. — A tela mostrava a imagem de um palanque vazio e, enquanto assistiam, Moira Queen apareceu para as câmeras, vestindo um traje a rigor vermelho. O olhar no rosto dela era alarmante, uma mistura de medo e angústia, enquanto respirava fundo e começava a falar.

— Que Deus me perdoe — ela disse, com a voz falhando. — Eu fracassei com essa cidade. Fui cúmplice de um empreendimento com um objetivo terrível... destruir o Glades e todos os habitantes de lá. — Enquanto um rumor de surpresa tomava a sala de imprensa, Queen continuou, esforçando-se para conseguir se controlar, e revelou que temia pela própria vida e pela vida de sua família. Mesmo assim, ela não poderia esperar e permanecer calada. A conspiração, ela disse, havia sido bolada por um só homem.

Malcolm Merlyn.

Enquanto ela falava, Sebastian sentiu uma vibração estranha e arregalou os olhos. Bethany Snow reapareceu na tela e anunciou que cortariam para imagens ao vivo das ruas do Glades. Quando passaram a mostrar a visão da rua, entretanto, era como se o operador da câmera não conseguisse controlar o aparelho. A imagem estava tremendo violentamente, criando dificuldades para manter o foco sobre o que estava acontecendo.

Parece um terremoto, ele pensou. *Mas isso é impossível... a não ser...*

Multidões tomavam as ruas, que estavam se partindo e se mexendo com as vibrações aparentemente crescentes. Pedaços de prédios caíam, atingindo aleatoriamente as pessoas e deixando corpos esmagados e sangrando. Em um e outro ponto era possível ver incêndios, lançando chamas furiosas e nuvens de fumaça para o ar noturno. A correnteza de corpos cresceu enquanto o caos tomava as ruas, e as pessoas atropelavam umas as outras para escapar.

Sebastian olhou de relance para o prefeito, que estava com o rosto branco. Sem nenhuma palavra, o jovem vereador fugiu da sala.

Na rua, o tráfego estava completamente parado, então Sebastian correu, determinado a chegar ao Glades. Quanto mais se aproximava, mais fortes ficavam as vibrações, ameaçando jogá-lo ao chão. Quando alcançou o perímetro do bairro, tudo que o conseguia ver estava em um caos completo.

O que foi que o Merlyn fez?, perguntou-se, incrédulo. *Como foi que ele conseguiu causar tanta destruição?*

Outro tremor, e ele foi jogado ao chão, batendo com força as palmas das mãos. Olhou para cima e viu o edifício sobre ele começar a desabar. Colocou-se de pé, ignorando a dor lancinante nas mãos, e viu um adolescente prestes a ser soterrado pelos destroços que estavam caindo. Movendo-se o mais rápido que podia, agarrou o garoto pela cintura e o arrastou para o lado bem na hora em que os tijolos e o concreto atingiram o chão e se espalharam por todas as direções.

Após certificar-se de que o adolescente não estava machucado, Sebastian começou a correr de novo. Passou pela clínica e ficou horrorizado ao ver buracos escancarados nas paredes. Todas as janelas estavam estilhaçadas. Uma parte da escada de incêndios havia quebrado e estava no chão, formando um emaranhado de metal. Parando apenas por um momento, começou a correr em direção ao Orfanato Zandia. Enquanto fazia isso, sentia o medo tomar-lhe o coração, dizendo-lhe o que encontraria lá.

Enfim, virou a esquina...

Graças a Deus.

Ainda estava de pé.

— Sebastian! Irmão! — Cyrus o chamou, agitando os braços por cima da cabeça.

— Cyrus! — Sebastian gritou, correndo até ele. — Você está bem?

— Estou — Cyrus respondeu, e então apontou para a igreja. — As crianças estão no porão da igreja, e nós estamos tomando conta delas. As paredes são fortes, elas devem ficar a salvo dessa insanidade.

— Você sabe do dr. Vaca? — Sebastian perguntou. — Eu fui até a clínica, e ela está aos pedaços.

— Não, não sei. Não consigo entrar em contato com ninguém — Cyrus respondeu. Então a raiva surgiu na voz dele. — A família Queen está por trás dessa loucura, eles admitiram isso no noticiário.

— Eu sei, eu vi a confissão da sra. Queen — Sebastian concordou.

— É o Merlyn, de alguma forma ele é responsável por isso. Eu não sei como, mas ele arquitetou um terremoto, e está atingindo só o Glades. Os milionários estavam brincando com a gente o tempo todo, e a gente é totalmente dispensável pras ambições deles. Nossas vidas não significam nada pra eles, e é hora de fazermos alguma coisa quanto a isso. — Como se servisse para pontuar a ideia dele, o chão tremeu de novo.

— Irmão, é hora da retribuição — Cyrus respondeu.

Já passou da hora, e eu finalmente sei o que fazer, Sebastian meditou com uma fúria fria.

— É hora do um por cento se sentir como a gente, Cyrus — concordou. — É hora de entrar em guerra, e de um novo líder guiar a gente pra segurança. — Espreitou a distância. O lugar pelo qual havia trabalhado tanto para salvar, para fazer renascer das cinzas, estava sendo destruído, tijolo por tijolo. Inocentes estavam morrendo, e Sebastian percebeu então que o que estivera fazendo nunca seria o bastante.

— Isso acaba agora.

Pegou o celular e o cartão de Slade Wilson. Então digitou o número dele.

— Estou dentro — disse. — Me dê a minha cidade; me dê o meu exército.

4

VINGANÇA

1

A noite caiu sobre o Glades, a lua cheia em um céu sem nuvens. A luz da lua jorrava sobre o bairro como dedos fantasmagóricos, as faixas misteriosas de luminescência enfiando-se por entre os edifícios destruídos, sendo refletidas por vidros e metais e então dissolvendo-se em becos escuros e ameaçadores.

A área havia sido dizimada pelo terremoto. Chamaram-no de o Empreendimento — o evento artificial orquestrado por Merlyn e seus cúmplices —, e havia deixado um abismo de desespero em seu rastro. Pouco depois daquela devastação, Merlyn desapareceu de Starling City. Assim como Oliver Queen, que levou consigo o vigilante, seu alter ego.

Agora, Slade estava dirigindo pelo bairro, com os faróis de sua Lamborghini Aventador abrindo uma faixa de luz em meio à escuridão. Estivera dirigindo pela maior parte do dia, procurando a fundo e visitando lugares de valor pessoal para Oliver — a mansão da família e as propriedades crescentes, a Queen Consolidated, até mesmo os túmulos de Sara Lance e Tommy Merlyn.

Sem encontrar nada de importante, passou a fazer os aliados mais próximos de Queen de alvo da busca, e localizou os apartamentos de John Diggle, Felicity Smoak e Laurel Lance. Todas estas direções davam em becos sem saída, mas mesmo assim continuou a explorar, experimentando cada centímetro que podia de Starling City. Ali era o lar de Oliver, o lugar que amava e ao qual havia retornado, e também o que desesperadamente estava tentando salvar. Slade estava determinado a conhecê-lo intimamente — para que, quando a fizesse em pedaços, conhecesse profundamente o desespero de Oliver e se divertisse com o que havia conseguido conquistar.

Enquanto Slade estava dirigindo pelo Glades, via que fazia todo o sentido do mundo que aquele lugar abandonado fosse o domínio do vigilante. Ele havia visto o assassino que Oliver havia se tornado, e conhecia a escuridão que reinava em seu âmago. Aquele era o *verdadeiro* Oliver Queen. Era natural que ele gravitasse em direção à área mais tomada pelo escuro. Mas, após o funeral de Tommy Merlyn, ele havia desaparecido sem deixar rastros.

Batendo em retirada que nem um covarde, Slade pensou. *Abandonando a própria cidade.*

Fez uma curva, os faróis do carro iluminaram as pichações nas paredes que ainda estavam de pé após a destruição. Sorriu afetadamente quando leu o que diziam. BLOOD PARA PREFEITO. No vácuo criado pela saída do vigilante, seu novo conhecido, o sr. Blood, havia se destacado da multidão, declarando-se o futuro salvador de Starling City.

Slade diminuiu a velocidade ao se aproximar da boate Verdant, a última parada no passeio pela cidade. Para um olhar desatento, a decisão de Oliver de transformar a antiga siderúrgica da família naquilo pareceu fazer perfeito sentido. Um *playboy* rico se tornou um empreendedor, servindo a outros vagabundos ricos. A boate era a brincadeira de um diletante sem nada melhor para fazer.

Slade o conhecia bem demais para que pensasse dessa forma.

O prédio ficava num local centralizado, taticamente ideal para um certo vigilante encapuzado e suas proezas. As plantas da propriedade confirmaram as suspeitas de Slade: revelavam um andar subterrâneo que passava despercebido sob os pés dançantes da elite jovem de Starling City. Oliver havia escondido suas operações à vista de todos, usando a reputação que tinha de festejar até o amanhecer para encobrir as *outras* excursões noturnas.

Esperto... pensou Slade, com um sorriso irônico e malicioso no rosto. *Mas não esperto o bastante.* Embalando o motor, meteu o pé na tábua e seguiu rumo ao centro da cidade.

Saiu do elevador, o terno escuro estava brilhando sob as luzes quentes do corredor. Uma faixa de carpete vinho o levou até o outro lado das colunas octogonais e grossas que ficavam de cada lado da sala, em direção a uma mesa de carvalho envernizada no centro da suíte. Pesada e grande, o móvel era o ponto focal do ambiente notoriamente masculino, o cedro escuro da mesa ecoava a decoração ao seu redor. As janelas por trás dela estavam cobertas por cortinas que iam do teto ao chão, e havia um pequeno bar ao lado delas. O efeito geral era de poder e intimidação.

Slade alisou a lapela do terno feito sob medida.

Encontrou Isabel esperando por ele, sentada em uma das duas poltronas de couro que ficavam de frente para a mesa. Havia encontrado aquela suíte em um edifício comercial no limite do centro de Starling City, facilmente escondida durante a recessão pós-Empreendimento. Como Slade, ela estava vestida elegantemente e pronta para pôr mãos à obra.

— Como você pediu — ela disse. — Pago através de uma conta no Starling National, aberta no seu nome. Mas foi um pedido estranho, levando em conta o seu desejo de se manter despercebido.

— São farelos que vou deixar pra atrair ratos — Slade explicou, sentando-se por trás da grande mesa.

— Nesse caso, por que não abrimos as cortinas e aproveitamos a vista caríssima?

— Porque, srta. Rochev — respondeu, com uma confiança real —, na próxima vez em que for admirar o horizonte, vai ser da cobertura da *sua* Queen Consolidated, enquanto a cidade pega fogo.

Um sorriso raro atravessou o rosto de Isabel. Havia trabalhado com muitos presidentes de empresas bem-sucedidos, mas nenhum deles tinha o mesmo nível de visão e astúcia que Slade. Saboreou o pensamento de desmantelar a companhia que Robert Queen havia levado toda a vida para construir.

— E o sr. Blood? — Slade perguntou. — Você encontrou mais alguma coisa?

Isabel fez que não com a cabeça.

— Se ele tem segredos além da irmandade, estão bem escondidos. — Ela lhe entregou um dossiê.

— Pelo bem dele — Slade disse —, vamos torcer pra que continuem enterrados.

— Ele vai fazer perguntas — ela disse. — O que é que você planeja contar pra ele?

Slade abriu o arquivo, encarando a vida de Blood detalhada em um texto.

— Vou contar pra ele exatamente o que ele quer ouvir.

Sebastian entrou com pressa e foi imediatamente surpreendido pela opulência da suíte. Ao ver as roupas caras que Wilson e Rochev estavam vestindo, lembrou-se da elite de Starling City — os mesmos que haviam destruído o Glades e deixado os residentes de lá para sofrer. Repetindo para si mesmo que *precisava* daquelas pessoas, tentou afastar aquele pensamento.

E, em sua maioria, foi bem-sucedido.

— Bem-vindo, sr. Blood — Wilson cumprimentou, levantando-se e lhe estendendo a mão. — O senhor se lembra da srta. Rochev?

— É claro. — Blood acenou com a cabeça para Isabel, que estava junta ao pequeno bar.

— Posso oferecer uma bebida ao senhor? — ela perguntou.

— Estou bem assim, obrigado — Blood recusou polidamente.

— Nós insistimos — Wilson interferiu. — Pra marcar a ocasião. — Ele gesticulou com a cabeça, então Isabel serviu dois dedos de uísque e entregou o copo a Blood. Ele aceitou relutantemente.

— Um brinde — disse Wilson, levantando o próprio copo. — À transformação de Starling City em um lugar melhor.

Blood tomou um gole da bebida dourada e reconheceu o mesmo Macallan de 18 anos que guardava sob a própria mesa para ocasiões especiais. Não achou que aquilo fosse uma coincidência. Slade notou a reserva dele.

— O senhor parece estar no seu limite — disse. — Está com algum problema?

Blood levou um momento para responder, debatendo internamente o que deveria dizer. Decidido, optou por tomar a ofensiva.

— É um terno muito bom esse que você está vestindo... e tudo isso? — Blood comentou, gesticulando para a suíte ao redor. — Impressionante. Mas se estou sendo honesto, isso tudo fede aos mesmos milionários que estou tentando expulsar da cidade.

Wilson concordou com a cabeça.

— Eu garanto ao senhor que as nossas intenções são as mesmas.

Blood colocou o copo de uísque sobre a mesa enorme, provocando um estampido.

— Você conhece o uísque que eu tomo, a irmandade que eu lidero, a máscara que visto — salientou de forma mordaz. — Mas eu não sei nada sobre nenhum de vocês. Então me perdoe se estou um pouco desconfiado quanto ao nosso acordo.

— Então nos permita acalmar as suas preocupações — Wilson respondeu. — O que é que o senhor gostaria de saber?

— Do que é que vocês estão atrás? — Blood perguntou. — O que é que vocês ganham me fazendo prefeito?

— Vingança. — Wilson sorriu, com um toque de malícia na voz. A resposta pegou Blood de surpresa. — As pessoas que traíram a sua cidade me enganaram... *nos* enganaram, também. Juntos, vamos fazer eles pagarem por essas transgressões.

— Como?

Wilson gesticulou com a cabeça para Rochev, que tirou uma pasta do lado da cadeira em que estava. Ela a abriu, revelando cinco frascos de um líquido verde fluorescente.

— Aquilo é mirakuru — Wilson explicou. — Esse soro concede poderes além dos limites. Com aquilo, pode-se reunir um exército de pessoas fortes e dignas de colocar Starling City de joelhos. E então os caixas-altas não vão poder se esconder da realidade, eles finalmente vão conhecer a situação pela qual o Glades está passando.

Os gritos do Empreendimento ainda estavam frescos na mente de Blood. Ao pensar nas vidas tiradas pelo terremoto e nas pessoas deixadas para sofrer, suas reservas começaram a diminuir. Wilson estava certo. Blood *realmente* queria vingança.

— E quando a cidade clamar por um salvador — Wilson continuou —, o senhor vai responder, reformando a cidade como achar melhor.

— E o vigilante? — Blood perguntou, tomando a pasta de Rochev. — Eu duvido que ele vá ficar parado enquanto um exército toma a cidade.

— Isso pressupõe que ele não está muito preocupado — Wilson disse, entrelaçando os dedos e colocando as mãos sobre a mesa, — com o fato de estar sendo caçado como o inimigo público número um de Starling City.

— O senhor já ouviu falar dos Encapuzados, sr. Blood? — Rochev perguntou. Entregou a Sebastian uma cópia do jornal de Starling City, o *Star*. Na primeira página havia uma manchete. 'A GANGUE DO VIGILANTE ATACA DE NOVO'. O artigo contava em detalhes o assassinato de um empresário local que tinha laços com o Merlyn Global Group, a sexta morte do tipo desde o Empreendimento. Os membros do grupo responsável usavam máscaras, vestiam-se como o vigilante e supunham agir em nome dele.

— É claro — Blood respondeu, olhando de relance para o jornal. — Soube deles através da irmandade. — Colocou o jornal no colo. — Mas vocês já sabiam disso, não sabiam?

— Nós gostaríamos que o senhor entrasse em contato com esses homens — Rochev disse, levando a conversa adiante. — Direcione eles pra um novo alvo.

— Quem?

— O prefeito Altman.

Sebastian não conseguiu esconder a surpresa.

— Vocês querem que eu orquestre um assassinato?

— Não — Wilson o corrigiu. — Uma limpeza.

— A nossa esperança — Rochev acrescentou, — é de que a culpa pela morte do prefeito recaia sobre o próprio vigilante, o que faria a captura dele se tornar uma prioridade pro Departamento de Polícia de Starling City e pra promotoria do distrito. A preocupação que vão ter uns com os outros deve abrir um grande espaço pro senhor testar o soro e montar o seu exército.

— E também deixa vago o cargo na Prefeitura. — Blood ficou maravilhado com a astúcia implacável dos dois. — E, dadas as circunstâncias, ninguém vai ter coragem pra ocupar o cargo.

— Exceto o senhor, sr. Blood — Wilson completou, afagando a barba com a mão.

— Promessas assim não vêm sem um preço — Sebastian disse. — Qual é o de vocês? O que é que vou dever a vocês?

— A sua lealdade e discrição — Wilson respondeu, com o tom de voz duro como cascalho —, e uma expectativa de excelência. Eu não tolero erros.

— Então vamos ser bons parceiros — Sebastian respondeu, decidindo aceitar o desafio de frente. — Porque eu não cometo erros. — Levantou-se e apertou as mãos de Wilson e Rochev.

— Um último detalhe, sr. Blood. — Wilson o encarou. — Se as suas atividades colocarem o senhor no caminho do vigilante, não enfrente ele. Entendido?

Sebastian fez que sim com a cabeça, depois se virou e seguiu pelo longo corredor em direção ao elevador, notando, enquanto isso, que o carpete sob seus pés tinha uma cor que lembrava sangue.

— Foi o Robert que me deu minha primeira dose de uísque. 'Uma bebida pra homens', ele disse. Eu pensei que isso queria dizer que ele me via como uma igual. — Isabel tomou um grande gole, sentindo o calor prazeroso do álcool viajar da boca até o peito.

— Isso tudo faz parte da sedução — Slade disse, observando o copo de Blood sobre a mesa.

Ela concordou com a cabeça, então fez uma pergunta que estivera em sua cabeça desde o encontro com Blood.

— O nosso futuro prefeito odeia tudo o que os Queen representam — comentou. — Por que não contamos pra ele que o Oliver é o vigilante?

— Nós precisamos da ambição e da serventia involuntária dele — Slade respondeu. — Não das perguntas que tiver. Quanto menos souber, melhor.

— Mas você confiou esse segredo a mim.

— É claro — explicou. — O sr. Blood não passa de um fantoche. O seu papel é muito mais importante.

— Eu não tinha notado que você valorizava tanto as aquisições empresariais.

— Valorizo quando elas atingem bem no peito do meu inimigo.

Os dois compartilharam um sorriso. Ambos entendiam a importância da Queen Consolidated. Isabel, entretanto, sabia daquilo muito antes de Slade Wilson entrar na vida dela. Teria a sua vingança apenas quando conseguisse desmantelar a preciosa companhia dos Queen pedaço por pedaço.

— Quando é que você quer que eu comece? — ela perguntou.

— Amanhã.

Isabel deixou escapar uma breve expressão de surpresa.

— Você tem dúvidas de você mesma? — ele perguntou.

— Nunca — respondeu. — Mas *está* cedo. A companhia está fraca, mas ainda não está completamente vulnerável. Ainda existem variáveis que eu não posso controlar.

— Só tem uma coisa com a qual me importo — Slade disse —, e é atrair o Oliver Queen de volta pra Starling City.

— Como é que você pode ter certeza de que vai funcionar?

— A companhia é o legado da família dele — respondeu. — É tão importante pra ele quanto a cidade. Ele não vai permitir que nenhuma das duas seja tomada dele sem uma luta.

— Bem, esse legado está prestes a terminar — Isabel comentou.

— Não tenho dúvidas quanto a isso — ele respondeu, então levantou-se e se preparou para sair.

— Onde é que você vai estar enquanto isso?

Ele parou por um momento, alisando a lapela do paletó mais uma vez. Então olhou nos olhos dela, sem nenhuma expressão no rosto.

— No purgatório.

2

Escondido por trás de uma folhagem densa, Slade estava esperando agachado e em silêncio, com gotas de suor pingando da testa no pescoço, e então no peito. A camisa preta e a calça tática que estava vestindo estavam ensopadas. Embora estivessem no outono, o calor do verão ainda não havia cessado em Lian Yu. Havia quase se esquecido do calor impiedoso da ilha. Havia odiado aquilo durante toda a sua estadia lá, mas, agora, após tantos anos longe, estava achando a umidade opressiva estranhamente reconfortante.

Talvez tenha sido por isso que, de todos os lugares no mundo que poderia ter escolhido, Oliver havia se refugiado ali. Lian Yu podia ter sido um inferno, mas era um inferno que os dois compreendiam. Que ele e Oliver houvessem retornado por vontade própria à prisão da qual haviam tão desesperadamente tentado escapar era uma ironia que não passou despercebida por Slade.

De repente, a Síndrome de Estocolmo passou a fazer muito sentido.

Levantou-se e avançou lentamente, esforçando-se para distinguir sinais de movimento dentre os sons da floresta. Oliver ficaria abrigado no lugar que conhecia melhor. Slade havia começado sua caçada pela fuselagem queimada e estava atrás de Oliver há quase uma hora, seguindo os rastros dele através da vegetação densa, um predador perseguindo sua presa.

A natureza e o tempo haviam coberto a estrutura de videiras verdes e densas, que nada faziam além de escondê-la dos olhares de visitantes, mas a camuflagem não havia afetado a memória de Slade. Foi ali que ele e Oliver se encontraram pela primeira vez. Slade havia subjugado com facilidade o riquinho inexperiente, colocando uma lâmina contra a garganta dele, pronto para cortá-la.

Se eu tivesse feito isso, pensou.

Slade parou abruptamente ao escutar um movimento no topo dos morros ao lado. Escondeu-se por trás de uma árvore, observando através da folhagem. Então o viu, a cerca de 50 metros de distância. Oliver Queen. Slade se sobressaltou ao vê-lo. Ele estava sem camisa, tão suado que chegava a brilhar, com o peito e as costas repletos de tatuagens e cicatrizes, memórias de dores expressas na carne. Estava segurando o arco, com uma flecha pronta para ser atirada e os olhos treinados observando a moita à sua frente.

Essa era a primeira vez que Slade havia visto Oliver em carne e osso desde o confronto no cargueiro, quando Oliver havia cravado a flecha no olho dele, deixando-o para morrer. Reagindo de forma visceral, Slade pegou o cabo da faca de combate, pensando em emboscadas e em formas de assassinato. Levaria apenas alguns segundos, a ponta da faca romperia a pele do pescoço de Oliver, abrindo-a e, assim, repararia a hesitação de Slade no primeiro encontro dos dois.

Então afastou a sede de sangue e diminuiu a força com que estava apertando o cabo da faca.

Está fácil demais, pensou. *Ele tem que sofrer*.

Então escutou um barulho além dos sons selvagens da ilha e se afastou alguns passos do morro. Por entre o coral de pássaros gorjeando e o ruído das folhas, surgiu o som de uma aeronave. Pequena, com dois motores propulsores, o avião estava se aproximando, entrando e saindo de vista por trás da cobertura de nuvens. Oliver também o viu, olhando para cima a tempo de ver um ponto preto ser lançado da cabine do avião. Enquanto caía na direção da ilha, crescendo de tamanho, ficou claro que a massa era na verdade duas pessoas, uma acorrentada de frente para a outra.

Segundos depois, um paraquedas verde-oliva se abriu, diminuindo a velocidade com que o casal descia, com destino ao litoral de

Lian Yu. Oliver imediatamente abandonou sua caçada e partiu em disparada, batendo os pés contra a terra atrás dos visitantes que estavam se aproximando.

Slade, entretanto, permaneceu onde estava.

Eles haviam chegado, bem na hora.

Escondeu-se no arbusto logo além da fuselagem e observou enquanto Oliver levava John Diggle e Felicity Smoak — seus dois aliados de confiança — para dentro da carcaça. Como era esperado, os dois haviam feito a viagem de Starling City até lá para entregar a notícia de que a companhia de Isabel Rochev, a Stellmoor International, estava tentando realizar uma aquisição hostil da Queen Consolidated.

Haviam levado semanas para rastrear Oliver, durante as quais Slade havia seguido cada passo deles. Usando os sentidos aprimorados pelo mirakuru, escutou furtivamente a tentativa dos dois de persuadir Oliver a retornar do exílio autoimposto.

Porém, apesar de implorarem, Oliver não aceitou. Disse-lhes que havia fracassado com a cidade. Não havia conseguido impedir o Empreendimento de Malcolm Merlyn de devastar o Glades. Além disso, considerava-se responsável pela morte de Tommy Merlyn, e estava sendo torturado mais ainda por essa culpa. Havia chegado à conclusão de que a cidade — as pessoas presentes em sua vida — estava pior agora do que antes de vestir o capuz.

Recusou-se a vesti-lo de novo.

Não voltaria para Starling City.

Entretanto, Diggle e Smoak sabiam o que Slade também sabia: que para convencer Oliver a voltar para a cidade, teriam que fazer apelos não ao vigilante, mas ao chefe da família Queen. Contaram-lhe sobre a Queen Consolidated, sobre como havia ficado vulnerável após o terremoto e o encarceramento da mãe dele. Estava correndo perigo de ser adquirida pela Stellmoor International. Se Oliver não intercedesse, 30 mil empregados iriam para a rua.

Ao escutar isso, Oliver finalmente cedeu e concordou em voltar para casa. Tudo continuava a se desdobrar como Slade havia antecipado. O ponto fraco de Oliver sempre seria a família dele.

Pouco tempo depois, Slade estava observando por trás das árvores enquanto Oliver, Diggle e Smoak embarcavam no avião e decolavam, desaparecendo por entre as nuvens no retorno a Starling City. Pegou um telefone via satélite da algibeira de munições e discou o número de Isabel, que atendeu imediatamente.
— Chegou a hora? — ela perguntou.
— Ele vai chegar aí de manhã — ele respondeu. — Você está preparada?
— Considero essa pergunta um insulto.
— Bom.
— Você vai voltar agora?
— Depois de finalizar alguns assuntos que deixei em aberto — disse. — Vou manter contato.
Slade desligou, depois entrou pelas profundezas da floresta de Lian Yu, seguindo um caminho familiar.

Já haviam se passado quase quatro horas desde que Slade havia visitado o túmulo de Shado. Tempo, entretanto, no qual não havia feito nada para amortecer a dor que aquela visão evocou. Se servia para alguma coisa, era para deixá-lo pior, recordando-o de quanto tempo havia se passado desde sua promessa, que permanecia não cumprida. Sentiu a raiva familiar ferver dentro de si e a mão começando a tremer.
— Continue esperando, meu amor.
Virou-se e se deparou com Shado ao seu lado. Ela acariciou o rosto dele, acalmando-o.
— Não perca o seu plano de vista — ela disse.
Slade cerrou o punho, recuperando o controle. Olhou profundamente nos olhos dela.

— Anos atrás, eu fiz uma promessa pra você — ele disse. — Eu não vou fracassar com você.

— O Oliver Queen vai sofrer? — ela perguntou.

Slade fez que sim com a cabeça.

— Logo, logo, o sofrimento vai ser a única coisa que ele vai conhecer.

Antes de deixar o túmulo, Slade notou que o cemitério improvisado tinha um novo habitante. Uma sepultura com o nome Taiana gravado, no mesmo estilo primitivo das lápides de Robert Queen, Yao Fei e sua amada. Embora fosse nova em comparação às outras, a terra revolvida ao redor dela já havia se assentado há bastante tempo, indicando que o túmulo não era recente.

Slade observou a pilha de pedras, pensando que a mulher deitada por baixo dela tinha sorte. Sendo uma pessoa com a qual Oliver realmente se importava, Taiana estava melhor morta e enterrada do que prestes a sofrer o acerto de contas que estava por vir.

Slade emergiu da vegetação e colocou os pés sobre a praia rochosa. Observou as ondas quebrando no litoral, lembrando-se de quando havia se lançado ao mar. Que visão curta teve de achar que poderia superar a Mãe Natureza. Era um erro que não planejava repetir.

Viu a máscara, ainda cravada no lugar onde a havia deixado, a cerca de 20 metros da arrebentação. A balaclava laranja e preta, com a flecha enfiada no olho, a lembrança que havia deixado para Oliver. Arrancou a flecha e soltou a máscara, segurando-a à sua frente e assimilando a imagem aterrorizante. Embora os anos de exposição aos elementos da natureza a houvessem deixado gasta e feito com que a parte de baixo ficasse em farrapos, como se fosse carne esfolada, Slade sentiu que a máscara ainda tinha um último objetivo a cumprir. Na próxima vez em que deixasse a máscara para ser encontrada por Oliver, não seria apenas como uma lembrança da traição dele. Dessa vez, a máscara seria um prenúncio, antecipando a morte de Oliver Queen e de todas as pessoas com as quais ele se importava.

Colocou a máscara no bolso e atravessou o litoral rochoso, de volta para o barco que havia escondido além da costa. Quando embarcou, traçou o caminho de volta para Starling City.

3

Um grupo de funcionários estava distribuindo panfletos em frente ao que havia restado da igreja bastante danificada de Cyrus Gold enquanto Sebastian, tentando o melhor que podia atrair atenção para o estado do bairro, estava sendo entrevistado pelo noticiário local. Estava promovendo uma coleta de sangue em apoio ao hospital da região, o Glades Memorial. Os bancos de sangue de lá estavam em baixa desde o terremoto. Uma multidão de oprimidos da vizinhança começou a se juntar, atraída pelo acontecimento.

O oficial Daily estava de olho na multidão.

— A mensagem da Prefeitura é clara — Sebastian disse para o repórter. — Ninguém se importa com o Glades. Estamos sozinhos nessa. Só podemos ter esperanças de reconstruir essa comunidade se nos unirmos como uma comunidade, ajudando nossos irmãos e irmãs. Essa coleta de sangue é só o começo.

— Recuperar os bancos de sangue do hospital é uma causa nobre, mas de que adianta se é tapar o sol com uma peneira? — a repórter perguntou. — A taxa de criminalidade no Glades está alcançando 75%, a de assassinatos chega a 20. Será que podemos ter esperanças de que uma coleta de sangue consiga realmente suprir uma demanda desse tamanho?

— É como eu disse, Inez, esse é só o primeiro passo. Uma lembrança de que possuímos a força necessária pra encontrar a nossa própria salvação.

— E o vigilante? Muitas pessoas da comunidade ainda continuam otimistas de que ele vai voltar.

A pergunta atingiu um ponto fraco de Sebastian, mas ele fez o que pôde para abafar sua reação.

— Os criminosos debandaram pro Glades pra *fugir* desse assassino — afirmou. — Pode ter certeza disso, o vigilante não é nenhum salvador.

— Mas você pode ser, vereador Blood? — A repórter mostrou um sorriso de esguelha. — É isso que você afirma?

— O meu objetivo é apenas dar voz àqueles que não têm — respondeu, recusando-se a encarar aquele desafio. — O Glades vai se reerguer e, com ele, a cidade também vai.

Com isso, a entrevista acabou. Enquanto a equipe de reportagem guardava os equipamentos e a multidão se dispersava, Sebastian viu um homem ficar para trás. Tinha por volta de 20 anos e parecia um artista, com o cabelo bem curto. Parecia ser solitário. Sebastian se aproximou para investigar.

— Você realmente acha que você pode fazer diferença? — o homem perguntou.

— Essas ruas são a minha casa — Sebastian respondeu. — Não vou descansar enquanto elas não estiverem seguras. Qual é o seu nome, filho?

— Max — ele disse. — Max Stanton.

— Bem, Max — Sebastian prosseguiu, entregando-lhe um panfleto —, quando estiver pronto pra ajudar a melhorar esse bairro, por favor, junte-se a nós. Vamos promover isso aqui a cada três semanas. Passe aqui.

Stanton pegou o panfleto sem pronunciar nenhuma palavra e seguiu pela rua, desaparecendo. Sebastian o observou, depois olhou de relance para o oficial Daily, que gesticulou com a cabeça, indicando que era hora de ir. Sebastian apertou a mão de alguns retardatários, despediu-se dos membros da equipe e foi embora, em direção a outra igreja. Essa ainda estava intacta em meio à escuridão do subsolo da cidade.

O grito do homem reverberava pela câmara e escapava pelos bueiros abandonados sobre eles, os berros agudos de agonia faziam os ratos debandarem em busca de abrigo. Então o esforço que fazia cedeu a vez a uma morte silenciosa, o corpo deixando de se contorcer e os ecos dos gemidos de dor lentamente se aquietando.

Nas profundezas subterrâneas do Glades, os membros da Igreja de Sangue — o oficial Daily, Cyrus Gold, o dr. Langford, Clinton Hogue e o dr. Vasak, também conhecido como 'o Técnico' — observavam enquanto o Irmão Sangue, vestindo a máscara de caveira aterrorizante sob as sombras, removia a seringa de mirakuru do braço do homem. Blood fez um sinal com a cabeça para o dr. Langford, que se aproximou para medir o pulso da vítima. O médico hesitou por um momento, a visão do sangue escorrendo dos olhos do homem o fez parar, mas logo depois continuou, procurando sinais vitais no pescoço dele.

Langford fez que não com a cabeça.

Blood tirou a máscara de caveira e olhou o corpo. Então se voltou para a irmandade e viu vários níveis diferentes de choque refletidos em cada rosto. Não ficou surpreso com aquilo. Quando Wilson o incumbiu da tarefa de testar o mirakuru, havia mencionado apenas que muitos dos que fossem sujeitos aos testes morreriam. Não estavam preparados de forma alguma para testemunhar a tortura que o soro infligia.

Olhou para Cyrus Gold, o confidente e aliado de confiança, e viu na mesma hora que ele tinha algo em mente. Ele o respeitava demais, entretanto, para falar fora de hora.

— Irmão Cyrus?

— Você disse que esse 'milagre' ia salvar a nossa cidade — Cyrus disse —, mas esses homens merecem passar por tanta dor? Isso é realmente necessário?

Blood olhou para o resto dos homens, convidando-os a dar voz aos receios que tivessem. O dr. Langford o olhou de volta.

— Nós já matamos antes em nome da irmandade — o médico disse —, mas estava bem claro que aqueles homens eram culpados. Aqui, eu não tenho tanta certeza disso.

— Eu aprendi esse homem depois que ele tentou saquear uma loja de bebidas — acrescentou o oficial Daily. — Definitivamente, ele não é nenhum inocente; mas ele merecia morrer desse jeito? Eu não sei.

O resto dos homens concordou com a cabeça e murmurou um com o outro. Blood também mexeu a cabeça, indicando que os compreendia.

— Vocês deixaram de acreditar no nosso objetivo? — perguntou. A voz dele não apresentava nenhum tom de desafio. Os homens fizeram que não com a cabeça. — E em mim, enquanto líder de vocês? — De novo, foram unânimes. — Eu concordo que o que testemunhamos é horrível. Desumano, até, e estaria mentindo se dissesse que não fiquei abalado, mas tem um pensamento que me faz ter certeza de que o que estamos fazendo, por mais macabro que seja, é necessário. — Caminhou até o quadro de avisos. Dezenas de fotos estavam presas nele, os rostos de todos os homens e mulheres que foram perdidos durante o Empreendimento. Quinhentas e três vítimas no total.

— A memória dos 503 — continuou. — Pra vingar a morte deles. Pra tomar essa cidade de volta e consertar ela em honra a eles. — Dirigiu-se a cada um dos homens, olhando-os no olho, tentando comunicar a confiança que sentia crescendo dentro de si. — Esses homens estão sendo sacrificados por um bem maior, pra proteger aqueles que não podem se proteger sozinhos.

O eco do objetivo do padre Trigon encorajou mais os homens.

— Juntos — complementou —, vamos salvar essa cidade.

Blood prosseguiu, explicando o plano que tinha. Apesar de o propósito da coleta de sangue ser de fato reabastecer o estoque do hospital, havia ainda um outro motivo por trás do altruísmo. Ao oferecer incentivos para aumentar o número de doadores, ele poderia também usar o programa para selecionar as pessoas aptas aos testes com o mirakuru. Sob o disfarce de oferecer exames gratuitos de saúde mental, o dr. Langford poderia catalogar cada possível sacrifício, enquanto o oficial Daily, usando os recursos do DPSC, checaria os antecedentes criminais deles.

Eles iriam separar a escória do Glades dos demais, garantindo que os homens que fossem sacrificados pelo bem maior não fossem pessoas que fariam falta.

— Liga a televisão, Irmão Sangue. — Sebastian estava sentado sozinho no escritório quando o oficial Daily entrou.

Blood atendeu ao pedido e foi cumprimentado pela expressão séria da âncora do noticiário do Canal 52, Bethany Snow. Ela tirou o cabelo loiro da frente do rosto.

— Últimas notícias da Prefeitura — ela informou. — O prefeito Altman está morto. Foi alvejado e assassinado na noite de ontem por quatro homens encapuzados, dos quais se suspeita terem laços com o vigilante...

Blood tomou um gole de uísque.

— Obrigado, Irmão Daily.

— Infelizmente, também tenho más notícias. — Daily lhe entregou um relatório. — Sabe os suprimentos médicos do FEMA,[8] os que estavam sendo enviados pro Glades Memorial? Eles foram roubados durante o caminho. Não sabemos quem é o culpado.

Endireitando a postura na cadeira subitamente, Blood abriu o laptop e começou a vasculhar os principais *sites* de notícias, mas não havia nada. Enquanto estava procurando, porém, notícias sobre o assassinato de Altman começaram a dividir espaço com notícias sobre Oliver Queen. Ele havia voltado a aparecer aos olhos do público pela primeira vez desde o terremoto, e a simples imagem do *playboy* deixou Blood enjoado. Havia pessoas morrendo naquela cidade, pessoas que precisavam de suprimentos médicos, e mesmo assim os 'jornalistas' achavam que convinha cobrir os feitos de um riquinho mimado.

Assim como Slade, Blood enxergava Queen como um covarde. Ele havia fugido da cidade ao invés de assumir a responsabilidade

---

8   N. T.: Agência Federal de Gestão de Emergências (órgão do governo estadunidense).

pelo horror que o envolvimento da mãe dele havia causado no Glades. Não que Blood estivesse surpreso. Todos da elite de Starling City eram covardes nas contas dele. Desalmados. Fechavam os olhos para as necessidades daqueles que consideravam abaixo de si.

Logo, logo, os ricos não poderiam mais ignorá-los.

Fora de Starling City, em um complexo industrial abandonado e envolto em sombras, o caminhão de provisões médicas do FEMA que fora roubado parou subitamente, seguido de perto por uma caminhonete preta. Havia dois buracos no para-brisa do caminhão, marcas dos tiros letais alinhadas às cabeças do passageiro e do motorista. Quem quer que fossem os ladrões, não demonstravam nenhuma piedade.

Slade Wilson saiu das sombras. Estava vestindo o protótipo de armadura do A.S.I.S., com o rosto escondido pelo capacete de metal laranja e preto. Estava segurando uma pasta, com as armas nos coldres.

O novo motorista do caminhão, um chinês de expressão séria e braços repletos de tatuagens, desceu da cabine e recuou até a caminhonete atrás dele. Slade reconheceu as tatuagens: eram marcas da Tríade, a mesma organização criminosa que ele havia perseguido em Hong Kong.

Uma mulher saiu da caminhonete. Estava vestindo uma roupa preta que se ajustava bem ao corpo e era bonita. O cabelo, branco e também bonito, caía em cachos longos e suaves pelas costas dela, vibrando sob a luz da lua. Ela se aproximou de Slade.

— Você teve algum problema? — ele perguntou.

— Nenhum — China White respondeu. — Decepcionantemente calmo.

Slade lhe entregou a pasta.

— É o pagamento por futuras entregas, tem o bastante pra contratar proteção extra. Incluí um dossiê de um homem conhecido como Tigre de Bronze. Acredito que você conheça o trabalho dele.

— Um trabalho desses não chama a atenção de um homem que tem tantas habilidades quanto ele. Ele vai atrás de presas difíceis de matar.

— A cada entrega que você rouba, o Glades Memorial fica mais perto de ser fechado. Eu espero que isso vá atrair o vigilante, colocando você em conflito direto.

— Bom. — Os olhos de China White foram preenchidos por uma intensidade nascida da raiva. — Eu devo dor a ele.

— É isso que espero.

Ela entrou na caminhonete e saiu pela noite. Quando ficou sozinho, Slade removeu um pacote de explosivos da bandoleira. Prendeu-o à carga do caminhão, ajustou o contador e se afastou.

A explosão projetou um clarão contra as costas dele.

4

Isabel atravessou com pressa as portas da Queen Consolidated vestindo um terninho vinho e acompanhada por dois membros da equipe de aquisições da Stellmoor International. A última vez em que havia colocado os pés no prédio fora há mais de uma década, quando Walter Steele a havia mandado embora sem cerimônias, como se fosse uma pilha de lixo, e Bobby e a equipe de seguranças a havia retirado do saguão à força.

Ela não esperava ver Steele — ele havia cortado os laços que tinha com a companhia após se divorciar de Moira. Bobby, porém, estava no mesmo lugar em que o havia visto pela última vez, checando as identificações na mesa de recepção. Os anos lhe haviam causado poucas diferenças além de acrescentar tons grisalhos ao cabelo e quilos ao corpo dele.

— Posso ajudá-la? — ele perguntou.

— Isso depende, Bobby — ela respondeu. — Você vai me mandar 'esperar aqui' de novo?

Bobby franziu as sobrancelhas, deixando os olhos entreabertos.

— Eu conheço você?

— Eu disse pra você que os Queen iam se arrepender do que fizeram comigo — ela lembrou. — Hoje eu vou cumprir essa promessa.

Ele começou a reconhecê-la enquanto Isabel e sua equipe começavam a passar pela catraca de segurança.

— Isabel! Você é da Stellmoor International?

— Enquanto você ainda tem um emprego, Bobby, diz pro sr. Queen que a sra. Rochev está subindo. — Ela seguiu em direção aos elevadores, com o barulho do salto contra o piso ecoando pelo saguão.

Quando Isabel entrou no apartamento da cobertura, as memórias começaram a inundá-la. As conversas com Robert no começo da manhã, os corpos deles entrelaçados, os planos que fizeram de um futuro que ele não teve a coragem de colocar em prática. Ele sempre lhe havia dito que gostava dela de vermelho. Ela achou que era apropriado vestir roupas daquela cor hoje, para marcar o momento em que começou a tomar a amada companhia dele. Seguiu em direção ao escritório que costumava pertencer a Robert Queen, mas que agora era ocupado pelo filho dele.

Felicity Smoak a interceptou na sala de espera. Isabel olhou a loira da cabeça aos pés, assimilando o vestido azul justo e as pernas expostas da parte inferior da coxa para baixo. Ela usava óculos, como se o acessório pudesse de alguma forma dar-lhe legitimidade. Outra 'secretária' gostosa.

Tal pai, tal filho, ela pensou.

Como é que aquela mulher podia ser a responsável pelos recursos tecnológicos de que o vigilante precisava?

— Sra. Rochev? Oi, eu sou Felicity Smoak, eu estou com o Oliver. Não *com* com, sou *só* a assistente dele... não que tenha algo de errado com as artes do secretariado, mas... — Ela parou por um instante, depois disse — Posso oferecer aos senhores algo para comer? Temos uns patês excelentes.

— O meu único interesse é em ter uma conversa com o Oliver Queen — Isabel respondeu. — Onde é que ele está?

— Ele está apenas um pouquinho atrasado. Sabe como é, trânsito. Se os senhores puderem me acompanhar até a sala de conferências, tenho certeza de que ele não vai demorar muito mais. E, como eu disse, comida!

Isabel parou um instante antes de, junto com sua equipe, seguir Felicity pela sala de recepção, dando uma última olhada no antigo escritório de Robert. Em breve, ela tomaria posse daquela sala.

Normalmente, Isabel teria achado o atraso de Oliver surpreendente. Robert era sempre incrivelmente pontual. Entretanto, sabia que o filho não era nenhum homem de negócios.

Finalmente ele chegou, acompanhado pelo guarda-costas afrodescendente, John Diggle, e Smoak. Ela não o havia visto desde quando era um adolescente beberrão. Agora que estava mais velho, ficou surpresa com o reflexo das características de Robert no rosto e no porte do filho, minúsculas cápsulas do tempo trancadas no DNA de Oliver.

Levantando-se, Isabel estendeu a mão e se apresentou ao descendente de Robert Queen.

— Isabel Rochev.

— Oliver Queen — ele respondeu enquanto apertava a mão dela.

— Peço desculpas pelo atraso.

A sensação do toque dele na pele a fez voltar ao primeiro encontro que teve com Robert, no corredor, por acaso. Afastou a lembrança. Não iria permitir que a nostalgia a desviasse do plano que tinha. Ela se blindou, apoiando-se na única característica que lhe permitiu sobreviver — a impiedade.

— Atraso pra essa reunião — ela disse —, ou pra uma carreira empresarial?

— Eu não sabia que aquisições hostis eram feitas de forma tão hostil.

— E não são. Na verdade estou até de bom humor.

Ela e Queen se sentaram ao redor da mesa, prontos para ir ao trabalho. Felicity se juntou a eles, tomando o assento oposto a Isabel.

— Realmente — Queen continuou, em tom de desafio. — Então destruir empresas combina com você?

— Ganhar combina comigo. — Isabel o encarou do outro lado da mesa, tocando nas feridas dele com confiança.

— Você não ganhou ainda.

Isabel parou por um instante, abafando um sorriso. O filho era tão ingênuo quanto era bonito.

— Já que você se especializou em largar faculdades, me deixe colocar isso em termos que você vai entender com facilidade. — Ela viu que o insulto o havia atingido e continuou mantendo uma distância conveniente. — Você controla 45% das ações da Queen Consolidated. Eu controlo 45%, o que deixa dez por cento de fora; mas, em dois dias, a diretoria vai liberar os últimos 10%.

— E eu vou comprar eles antes de você.

— Com que dinheiro? — ela perguntou, surpresa com a total falta de noção dele. — Eu duvido que o seu fundo fiduciário seja tão grande assim, e não vai cair do céu nenhum investidor que queira chegar perto dessa companhia, a mesma que construiu a máquina que destruiu metade da cidade.

Queen abriu a boca para responder, mas não disse nada.

— Companhias surgem e desaparecem, sr. Queen — ela continuou antes que ele conseguisse encontrar a própria língua. — A sua companhia desapareceu.

De repente, uma comoção irrompeu do lado de fora da sala e cortou o silêncio do aposento. Sem nenhum aviso, os Encapuzados (os homens contratados por Sebastian Blood) atravessaram as portas da sala de conferências com rifles e escopetas semiautomáticos carregados e prontos para atirar. Queen se levantou, enrijecendo os músculos por instinto.

— Oliver Queen! — um dos Encapuzados disse através de um modulador de voz. — Você fracassou com essa cidade.

Embora Isabel soubesse quem eram aqueles homens, a interrupção foi inesperada. Isso não fazia parte do plano. Ela manteve os olhos focados em Queen, perguntando-se se estaria prestes a ver o vigilante entrar em ação. Ele observou a cena, depois trocou um olhar fixo com Smoak. Ele parecia estar lutando contra o impulso de confrontá-los, o esforço lentamente o deixando estagnado, congelando-o.

Um dos encapuzados puxou a telha da escopeta, pronto para atirar, mas com um movimento rápido Diggle sacou a Glock e foi mais rápido no gatilho.

— Abaixem-se! — ele gritou, abrindo fogo para dar cobertura. Isabel, com os instintos afiados pelo treinamento com Slade, viu o conflito se aproximando e se refugiou debaixo da mesa uma fração de segundo antes de Queen e Smoak. Enquanto as balas passavam por cima deles, ela viu os olhos de Queen, surpresa por vê-lo reagir tão lentamente.

Era aquele o temido vigilante?

Um cervo assustado com faróis de carro?

As balas de Diggle encontraram o colete de Kevlar do Encapuzado, lançando-o estatelado para trás. Os outros dois responderam ao fogo com os rifles, estilhaçando os vidros e destruindo a preciosa comida de Smoak. Embora Diggle estivesse fazendo o melhor que podia para se defender deles, o poder de fogo dos Encapuzados era esmagador.

— Recua! — ele gritou para Queen, tirando-o subitamente do estado de indecisão. — Oliver, vai! Vai, vai, vai, vai!

Queen pegou Isabel e a conduziu pela saída dos fundos da sala antes de se voltar na direção do conflito. Em segurança por trás de uma proteção, ela observou enquanto balas destruíam a porta de vidro. Então Queen surgiu trazendo Felicity consigo, com os tiros correndo atrás deles. Foi apressado em direção à janela que dava para o exterior, pegou uma corrente das cortinas e atravessou o vidro, fugindo do tiroteio.

Isabel escutou os atiradores se virarem e fugirem, a presa deles havia escapado e o DPSC provavelmente estava a caminho. Então tirou os fragmentos de vidro da roupa e observou os danos causados ao edifício. Os primeiros pedaços quebrados de uma companhia que planejava desmantelar em 48 curtas horas. Quando chegasse a hora de matar o negócio que Robert Queen havia levado toda a vida para construir, ela não demonstraria a mesma relutância que Oliver para entrar em ação.

***

Dois dias depois, Isabel estava de novo sentada na sala de conferências da Queen Consolidated, e não havia mais nenhum sinal do massacre que havia ocorrido. Estava usando um vestido preto, sentindo que a cor era apropriada para a ocasião. Aquele era o funeral da companhia de Robert Queen.

Oliver Queen estava olhando pensativo para fora da janela, de costas para ela. Ela sabia pelo que ele havia passado nos últimos dois dias. Os Encapuzados, após fracassarem no ataque a Oliver, haviam decidido ir atrás de um alvo mais vulnerável — a irmã dele, Thea. Eles a haviam sequestrado, e para resgatá-la Oliver havia sido forçado a voltar às atividades de vigilante. Mas, apesar da ameaça direta à vida de uma pessoa da família, ele ainda havia se recusado a matar, preferindo entregar os Encapuzados ilesos às autoridades.

Se lhe faltava o instinto assassino quando era o vigilante, como poderia consegui-lo agora, no momento em que mais precisava? Sem ele, Oliver não tinha nenhuma esperança de vencê-la e salvar a companhia do pai.

É que nem atirar numa lata, ela pensou e, apesar da vitória iminente, estava achando tudo aquilo um pouco vazio. Insatisfatório. *Já chega disso*, disse para si mesma. Era hora de dar o golpe final.

— Você não tem como ganhar essa — ela anunciou. — Agora, eu sou dona de 50% das ações. Até amanhã, vou conseguir o que preciso para controlar a sua companhia. Qualquer tentativa de lutar contra isso vai levar a um processo que vai deixar você sem nenhum centavo. E acredita em mim, a pobreza não é tão glamorosa quanto Charles Dickens fez parecer.

Finalmente, Queen se virou e se aproximou dela.

— E se eu encontrasse alguém pra investir capital próprio?

— Um cavaleiro branco? — ela perguntou. — Com todo o respeito, o seu sobrenome agora é associado a assassinato em massa. Nem você tem um amigo tão bom assim.

— Você está certa — Oliver respondeu. Então sorriu de uma forma sutilmente irônica. — Eu tenho família.

Isabel escutou as portas da sala de conferências se abrindo por trás dela. Virou-se e ficou chocada ao ver Walter Steele entrar, seguido por Felicity Smoak. Vê-lo a fez lembrar do momento em que descobriu que o estágio na Queen Consolidated — e o relacionamento com Robert — havia terminado. A sensação foi o bastante para fazê-la cambalear.

Levantou-se lentamente da cadeira.

— Sr. Steele — disse, tentando se recompor. Ele acenou com a cabeça, claramente a reconhecendo como a jovem que havia mandado embora tantos anos atrás. — Eu fui informada de que o senhor havia renunciado ao posto de presidente.

— Eu renunciei — ele reconheceu. — Agora eu sou o Diretor Financeiro do Starling National Bank. — Ele passou por ela, juntando-se a Oliver na cabeceira da mesa. — E a minha instituição conferiu um financiamento de resgate pro sr. Queen. Nós compramos as cotas restantes da Queen Consolidated quando foram liberadas hoje de manhã.

— Agora, eu sei que me especializei em largar faculdades — Queen disse, desferindo a punhalada —, mas tenho quase certeza de que isso nos torna parceiros daqui pra frente. Então acho que vamos nos ver bastante.

Apesar da reviravolta dos acontecimentos, Isabel se surpreendeu com o comportamento do jovem, tão diferente de como havia sido antes. De novo, lembrou-se do pai dele. Talvez houvesse desprezado o inimigo cedo demais. Ela não cometeria o mesmo erro de novo.

— Você não é nem um pouco como as pessoas falam de você — ela disse.

— A maior parte das pessoas não consegue me ver de verdade.

Ela o encarou, engolindo a raiva. Ele podia ter ganhado a batalha, mas ela não desistiria da guerra. A companhia seria dela. Então fez um sinal para a equipe da Stellmoor e deixaram a sala.

De volta ao escritório de Slade na cobertura, toda a raiva que Isabel havia engolido na sala de conferências começou a ser extravasada. Ela estava andando de um lado para o outro enquanto Slade, sentado calmamente à mesa, deixava que ela recuperasse a calma.

— Eu não perco — ela disse. — Você sabe por quê? Porque eu controlo todas as variáveis. Eu *disse* pra você que a companhia ainda não estava totalmente vulnerável. Você me forçou a atacar cedo demais.

— Eu prometi a companhia pra você — Slade respondeu. — O prazo estava aberto a interpretações.

— Eu devia tomar a Queen Consolidated do Oliver Queen, e não me tornar sócia dele.

— Concordo, mas agora você está numa posição em que pode atingi-lo muito mais do que uma simples aquisição poderia.

O comentário despertou a curiosidade de Isabel. Acalmando-se um pouco, ela se sentou.

— O que é que você quer dizer com isso? — perguntou.

— Um golpe desferido furtivamente machuca mais do que um previsto e defendido. Agora, você tem uma oportunidade única de trabalhar ao lado do nosso inimigo, de ganhar a confiança dele e de conhecer seus pontos fracos.

— A confiança dele? — ela perguntou. — Eu acabei de tentar tomar a companhia dele. Ele me odeia!

— Dê tempo ao tempo. Eu suponho que as atividades noturnas e as responsabilidades familiares do Oliver vão deixar ele estressado além da conta. Quando isso acontecer, o ódio vai ser um luxo que ele não vai poder se dar ao trabalho de ter. Ele não vai ter nenhuma alternativa a não ser confiar em você. — Ele se inclinou para a frente e olhou para ela. — Deixe ele fazer isso.

— Está bem. — Isabel concordou com o novo plano. Depois, fez uma pergunta que a estivera incomodando desde o ataque dos Encapuzados. — Falando nas atividades noturnas do Oliver, eu achei que você tinha dito que o vigilante era um assassino. Não vi nada até agora que confirme isso.

— Parece que ele está tentando tomar um outro caminho — Slade observou. — Está se sentindo culpado pela morte do garoto Merlyn, sem dúvida; mas tenha certeza disso, Rochev, existe sim um assassino dentro do Oliver, e eu pretendo fazer ele mostrar as caras.

5

O número de pessoas protestando do lado de fora do Glades Memorial havia chegado a quase 40. Os homens e mulheres do bairro estavam furiosos, cansados de serem ignorados pela cidade após o terremoto. Estavam segurando cartazes, na esperança de conseguirem ser ouvidos.

SALVEM O GLADES!

LEMBREM-SE DOS 503!

BLOOD PARA PREFEITO!

Sebastian Blood estava perto do aglomerado de pessoas, sendo entrevistado por um grupo de repórteres de noticiários locais. Havia organizado o protesto para que o público ficasse mais atento aos roubos das provisões médicas do hospital. Mais incidentes daquela espécie haviam ocorrido, e até então o DPSC pouco havia feito para impedir os ladrões. Um jovem chamado Roy Harper havia intervindo em um daqueles incidentes e fora preso por seus esforços.

Os roubos continuaram acontecendo. Sem as provisões, o hospital estava perigosamente perto de fechar as portas.

Além disso, o protesto rendeu o benefício de servir de publicidade antecipada para Sebastian na disputa pela prefeitura. Embora ainda não houvesse anunciado oficialmente a intenção de se candidatar para prefeito — não havia passado tempo o bastante após a morte de Altman —, estabelecer-se como um líder iria facilitar a transição para uma campanha total. Especialmente se o protesto levasse a uma ação oficial da polícia.

— Essa cidade está fracassando em todas as frentes — disse para o repórter, fervendo de raiva. — Nós não podemos ficar parados enquanto os médicos do outro lado dessas portas estão trabalhando com o mínimo de recursos, simplesmente porque o departamento de polícia nos vê como uma causa perdida. Enquanto isso, ladrões estão tentando levantar uma grana rápida com a desgraça do Glades.

No meio do discurso acalorado, olhou à frente e, para a sua surpresa, viu o pirralho mimado mais famoso de Starling City observando de trás da multidão. Oliver Queen estava a uma enorme distância da fartura do lar dele. Já esquentado com o discurso, Sebastian decidiu destacar o riquinho da multidão e lhe dar as boas-vindas características do Glades.

— Oliver Queen, não é? — disse, voltando a atenção dos repórteres e das pessoas que estavam protestando. Queen pareceu ser pego de surpresa, sentindo os olhos da multidão e as luzes das câmeras sobre si.

— Vereador — respondeu.

— O que trouxe o senhor ao Glades Memorial, sr. Queen? Suponho que alguém com os seus recursos possa pagar pelo melhor tratamento médico disponível no mercado. E eu lhe garanto, o senhor não vai encontrar isso aqui.

— E isso está errado, vereador Blood — Queen respondeu. — O povo do Glades já sofreu demais pra agora não ter acesso a serviços médicos básicos.

Sebastian sentiu a raiva crescer. Não suportava a audácia daquele homem, nascido com todos os privilégios, de falar como se conhecesse as necessidades do Glades. Avançou na direção de Queen a passos largos e levou consigo a multidão.

— Bem, admiro a sua compaixão pelo nosso sofrimento — disse —, mas me pergunto onde é que estava a preocupação da sua família pelos outros cidadãos quando eles pediram que construíssem a máquina de terremotos que matou 503 pessoas.

A menção ao Empreendimento e a suas vítimas começou a incendiar a multidão. As vozes ficaram mais fortes, a raiva estava palpável. Começaram a gritar.

— *Quinhentos-e-três! Quinhentos-e-três!*

— Senhoras e senhores, senhoras e senhores, por favor! — Sebastian tentou de meia vontade acalmar a multidão. Embora Diggle, pressentindo problemas, estivesse tentando levar o chefe para longe dali, por algum motivo Queen permaneceu por um momento. Aproximou-se de Sebastian como se tivesse algo a dizer.

— Vou fazer tudo o que estiver ao meu alcance pra expiar a culpa da minha família por essa tragédia — disse, soando sincero. Mas nem assim Sebastian foi seduzido.

— Tenho certeza de que o povo do Glades vai dormir melhor sabendo disso.... — respondeu com uma intensidade crescente — ... se eles ainda tivessem algum lugar pra dormir. Se os lares deles não tivessem desabado ao redor deles. Se as lojas e os negócios deles não tivessem sido condenados. — As palavras dele enfureceram a multidão. Gritavam contra Oliver enquanto ele fugia para o carro, com Diggle abrindo o caminho.

— Você fez isso com a gente!

— Volta pra sua mansão, riquinho!

Levado pelo momento, Sebastian se juntou aos outros.

— Poupe-nos de suas visitas por pena, Queen! — Ele observou enquanto a multidão seguia Queen e Diggle até o carro deles, cercando-o assim que entraram. — Você já fez o bastante por essa cidade!

Quando o carro de Queen foi ligado e começou a abrir caminho em meio à aglomeração, um dos participantes da manifestação pegou a base do cartaz que estava segurando e o bateu contra a janela do carona. O som de vidro se quebrando trouxe Sebastian de volta à realidade. Violência não era a sua intenção.

Teria que ser mais cuidadoso quando a candidatura a prefeito se tornasse oficial — mas quanto à janela do carro, não sentiu muito remorso.

Era uma lembrança das condições que seus irmãos do Glades enfrentavam diariamente. Condições que não seriam facilmente reparadas.

Poucos dias depois, Sebastian estava andando de um lado para o outro na antessala do escritório de Oliver Queen, na Queen Consolidated. Na última vez em que estivera esperando do lado de fora daquela porta, o escritório pertencia a Walter Steele. Naquela ocasião, estava muito nervoso pela expectativa do encontro com Walter e Moira Queen. E era tão ingênuo de achar que pessoas como eles poderiam realmente se importar com o Glades. Para eles, o bairro era apenas algo pelo qual poderiam demonstrar uma falsa empatia, as promessas de melhorar a região não passavam de histórias para boi dormir.

Finalmente, através do vidro, viu Queen se aproximar, seguido de perto pela secretária. Queen havia pedido aquela reunião, declarando a intenção de fazer as pazes após o incidente no lado de fora do Glades Memorial. O pedido havia despertado a curiosidade de Sebastian. Depois de ser publicamente ridicularizado, a maior parte das pessoas na posição de Queen teria se colocado tão distante quanto possível de Sebastian. Blood estava se perguntando o que o herdeiro Queen teria a dizer.

— Vereador — Queen cumprimentou, abrindo a porta para que Sebastian entrasse. — Obrigado por vir. — Estendeu a mão.

— Sr. Queen. — Sebastian ignorou o gesto e passou direto por ele, entrando no escritório com janelas do chão ao teto e vista panorâmica de Starling City. — É uma bela vista — comentou. — O resto de nós deve parecer bem pequeno daqui. — Esperou até a secretária loira sair da sala, depois se virou para encarar o anfitrião, sem nenhuma intenção de tornar aquele encontro fácil. — Fiquei surpreso quando disse que queria se encontrar comigo.

— Não tão surpreso quanto eu fiquei quando o senhor voltou uma multidão exaltada na minha direção — Queen respondeu enquanto se sentava no sofá e gesticulava para que Sebastian também se sentasse.

— Ah, aquilo não devia ser tão surpreendente pro senhor. — Sebastian se sentou na cadeira em frente a Oliver. — Os meus eleitores têm bastante raiva da sua família.

— Eles têm direito a isso — Queen admitiu. — A minha mãe estava envolvida em algo... indescritível. Mas eu sou dono de mim mesmo, e não sou seu inimigo.

— O senhor não é um amigo, nem meu, nem das pessoas do Glades.

— Espero conseguir provar o contrário. — Queen começou a pegar o talão de cheques.

— Sr. Queen — Sebastian disse rapidamente, incomodado. Inclinou-se à frente na cadeira. — Nem todo problema pode ser resolvido com dinheiro. Nenhuma mudança real vai acontecer enquanto seus amigos elitistas não perceberem que é moralmente inaceitável permitir que milhares de outros cidadãos vivam bem ao lado deles, mas no terceiro mundo.

— Então vamos mostrar isso pra eles — Queen respondeu sem hesitar. Sebastian se recostou na cadeira, surpreso. — Vou promover uma festa beneficente. Vou convidar alguns dos meus 'amigos elitistas', e aí o senhor e eu poderemos ajudá-los a enxergar o que precisa ser feito.

— As pessoas virem o senhor — Sebastian disse, inclinando-se de novo em direção ao sofá, contemplando as possibilidades. — Virem o senhor se apresentar, enquanto presidente da Queen Consolidated, assumir a responsabilidade e ser o rosto público dessa causa. Isso *faria* a diferença. — Franziu a sobrancelha ao tentar compreender melhor aquela ideia.

Queen se levantou, abotoando o paletó.

— Então vamos lá fazer a diferença. — De novo, estendeu a mão.

Sebastian observou o homem que estava de pé à sua frente. Seria aquilo apenas um golpe publicitário, uma forma de cair nas graças da cidade de novo? De qualquer forma, ter o nome Queen apoiando a causa não poderia fazer mal. Na verdade, poderia beneficiar bastante a sua candidatura iminente a prefeito.

Seduzido, levantou-se e apertou a mão de Queen.

— Escuta. Desculpa de verdade pelo que aconteceu na frente do hospital — disse. — Às vezes eu deixo a emoção tomar conta de mim.

Queen acenou com a cabeça, aceitando o pedido de desculpas.

Sebastian saiu do escritório e começou o caminho de volta para o Glades. Achou que o riquinho pareceu sincero. Um ano antes, Sebastian talvez houvesse lhe dado o benefício da dúvida, mas sabia como eram as promessas feitas pelos ricos. Eram frágeis e facilmente quebradas. Por que as promessas de Queen seriam diferentes das feitas pela mãe dele?

Não, eu não vou ser enganado, pensou.

Sebastian Blood pegou uma taça de champanhe de uma travessa levada por um garçom e tomou um gole com ansiedade. Olhou ao redor, para os homens e mulheres reunidos na festa de arrecadação de fundos para o Glades Memorial — todos membros da elite de Starling City, cujas existências diárias estavam muito distantes da condição do Glades. Vestindo roupas que custavam o mesmo que provisões médicas suficientes para uma semana, aproximavam-se uns dos outros com conversas fiadas e alegres, risadas forçadas e disposição para passar a noite contentes enquanto esperavam Oliver Queen dar as caras.

Exatamente como havia sido quando foi eleito vereador, Sebastian estava se sentindo deslocado. Odiava entrar naqueles joguetes falsos, embora soubesse que era um mal necessário. Mas até que Slade Wilson cumprisse a promessa que havia feito, até que um exército fosse reunido e a prefeitura lhe fosse entregue, teria que aguentar aquilo. Caminhou pelo ambiente transformado da Queen Consolidated, apertando mãos e se apresentando aos convidados com o sorriso mais falso de todos os presentes.

Até que viu Laurel Lance vagando pela festa, com um vestido preto e liso e uma aparência deslumbrante. Ele a conhecia através dos trabalhos que havia realizado com a cidade. Ela era um membro promissor da promotoria, havia entrado lá após perder o seu escritório de advocacia sem fins lucrativos durante o Empreendimento. Ele havia visto a foto dela antes, mas, pessoalmente, a beleza dela era de tirar o fôlego. Sebastian sentiu um sorriso genuíno surgindo no rosto, a expressão estupefata de um garoto vendo algo com que talvez gostasse de brincar, se tivesse a sorte de ter permissão para isso. O champanhe lhe deu coragem o bastante para chamá-la enquanto passava.

— Você parece uma mulher que está à procura de alguém.

Ela se virou e ele sorriu para ela, ativando o próprio charme. Ela o observou por um momento, depois continuou a andar, sondando a multidão. Sebastian a seguiu.

— Um amigo meu — ela disse. — Ele é o anfitrião dessa festa.

— Ah, o Oliver Queen. — Ele acompanhou Lance enquanto ela diminuía o passo. — Eu não sabia que vocês eram amigos.

— Amigos bem antigos. — Ela finalmente parou, encarando-o e ficando um pouco mais fria. — Então você pode imaginar como eu me sinto sobre o fato de você ter colocado ele na mira da opinião pública, vereador.

— Se vale de alguma coisa, eu pedi desculpas ao senhor... ao Oliver... pelos meus excessos de retórica. Na verdade, foi esse apaziguamento que nos trouxe até aqui hoje à noite.

Ela relaxou um pouco, e um olhar de surpresa atravessou sua expressão.

— Então onde é que está o Oliver? — ela perguntou.

— É exatamente isso que estou me perguntando.

— Ele é conhecido por chegar atrasado nos eventos. Tenho certeza de que ele está a caminho.

— Bem, pelo menos estou em boa companhia enquanto esperamos. — Ele sorriu para ela de novo, levantando a taça para brindar. Lance parou um momento antes de enfim conceder um sorriso e brindar com ele. Sebastian sentiu como se uma fagulha houvesse passado entre eles.

Olhando para fora, por cima da cidade, Sebastian viu a parte do Glades que havia sido destruída pelo terremoto. Embora a presença de Laurel Lance o houvesse distraído momentaneamente, qualquer atração que estivesse sentindo fora extinta por aquela cena preocupante. Olhou rapidamente para o relógio e calculou que Queen já estava atrasado mais de uma hora. Claramente, ele partilhava da tendência da mãe a não cumprir a própria palavra.

Decidido, Blood começou a andar em direção ao palco, seguido de perto por Lance.

— Parece que o sr. Queen não vai nos dar a honra da sua presença hoje à noite — ele disse para ela.

— Então onde é que você está indo?

— Vou me dirigir aos convidados dele. — Virou-se para encará-la. — É hora de eles perceberem que tipo de homem o anfitrião deles é.

— Você vai simplesmente crucificar ele na mídia de novo? — ela perguntou, com raiva no tom de voz.

— A crucificação tem uma fama tão ruim — Sebastian respondeu, decidido. — Mas os romanos usavam ela pra punir pessoas que agissem contra o bem público.

Lance tentou convencê-lo a parar, mas Sebastian a ignorou e subiu no palco.

— Senhoras e senhores? — ele disse, dando um tapinha no microfone e chamando a atenção dos convidados. Eles interromperam as conversas e aplaudiram polidamente em resposta. — Obrigado, mas os senhores deveriam guardar seus aplausos pro Oliver Queen. Esse evento foi ideia dele. Por isso, os senhores podem se perdoar por perguntarem por que o sr. Queen não está conosco hoje à noite.

Observou todos os milionários que tanto desprezava. Depois deixou o palco e se dirigiu ao meio do salão, desabotoando o paletó que estava limitando seus movimentos. Falou com eles como havia falado com os manifestantes em frente ao Glades Memorial, sob os flashes de câmeras da mídia presente.

— E a resposta, infelizmente, é óbvia de uma forma dolorosa. Ele não se importa. Eu disse pro sr. Queen que os problemas dessa cidade não podiam ser resolvidos com o dinheiro dele, e que ele precisava aparecer e se colocar como alguém que se importa. Então, onde é que ele está agora? Eu não sei onde o Oliver Queen está. Tudo o que sei é que ele não está *aqui*. Essa cidade está morrendo. E ela precisa de alguém que se imponha e dê novos ares a ela. Hoje à noite, está dolorosamente claro que essa pessoa não é o Oliver Queen.

O discurso foi recebido por um silêncio de espanto. Sebastian lançou um olhar para Lance, sentindo um toque momentâneo de remorso, depois abriu caminho pela multidão, satisfeito por ter mostrado Oliver Queen como realmente era — como um mentiroso, um homem de muitas palavras mas de poucas ações.

Se alguém iria salvar o Glades, esse alguém seria Sebastian Blood.

— Oliver Queen está mais uma vez na berlinda, pelo menos aos olhos do vereador Sebastian Blood.

Na cobertura nos limites do centro da cidade, Slade Wilson e Isabel Rochev estavam assistindo à reportagem sobre o fracasso da festa beneficente do Glades Memorial. Blood havia continuado a massacrar Oliver para a imprensa, parando ao sair da festa para dar uma entrevista ao Canal 52. Na manchete que cobria a parte de baixo da tela, lia-se *BLOOD DÁ XEQUE-MATE EM QUEEN*.

— A ausência do Oliver Queen em sua própria festa beneficente não deve ser surpresa pra ninguém — Sebastian disse para o repórter. — Ele não é diferente do resto da elite de Starling City, que fugiu da tarefa de acabar com o sofrimento daqueles que foram deixados em meio à devastação do Glades. — Então olhou diretamente para a câmera, dirigindo-se à cidade com ares de prefeito. — O Oliver Queen não é um amigo do povo dessa cidade.

Isabel sorriu. O custo de transformar a Queen Consolidated em um lugar digno de uma festa beneficente da alta sociedade não era benéfico aos fundos da companhia. Ela havia resistido quando Slade lhe pediu que permitisse que a festa fosse realizada.

Agora, ela compreendia.

— Foi por isso, não foi?

— Ele realmente tem cara de prefeito, não é? — Slade respondeu.
— Parece que a influência política do sr. Blood também cresceu.

Então as palavras NOTÍCIAS URGENTES atravessaram a tela. A âncora, Bethany Snow, lia uma reportagem enquanto a foto de China White aparecia no canto esquerdo e de cima da tela.

— Após uma longa perseguição, a polícia conseguiu capturar Chien Na Wei, um membro de alto escalão da Tríade Chinesa local, que foi responsável pelos roubos recentes de cargas de medicamentos destinadas ao Glades Memorial. Representantes aclamaram os esforços do DPSC para evitar que o hospital fechasse as portas...

Slade se recostou na cadeira, ponderando sobre aquela notícia. China White era uma assassina treinada, uma que preferiria a morte ao encarceramento. Havia esperado que Oliver não conseguisse resistir, que fosse forçado a liberar o assassino que existia dentro dele para impedi-la. Aparentemente, o garoto acreditava honestamente que poderia salvar a cidade sem tirar uma vida. O problema de se escolher um caminho mais honroso, entretanto, era que assim era muito mais difícil do que cortando rapidamente a garganta do inimigo.

Isabel olhou para ele com um sorriso de irritação.

— Ser capturada é um comportamento estranho, vindo de uma assassina.

— O Oliver está tentando acertar as contas pelo derramamento de sangue de antes, se recusando a derramar mais — Slade respondeu. — Forçar ele a quebrar esse juramento é só mais uma forma de fazer ele sofrer.

— E a sra. White? Podemos confiar que ela não vai falar nada?

— Tudo o que ela vai dizer é que um homem mascarado deu dinheiro pra ela e pediu que roubasse as cargas — Slade explicou. — O acontecimento mais importante da noite de hoje é o fato de que o DPSC recebeu o crédito pela prisão, e não o vigilante.

— A julgar pelo que as minhas fontes na promotoria disseram, a Laurel Lance é a responsável por isso. Aparentemente, ela transformou a tarefa de levar o vigilante à justiça na missão dela.

— A antiga paixão dele, liderando sem saber uma campanha contra ele — Slade comentou, saboreando o pensamento. — Ah, que ironia.

— Ironia dupla, na verdade. Ela também foi vista flertando um pouco com o nosso futuro prefeito.

— Isso pode trazer benefícios pra nós.

Isabel concordou com a cabeça.

— E agora? — ela perguntou.

— É hora de aumentar a temperatura da situação do nosso presidente. — Slade se inclinou à frente na cadeira. — O Oliver provavelmente vai querer redobrar os esforços pra recuperar a própria imagem. Dessa vez, se ele tentar usar os negócios da família como um recurso, impeça-o de fazer isso.

6

Isabel pegou uma bebida no bar, observando a cena formada por emissários de empresas reunidos, comendo e bebendo os fundos da Queen Consolidated. Havia preparado o evento de arrecadação de fundos na Mansão Queen supostamente para levantar investimentos para a companhia. Na realidade, estava pressionando Oliver, espremendo-o entre as tarefas como presidente da empresa e como vigilante.

Tomou um gole da vodca com refrigerante, pensando em qual seria a nova desculpa que o parceiro de negócios apresentaria naquela noite, quando finalmente aparecesse. Lendo as entrelinhas das explicações frágeis dadas pela secretária dele, Felicity, ela assumiu que ele estava seguindo pistas da mais nova epidemia que havia atingido o Glades. Um chefe de uma gangue local estivera inundando o bairro com armas de nível militar, transformando as ruas em uma zona de guerra. Não conseguia entender por que Queen — e Sebastian Blood também, aliás — era tão obcecado com aquele bairro oprimido. Se dependesse dela, deixaria a região perecer o quanto antes. Malcolm Merlyn estava certo. Era muito melhor simplesmente implodi-la e reconstruí-la do zero.

Viu Blood do outro lado do salão, abrindo caminho satisfeito em meio à multidão. Tinha que lhe dar créditos. Por mais que ele desprezasse aquelas pessoas, sabia como fingir um sorriso como os melhores deles. Não era de se espantar que era um político. Ela observou enquanto ele se aproximou de Laurel Lance, lançando olhares furtivos na direção dela mesmo enquanto apertava a mão do magnata da Gregio Inc. Parecia que as notícias eram verdadeiras; o futuro prefeito foi de fato fisgado pela promotora assistente. A julgar pelos olhares que recebeu de volta, o sentimento era mútuo.

— Ele chegou. — Isabel olhou para a frente e viu Felicity se aproximando, com Oliver logo atrás dela. Ele parecia um pouco abatido, embora estivesse fazendo um bom trabalho em esconder o cansaço.

— Peço desculpas pelo atraso.

— Essa festa é pra atrair investidores pra sua companhia, que está desmoronando — Isabel disse sem preâmbulos. Estava gostando de torcer a faca na ferida, de fazê-lo se sentir culpado pela ausência. — Chegar elegantemente atrasado pode cair bem pro circuito noturno, mas não inspira confiança em Wall Street... isso é sangue no seu rosto?

Havia visto uns respingos na bochecha dele e os apontou para fazê-lo sofrer, enquanto fazia o melhor que podia para esconder o quanto estava gostando daquilo. Felicity entrou em ação rapidamente, intervindo na conversa de forma atrapalhada e soltando mais desculpas inconsistentes.

— Não se preocupe, não é sangue *dele* — ela disse, antes de notar o erro que havia cometido. — Quer dizer, é claro que é sangue dele. Por que é que ele teria sangue de outra pessoa no rosto? Quem foi que ensinou você a fazer a barba, senhorzinho? — E então o empurrou para longe dali, tirando-o daquela situação antes que pudessem causar mais estragos, e desapareceu na multidão.

Isabel tomou um gole da bebida, saboreando a forma como estavam se afundando na lama. Mal havia começado a aumentar a pressão sobre ele.

Sebastian concordou com a cabeça polidamente, escutando sem muita atenção o argumento do empresário em prol da desregulamentação enquanto observava Laurel do outro lado do salão. Por sorte, o celular do sr. Young começou a tocar, e ele pediu licença para atendê-lo. Sebastian nunca havia se sentido tão grato por um gesto tão rude. Aquilo permitiu que escapasse, mas, quando olhou de novo, Laurel havia desaparecido. Ao começar a caminhar pela festa em busca dela, escutou uma voz atrás de si.

— Você parece um homem que está à procura de alguém.

Ele se virou e a viu parada ali, com uma taça quase vazia de champanhe na mão. Ela estava, como de costume, deslumbrante, com o vestido preto e liso expondo a curva suave dos ombros. Ele sorriu, lembrando-se do que havia dito na festa beneficente do Glades.

— Eu diria que estava procurando por um amigo, mas depois da forma como ataquei ele na televisão, duvido bastante que o sr. Queen me considere assim.

— Parece que estamos no mesmo barco. — Laurel terminou de beber o que tinha na taça e a trocou por uma cheia. — Tenho certeza de que ouviu falar que eu vou ocupar a segunda cadeira no julgamento da mãe dele por assassinato.

Blood fez que sim com a cabeça, pegando uma bebida e a erguendo.

— A nós, os párias da família Queen.

Laurel brindou com ele, apreciando o humor sombrio. Por mais bonita que estivesse, Sebastian notou um cansaço por trás da beleza. Além do fato de estar defendendo a pena de morte para Moira Queen, ela mesma havia recentemente sido vítima de um crime hediondo. Ele começou a falar com um tom de voz mais suave, decidindo abordar o assunto de forma cuidadosa.

— Eu também ouvi falar sobre o seu encontro com aquele assassino em série, o Artesão de Bonecas — disse. — Você teve sorte de ele não ter adicionado você à lista de vítimas dele. Eu ia perguntar se você está bem, mas acho que você já está cansada de escutar essa pergunta atualmente.

— Você não faz nem ideia.

— Está bem claro que você está bem.

— Tudo graças ao vigilante, acredite ou não. — Ela tomou um grande gole da bebida.

— Estou inclinado a não acreditar, já que você está liderando a força-tarefa contra ele.

— Acredite em mim, eu tenho me perguntado bastante sobre os motivos dele — ela respondeu. — Teria sido fácil pra ele me deixar morrer e assim tirar uma pedra do caminho dele. — Ela franziu as sobrancelhas com aquele pensamento.

— Alguns dos meus eleitores têm começado a ver o vigilante como uma espécie de salvador. — Sebastian disse aquilo como se houvesse deixado um gosto ruim na boca dele.

— Bem, ele pode ter me resgatado — ela continuou —, mas ele não é nenhum salvador. Ele é só um homem escondido por trás de uma máscara, e merece ser levado à justiça.

— Eu certamente espero que sim — ele respondeu, lembrando-se da própria máscara. — Falando sobre justiça, você se importa se conversarmos um pouco sobre o trabalho?

— Nem um pouco.

— Vocês estão conseguindo chegar mais perto de descobrir como o cara que chamam de Prefeito está contrabandeando armas pra dentro do Glades? O meu distrito está em estado de guerra agora.

— Nós estamos tentando, mas, como você sabe, lá se parece um pouco com o Velho Oeste.

Sebastian estava prestes a responder quando viu Oliver Queen passar por eles, conversando com a secretária loira. Conseguiu escutar um pouco da conversa deles.

— Não dessa vez — Oliver disse. — Hoje à noite foi armas.

— Que coincidência — Sebastian disse, elevando a voz e intervindo na conversa dos dois. — Nós estávamos conversando sobre armas agora mesmo. — Achou divertida a ideia de Queen tendo uma discussão sobre armas de fogo. Um riquinho discutindo assuntos tão distantes da realidade dele. Como se já houvesse encarado o cano de uma arma, como se já houvesse apontado alguma com a intenção de matar.

— Oi, Oliver — Laurel cumprimentou, e Sebastian pensou ter visto um lampejo de vergonha cruzar o rosto dela. Sentiu instantaneamente a tensão entre eles.

— Olá, Laurel — Queen respondeu, apressado.

— Qual é o seu interesse em armas, sr. Queen? — Sebastian perguntou.

— Nunca tocar em uma delas.

Que surpresa, Sebastian refletiu.

— A violência com armas de fogo atingiu proporções epidêmicas no Glades — disse em voz alta.

— E é por isso que a promotoria se comprometeu a acabar com a violência com armas de fogo — Laurel acrescentou.

— Bem, tenho certeza de que a polícia está fazendo tudo o que é possível — Queen comentou, seco — pra pegar quem quer que seja o responsável pelas armas espalhadas pela cidade.

Sebastian trocou um olhar com Laurel, que desviou a atenção, envergonhada.

— Eu disse alguma coisa engraçada? — Oliver perguntou.

— Eles sabem quem está fornecendo armas pras gangues, Oliver — Laurel respondeu. — O Prefeito.

— Eu pensei que os Encapuzados tinham matado o prefeito.

— Não o prefeito de verdade — Sebastian disse com escárnio. — Um chefe de gangues locais que gosta de ser chamado de Prefeito. Ele acha que é o homem que vai salvar a cidade.

— Mas essa posição já foi ocupada, não é? — Laurel complementou, incitando-o um pouco. Sebastian riu, apreciando a implicação.

A reputação dele estava crescendo.

— Esse Prefeito só tem um objetivo: criar um caos, pra que assim possa mandar no Glades sob a mira de armas — contou para Oliver.

Observou enquanto Queen processava o peso dessa informação.

— Que tal mudarmos de assunto? — Sebastian sugeriu, tirando-o da berlinda. — O sr. Queen parece estar achando essa conversa chata. Imagino que a única violência com armas de fogo que ele veja é quando faz tiro ao alvo no iate dele.

Queen sorriu com o gracejo, e Sebastian olhou para ele com uma mistura de desprezo e pena. Parecia que o *playboy* realmente se importava com a cidade, e era triste que a riqueza dele o mantivesse tão afastado da realidade. Embora tentasse, Oliver Queen nunca entenderia os problemas da cidade.

Não como Sebastian os entendia.

No dia seguinte, Oliver deixou Sebastian surpreso ao lhe ligar e pedir para encontrá-lo na Queen Consolidated à tarde. Disse apenas que queria continuar a conversa da noite anterior. Sebastian concordou.

Então estava esperando na sala de conferências quando Isabel Rochev entrou e fechou a porta.

— Sra. Rochev — Sebastian cumprimentou com uma formalidade falsa. — Fico muito feliz de finalmente conhecer a senhora.

— O senhor sabe por que o sr. Queen quer se encontrar com o senhor hoje? — ela perguntou.

— Acho que é pra fazer outra tentativa de apaziguar a culpa na consciência dele — respondeu. — Embora eu realmente ache estranho que o Oliver Queen, dentre todas as pessoas, esteja me oferecendo ajuda com o Glades, enquanto a senhora e o sr. Wilson ficam sentados sem fazer nada naquela cobertura.

Isabel ficou um pouco arrepiada.

— Existem problemas maiores no momento. O senhor sabe disso. Então o melhor que o senhor pode fazer é ser paciente, e tomar cuidado com essa língua.

— Isso soa como uma ameaça.

— Se é uma, não está vindo de mim. — Isabel deu tempo para que entendesse aquelas palavras, e Sebastian meditou sobre a implicação. Depois ela mudou de assunto. — Como estão os testes com o mirakuru?

— As coisas têm estado... difíceis, desde quando o Prefeito transformou o Glades em uma zona de guerra. Como eu disse, um pouco de ajuda seria bom.

— Então talvez o senhor consiga essa ajuda da Laurel Lance. Vi que ela e o senhor pareciam estar bem confortáveis juntos ontem à noite.

— A senhora está me espiando agora?

— O Slade gostaria que o senhor levasse esse relacionamento adiante.

— Por quê?

— Nunca faz mal ter algum contato com uma promotora assistente. E além disso, aproximar-se dela vai atingir o vigilante.

Sebastian ficou sombrio.

— E por que é que eu devo me importar com ele?

— Porque, sr. Blood, nesse momento, mesmo sendo o inimigo público número um de Starling City, a influência do vigilante ainda é maior do que a sua.

Ele se agitou em silêncio por um instante, e estava prestes a responder quando viu pelo vidro Oliver Queen finalmente chegando. Ele abriu a porta.

— Sr. Blood. Vejo que conheceu a sra. Rochev. Ela é a minha...

— Superior — ela disse.

— Sócia — Queen completou.

— No papel.

— Foi pra isso que o senhor me pediu pra vir até aqui, sr. Queen? — Sebastian perguntou. — Pra servir de mediador numa disputa pelo nome do seu cargo?

— Eu e o senhor começamos com o pé errado... repetidamente — Queen começou.

— Esse parece ser o seu poder meta-humano — Sebastian comentou, rindo.

Deixando o comentário passar em branco, Queen continuou.

— Fiquei inspirado com o que disse na outra noite, sobre a violência com armas de fogo no Glades — lembrou. — E tive uma ideia que talvez possa ajudar.

— Sério? Outra festa na sua mansão majestosa?

— Não — Queen respondeu. — Eu quero patrocinar um evento de 'dinheiro por armas'. Eu dou o dinheiro ao senhor, e o senhor faz com que os seus eleitores abaixem as armas. Todo mundo sai ganhando.

— Especialmente o senhor — Sebastian insinuou. — Tentando tirar a mancha do nome da sua família desarmando o Glades.

— O senhor só vai receber o dinheiro, sr. Blood. Eu não quero envolver o nome da minha família.

— Sr. Queen — Isabel interferiu —, posso trocar algumas palavras com o senhor? — Ela olhou para Sebastian com uma expressão penetrante, indicando que era hora da reunião deles terminar.

— Me deixe pensar sobre o assunto — Sebastian respondeu, depois se levantou e foi embora.

Quando ficaram sozinhos na sala, Isabel se encaminhou para acabar com os planos de Oliver.

— Nós não vamos patrocinar esse evento — ela disse.

— Eu sei — ele respondeu. — Eu vou.

— Com que dinheiro? A sua festa pra atrair investidores custou 50 mil à QC, e ninguém investiu nenhum centavo. Eu não vou continuar autorizando a utilização de fundos corporativos só pra você poder continuar fingindo que é o presidente da companhia.

— Tudo bem — Oliver aceitou. — Vou pagar com meu próprio dinheiro.

Isabel riu.

— Talvez você não tenha notado, mas os seus fundos pessoais não são exatamente os mesmos de antes, e essa companhia também não é. Por mais que eu adorasse a ideia de deixar essa cidade mais segura, eu devo contas primeiro à Queen Consolidated. E você também.

Ela se virou e saiu da sala de conferências, deixando Oliver ponderar sobre o que lhe havia dito. Ele não fazia ideia de que aquilo era só o começo.

Sebastian concordou com o evento 'Dinheiro por Armas', mas sob a condição de que Queen se mantivesse fora dos holofotes. O evento devia ser sobre o Glades e apenas sobre o Glades. Para a surpresa dele, Queen manteve a palavra e concordou com as condições que haviam estabelecido.

Para Sebastian, era uma chance de mostrar aos eleitores que uma liderança verdadeira era realizada à luz do dia, e não escondida sob um capuz no meio da noite. Armaram tendas em uma alocação central no Glades, sobre o concreto rachado de um lote abandonado debaixo do viaduto. Os compradores foram instruídos a oferecer valores altos em troca de armas, sem fazer perguntas.

Várias pessoas compareceram ao evento desde o momento em que começou, num fluxo constante e enérgico. O dinheiro de Queen forneceu incentivo o bastante para que os residentes da região desistissem das armas que tinham em prol da criação de uma comunidade mais segura. A polícia se manteve de guarda no perímetro, posicionando viaturas próximas ao evento.

Enquanto Sebastian abria caminho em meio à multidão, apertando mãos e trocando gracejos, viu a irmã de Oliver Queen, Thea, parada junto ao jovem que havia tentado impedir um dos roubos do Glades Memorial. Momentos depois, causando-lhe uma grande surpresa, viu o próprio Oliver Queen na margem do evento, observando os procedimentos de forma pensativa. Estava vestindo roupas baratas e tentando se misturar à multidão.

Então o hábito dele de quebrar promessas ainda se mantém, Sebastian meditou, franzindo as sobrancelhas. *Pelo menos ele é consistente.* Aproximou-se do *playboy*, tirando-o do estado de contemplação pensativa.

— Você não aparece quando diz que vai aparecer, e quando promete não aparecer, aqui está.

— Está indo tudo bem? — Queen perguntou.

— Na última vez que cheguei, tínhamos recolhido 200 armas em apenas três horas. — A boa notícia não causou nenhuma mudança na expressão de Queen. — Não precisa ficar tão feliz com isso.

— Estou com muitas coisas na cabeça, vereador.

Sebastian conseguia sentir que ele estava realmente incomodado. De bom humor devido ao sucesso do evento e se sentindo caridoso, ofereceu um ombro amigo.

— Afinal de contas, o meu trabalho *é* ajudar as pessoas com os problemas delas.

Queen se virou para olhar de frente para ele. Hesitou por um momento.

— Duas pessoas muito importantes pra mim estão passando por um momento difícil. Irmãs, na verdade, e nenhuma das duas está me deixando ajudar com facilidade.

— Cedo ou tarde, todos nós passamos por alguma dificuldade — Sebastian o consolou. — Imagino que a sua tenha sido aquela ilha.

— Queen fez que sim com a cabeça, e ele continuou. — A maioria acredita que existem duas formas de as pessoas encararem as dificuldades: ou você fica mais forte com a experiência, ou você morre. Mas tem uma terceira forma. Aprender a amar o fogo. Existem pessoas que preferem continuar passando por dificuldades porque é mais fácil aceitar a dor quando ela é a única coisa que conhecem.

Queen não respondeu, mas Sebastian viu que as palavras dele haviam tocado o fundo dele. Apesar de terem sido criados de forma diferente, a expressão nos olhos dele indicava que Oliver entendia a dor da mesma forma que Sebastian. Talvez houvesse uma profundidade dentro do *playboy* que não havia percebido antes.

— É por isso que estou correndo contra o tempo — explicou. — Pra ajudar essa cidade antes que as pessoas se acostumem a viver assim.

— Viver não é pros fracos — Queen comentou. — Um velho amigo meu me disse isso uma vez.

— Um amigo sábio.

Os dois homens estavam se olhando com um respeito recém-descoberto, quando o som de pneus derrapando cortou o momento. Foi seguido pelo barulho de tiros de armas automáticas, fazendo com que a multidão gritasse e entrasse em pânico. Sebastian e Oliver observaram quando o chefe de gangues, o Prefeito, chegou montado em uma caminhonete blindada, acompanhado por homens armados com rifles de assalto apontados para cima. Enquanto as pessoas se dispersavam, a caminhonete se chocou contra as barricadas de madeira montadas pela polícia, deixando-as em pedaços. Então parou cantando pneu no centro do lote.

Os policiais sacaram as armas e as apontaram para o líder da gangue, mas o Prefeito simplesmente os encarou sem parecer se importar. Enquanto os policiais se esforçavam para saber o que fazer em seguida, ele se dirigiu à multidão.

— Escutem todos — gritou. — Aqui quem fala é o seu prefeito. Agora, não me lembro de ter sancionado esse evento. O que quer que aconteça no Glades, só acontece se eu permitir.

Furioso, Sebastian saiu de onde estava se protegendo.

— Você não é o líder dessa comunidade! — Evocou cada fração de liderança que tinha em si, percebendo que aquele era o momento pelo qual estava esperando: a oportunidade de confrontar o homem que tivera a audácia de tomar o título dele. — Você não fala por essas pessoas!

— E nem você. Não mais. — O Prefeito apontou dois dedos para Sebastian, um gesto para que seus homens abrissem fogo. Com isso, jurou de morte o vereador.

Mas Sebastian não estava pronto para morrer. O ego e a raiva o haviam cegado para o fato de que havia se exposto, transformando-se em um alvo fácil. Agora, estava encarando os canos de dois rifles semiautomáticos.

Os membros da gangue abriram fogo.

Ao mesmo tempo, Oliver mergulhou, conseguindo levá-lo em segurança para trás de uma viatura. Iniciou-se um pandemônio quando os policiais abriram fogo, trocando balas com a gangue. Depois de ter feito o seu pronunciamento, o Prefeito ordenou aos homens que recuassem. A caminhonete saiu cantando pneu, deixando o caos no seu rastro.

Sebastian assistiu em choque enquanto Oliver se afastava para checar a multidão. O homem que havia sempre assumido ser um inimigo havia acabado de salvar a vida dele.

No dia seguinte, Sebastian estava a caminho da Queen Consolidated quando o oficial Daily o chamou com novas informações. Na noite anterior, o Prefeito, agora identificado como Xavier Reed, havia sido apreendido pelo DPSC — pelo menos era o que a notícia oficial afir-

mava. Assim como no caso de China White e dos roubos das provisões hospitalares, muitos davam crédito ao vigilante. Os cidadãos do Glades, em particular, estavam adorando-o como se fosse um herói, chegando até a lhe dar um nome.
Arrow.
Sebastian soltou fumaça com aquela notícia. Parecia que a influência do vigilante estava avançando na cola da dele mesmo. Talvez Isabel Rochev estivesse certa. 'Arrow' era um problema que devia ser resolvido. Mas aquela preocupação ficaria para outro dia.
O Prefeito precisava pagar pelo caos que havia causado no Glades. Era hora de lhe mostrar o que era sentir medo.
— A denúncia de Reed vai ser feita hoje à tarde — Daily disse.
— Ele vai ficar mais vulnerável depois dos procedimentos de praxe, durante a transferência dele pra prisão.
— E você tem certeza de que isso pode ser feito sem causar alarde?
— Ele vai ser só mais um preso perdido na malha do sistema. Confie em mim, Irmão Sangue, ninguém vai sentir falta dessa escória. Ele vai ser seu pra fazer o que bem entender.
— Isso é bom — Blood respondeu, sentindo uma animação atravessá-lo ao pensar naquela possibilidade. — Vamos ver se o sr. Reed possui força o bastante pra sobreviver.
— Tem outro acontecimento de que você precisa ficar ciente — Daily continuou. — Eu parei a Laurel Lance ontem por dirigir sob o efeito de entorpecentes. — A notícia causou surpresa. Ele sabia que Laurel estava estressada, mas nunca teria imaginado que estivesse abusando de entorpecentes. Ela havia admitido que o pai era um alcoólatra em recuperação. Talvez ela tivesse mais a ver com ele do que Sebastian havia imaginado.
— Você não prendeu ela, prendeu?
— Não. Eu levei ela pro oficial Lance ao invés disso.
— Bom trabalho, Irmão Daily.

Ele chegou à Queen Consolidated e encontrou Oliver à mesa, com o sol do meio da manhã brilhando através da janela.

— Acho que é verdade o que se diz por aí — Sebastian comentou. — Um só homem *pode* mudar o mundo.

— Vou deixar essa de mudar o mundo pro senhor, vereador — Oliver respondeu.

— Eu só estou ainda *no* mundo por sua causa, sr. Queen. Obrigado. — Estendeu a mão.

— Eu estava só agindo por instinto — Oliver disse, apertando a mão dele.

— Não foi instinto — Sebastian discordou. — Foi força.

Oliver sorriu.

— Eu vi por aí as placas e pichações. 'Blood para prefeito'. — A menção tirou um sorriso de Sebastian. — Agora que a sua contraparte corrompida está na prisão — acrescentou —, você devia se candidatar.

— Tem mais de um jeito de se salvar a cidade — Sebastian respondeu, ainda sem estar preparado para admitir publicamente que tinha a intenção de se candidatar. Mas, quando esse dia chegasse, ter o apoio de Oliver por trás dele facilitaria todo o processo. Por enquanto, porém, havia outros problemas com os quais precisava lidar.

Mais tarde naquela mesma noite, nas profundezas do Glades, a Igreja de Sangue assistia enquanto o mirakuru destruía o corpo de Xavier Reed. Como aconteceu com as vítimas anteriores, ele gemia com o rosto voltado para o céu, fazendo força contra as amarras antes de ficar em silêncio, com sangue escorrendo dos olhos como se fossem lágrimas. Os homens permaneceram imóveis, testemunhando sem emoções a execução, agora que já estavam acostumados àquele horror.

O Irmão Sangue tirou a máscara de caveira enquanto o dr. Langford e Clinton Hogue arrastavam o corpo de Reed, arrastando os calcanhares dele contra o concreto molhado do esgoto. Blood então se voltou para o oficial Daily.

— Me traga outro.

— Vou trazer, Irmão Sangue.

Enquanto Daily saía para buscar outra cobaia para os testes e o Técnico preparava outra seringa de mirakuru, Blood ficou sozinho com Cyrus Gold. Ele se aproximou.

— Poderia falar com você?

— É claro, Irmão Cyrus — Blood respondeu. — Você sabe que dou muito valor aos seus conselhos.

— Você disse que o soro era um teste de força.

— Disse, sim.

— Então me deixe tomar o mirakuru.

— Não — Blood respondeu com firmeza. — Você é o meu conselheiro mais próximo, e meu amigo. Eu não vou correr esse risco.

— Você não vai arriscar — Cyrus insistiu, com o peito inflando de convicção. — Os homens que pegamos são fracos porque não têm fé, nem na nossa causa nem neles mesmos. Eu não sou fraco.

— Você viu o que o soro faz com as pessoas, os estragos que ele causa. A tortura deles não me deixa perturbado, não mais, mas a sua... Eu não conseguiria sujeitar você a isso.

— O terremoto atingiu a minha congregação e a minha igreja — Cyrus persistiu. — Não existe nenhuma tortura pela qual já não tenha passado.

— Você está me pedindo pra morrer.

— Não — Cyrus discordou. — Estou pedindo pra renascer.

Blood observou o companheiro fiel, viu a paixão e a certeza dele.

— Se nenhum da nossa safra de candidatos sobreviver, eu vou conceder a você o seu pedido. — Quando o resto dos membros do culto voltou com outra vítima relutante (essa se chamava Max Stanton), Cyrus acenou com a cabeça para o seu líder. Virando-se para se afastar, Blood acenou de volta, tentando partilhar da fé do irmão.

7

Slade fez Isabel recuar sob uma chuva de golpes, cortando o ar com as espadas de treino em golpes na diagonal. Entretanto, o ataque não a atormentou. Ela se defendeu dos golpes com a própria espada, aproveitou o impulso dele e girou para a esquerda, acertando um ataque no ombro dele. Arfando, ela parou por um segundo.

Slade estava impressionado. Sua pupila estava melhorando.

Mas, ainda assim, era só uma pupila.

Usando o momento de hesitação da oponente em sua vantagem, ele avançou e a pegou de surpresa, cortando o ar à esquerda e à direita dela e fazendo barulho quando ela conseguiu, por pouco, bloquear o golpe. Então ele pegou a arma dela e a segurou contra a garganta da aluna.

— Não pare pra aproveitar uma vitória que você ainda não conquistou.

— Aprendi a lição — ela respondeu.

Slade deu um passo para trás, jogou a espada de volta para ela e eles continuaram a trocar golpes, cercando um ao outro. Mais uma vez ela estava com a guarda levantada.

— O que você pode me dizer sobre a equipe de Oliver? — ele perguntou, golpeando com a espada na direção da dela. Isabel bloqueou o ataque e recuou, indo para o espaço aberto.

— Ainda tem só duas pessoas — ela respondeu. — Diggle é a proteção, e Smoak é o cérebro, embora esteja bem claro que ela sente alguma coisa por ele. — Ela girou e se abaixou, tentando atacar as pernas de Slade. Ele pulou, esquivando-se da tentativa. — Nada que você já não saiba.

— E o Oliver sente alguma coisa por ela?

— Dificilmente. — Começaram a rodear um o outro novamente.

— Não achava que você estaria tão interessado na vida amorosa dele, pra ser honesta.

Ele deu um salto à frente, lançando um golpe de cima para baixo que a fez recuar.

— Estou interessado em fazer ele sofrer.

Isabel desferiu uma sequência de ataques em resposta, todos bloqueados por Slade. Então ele a desarmou de novo, deixando Isabel de joelhos. Ela deu um tapa no tatame, frustrada.

— Isso é bom — ele disse. — Lembre-se dessa raiva. — Lançou a espada de volta para ela. — O que mais?

— O Oliver está tentando usar o jato da companhia pra ir pra Rússia, dentre todos os lugares do mundo... — ela respondeu, ainda arquejando. — Não sei qual é o objetivo dele, mas vou manter ele no chão.

— Não. Não impeça que ele vá — Slade disse, ignorando a expressão de surpresa no rosto dela. — Vai com ele. Use a mudança de cenário a seu favor. Ganhe a confiança dele. Vai ser muito mais difícil pra ele resistir aos seus conselhos depois.

Isabel fez que sim com a cabeça. Ela se levantou e movimentou o ombro, que havia torcido.

— E a centrífuga? — ele perguntou. — Ela parece capaz de fazer o que queremos? — A Divisão de Ciências Aplicadas havia construído um protótipo de uma centrífuga de alto nível e capacidade com a intenção de produzir vacinas em massa. Seria perfeito para replicar o mirakuru em quantidades suficientes para servir aos planos dele.

— Mais do que capaz — ela respondeu —, mas levando em conta o estado precário das finanças da companhia, não vou poder liberar o projeto à toa. Vou precisar de um motivo.

— Não precisa se preocupar — Slade disse. — Quando você voltar da Rússia, esse motivo vai estar mais do que claro. — Então fez um movimento na direção da espada dela. — Pronta?

VINGANÇA

Ela fez que sim com a cabeça e eles começaram a lutar de novo.

O centro comunitário no Orfanato Zandia estava em grande atividade. As crianças estavam alegres e incontroláveis, aproveitando um monte de brinquedos novos que haviam ganhado de Sebastian Blood. Ele havia feito uma visita surpresa, uma das poucas paradas que havia feito durante aqueles dias que não servia a nenhum propósito publicitário. Haveria muito tempo para isso depois — agora, o tempo que estava passando no orfanato era um momento para aproveitar.

Observou enquanto as crianças se perdiam em meio a brincadeiras, lembrando-se de quando ele mesmo havia corrido por aqueles corredores. Algumas delas estavam criando coisas em uma mesa próxima, e ele se aproximou de lá. Uma das crianças, um garotinho que não tinha mais de sete anos, estava ocupado brincando com lápis de cera. Havia desenhado uma caixa grande e preta, uma espécie de prédio feito de forma grosseira, habitado por bonecos de palito. Havia rabiscos vermelhos e laranjas representando fogo.

— O que é que você está desenhando aí? — Sebastian perguntou.

— É a escola. Ela está pegando fogo depois do terremoto.

— Isso aconteceu com você? — O garotinho fez que sim com a cabeça, pegou um lápis de cor verde e começou a rabiscar o papel. — Desculpa, filho. Estou tentando garantir que isso nunca mais aconteça com você de novo.

— Não tem problema, eu não estou com medo — o garoto disse. — Ele vai salvar a gente.

— Quem?

— Arrow.

Blood olhou para o desenho, que agora contava com um boneco de palito verde, com um arco e flecha na mão. Ele franziu o rosto.

— Você acha que ele é um herói?

— O meu irmão, Lunar, disse que ele salvou o hospital e fez as armas sumirem.

— Você não devia acreditar em tudo o que o seu irmão conta pra você.

Sebastian afagou a cabeça do menino e caminhou até uma parede, encarando a foto dele e o padre Trigon durante a celebração da formatura dele na escola, ambos otimistas quanto ao futuro. Trigon havia dito a Sebastian que, dentre todos os pupilos que tinha, ele era especial. Era o destino dele mudar o Glades para melhor, e então a cidade seguiria o exemplo. Embora estivesse à beira de se candidatar a prefeito, era difícil não se sentir decepcionado. Ele pensaria que Sebastian teria conquistado mais feitos até agora, mas a influência dele ficava em segundo plano comparada à do homem encapuzado.

Sebastian odiava a merda do vigilante.

Então escutou uma voz por trás de si, ameaçadora de uma forma familiar.

— É uma bela foto, sr. Blood.

Sebastian se virou e viu Slade parado, vestindo o terno impecável. Vê-lo imediatamente o levou ao limite. Observou toda a sala para identificar testemunhas e se aproximou, diminuindo o volume da voz.

— Eu pensei que você estava tentando passar despercebido.

— Você tem medo do que crianças possam dizer?

— Você ficaria surpreso com o que elas são capazes de fazer — Sebastian respondeu, pensando. — Existem funcionários aqui também.

— Eu sou só um homem de negócios que quer fazer uma doação considerável — Slade disse, levantando as mãos.

Sebastian conduziu Slade até um corredor vazio fora da área de lazer.

— Eu encontraria você lá na cobertura — Sebastian protestou, ainda com raiva.

— E eu ia perder uma oportunidade de ver suas origens humildes? — O sorriso de Slade era frio e calculado, e fez um arrepio percorrer a espinha de Sebastian. — E, além disso, eu preciso dos seus serviços. — Entregou ao vereador um pedaço de papel; nele, havia um nome e um endereço. — Ele é um homem extravagante, mas o estilo dele pode ser útil.

Blood reconheceu o nome.

— Ele não está preso em Iron Heights?

Slade fez que não com a cabeça.

— Além de destruir a sua área, o terremoto também libertou uma série de prisioneiros de lá. É o tipo de presente que serve de mil maneiras diferentes.

— Esse homem foi o responsável por inundar o meu distrito de drogas — Sebastian contestou, com um tom de reprovação.

— É realmente uma pena — Slade respondeu, fazendo o melhor que podia para fingir algo que se parecesse minimamente com simpatia. Não estava funcionando. — Mas eu planejo desviar os talentos dele... em outra direção.

— Em qual?

— Para o centro de Starling City. — Slade mostrou um leve sorriso. — Quero que os mais ricos da cidade sintam a mesma coisa que o Glades sentiu.

— E o Arrow?

— Ele não é uma preocupação sua.

— Se você não percebeu, ele está se tornando um herói entre os meus eleitores. A influência dele está crescendo, e pode se tornar uma ameaça direta à minha candidatura.

— Só se você esperar que o nome dele apareça na cédula — Slade disse, achando um pouco de graça. — Eu duvido seriamente que você tenha alguma coisa com o que se preocupar.

— Preocupação não é o problema. A inatividade é.

— Quem disse que nós estamos inativos? — Slade olhou para ele. — Como eu prometi a você no começo de tudo, você *vai* ser o prefeito. — Com isso ele se virou e seguiu até o final da sala, desaparecendo por uma porta lateral em direção ao sol poente do fim de tarde. Entretanto, Sebastian não partilhava da confiança de Slade.

O vigilante era um problema, e do tipo que precisava de uma solução.

***

O Irmão Sangue, com a máscara de caveira aterrorizante sob a luz da lua, encontrou o motel dilapidado nos arredores da cidade. Degenerados — tanto homens quanto mulheres — vagavam pelos quartos como se fossem zumbis. Não lhe deram atenção. Os olhos deles estavam fixados em coisas que Sebastian não podia ver, enquanto murmuravam incoerentemente para si mesmos, na língua de mentes que foram levadas à insanidade.

Encontrou o quarto 327 e abriu a porta. Um homem e uma mulher estavam jogados sobre o carpete manchado, cada um acorrentado a um pé da cama. Assim como os habitantes do lado de fora, ambos estavam ocupados demais com as próprias alucinações para notá-lo. Por todo o quarto, pregados às paredes, havia desenhos rabiscados semelhantes ao feito pelo garoto no orfanato. O Arrow, desenhado grosseiramente a lápis e caneta, mas em cada um dos desenhos ele estava sofrendo uma morte terrível.

Um homem surgiu de uma porta lateral, segurando uma seringa. O cabelo dele era bem curto, embora estivesse bem desarrumado na parte de cima, e havia um toque de loucura nos olhos dele. Estava feliz de ver Blood.

— Que rosto maravilhoso! — o homem conhecido como Conde Vertigo exclamou. — E logo quando pensei que não tinha mais honestidade real no mundo. Espere um pouco, meu querido. Por favor, sinta-se em casa. — Então ele caminhou até o homem e a mulher que estavam acorrentados e injetou uma seringa nos braços deles, um após o outro.

Quase que imediatamente os corpos deles se enrijeceram e os olhos ficaram arregalados, encarando atentamente imagens que só podiam ser vistas por eles. Alguns momentos se passaram, e então espumaram pela boca e começaram a sofrer espasmos. Finalmente, ficaram em silêncio. O Conde os cutucou, mas não demonstraram nenhuma reação.

— Que pena — ele disse, dando de ombros e se sentando na cama. — Eu tinha esperanças de que pudéssemos fazer um encontro de casais. Ah, fazer o quê? — Virou-se para Blood. — Agora, o que traz você aqui, à minha humilde residência?

— Trazer você de volta ao trabalho — Blood respondeu, com a voz abafada pela máscara — e criar um caos nas ruas.

— Ah, trabalho — o conde disse. — Não tenho muita certeza quanto a isso. Sabe, estou bem feliz com minha vida de desempregado. Tenho tempo pra fazer o que quero, e pra passar com quem eu quero. Pra desistir disso, preciso de um incentivo.

— Você vai ter recursos ilimitados pra construir seu laboratório e sua rede de contatos.

O Conde se deitou na cama, com os braços estirados.

— Chato — disse, bocejando exageradamente.

— Quando a sua droga, o Vertigo, estiver pronta — Blood continuou —, todas as pessoas na região central da cidade vão receber uma dose gratuita; em particular, uma... amostra experimental, por assim dizer, pra promotoria.

O Conde se apoiou sobre o cotovelo.

— Melhorou.

— Mas o melhor eu deixei pro final. — Blood se aproximou dos desenhos presos na parede e puxou um deles. — Depois vou querer que você mate o Arrow — completou, rasgando o desenho em dois.

— *Bingo*! — o Conde exclamou. — Eu sabia que você conseguia me entender de verdade.

— Ódio não é o bastante pra descrever o que nós dois sentimos pelo vigilante — Blood continuou. — Ele torturou você com a sua própria criação, prendeu você, deu fim a tudo o que dava sentido à sua vida. — Olhou ao redor, completamente consciente da ironia das palavras que estava dizendo.

— Então por que é que você vai deixar toda a diversão só pra mim? — Vertigo perguntou. — A vingança é uma droga deliciosa por si só; por que não dividir?

— Ah, estou sendo forçado a viver essa alegria indiretamente, através de você — Blood respondeu. Havia prometido a Slade que não entraria em confronto com o vigilante. Usar o Conde era a maneira dele de evitar quebrar aquela promessa.

— Uma vida indireta é o que a minha droga busca fornecer — o Conde disse com seriedade. — Quando é que começamos?

— Imediatamente — Blood respondeu. — Eu quero a droga pronta pra distribuição antes do julgamento de Moira Queen.

— Esplêndido. E como é que você gostaria que o Arrow fosse despachado?

— Como você considerar melhor — Blood disse. — Vou manter contato. — Foi embora do quarto sombrio, vestindo um sorriso malévolo por trás da máscara. Finalmente, havia arranjado a solução para o seu problema com o vigilante.

A milhares de quilômetros de Starling City, Isabel pediu outra vodca, e uma também para Oliver. Após uma viagem propositadamente controversa, ela havia marcado reuniões com a subsidiária russa da Queen Consolidated — reuniões às quais sabia que Oliver não poderia comparecer. Depois encontrou Oliver arrependido no bar e decidiu, após dois meses pressionando-o sem trégua, que enfim era hora de lhe mostrar um lado mais vulnerável.

A reviravolta, especialmente acompanhada de álcool, tornaria a sedução ainda mais fácil. Ela havia implicado com ele de forma brincalhona, insinuando que Oliver estava tendo um caso com Felicity, embora estivesse bastante certa de que aquilo não era verdade. Ainda assim, a acusação foi suficiente para colocá-lo na defensiva.

— Todo mundo realmente acha que eu e a Felicity estamos... — ele começou.

— Não — ela respondeu. — Só todo mundo que trabalha na Queen Consolidated.

Ambos riram com aquele comentário. Amigavelmente, estavam quebrando o gelo entre eles. Isabel relaxou, a vodca a deixou mais solta e a fez lembrar das noites que havia passado bebendo com o pai dele, Robert. Ela conseguia vê-lo nos olhos de Oliver. Na curva do maxilar dele.

— Ela é só uma amiga — Oliver disse.

— Você não parece um homem do tipo que tem amigas — ela contestou, virando-se para ele e flertando.

— Posso fazer uma pergunta pessoal pra você?

— Com um pouco de vodca no sangue, talvez eu até responda — ela disse, com um sorriso manhoso no rosto.

— Por que é que salvar a companhia da minha família é tão importante pra você?

Isabel hesitou por um segundo, pensando em como responder àquela pergunta. Tanta ironia, tanta *ingenuidade*, em acreditar que ela estava tentando salvar a companhia ao invés de tomá-la dele. Ela decidiu lhe entregar uma versão da verdade.

— Apesar do que a Sheryl Sandberg possa ter dito, ainda não é fácil pra uma mulher conseguir ir bem nos negócios. Eu desisti de muita coisa — disse, pensando no pai dele. — O que quer dizer que, se eu não conseguir ser bem-sucedida em tudo, então qual foi o sentido de sequer ter tentado?

Oliver fez que sim com a cabeça, olhando nos olhos dela. Ele estava agindo exatamente como ela esperava, caindo nas mãos dela. Isabel sorriu de novo, a vodca havia facilitado o flerte e tornado a companhia agradável.

— Posso fazer uma pergunta pessoal pra você? — ela perguntou.

— Outros já tentaram e fracassaram.

— Por que é que você tenta tanto me fazer achar você um idiota preguiçoso? — ela continuou. — Eu sei que você não é isso. — Aquilo provocou um sorriso em Oliver. Era uma aposta baseada nos conhecimentos que tinha: imaginava que, tratando-se do filho de Robert, ele estaria correndo atrás da aprovação dos outros. Ela iria usar aquilo, afagaria o ego dele, sabendo o quanto ele estava dividido entre ser tanto o presidente da empresa quanto o vigilante. — Por trás de toda essa arrogância, eu vejo você com bastante clareza.

— Sério? — Oliver perguntou. — E o que é que você vê?

Ela o encarou, perscrutando o rosto de Oliver, o conhecimento que tinha da vida dupla que levava lhe permitindo injustamente ver a psique dele.

— Você é inteligente. Focado. E solitário.

— Como é que você vê isso?

— Porque é o que vejo quando me olho no espelho. — Embora estivesse jogando com Oliver, havia algo de verdadeiro por trás das palavras dela. Talvez fosse o álcool, ou o fato de estar encarando o reflexo do rosto de Robert, mas ela estava solitária. Conseguir aquela união estava se provando mais fácil a cada segundo.

Um garçom se aproximou.

— Posso oferecer algo mais? — perguntou em russo.

— Acho que eu não devo beber mais — Oliver respondeu em um russo perfeito.

— Você fala russo? — ela perguntou, genuinamente surpresa.

— Só com os meus amigos — respondeu, de novo na língua estrangeira. — Por que é que isso surpreende você?

— Eu fui criada em Moscou até os nove anos de idade, e então fui adotada por uma família que me levou pros Estados Unidos — explicou, inclinando-se para a frente e invadindo o espaço dele. — Levei anos pra me livrar do sotaque. Não é fácil fazer amigos no ensino fundamental quando você fala que nem a Natasha Fatale. Mas mantive a capacidade de falar o idioma.

— Parece que você vem lidando com a solidão há bastante tempo — ele disse, ainda em russo. Os olhos dele estavam famintos. Era um olhar de que ela se lembrava bem, de muitas noites passadas no escritório de Robert.

— Pague a conta — ela disse, com um russo tão bom quanto o dele.

Havia colocado Oliver exatamente onde queria que estivesse.

8

Slade estava assistindo ao noticiário na cobertura no centro da cidade, satisfeito por tudo estar correndo de acordo com os planos. O Natal estava se aproximando, e parecia que os presentes dele haviam chegado mais cedo.

O Conde havia se revelado para as massas, usando a tecnologia de Slade para interromper a transmissão local e substituí-la por outra, de circuito fechado, mostrando o próprio Conde e a vítima que havia sequestrado, o promotor assistente Adam Donner. Ele informou à audiência que os sintomas semelhantes aos da gripe que muitos em Starling City estavam começando a sentir eram, na verdade, sinais de abstinência.

— E qual é a única forma de parar a dor? — Conde disse alegremente. — Vertigo, é claro. — Para ilustrar o que estava dizendo, fez Donner implorar por uma dose, que, ao ser injetada, imediatamente aliviou a agonia do homem.

Embora Slade gostasse da ideia de criar uma cidade repleta de viciados, esse não era o seu objetivo final. Estava usando as excentricidades do Conde com a intenção de deixar Oliver dividido entre as funções de vigilante e a de filho, já que ele estava lidando com o julgamento por assassinato da mãe. Mesmo assim, Slade presumia que o Arrow conseguiria parar o Conde e, talvez, até sintetizar uma cura.

Dessa forma, a reemergência da droga Vertigo forneceria a Isabel a justificativa necessária para testar a capacidade do protótipo de centrífuga guardado no departamento de Ciências Aplicadas da Queen Consolidated. A cidade precisaria produzir antídotos em massa e, nesse momento, a Queen Consolidated se apresentaria para cumprir esta tarefa. Seria um teste de funcionamento — quando o equipamento estivesse pronto, estaria disponível para reproduzir o mirakuru.

Pegou o telefone sobre a mesa e discou o número de Sebastian Blood. Era hora de verificar como estavam indo os testes. Havia mais um presente que queria — o maior de todos.

Já esperava ter o seu guerreiro a essa altura.

— Já se passaram dois meses — Slade disse. — E ainda não teve sucesso?

Blood escutou o tom de voz dele, conseguia sentir a impaciência de Slade. Estava em seu covil embaixo do Glades, com quatro corpos flácidos amarrados em cadeiras à sua frente, lágrimas de sangue correndo dos olhos das vítimas. De novo, nenhum sobrevivente. Cyrus Gold estava próximo a ele, escutando.

— Ainda não, mas acredito que estamos perto de conseguir — Blood respondeu. — Só precisamos de mais uma tentativa.

— Minha paciência está se esgotando, sr. Blood. É hora de dar um passo à frente. — Um som de clique e a linha ficou muda.

Blood virou o rosto e viu Cyrus o encarando.

— A minha oferta ainda está de pé, Irmão Sangue — ele disse. — Permita que eu lidere o seu exército.

Blood encarou as sombras, meditando sobre a decisão que devia tomar. Então se voltou para o amigo de longa data.

— Você acredita que é forte o bastante pra sobreviver ao teste?

— Pra essa irmandade, a minha força é infinita.

— Então quando a próxima leva de cobaias for trazida, você vai se juntar a ela.

Cyrus fez que sim com a cabeça, com uma expressão repleta de convicção e orgulho. Blood pegou no ombro dele para agradecer, tentando partilhar da fé de seu conselheiro leal. Então se virou e saiu pela porta, com destino ao escritório da promotoria de Starling City.

Sebastian se aproximou para acompanhar Laurel Lance no pátio da Câmara Municipal, ambos a caminho de uma reunião com a promotora Kate Spencer. A área estava muito agitada, assistentes e funcionários haviam sido colocados em modo de resposta após o sequestro de Adam Donner.

— Prefiro mil vezes encontrar você em festas de gala — Sebastian disse, caminhando de lado para olhá-la. — A comida é melhor. — Apesar do estresse daquele momento, Laurel sorriu.

— Eu também — ela respondeu, suspirando. — Ouvi dizer que Spencer chamou você.

Sebastian confirmou com a cabeça.

— A cidade está em crise. Sem um prefeito, ela precisa de alguém pra falar com o povo. Acho que eu sou esse alguém.

— Você acha? — Laurel perguntou, rindo. — Por algum motivo eu duvido que você seja do tipo de pessoa que se fia a palpites.

Sebastian encolheu os ombros enquanto entravam no escritório.

— Só estou aqui pra ajudar.

A televisão estava ligada no escritório de Spencer. Com uma expressão rígida e indecifrável, ela estava assistindo à cobertura do sequestro junto a Laurel e Sebastian. O repórter estava insistindo para que os residentes permanecessem calmos frente às ameaças do Conde.

Sem conseguir conter o nervosismo, Sebastian caminhava de um lado para o outro na sala.

— O Conde transformou Starling City em uma cidade de drogados — ele disse, virando-se para Spencer. — A senhora tem alguma pista de onde ele está mantendo o promotor assistente Donner?

— Não — ela respondeu. — O DPSC está caindo em cima dos traficantes de Vertigo logo quando conseguem pôr as mãos neles,

eles não estão sendo muito discretos, mas nenhum deles sabe onde é o esconderijo do Conde. — Ela franziu as sobrancelhas e se virou para Laurel. — Também temos outras preocupações. O que é que a senhora tem pra mim?

Laurel folheou o conteúdo de um arquivo.

— As anotações do Adam sobre o julgamento são bem completas — ela respondeu. — Nós devemos ser capazes de seguir adiante... sem ele. — Uma expressão de dor atravessou o rosto dela enquanto falava.

— É melhor que sejam — Spencer disse. — Você é a advogada principal agora.

— Sra. Spencer, a senhora é a promotora — Laurel contestou. Continuou a folhear os documentos e, de repente, o rosto dela ficou da cor de cinzas.

— É, mas a senhora é a pessoa que o júri conhece. — Então Spencer viu a expressão no rosto dela e acrescentou, — A senhora vai se sair bem.

— Eu sei — ela disse, levantando o olhar das anotações de Donner. — Não é isso. Eu acabei de encontrar o ás na manga do Adam.

— E o que é?

— A Moira Queen estava tendo um caso com Malcolm Merlyn.

— Irmão Cyrus, você está preparado pra dar a vida por essa irmandade?

Cyrus Gold estava sentado na cadeira. Os gritos das cobaias que o precederam — entre elas, Max Stanton — não haviam abalado a resolução dele. Seus companheiros estavam reunidos para testemunharem aquele momento. Todos abaixaram a cabeça em sinal de respeito, desejando que Gold tivesse forças para sobreviver e tentando não deixar a crença de que teria de vacilar.

— Estou, Irmão Sangue — Cyrus respondeu.

— Então, que tenhamos esperanças de que essa hora não seja agora.

— Eu não tenho esperanças — ele disse. — Eu sei.

Os homens trocaram olhares e acenaram com a cabeça uns para os outros, prontos para começar. Blood levantou a seringa, o fluido verde fluorescente como sempre no escuro, e a injetou profundamente no braço de Cyrus.

Assim como aconteceu com os homens antes dele, começou a ficar rígido, com os músculos começando a sofrer espasmos enquanto o mirakuru fazia efeito por todo o corpo. Cerrando os punhos, tentou lutar contra a dor, com uma expressão vocal que parecia mais um rugido gutural do que um grito. Sangue começou a brotar dos olhos dele e a sua voz ficou mais alta — e então desabou, ficando em silêncio.

Não! O Irmão Sangue se aproximou. Ninguém respirou enquanto o Técnico estava checando o pulso do companheiro. Ele fez que não com a cabeça. Os Irmãos Daily, Hogue e Langford curvaram a cabeça em sinal de respeito.

Blood, entretanto, estava com raiva. *Eu nunca devia ter deixado chegar a esse ponto*, pensou, furioso. *Não o Cyrus.*

Com a máscara escondendo o pesar e a fúria, voltou para o escritório.

Slade e Isabel estavam assistindo da cobertura enquanto transmitiam as últimas notícias sobre o julgamento de Moira Queen. Ao contrário de todas as previsões, ela havia sido absolvida de todas as acusações sobre sua implicação com o Empreendimento. Entrevistas realizadas nas ruas mostravam que a maioria dos habitantes de Starling City estava chocada com o veredito, deixando evidente uma raiva que estava se disseminando.

O próprio veredito, entretanto, teve poucas consequências. Slade havia conquistado o seu objetivo — tirar o promotor assistente Donner de cena para que Laurel Lance pudesse ser promovida a promotora principal, colocando-a assim em conflito direto com Oliver Queen. Foi revelado que Moira Queen havia mantido um caso com Malcolm Merlyn, mas o júri não havia conseguido enxergar as implicações imediatas desse fato. Moira, apesar dos protestos que havia feito, estivera envolvida mais intimamente com os planos de Merlyn do que estava disposta a confessar.

Graças a Isabel, porém, Slade sabia de algo que ainda não havia sido trazido à luz, mas que era potencialmente mais prejudicial a Moira — e, por isso, muito mais valioso. Malcolm Merlyn era o pai da caçula dos Queen, Thea. Aquela revelação partiria o coração da família de Oliver e lhe causaria uma dor excruciante. Com a revelação do caso amoroso, era só questão de tempo.

Isabel estava andando de um lado para o outro na cobertura, furiosa com o veredito.

— Absolvida — disse, descrente. — Aquela mulher devia ter sido mandada pra cadeira elétrica. — O tom de voz dela indicava que ficava satisfeita com aquele pensamento.

— Isso não muda nada — Slade comentou.

— Como é que você pode dizer isso? — Isabel exigiu saber. — A Moira Queen não vai ficar parada enquanto eu tomo a companhia dela. Isso é *terrível*.

— Isso é uma *oportunidade*.

— Não vem com aquela besteira de 'transformar limões em limonada' pra cima de mim, Slade.

— Se eu me lembro bem, você disse que estava com o jovem sr. Queen bem nas suas mãos — Slade disse. — Estou certo?

— Nós passamos uma noite juntos na Rússia — ela disse. — Você espera que isso supere o sangue? Ela é inteligente e conhece a minha história. Ela vai sacar as minhas intenções e vai avisar pra ele.

— Deixe que eu me preocupe com isso. Agora, use a sua nova ligação com o Oliver pra criar uma tensão entre ele e a mãe.

— Eu não sei como você consegue ficar tão calmo com tudo isso.

Ele se recostou na cadeira, colocando as mãos atrás da cabeça.

— Porque eu estou planejando isso desde o começo. Agora, você tem alguma novidade sobre a centrífuga?

— O protótipo está funcionando perfeitamente e está replicando a cura do Vertigo em quantidades massivas nesse momento — ela respondeu. — Suficientes pra um exército.

— Então nós vamos esperar pelo sr. Blood — ele disse. De repente, olhou para a televisão e, ainda sentado, virou o corpo de frente para ela. A cobertura da absolvição de Moira Queen foi interrompida por mais notícias urgentes. Arrow Mata de Novo. Gravações da parte de fora da Queen Consolidated mostravam o corpo do Conde estirado sobre o teto afundado de um carro e com três flechas cravadas no peito.

Slade soltou uma risada abafada com a imagem.

— Está vendo, Rochev? Ele mostrou como ele é de verdade. — Afagou a barba, ponderando sobre as notícias. Se Oliver havia recuperado a sede de sangue, talvez a luta dos dois fosse justa afinal de contas.

Do outro lado da cidade, no Glades, Blood estava assistindo enquanto o seu mundo desmoronava.

A perda de Cyrus Gold ainda estava fresca na mente dele. A morte do Conde significava que o plano que fizera havia falhado. Não tirou os olhos da tela quando o oficial Daily entrou no escritório improvisado e depois fechou a porta.

— Eu fiz arranjos pra que o Conde abatesse o Arrow — Blood grunhiu —, e tudo o que consegui foi reiniciar a matança do vigilante.

— Senhor, tenho uma novidade — Daily disse e pegou na maçaneta, indicando que queria que Blood o acompanhasse. Em honra à cerimônia, Blood se virou para pegar a máscara de caveira, escondida na parede atrás da mesa. Vestindo-a, seguiu Daily para fora do escritório, passando pela passagem subterrânea e chegando ao covil da irmandade.

Cyrus Gold ainda estava sentado na cadeira — de olhos abertos.

— Irmão Cyrus — Blood disse, mal conseguindo pronunciar aquelas palavras. Cyrus levantou a cabeça, com as lágrimas de sangue secas e escuras sobre a pele, negras sob as luzes de halogênio. Ele olhou para o seu líder.

— Como é que você está se sentindo? — Blood perguntou, sem acreditar.

— Mais forte — Cyrus respondeu. Quando o significado daquelas palavras foi compreendido por Blood, o coração dele pulou de alegria.

— Isso é maravilhoso! — disse. — Então você está pronto. — Afastou-se de Cyrus e retirou a máscara. Esforçando-se para manter a compostura, pegou o telefone e ligou para um número salvo no acesso rápido do aparelho.

Slade atendeu no segundo toque.

— O senhor me traz boas notícias, sr. Blood?

— Muito boas — Blood respondeu. — Quando é que podemos nos encontrar?

9

Agora que Cyrus havia se tornado mais poderoso através do mirakuru, eles poderiam seguir adiante para a nova fase do plano — roubar os componentes necessários para produzir o soro em massa, baseado em amostras do sangue de Gold.

Blood e Isabel estavam escutando enquanto Slade lhes contava os detalhes do plano.

— Você vai usar o sr. Gold pra adquirir três alvos. O primeiro é uma centrífuga de escala industrial que está localizada no setor de Ciências Aplicadas da Queen Consolidated. Rochev garantiu que ela não vai estar muito protegida.

— Tente causar o mínimo de estrago possível — Isabel acrescentou.

— O quê, o seguro não cobre roubo por um supersoldado? — Blood perguntou com um sorriso irônico.

— Prefiro não pagar as franquias.

— O segundo — Slade continuou — é um suprimento grande de sangue. Trinta mil centímetros cúbicos do tipo O negativo. Tenho certeza que vai saber onde procurar.

— E a terceira parte dessa santa trindade? — Blood perguntou.

— Sedativos — Slade respondeu. — No momento, estou localizando uma fonte que possa fornecer uma quantidade suficiente pros nossos propósitos. Quando encontrar, vou entrar em contato.

— E nós vamos estar prontos — Blood disse.

— Uma última coisa — Slade acrescentou. — O sr. Gold deve agir com o máximo de discrição.

— Ele é da irmandade. Assim como eu tenho a minha máscara, ele também tem a dele. A identidade dele vai estar escondida.

— Não é isso que quero dizer. — Slade se inclinou na cadeira em direção a Blood, diminuindo o espaço entre eles. — Existe uma grande possibilidade de que as atividades dele chamem a atenção do vigilante. Se isso acontecer, é exatamente como avisei a você, ele *não* deve entrar em confronto com ele.

— Mas se o Cyrus está tão poderoso quanto você está dizendo, por que ele deve fugir de uma luta?

— Eu tenho os meus motivos. — Olhou para Blood com seriedade. — Entendido?

Blood se sentiu contrariado, mas fez que sim com a cabeça.

— Então, quando é que começamos?

— Hoje à noite.

Ansioso para começar, Blood foi embora para enviar Cyrus Gold à missão de roubar a centrífuga. Quando desapareceu por trás das portas do elevador, Isabel se virou para Slade.

— Nós estamos roubando da Queen Consolidated. Diria que existe mais do que uma possibilidade alta de isso atrair a atenção do Oliver. Eu não vou conseguir esconder isso dele.

— Eu não espero que você faça isso.

— Você não está preocupado?

Slade afundou na cadeira, respondendo negativamente à pergunta com um leve balançar de cabeça.

— O mirakuru representa um passado que o Oliver acredita estar enterrado há muito tempo. A visão do poder dele agindo no sr. Gold vai assombrar ele, como se fosse um fantasma que voltou da cova.

— Vamos esperar que você esteja certo — Isabel disse, levantando-se para ir embora — pra que eu possa manter o foco em lidar com os incômodos do meu próprio passado.

— A Moira Queen.

— Eu tenho uma reunião da diretoria agendada pra amanhã de manhã. Seria bem a cara dela aparecer lá sem avisar.

— Eu confio em você pra lidar com essa situação como se deve.

Cedo na manhã seguinte, Isabel foi notificada de que a centrífuga industrial havia sido roubada. As notícias deveriam parecer mal recebidas — embora isso não fosse uma tarefa tão difícil quanto poderia ser. Além de levar o equipamento, Cyrus Gold havia assassinado dois guardas e destruído uma porta de segurança feita de titânio incrivelmente cara.

Como era de se esperar, a invasão e suas consequências financeiras foram os primeiros tópicos da conversa na reunião da diretoria. Isabel fez o melhor que pôde para parecer surpresa com a notícia e sentida pelos dois empregados mortos, antes de mergulhar no assunto principal.

— Isso vai causar um estrago na nossa receita de seguros, e os custos com segurança vão disparar — ela anunciou. — Nós precisamos ter esses números antes de divulgarmos as perdas e lucros.

Quando estava prestes a seguir para o próximo item da lista, escutou a porta abrir e fechar. Olhou na direção da entrada e viu Oliver e Moira entrarem na sala de conferências. Essa era a primeira vez em que ficava cara a cara com Moira desde o encontro na porta da Mansão Queen, muitos anos atrás. Apesar de Isabel ter antecipado aquele momento, não estava preparada para o fluxo de emoções e memórias que aquela mulher evocava. Fez o melhor que pôde para esconder os efeitos que aquele encontro provocou nela.

— Oliver — ela disse. — Não sabia que a sua mãe passaria pra fazer uma visita hoje.

— Não é uma visita — ele respondeu, puxando uma cadeira para a mãe antes de se sentar no seu lugar reservado à mesa. — Essa companhia é dela também.

— É claro — Isabel respondeu, certa de que o sorriso falso em seu rosto não estava conseguindo esconder o descontentamento que estava sentindo. — Como você está, Moira?

— De volta, Isabel — Moira disse, devolvendo o sorriso falso. — Estou de volta.

Isabel viu uma expressão nos olhos da mulher mais velha e a reconheceu de anos antes. Escondido por trás do esplendor cortês havia um olhar que comunicava, muito claramente, o quão *superior* ela se considerava. Uma raiva flamejante começou a ferver dentro de Isabel, e quis rasgar a garganta de Moira. Ao invés disso, lembrou-se do conselho de Slade.

— Sr. Queen, posso falar com o senhor por um minuto? — ela perguntou, levantando-se da mesa. Ele fez o mesmo rapidamente e ela o conduziu através da antessala até o escritório dele.

— Não acho que isso seja uma boa ideia — ela disse, mantendo um tom neutro de forma cuidadosa. — Que tipo de mensagem passamos pro comitê de investimentos, pra cidade, se na mesma hora entregamos a Queen Consolidated de volta pra sua mãe?

— Ela foi absolvida — Oliver respondeu, seco.

— Por um júri — ela replicou, permitindo-se soar agitada —, mas não pela cidade. — Então ela parou por um momento, fingindo se acalmar. — Oliver, pare de pensar como um filho e comece a pensar como o presidente de uma empresa. — Com isso, ela se virou e saiu, voltando para a sala de conferências. Enquanto deixava o escritório, viu John Diggle e Felicity Smoak caminhando na direção dele com expressões de urgência. Sem dúvida estavam trazendo notícias sobre a invasão, e o momento não poderia ser melhor.

Ao voltar à mesa da diretoria, Isabel fixou os olhos em Moira por um longo momento, demonstrando-lhe que não seria intimidada. Então se dirigiu aos membros da diretoria.

— Surgiu um problema com a nossa subsidiária russa. Infelizmente, vamos ter que adiar essa reunião e marcar uma nova data. — Gestos e murmúrios de assentimento percorreram a sala e, enquanto os membros da diretoria se levantavam para sair, ela sorriu para Moira, mostrando um arrependimento falso. — Sinto muito que você tenha vindo até aqui pra nada, Moira.

— Não se preocupe, Isabel — Moira respondeu. — Tenho tempo de sobra. Tenho certeza de que vamos nos ver de novo muito em breve. — Com um sorriso de irritação, ela saiu da sala.

Agora sozinha, Isabel amassou as anotações que havia feito durante a reunião. Como odiava aquela mulher. Um dia, e esperava que fosse logo, Isabel tomaria totalmente o controle sobre a Queen Consolidated, e empunharia esse poder para chutar Moira para a sarjeta. Por enquanto, porém, ficaria contente em colocar farpas no relacionamento entre ela e o filho.

Uma multidão estava reunida na área de lazer do orfanato naquela tarde, observando enquanto Sebastian doava presentes de Natal para as crianças. O Canal 52 estava lá, assim como o jornal *Starling City Star*. Diferentemente da última visita ao Zandia, essa aparição foi completamente montada pela sua equipe de publicidade, todos os detalhes foram planejados, até mesmo a calça jeans e as mangas dobradas. Visava mostrá-lo como um líder da classe trabalhadora.

— Tantas vezes, na televisão, nos pedem pra ajudar crianças ao redor do mundo, em países com menos recursos que o nosso — ele disse aos repórteres. — Mas o problema é que existem muitas crianças sofrendo bem aqui em Starling City, particularmente no Glades. — Ao olhar para a frente, viu Laurel no fundo da multidão, assistindo à entrevista. Eles sorriram um para o outro, a química entre eles ainda estava surtindo muito efeito.

— Obrigado por terem vindo — ele concluiu. — Vamos espalhar essa notícia. Essas crianças precisam de nós. — A multidão de espectadores aplaudiu e os repórteres se dispersaram, abrindo um caminho entre Laurel e Blood. Ele se aproximou, feliz por vê-la. Ela parecia um pouco intrigada.

— Oi — ele disse. — Estou feliz por ter vindo.

— Eu achei que você não se rebaixasse a conduzir sessões de fotos encenadas.

— Isso não é o que você está pensando.

— Então por que é que você me chamou até aqui? — ela perguntou, levantando a sobrancelha.

— Eu queria que você ficasse sabendo um pouco mais sobre mim — respondeu, — e pensei que talvez fosse gostar de saber de onde eu vim. — Com um gesto com a mão indicou o orfanato. Conseguiu ver que Laurel foi pega de guarda baixa e não sabia muito bem o que fazer com aquela revelação.

— Você foi criado aqui? — ela perguntou.

— Eu perdi os meus pais quando tinha seis anos — mentiu. — É engraçado. Eu era só uma criança, e aí vim pra cá. Encontrei um suprimento infinito de irmãos.

— Sebastian, eu não fazia ideia... — ela disse, estendendo a mão com simpatia para tocar no antebraço dele. De repente, o momento foi interrompido pelo toque do celular dele. Sebastian olhou para a tela rapidamente e viu que era Cyrus. Encolhendo os ombros como se pedisse desculpas a Laurel, foi para um lugar onde não seria escutado e aceitou a chamada.

— O que foi? — perguntou.

— Eu voltei — Cyrus respondeu —, mas tem uma coisa sobre a qual precisamos conversar.

— Já chego aí. — Ele desligou e se virou. — Por favor, aceite minhas desculpas, Laurel. Sinto muito por ter que fazer isso, mas vou ter que ir cuidar de alguns negócios.

— Está tudo bem?

— Está. É só... um plano pra cidade. — Deu um beijo na bochecha dela. — Vou falar com você depois.

***

Blood encontrou a irmandade em um galpão abandonado fora do Crescent Circle, no Glades. Haviam escolhido aquele local por causa da centrífuga, com seus painéis brancos de metal arrumados em um formato circular ao redor de um centro cromado, onde frascos vazios aguardavam pelo mirakuru. Um refrigerador hospitalar estava encostado na parede, por cujas portas de vidro era possível ver 30 mil CCs de sangue empacotado. Cyrus estava carregando o resto do suprimento quando Blood chegou.

— O seu tom de voz me fez achar que havia alguma complicação — Blood disse —, mas parece que tudo está correndo de acordo com os planos.

— Está... quase tudo — Cyrus respondeu. — O vigilante tentou me impedir.

Blood caminhou até a porta do refrigerador, abrindo-a e tirando um pacote de sangue.

— Parece que o nosso incômodo encapuzado está no nosso rastro — murmurou. — Você deixou algum vestígio que possa fazer ele chegar até aqui?

Cyrus fez que não com a cabeça.

— Eu fui cuidadoso. Ele só sabe do meu poder.

Enquanto Blood estava examinando o líquido vermelho sob as luzes fluorescentes, o telefone dele tocou. Olhando rapidamente para a tela, atendeu.

— É Daily — o oficial disse. — Alguém está procurando por Maxwell Stanton. — Blood parou por um momento, tentando se lembrar daquele nome. Max Stanton foi uma das muitas cobaias do soro — parte da última leva de corpos sacrificados antes do sucesso de Cyrus. O dr. Langford havia identificado o garoto como alguém solitário.

— Então eles devem achar ele — Blood sugeriu.

— Certo, Irmão Sangue — Daily respondeu, e a linha ficou em silêncio.

Satisfeito por ter resolvido aquele assunto, caminhou até Cyrus Gold, ainda com o pacote de sangue na mão.

— O sangue fornece vida — disse. — O sangue fornece poder; e, com poder, não há limites para o que eu possa fazer.

— O que vamos fazer agora, Irmão Sangue?

— Esperar pela localização dos sedativos — disse. Então, com chamas nos olhos, olhou para Cyrus. — E na próxima vez que você cruzar com o Arrow, eu quero que você mate ele.

Que vão para o inferno as instruções de Slade.

Isabel ficou arrepiada quando recebeu o convite. Oliver estava organizando uma celebração pelo retorno da mãe — como se uma festa pudesse limpar a mancha deixada pelo Empreendimento. Mas Slade insistiu para que fosse.

Ela chegou a um desastre. Havia dois funcionários para cada convidado, e o quarteto de cordas estava tocando para um salão vazio. A mensagem que estava sendo passada era clara — a elite de Starling City não queria ter nenhuma relação com Moira Queen. E quando a convidada de honra chegou, Isabel teve que esconder um sorriso. Sim, a presença de Moira tornaria a tarefa dela mais difícil, mas hoje à noite ela teria que festejar em cima da vergonha da matriarca Queen.

Enquanto Moira cumprimentava os presentes, mesmo sendo poucos, Isabel viu Oliver se dirigir ao bar, com os ombros baixos. Ela estava aproveitando a diversão extra de saber que a angústia dele estava sendo ampliada pela vida de vigilante. Se a suposição de Slade estivesse certa, Oliver estava ainda mais cabisbaixo devido aos fantasmas do passado — desenterrados pela aparição de Cyrus Gold. Essa era uma oportunidade perfeita para bancar a sócia carinhosa e compreensiva e, assim, ganhar a confiança dele.

Além disso, Isabel podia fazer isso sob o olhar da mãe dele.

Certificando-se de passar ao alcance da visão de Moira, Isabel se dirigiu ao bar para se juntar a Oliver. Ela se voltou para ele, que estava pedindo duas doses de vodca.

— Eu tentei avisar a você — ela disse. Ela pegou as duas doses com o barman e lhe ofereceu uma com um sorriso compreensivo. Oliver olhou para ela com olhos cansados, e Isabel viu que ele estava surpreso por ter vindo. Mas também estava grato.

— Eu tentei ignorar você — Oliver admitiu.

Eles fixaram o olhar um no outro e brindaram, virando os copos de vodca. Ela encurtou levemente a distância entre eles, com o álcool a fazendo lembrar do tempo que passaram juntos na Rússia. A química sexual que havia restado ainda era palpável. Ela conseguia sentir os olhos de Moira sobre si do outro lado do salão.

Isso deve estar deixando ela louca, pensou.

— Eu *realmente* sinto muito, Oliver. — A sinceridade falsa agora vinha com facilidade. Conseguia sentir a vulnerabilidade dele naquele momento; sentia que Oliver estava permitindo que ela invadisse os muros dele, mesmo que só um pouco. Olhando para ela, aceitando as desculpas dela, com um silêncio íntimo entre os dois.

— É — ele disse, com peso na palavra, admitindo o próprio fracasso. — Bem, é melhor eu ir cumprimentar as pessoas. — Então foi em direção aos poucos convidados presentes, cumprindo o papel de anfitrião atencioso.

Quando Isabel se virou para o bar para pedir outra bebida, viu Moira começando a percorrer o salão na direção dela. Para os convidados, Moira parecia estar indo buscar outra taça de champanhe, mas Isabel sabia que não era o caso. Ao invés de esperar que ela abrisse fogo, Isabel decidiu tomar a ofensiva.

— Oliver organizou uma bela festa pra você — disse, com o escárnio borbulhando entre as palavras.

— Ele é um bom filho, mesmo não sendo o melhor de todos em julgar o caráter das pessoas — Moira respondeu, virando-se para olhar para ela. Por um momento longo e pesado as duas se encararam de igual para igual, sem deixar de olhar pros olhos uma da outra. O impasse terminou quando Oliver voltou, surgindo entre elas.

— Está tudo bem? — perguntou.

Será que ela vai contar a verdade pra ele?, Isabel pensou, e se preparou para aquela possibilidade. Quando Moira se virou para olhar para o filho, Isabel manteve os olhos atentos sobre a matriarca.

— Está tudo bem, Oliver — Moira respondeu. — Estava apenas agradecendo à srta. Rochev por ter vindo hoje.

Isabel relaxou, e a tensão do momento se desfez.

— Está tudo correndo perfeitamente — ela respondeu enquanto se afastava, deixando Moira segui-la com os olhos.

***

No Glades, no galpão nos arredores do Crescent Circle, Sebastian Blood e o Técnico estavam esperando pelo retorno de Cyrus Gold.

Mais cedo, naquela mesma noite, Slade havia ligado para fornecer a localização dos sedativos de que precisavam para começar a produção do mirakuru. Blood havia enviado Cyrus, confiante de que a missão correria de acordo com os planos.

O oficial Daily entrou, ainda vestindo o uniforme do DPSC, após deixar o corpo de Maxwell Stanton em um lugar adequado.

— Está feito — disse. — Fiz parecer uma *overdose*.

— Vamos torcer pra que isso acabe com a curiosidade deles — Blood comentou.

Enquanto Daily concordava com a cabeça, Cyrus Gold entrou no galpão, carregando uma provisão de sedativos em uma caixa acima da cabeça. Segurando-a como se tivesse o peso de uma pena, colocou a caixa pesada no chão, em frente ao Técnico, que tentou remover a tampa com um pé-de-cabra. Ao ver aquilo, Gold cravou os dedos na madeira e arrancou a tampa com um leve movimento do punho, sorrindo um pouco para o irmão.

— Excelente trabalho, Irmão Cyrus — Blood se entusiasmou, dando um tapinha no ombro do ajudante leal. O Técnico começou a tirar as caixas de quetamina, preparando-se para começar a produção do soro.

— Quanto tempo leva pra ficar pronto? — Blood perguntou.

— Preciso de algumas horas pra colocar a produção em andamento — o Técnico respondeu. — Depois disso, o soro vai precisar de 48 horas pra cozinhar.

Blood fez que sim com a cabeça, satisfeito. Logo, logo, teria soro o bastante para começar a formar o seu exército. Virou-se para Cyrus.

— Teve algum encontro com o nosso amigo de capuz hoje à noite?

— Tive — Cyrus respondeu. — Ele tentou me impedir de novo.

— E você fez o que eu pedi?

Cyrus assentiu com a cabeça.

— O vigilante não vai ser mais um problema.

Um largo sorriso se abriu no rosto de Blood. Finalmente, Arrow estava morto. Essa era uma ótima notícia.

10

Slade estava andando de um lado para o outro atrás da mesa da cobertura enquanto Blood assistia do outro lado, com Isabel sentada à sua direita.

— Como é que a morte do Arrow é um problema? — Blood perguntou. Olhou de relance para Rochev, que estava tão silenciosa quanto uma pedra. — Você devia estar em êxtase com essa notícia.

Essas palavras fizeram Slade parar. Ele se virou, olhando intensamente Blood.

— Em êxtase — disse, rangendo os dentes. — E por que, por favor me diga, eu deveria estar em êxtase?

— Eu tirei uma pedra enorme do nosso caminho.

— Então você viu o corpo dele? — Slade perguntou. — Sentiu o sangue morno dele nas suas mãos?

— Eu não precisei — Blood respondeu. — Você sabe melhor que qualquer um do poder que o Cyrus tem. Se ele disse que matou o Arrow, isso é o bastante pra me convencer.

— Então você subestima os recursos do seu inimigo — Slade rosnou —, e é essa arrogância que vai ser a sua ruína, Blood. — Ele gesticulou com a cabeça para Isabel, que entregou uma pasta a Blood. — Porque ela deixa você cego.

Blood folheou o conteúdo da pasta, analisando aquelas informações. Havia panfletos da coleta de sangue que havia promovido, assim como um registro dos acessos às fichas do arquivo municipal — inclusive informações sobre o Instituto Langford.

— O que é isso? — perguntou, levantando a cabeça.

— Nós pedimos pra você se aproximar da Laurel Lance — Isabel comentou, seca. — Mas o que parece é que é ela que está se aproximando de você.

— Mas por quê?

— Pra fazer um favor à Thea Queen, que por acaso está saindo com o Roy Harper — Isabel explicou —, que, pela expressão no seu rosto, eu imagino que você não conheça.

— Sorte sua, Blood, que você tenha conseguido manter as suas mãos limpas — Slade rosnou. — Sugiro que você tome providências pra garantir que elas continuem assim.

Concordando com a cabeça, Blood saiu. Slade se virou para Isabel.

— Infelizmente, acho que o nosso candidato a prefeito ficou bem desleixado — disse.

— Estou monitorando algumas coisas — Isabel respondeu. — Se ficarem em cima dele, eu vou saber.

— Bom — Slade disse. — Não podemos nos dar ao luxo de deixar o nosso político de estimação se tornar um problema.

Depois de ser repreendido por Slade e Isabel, Blood voltou ao galpão e recebeu mais notícias ruins. Cyrus Gold havia encontrado uma pessoa bisbilhotando o quarto dele no motel. Ele tentou apreendê-lo, mas o homem afrodescendente era treinado e conseguiu escapar. Independentemente de quem fosse, parecia claro que alguém havia ligado Cyrus aos roubos.

Como se estivesse aproveitando a deixa, o telefone de Blood tocou. Era o oficial Daily.

— A polícia está sabendo do Gold — Daily informou, com a voz baixa. — Eles estão procurando por ele. Eu me certifiquei de que não iriam me deixar de fora da investigação.

Blood olhou de relance para a centrífuga, os frascos girando e o visor digital fazendo a contagem regressiva para a conclusão do processo.

— Nós estamos perto demais pra deixar a polícia interferir — respondeu, uma advertência tanto para Daily quanto para si próprio. — Nos mantenha informados se *qualquer coisa* acontecer. — Depois desligou e se voltou para Cyrus, e então um pensamento lhe veio à cabeça. Se o disfarce dele havia, de fato, sido descoberto, então qual era o sentido de continuar se escondendo?

— Irmão Cyrus — disse. — A polícia está ansiosa para conhecer você. Talvez o melhor seja você se apresentar a eles.

Cyrus sorriu, entendendo o que estava implícito naquelas palavras.

— Onde é que isso deve acontecer? — perguntou.

— Tem um moinho antigo nos limites do Glades — Blood sugeriu. — Deixe que eles sigam você até lá, e aí mostre a eles o seu poder. Mande uma mensagem que eles não consigam esquecer.

— Certo, Irmão Sangue.

— E além disso, o oficial Daily não pode sair de lá ileso, senão isso vai levantar suspeitas. Ele vai entender. Quando você terminar, quero que vá encontrar o Irmão Langford na sala de psiquiatria.

— Pra quê?

— Pra transformar ela em cinzas — Blood respondeu. — Não deixe nenhum vestígio do que aconteceu.

Cyrus fez que sim com a cabeça.

— Se precisarmos de você, onde é que você vai estar?

— Fazendo compras com a Laurel Lance — Blood pegou o casaco e seguiu em direção ao píer de Starling City para descobrir o que exatamente Laurel Lance sabia sobre ele.

Sebastian e Laurel estavam caminhando pelo píer de Starling City, com as mãos cheias de sacolas de compras e o céu noturno brilhando sobre os dois. Estava frio, e estavam soltando fumaça pela boca quando respiravam. Sob circunstâncias normais, seria uma noite romântica pitoresca, perfeita para um beijo, mas Sebastian tinha outros objetivos a cumprir. Por baixo da expressão charmosa de sempre, ele estava alerta, analisando o rosto de Laurel atrás de qualquer indício de suspeitas que ela tivesse.

— Obrigado por ser a minha guia de compras — ele disse. — Nós não costumávamos receber uma chuva de presentes nessa época do ano quando eu estava no orfanato. — Laurel não respondeu, e estava com um olhar distante. — Você está bem?

— Estou, é só que... posso fazer uma pergunta pra você? — ela disse, olhando fixamente para ele. — É sobre aquela campanha de coleta de sangue que você promoveu.

— É claro — Sebastian respondeu, com uma mistura de indiferença e alegria. — É uma causa maravilhosa, especialmente por estarmos lidando com hospitais sem muitos investimentos. O que é que você quer saber sobre a campanha? — Ele viu que Laurel estava juntando a resolução necessária para seguir adiante quando o celular dela tocou. Ela não reconheceu o número, mas atendeu.

— Alô? — disse. Então o rosto dela ficou pálido. — O quê?!

Sebastian soube instantaneamente qual era o assunto daquela ligação.

— Tudo bem — ela disse, ainda no telefone. — Vou chegar aí o quanto antes. — Desligou, com uma expressão de choque no rosto. Sebastian tentou fingir ignorância.

— O que foi que aconteceu? — perguntou.

— O meu pai... — Laurel se esforçou para conseguir encontrar as palavras que queria. — Ele está na UTI. Eu sinto muito. Tenho que ir. — Ela saiu correndo de perto dele, com lágrimas começando a se acumular nos olhos. Enquanto ele a observava ir embora, pensou como Laurel era sortuda. Talvez o detetive Lance estivesse gravemente ferido, mas pelo menos ainda estava vivo. Sebastian duvidava que o resto do pelotão (fora o oficial Daily, é claro) houvesse tido a mesma sorte.

Blood olhou para o céu noturno enquanto deixava o píer. Sozinho, Cyrus Gold havia derrotado o Arrow e um pelotão dos melhores homens do DPSC. Se um homem era capaz de tudo aquilo, o que um exército de homens como aquele poderia fazer? Assim como as estrelas no céu, as possibilidades eram infinitas.

Blood ficou maravilhado com os frascos de mirakuru pendurados no centro da centrífuga, que emitiam um brilho verde sob a luz fraca do galpão. Logo, logo, ele teria seu próprio exército, e seria capaz de refazer a cidade como achasse melhor. Nenhum vigilante iria impedi-lo.

O Técnico e Cyrus Gold voltaram depois de destruir a sala de psiquiatria do dr. Langford e todas as evidências que haviam lá. Cyrus estava trazendo uma carga surpresa, porém — um dos garotos do Glades que o oficial Daily havia visto procurando por Maxwell Stanton.

— Eu não sabia que estávamos esperando um convidado — Blood disse.

— O nome dele é Roy Harper — o Técnico explicou. — Nós encontramos ele bisbilhotando a sala, logo antes de colocarmos fogo nela.

Então aquele era o garoto que havia sido visto patrulhando o Glades durante a ausência do Arrow, o que havia tentado impedir o roubo dos suprimentos médicos. Blood o estava reconhecendo agora. Parecia tão pequeno nas mãos de Cyrus. Como se fosse uma mosca incômoda.

— Talvez ele queira se juntar à nossa irmandade — Blood comentou, pensativo. — E quem sou eu pra recusar ele? Amarre ele a uma cadeira. Vamos ver como ele lida com o soro. — Enquanto o Técnico se dirigia à centrífuga, Cyrus colocou Roy em uma cadeira e prendeu os braços dele com duas tiras de couro. Então observaram enquanto Harper voltava à consciência e olhava para o ambiente ao seu redor.

O Técnico pegou uma seringa de mirakuru da máquina, levantando-a e a observando contra a luz.

— Está pronto — disse. Então a entregou para o Irmão Sangue.

Pegando-a, Blood se aproximou de Roy, que via a máscara de caveira crescendo sobre si. O garoto fez força contra as tiras que o estavam prendendo à cadeira, depois olhou com raiva para as pessoas que o estavam mantendo em cativeiro.

— Foi aqui que vocês mataram o Max Stanton? — Viu a seringa e começou a entrar em pânico. — O que é que você está fazendo? Se você espetar isso em mim, eu mato você!

— Não, Irmão Roy — Blood disse, segurando-o violentamente pela garganta. — Você vai matar *por* mim. — Então afundou a seringa no ombro de Roy, fazendo-o urrar de dor.

Sem nenhum aviso, o teto sobre eles cedeu e Arrow surgiu, descendo de tirolesa até o piso do galpão. O Técnico tentou sacar a arma, mas o vigilante foi mais rápido que ele e o abateu com uma flecha. Ele rapidamente colocou outra no arco, e então a apontou para o Irmão Sangue.

Blood o encarou, maravilhado com o que estava vendo. Finalmente, estava cara a cara com seus nêmesis, o grande herói que seus eleitores tanto idolatravam. Aparentemente, não era muito fácil matá-lo. Parte de Blood ficou feliz com isso, apreciando a oportunidade de testemunhar a morte dele em primeira mão.

— O Irmão Cyrus me disse que tinha matado você.

— Acho que ele não é tão forte quanto você tinha esperado — Arrow respondeu. — Onde foi que você conseguiu o mirakuru? Quem deu a fórmula pra você?

— Foi um presente. Um presente que eu vou usar pra salvar essa cidade dela mesma.

Roy continuava a gemer de dor, com sangue escorrendo dos olhos enquanto o soro atravessava o seu corpo. Cyrus Gold atacou Arrow, tirando a mira dele de Blood. O vigilante lançou uma flecha, que atingiu o ombro de Gold, mas não o parou. Gold continuou a atacar.

Arrow tentou girar e chutá-lo, mas Gold era rápido demais, pegou-o pela perna e o jogou para o outro lado da sala, batendo-o contra a parede. Pedaços de gesso caíram da parede com o impacto. O vigilante ainda estava se esforçando para ficar de pé e lutar, mas Gold foi atrás dele e o atacou com um chute violento que o fez deslizar pelo chão. O movimento do Arrow foi interrompido por uma coluna de sustentação, produzindo um forte estampido.

Roy ficou em silêncio, com o rosto marcado com listras de sangue. Blood checou o pulso dele, depois fez que não com a cabeça.

— Outro fracasso — disse.

Arrow caiu no chão ao ver aquela cena, e Blood ficou duplamente decepcionado. Ele se virou para Cyrus Gold, seu braço-direito.

— Mate ele — instruiu.

Partindo para o ataque contra o corpo caído do inimigo, Cyrus estava esperando matá-lo com facilidade. Ficou surpreso quando o vigilante se ergueu de repente, com energia e determinação renovadas. Cyrus recuou e deslanchou um soco, mas Arrow se esquivou e contra-atacou com um chute no torso do oponente, seguido por socos rápidos com as duas mãos na garganta dele.

Cyrus tentou revidar com outro soco, mas foi lento demais. Arrow agachou, esquivando-se do golpe, e deu um chute giratório que fez Cyrus cambalear em direção à centrífuga. Quando recuperou o equilíbrio, o vigilante posicionou rapidamente duas flechas e as lançou na máquina, fazendo-a explodir e lançando estilhaços de metal e mirakuru líquido em todas as direções. Cyrus foi atingido à queima-roupa pela explosão; o soro reagiu com as chamas como se fosse napalm, cobrindo o rosto dele de fogo e o queimando vivo.

Escondendo-se por trás das sombras, Blood pôde apenas assistir horrorizado enquanto o servo leal gritava em agonia. Então pedaços do forro de concreto, danificado pela explosão, começaram a cair, esmagando Cyrus e o Técnico sob os destroços pesados. Dois de seus leais irmãos, mortos em um instante.

A cena deixou Blood atordoado.

Então viu Arrow o observando do outro lado do galpão, e o instinto de sobrevivência o tirou rapidamente do estado de choque. Fez as contas — por mais que quisesse fazer o vigilante pagar por aquelas mortes, Blood sabia que desafiá-lo mano a mano era um erro. Não podia correr o risco de ficar exposto. A prefeitura estava próxima demais.

Com peso no coração, saiu correndo, deixando os corpos para trás.

11

Sebastian estava sentado no banco traseiro de um carro preto, com a mente repassando os acontecimentos da noite anterior. Os pensamentos injetaram adrenalina no sangue dele, fazendo o coração bater mais forte dentro do peito. Sabia que precisava aceitar o fato de que o amigo havia morrido, mas imaginar a vida sem Cyrus era muito difícil de suportar.

Ele está morto por minha causa, Sebastian pensou consigo mesmo. *Eu permiti que injetassem o soro nele. Eu usei o meu amigo como uma arma.*

Lembrava-se de dias com os pais em que desejava nunca ter nascido... até Cyrus. Recordou-se da noite em que Cyrus o encontrou na rua, quando era um garotinho tímido. Sebastian havia vagado sem rumo pelas ruas por horas, sentindo-se desesperado. O amigo o havia salvado, e Sebastian esperava que um dia pudesse retribuir o favor.

O carro preto diminuiu a velocidade até parar.

Slade vai cumprir a promessa que fez. Tenho que me segurar — a cidade está prestes a ser sua, disse para si mesmo.

O motorista abriu a porta de Sebastian sob os flashes de câmeras, que o deixaram cego. Sebastian protegeu os olhos o melhor que pôde enquanto entrava na Prefeitura, era conduzido por um longo corredor, e então levado até a área dos bastidores. Escutou os sussurros da audiência e engoliu em seco, sentindo os nervos começarem a se aflorar. Respirando fundo — uma, duas, três vezes —, realinhou a mente e o corpo à tarefa que estava à sua frente.

— Sr. Blood, eles estão preparados para receber o senhor — um oficial disse para ele.

Sebastian sentiu uma gota de suor escorrer pelas costas. Entrou em pânico por um instante e se perguntou se era possível ver que estava suando através do paletó. Fechou os olhos e assimilou aquele momento...

... então foi para o palco e sorriu para a audiência à sua frente. Acenou para a plateia, sorriu, e eles aplaudiram enquanto se aproximava do palanque. Nele, estava estendida uma faixa vermelha e azul.

SEBASTIAN BLOOD PARA PREFEITO

Ajeitou a gravata, sorriu de novo e começou.

— Boa noite, Starling City, e obrigado por terem vindo hoje — cumprimentou, parando para esperar que os aplausos cessassem. — Como muitos de vocês sabem, eu sou Sebastian Blood, vereador eleito pelo Glades. O que muitos de você *não* sabem é que eu sou filho dessa cidade. Ela é o único lar que já conheci, e o objetivo da minha vida tem sido fazer dessa cidade, a minha cidade, um lugar melhor. Eu quero usar esse tempo para anunciar oficialmente minha candidatura ao cargo de prefeito de Starling City. — Mais aplausos, e ele esperou, apoiado sobre a resposta do público. — A devoção que tenho por essa cidade corre no meu sangue e, como fui criado por essas ruas, a minha maior preocupação é com o povo que vive aqui. O povo que merece ser escutado, o povo que precisa exercitar a própria voz. Posso garantir a vocês, eu não vou fazer promessas vazias a ninguém.

— O meu único objetivo é servir às *pessoas* de Starling City — não aos homens e mulheres que *acham* que mandam nela. Juntos, podemos ajudar a reconstruir nossa cidade e a transformar Starling City em um lugar sem elite e sem oprimidos. Um lugar onde todos são irmãos e irmãs. Um lugar que nos transforme em uma frente unida, em uma cidade mais forte. Estamos juntos nessa luta! — Sebastian terminou.

A multidão irrompeu em aplausos e ficou de pé. Sebastian acenou para eles, sentindo-se vivo. O apoio que tinha parecia inabalável — era a pessoa perfeita para aquele cargo. Continuou acenando para eles, alimentando a animação dos espectadores enquanto deixava o palco e a Prefeitura.

Talvez o sacrifício do Irmão Cyrus não tenha sido em vão.

A agitação de Sebastian ainda não havia cessado quando chegou ao escritório de Slade, mas, assim que entrou no elevador, ficou subitamente incerto acerca de como o parceiro receberia as notícias dos acontecimentos da noite anterior. A centrífuga havia sido destruída, e Sebastian não conseguia se impedir de sentir um pouco de pavor no fundo de si, como se houvesse decepcionado Slade.

Disse para si mesmo para permanecer firme, como Cyrus lhe havia ensinado.

O elevador apitou enquanto Sebastian saía cautelosamente e via Slade assistindo à cobertura do noticiário sobre o seu pronunciamento.

— E assim começa a sua campanha, sr. Blood.

— Essa cidade precisa de um líder, e mandar os Encapuzados assassinarem o prefeito foi apenas o começo. — Ele se aproximou de Slade. *Respira fundo.* — O vigilante está vivo; ele destruiu a centrífuga, e junto com ela o soro.

Slade se virou, e Sebastian viu a raiva dele.

— Eu vou fazer com que receba outra amostra do meu sangue, e você vai poder começar a produzir o soro em massa de novo. Mas quando eu pedir... *mandar* que você não entre em confronto com o vigilante... você vai *escutar* — Slade disse. — Lembre-se de que a sua máscara pode ser usada por outra pessoa.

— Qualquer máscara pode — Sebastian respondeu. — Você sabe quem é a pessoa sob o capuz do Arrow?

— Ele é meu amigo — Slade explicou — e a morte dele seria uma libertação dessa vida pra mim, mas a sentença dele ainda está sendo cumprida. Eu vou acabar com tudo que é importante pra ele, vou destruir todos que optarem por seguir ele e corromper todos que ele amar. Quando ele tiver perdido tudo e todos que têm valor pra ele, eu vou enfiar uma flecha no olho dele.

Sebastian engoliu em seco.

— Eu não me importo com a forma com que isso aconteça. As vidas que vão ser tomadas vão ser só o começo — Slade acrescentou, seco. Uma pontada súbita de dor atravessou o coração de Sebastian quando percebeu que Cyrus havia sido dispensável para Slade.

Mas não para ele. Contra todas as chances, Cyrus havia recebido o soro e sobrevivido. No fundo, ele havia sido um bom homem, e machucava a noção de que ninguém jamais saberia de todas as coisas maravilhosas que ele havia conquistado. A mídia revelaria apenas que Cyrus Gold havia sido um ladrão, manchando o legado dele para sempre.

Eu preciso mudar isso, Sebastian pensou.

— A boa notícia é que eu continuo sendo o candidato favorito na disputa pela prefeitura — disse, com um leve sorriso. — Ontem à noite foi um pequeno contratempo, mas ainda parecemos estar indo na direção certa. Hoje, com o meu anúncio... a multidão, a cidade, estão todos prontos pra essa mudança.

Slade percorreu os dedos pelo cabelo grisalho e girou a cadeira em que estava sentado para observar a vista de cima da cidade. O olho solitário brilhava sob a luz do exterior.

— Eles não fazem ideia de quantas mudanças essa cidade vai sofrer.

12

Enquanto a maior parte das pessoas estavam na pausa para o almoço, Isabel estava sentada à mesa na Queen Consolidated. Já que a maioria dos funcionários e o secretário dela, Theodore, haviam saído para almoçar, ela aproveitou aquele tempo para pesquisar um pouco sobre Sebastian Blood. Isabel não estava conseguindo afastar o pressentimento que tivera sobre ele desde o momento em que o conheceu. Alguma coisa permanecia estranha quanto a ele, e ela estava determinada a escavar o passado de Blood — especificamente quanto ao Zandia.

Quem é você de verdade, Sebastian Blood?, ela se perguntava.

Chegou a vários becos sem saída, sem nenhum resultado, e começou a pesquisar sobre os assassinatos que ocorreram no Glades na época em que Sebastian havia chegado ao Zandia. Vasculhando um *site* atrás do outro, encontrou relatórios de muitos tiroteios na cidade, especialmente no Glades, mas nenhum deles indicava uma briga doméstica, que foi a desculpa de Sebastian para como havia parado no orfanato.

Tem alguma coisa aqui, ela meditou. *Alguma coisa que nós não sabemos, e não podemos nos dar ao luxo de deixar possíveis problemas em aberto.* Mas antes que Slade acreditasse nela, precisaria de evidências — provas incontestáveis. Então quando os funcionários voltaram do horário de almoço, ela se levantou e vestiu o casaco preto e impecável. O secretário estava se sentando quando Isabel passou em direção à porta.

— Não vou voltar, tenho assuntos importantes pra resolver.

— Ele está escondendo alguma coisa — ela disse com firmeza. — Eu sei que está.

— É claro que ele está, srta. Rochev. Todos nós não estamos?

— Eu não trabalhei tão duro e cheguei tão longe pra tudo acabar por causa dele — ela insistiu. — Ele está mentindo, tem algo a ver com o assassinato do pai dele, e isso significa que talvez ele tenha um passado que nos prejudique.

— Levando em conta a posição que ele alcançou, o vereador Blood tem muitos amigos e provavelmente o dobro de inimigos — Slade disse, tomando um gole d'água de sua taça de cristal. Ele a colocou na mesa e pareceu pensativo. — Mas é curioso que os detalhes não estejam se encaixando. — Recostou-se na cadeira e pegou o jornal que estava sobre a mesa. Passou os olhos pelas páginas, parando numa foto de Sebastian. Nela, Blood estava apertando a mão de um dos membros de um abrigo de sem tetos, com um sorriso largo e orgulhoso. Slade cerrou os olhos, analisando a imagem.

— Já que você é uma mulher poderosa — disse — você deve ter contatos dentro da prefeitura, pessoas que podem nos ajudar a conseguir arquivos dos membros do governo. De membros como Sebastian Blood.

— Talvez... — Isabel respondeu com um sorriso.

— Certifique-se de não ser vista nem filmada — Slade continuou. — Vamos descobrir o que o homem por trás da máscara está escondendo de verdade.

Isabel fez que sim com a cabeça.

— Vou entrar em contato — disse enquanto pegava a bolsa e ia em direção ao elevador.

Dias depois, Sebastian estava sentado no banco traseiro da limusine preta, revisando as novidades da semana. Estava forte nas pesquisas, e apesar do fato de Moira Queen ter entrado no ringue preparada para a luta — com um sucesso surpreendente —, imaginou como seria a vida quando a cidade fosse dele. Na sua cabeça, via todos comemorando; não conseguia impedir a ansiedade para que aquele dia chegasse.

O devaneio foi interrompido pelo toque do celular.

— Alô, é o vereador Blood.

— Irmão Sangue — a pessoa no outro lado da linha disse. Havia muito barulho no fundo para que soubesse com quem estava falando. Tirou o celular do ouvido e viu um número restrito na tela.

— Irmão Sangue — a voz repetiu. — É o Irmão Daily.

— Ah, sim — Sebastian disse, suspirando aliviado. — E aí?

— A Laurel Lance tem feito perguntas sobre você, especialmente pela região — Daily informou. — Parece que ela está suspeitando de alguma coisa.

— Eu sei, meu amigo — Sebastian respondeu. — Ela me visitou no escritório há alguns dias. Queria saber como eu tinha conhecido o Cyrus Gold, e me perguntou sobre os meus pais. Mas posso garantir pra você que ela ficou convencida com as respostas que recebeu. Não temos nada a temer.

— Não sei não, irmão. Ela veio aqui de manhã e eu consegui escutar ela dizendo pra alguém que foi no Saint Walker ontem. — Parou por um momento, depois continuou. — Enquanto o pai dela estiver se recuperando, provavelmente ela vai receber muito apoio dos policiais do batalhão. O Saint Walker tem sido um refúgio seguro pra nós, e expor ele agora seria catastrófico.

Ao compreender as palavras do Irmão Daily, Sebastian sentiu um aperto no peito. Isso era bem pior do que havia suspeitado. Enquanto ele estava cumprindo o papel de amigo solidário, ela havia fisgado respostas sobre Cyrus. Se o relatório do Irmão Daily estivesse correto, era inteiramente possível que Laurel Lance estivesse próxima de descobrir quem estava por trás da máscara de caveira.

— Obrigado, Irmão, por me trazer essa notícia — disse, com calma. — Eu tenho sido um sobrinho desleixado nesses últimos anos. É hora de fazer uma visita à minha tia, pra ver como ela está levando a vida no Saint Walker. — Desligou o telefone enquanto o motorista parava ao lado dos manobristas.

Sebastian saiu do carro e abotoou o paletó enquanto alguns *paparazzi* tiravam fotos. Sorriu e acenou para eles, quando de repente as câmeras e lentes se viraram na direção oposta — para a porta do restaurante. Franziu as sobrancelhas ao ver Oliver Queen saindo do estabelecimento, mas se aproximou dele enquanto os *paparazzi* continuavam a tirar fotos.

— Sr. Queen, que bom ver o senhor! — cumprimentou efusivamente.
— Vereador — Oliver respondeu. — O que traz o senhor aqui?
— Um almoço de campanha — Sebastian disse.
— Como é que a campanha está tratando o senhor? — Oliver perguntou.
— Não posso reclamar — respondeu. — Agora que a sua mãe decidiu entrar na corrida também, tenho certeza que o senhor vai ver em primeira mão como pode ser difícil. — Foi cuidadoso para não mostrar como estava agitado com a competição, e se lembrou dos números da pesquisa.

Oliver sorriu.

— Bem, é bom ver você, Sebastian, se cuida — Oliver disse enquanto entrava no carro, que saiu rapidamente.

Sebastian voltou para casa depois de visitar o Saint Walker tarde da noite. Estava com os olhos pesados quando chegou ao quarto. Tirou uma pasta de baixo da cama e a colocou sobre a cômoda. No casaco, pegou a máscara de caveira e uma seringa — a que havia acabado de usar para injetar em Maya um soro indetectável que faria o coração dela parar lentamente, matando-a de uma forma discreta.

Sem sentir nenhum remorso pelo que havia feito, colocou os itens dentro da pasta e a trancou, preparando-se para deitar. Hoje à noite, pela primeira vez em muito tempo, iria dormir tranquilo.

Quando o sol começou a nascer em Starling City, Sebastian se enrolou nas cobertas e abriu os olhos lentamente para ver por quanto tempo poderia continuar na cama aconchegante. Ficou sentado abruptamente quando viu Slade Wilson pairando ao seu lado.

— Slade... Slade! O que é que você está fazendo aqui? — resmungou, tentando acordar.

— Desleixado — Slade disse, segurando uma ficha de arquivo. — Trabalho desleixado.

— Do que é que você está falando? O que é isso? — Sebastian exigiu saber enquanto se levantava.

— É seu, Blood: o arquivo policial sobre o assassinato do seu pai, o assassinato que você disse ter sido cometido pela sua mãe em legítima defesa, antes de voltar a arma pra ela mesma. — Slade soltou uma risada falsa e inquietante. — Nós dois sabemos que isso é mentira. Foi você — Slade sorriu. — Trabalho desleixado.

Sebastian se esforçou para processar o que Slade estava dizendo.

— Eu tenho que admitir que tinha minhas reservas quanto a você — Slade continuou. — Quando eu fiz a minha pesquisa sobre você, pensei que eu tinha sido cuidadoso. Pensei que você fosse um garoto apaixonado pelo Glades do começo ao fim, fazendo o que você acreditava ser a sua parte pela cidade, seguro por trás dessa máscara sua. Mas isso, isso confirma que você é tudo o que eu preciso que você seja — disse. — Um assassino impiedoso.

— Eu *não* sou um assassino — Sebastian protestou.

Sem aviso, Slade deixou o arquivo cair e socou Sebastian no estômago. Sebastian caiu no chão, segurando o abdômen, arfando e tossindo, como se estivesse fazendo esforço para vomitar. Slade pegou o braço dele e o torceu por trás das costas. Sebastian gritou de dor.

— Mesmo assim, o seu trabalho foi desleixado, Blood — Slade disse, calmo, como se estivesse em uma reunião de diretoria. — Eu devia ter ficado ciente do seu passado, especialmente porque ele afeta o meu trabalho. E você foi desleixado de novo no que se refere à Laurel Lance. — A voz dele ficou mais alta, até estar praticamente gritando. — Agora eu é que tenho que limpar outra bagunça, tudo devido à sua incompetência.

Os olhos de Sebastian começaram a lacrimejar de dor. Sabia que Slade não perderia tempo para matar Laurel Lance, apesar de ela estar escavando o passado *dele*. A morte dela daria continuidade à espiral de violência da cidade.

— Por favor, não — pediu, rangendo os dentes de dor. — Me desculpa, eu posso consertar isso, eu prometo, por favor!

— Me conte a sua ideia, Blood — Slade disse, soltando-o.

Sebastian caiu no chão, segurando o ombro e com a mente a mil.

— A Laurel Lance é uma viciada em drogas — Sebastian começou, levantando-se lentamente. — Ela mostrou todos os indícios de uma viciada, e sei com certeza que ela está se automedicando. Nós podemos fazer ela ser presa. O nome dela vai ficar desacreditado. Ninguém vai acreditar nas acusações sem pé nem cabeça dela depois que ela for exposta.

Slade parou por um segundo, considerando aquela nova informação.

— Você tem até amanhã pra lidar com essas acusações, Blood — disse. — Essa é a sua única chance, depois disso eu vou lidar com a srta. Lance como achar melhor. — Com essas palavras, foi embora.

Sebastian pegou o celular e discou um número com pressa.

— Irmão Daily, me encontra em uma hora pra tomarmos um café — informou, ainda fazendo caretas de dor. — Nós precisamos conversar sobre a Laurel Lance. — Desligou o telefone, depois levantou a camisa e viu um hematoma preto já começando a se formar sobre as costelas.

Levantou-se lentamente, sabendo o que devia fazer para garantir que nunca mais recebesse uma visita de Slade Wilson.

O oficial Daily tomou um gole do café puro e fervente e depois mordeu um salgado enquanto Sebastian entrava na cafeteria. Daily sorriu quando Blood se juntava a ele na mesa, mas o sorriso rapidamente se desfez quando viu a expressão no rosto do Irmão Sangue.

— Precisamos cuidar da Laurel Lance — Blood disse. — Ela está chegando perto demais, e isso precisa acabar... hoje à noite.

— O que é que você precisa de mim, Irmão Sangue? — Daily perguntou. — Estou aqui pra servir a você e à cidade, você sabe disso.

— Eu preciso que você prenda ela enquanto estiver em casa, hoje à noite, sob as acusações de posse e uso de drogas — Sebastian respondeu, com a voz baixa e áspera. — Ela está usando há alguns meses agora. Isso precisa ser feito à vista de todos, mas antes de ela ser processada, precisamos leva-la até a fábrica de latas de Starling City, pra atrair o vigilante.

— Como é que você sabe que o vigilante vai vir?

— Pelo que eu consegui juntar do quebra-cabeças, ele fica de olho na srta. Lance — Blood explicou. — Quando o vigilante vier salvar a Laurel, eu preciso que você se revele como o homem por trás da máscara de caveira.

O oficial Daily parou um momento, tomou outro gole de café, depois concordou com a cabeça.

— Faço tudo o que você precisar, irmão — disse. — Vou fazer isso.

— Essa missão *tem* que ser bem-sucedida — Blood continuou. — Quando você revelar a sua identidade ao vigilante e à Lance, isso vai afastá-los de mim, e assim da irmandade. Depois que você fizer isso, porém, o melhor pra você será sair da cidade o quanto antes. Assim que a Laurel vir o seu rosto, ela vai fazer tudo o que puder pra acabar com você.

— Passamos por muitas coisas juntos ao longo dos anos, Irmão Sangue — o oficial Daily disse. — As minhas melhores memórias do Zandia são com você, e participar dessa jornada pela cidade foi uma honra. Não existe nada que eu não faria por você. — Sorriu, dando outra mordida no salgado.

— Obrigado, meu amigo.

***

Estilhaços de vidro voaram enquanto Oliver era atingido na cabeça e caía no chão. No apartamento de Laurel, vindo das sombras, surgiu o Irmão Daily com a máscara de caveira.

— Deixa ele, ele não é importante — disse, olhando com desprezo para Oliver enquanto dois homens pegavam Laurel pelos braços.

— Olá, Laurel — prosseguiu, com a voz abafada. — Ouvi dizer que você estava conversando sobre mim. — Colocou a mão na mochila e pegou uma garrafa de clorofórmio. O cheiro fétido tomou conta do ambiente enquanto ele encharcava uma toalha com o sedativo. Laurel fez o que pôde para tentar escapar, mas Daily conseguiu apertar a toalha contra o rosto dela.

Os olhos de Laurel giraram nas órbitas, ela parou de se debater e desmaiou.

— Coloque ela na traseira da van — Daily disse. — Eu preciso deixar uma mensagem. — Os dois homens atravessaram a porta arrastando ela, deixando-o sozinho com Oliver. Colocou a mão na mochila de novo e tirou uma tinta vermelha, que rapidamente usou para rabiscar instruções na parede de tijolos brancos de Laurel.

Diga ao Arrow
Fábrica de latas de Starling

A tinta vermelha escorreu pela parede branca enquanto o Irmão Daily sorria por trás da máscara, finalmente entendendo o poder e a força que o disfarce possuía. Saiu às pressas do apartamento para dar continuidade à missão passada pelo Irmão Sangue.

***

Quando Laurel recuperou a consciência, levantou-se do chão de concreto onde havia sido deixada e caminhou lentamente pelo lugar, examinando os canos e destroços, procurando pelo homem que acreditava ser Sebastian Blood. Sentiu-se sem fôlego quando subitamente um vulto surgiu das sombras, no escuro, vestindo uma máscara. Ele ficou à vista apenas tempo o bastante para que ela o notasse.

— Se você está usando essa máscara pra me assustar, tudo o que está conseguindo é confirmar o que eu já sei há algum tempo agora... — ela gritou quando ele desapareceu de novo. — Você é um filho da puta de um louco, Sebastian.

— Trinta mil anos atrás, máscaras conferiam autoridade a quem estivesse vestindo elas — uma voz disse por trás da escuridão. — Como um Deus.

— Você está louco! — Laurel gritou.

— Não sou eu o drogado que está fazendo acusações infundadas contra o filho preferido de Starling — o vulto respondeu enquanto surgia novamente, prendendo a cabeça dela.

De repente, uma flecha verde e brilhante passou por eles, arranhando o braço do vulto.

— Se afaste dela — uma voz gutural disse —, ou eu vou acabar com você.

Ele jogou Laurel no concreto duro e molhado enquanto pegava alguma coisa no bolso. Ela se esforçou para ficar de pé enquanto o homem mirava uma arma na direção do Arrow, mas ele não teve a chance de atirar antes que o vigilante tirasse a arma da mão dele. Arrow aproveitou a vantagem que conseguiu, socando e chutando o inimigo, então o vulto mascarado pulou sobre as costas do vigilante e o fez cair sobre o concreto.

Arrow se esforçou para se soltar, finalmente conseguindo pegar uma flecha na aljava e cravá-la profundamente na perna da pessoa que o estava atacando. O homem gritou enquanto o sangue começava a jorrar da ferida. O vigilante lhe deu uma cotovelada no rosto, deixando-o desacordado.

Houve um momento de hesitação, e o homem mascarado aproveitou a oportunidade, pegou a arma e a mirou diretamente no Arrow...

BANG!

Uma bala entrou nas costas do mascarado, depois outra, outra e outra enquanto Laurel atirava nele com o revólver. O homem caiu, retorcendo-se em espasmos incontroláveis, soltando grunhidos de dor por trás da máscara e com sangue surgindo dos ferimentos. Arrow recuperou o equilíbrio, agachou-se e retirou a máscara do homem.

Laurel tomou um susto. Era o oficial Daily, da unidade do pai dela. Ele olhou para ela e *sorriu*. Lágrimas começaram a brotar nos olhos dela. Então ele começou a arquejar e, logo depois, parou de respirar de uma vez por todas.

Sebastian chegou no quartel-general de Slade tarde da noite, acompanhado por dois guarda-costas recém-adquiridos. Estava orgulhoso por ter conseguido atingir o objetivo de tirar Laurel Lance da sua cola. Estava se sentindo aliviado por saber que Slade não a machucaria. E tentou enterrar a culpa que estava sentindo por ter mandado o Irmão Daily numa missão que lhe custou a vida.

Outra vida dada em prol da causa. Admirava muito o Irmão Daily pela devoção que tinha, e jurou que a morte dele não seria em vão.

— Está feito — Sebastian disse para o vulto nas sombras. Após o encontro inesperado com Slade, havia decidido que a presença de guarda-costas 24 horas por dia ajudaria a evitar situações como aquela. — A polícia acha que era o Daily — anunciou. — Ele se sacrificou pela nossa causa.

— É um bom começo — Slade rosnou —, mas o tamanho da sua negligência exige um sacrifício ainda maior. — Emergiu das sombras vestindo uma armadura preta e laranja. Antes de conseguirem mover um músculo, Slade apunhalou os guarda-costas de Sebastian e cortou as gargantas deles como se fossem um peru de Natal.

Sebastian ficou congelado, incapaz de se mexer.

— A sua incompetência custou quatro vidas agora, vereador — Slade disse, segurando a espada contra a garganta de Blood. — Se você fracassar comigo de novo, a sua será a quinta. — Ele colocou a espada na bainha de novo e desapareceu na escuridão.

13

Algumas semanas depois, a Mercedes Benz preta de Isabel Rochev parou rugindo em frente ao quartel-general de Slade. Saiu do carro batendo a porta, com uma raiva visível. A caminhada até o escritório de Slade não fez nada para abrandar aquele sentimento.

— Já faz semanas, e nada está acontecendo — reclamou.

— Essas coisas precisam de tempo, Rochev — Slade respondeu com calma. — Ainda estamos indo na direção certa.

— Você fala isso, mas os Queen ainda estão lá fora, ilesos — protestou. — Eu concordei em trabalhar com você, em *treinar* com você, porque você me convenceu de que conseguiria realizar a minha vingança, mas meses se passaram, e *nada*. — Afundou o punho na mesa, e ele ficou apenas observando em silêncio. Quando ela começou a falar de novo, ele só levantou a mão para silenciá-la.

— Você é uma mulher de sorte, Rochev; você vai conseguir o que deseja, na verdade hoje à noite — disse, e ela franziu as sobrancelhas, confusa. — E você não precisa mais aguardar. Hoje à noite, será o começo do nosso plano — ele continuou enquanto ficava de pé. Caminhou até um gabinete, destrancou uma das gavetas e pegou uma pasta prateada. Colocou-a sobre a mesa, girou os números da senha até estarem mostrando a combinação certa e foi recompensado com um satisfatório som de *clique*.

— Hoje à noite, nós dois vamos visitar a Mansão Queen — Slade prosseguiu enquanto mostrava uma câmera de espionagem minúscula, uma aquisição do tempo que havia passado no A.S.I.S. Isabel se aproximou da mesa e viu várias câmeras como aquela dentro da pasta. — Com essas câmeras eu vou mostrar o meu apoio à candidatura da Moira Queen. Vou grampear o palácio deles pra que possamos observar cada movimento que fizerem. As câmeras são tão sofisticadas que nem a querida Felicity do Oliver vai conseguir *hackear* o sistema delas — acrescentou enquanto guardava a câmera de volta na pasta. — Eu esperei cinco anos por essa noite, e não consigo esperar nem mais um segundo pela compensação de ver o Oliver Queen sofrendo.

— Mas o que é que eu vou ficar fazendo enquanto você estiver invadindo a casa deles?

Sem responder, Slade caminhou até um armário próximo. Voltou com uma mala de roupas lacrada.

— Você tem sido muito leal, Rochev — começou —, você se dedicou à causa e completou com sucesso o treinamento. — Soltou a mala de roupas. — A palavra 'devastar' significa causar caos ou destruição — Slade continuou enquanto abria a mala e revelava uma roupa de combate. Um sorriso raro apareceu no rosto dela ao se aproximar para admirar a nova vestimenta. — Hoje à noite, você começa a sua carreira como a Devastadora — Slade disse. — Preciso que você fique de guarda na Mansão Queen. O Oliver vai optar por manter a identidade de vigilante em segredo da família hoje à noite, o que significa que vai mandar o John Diggle pra me impedir. Eu preciso que você impeça o Diggle. Porém, não precisa matar ele: isso vai vir mais tarde, mas tenho fé de que vai conseguir desarmar ele. — Colocou a mão no ombro dela.

Isabel encostou no macacão, que era feito de couro de alta qualidade. Passou os dedos pela peça, admirando a manufatura. Então pegou a máscara, preta e laranja como a do próprio Slade, embora ainda revelasse as expressões de quem a vestia. Colocou-a sobre a cabeça e sorriu, ansiosa pelos eventos daquela noite.

— Obrigado, Wilson — disse por trás da máscara.

Slade mostrou um pequeno sorriso.

— Me agradeça quando a Queen Consolidated for sua.

— É um prazer conhecer o senhor, sr. Queen — Slade disse, segurando a mão de Oliver enquanto entrava na sala de estar da Mansão Queen. O rosto de Oliver ficou branco.

— O que é que você está fazendo aqui? — Oliver exigiu saber.

— O sr. Wilson acabou de fazer uma contribuição considerável pra minha campanha — Moira respondeu, encarando o filho por ter esquecido as boas maneiras.

Sem deixar a própria expressão entregá-lo nem um pouco, Slade explicou para Oliver que havia ficado impressionado com os esforços da campanha da mãe dele, e acreditava que ela era o tipo de prefeita de que a cidade precisava, louvando as suas propostas orçamentárias, os planos para diminuir o índice de desemprego e para nivelar os pisos salariais. Deu prosseguimento ao que dizia simpatizando com o que ela havia passado no ano anterior.

— Tudo o que posso dizer é que a senhora e eu temos algo em comum — concluiu. — Eu sei como é difícil se reerguer depois de ter sido eliminado pelos outros. — Pegou um copo de rum, depois entregou outro a Oliver e à mãe dele, propondo um brinde ao novo relacionamento entre eles. Oliver hesitou, depois tomou um pequeno gole enquanto Slade observava um modelo de barco antigo que ficava na sala dos Queen. Enquanto Moira e Oliver tomavam as bebidas, aproveitou a oportunidade para colocar uma das câmeras de espionagem no barco.

— A sua família costuma entrar muito na água? — Slade perguntou. Moira explicou para Slade que, após a morte de Robert, ninguém da família havia entrado em um barco.

— Agora que a senhora mencionou isso, lembrei que li sobre o assunto nos jornais; me desculpe — Slade disse, virando-se para Oliver. — O senhor demonstrou muita coragem; ficar naquela ilha deve ter sido um inferno — acrescentou. Na sua cabeça, entretanto, conseguia ver apenas o rosto de Shado.

— O senhor é casado, sr. Wilson? — Moira perguntou. — Tem filhos?

— Infelizmente, não — respondeu. Por um momento, Slade sentiu uma dor no coração ao se lembrar de como fora a sua vida antes da ilha, antes de conhecer Oliver. — Tive uma pessoa especial uma vez, mas ela morreu há alguns anos — continuou, imaginando Shado sobre a grama com uma bala no cérebro, tudo por causa de Oliver. Tomou outro gole de rum e se levantou do sofá, aproximando-se da cornija para admirar de perto uma pintura que estava pendurada na parede.

— O meu primeiro marido amava paisagens americanas do século XIX — Moira disse. A conversa continuou com Slade dizendo que adoraria ver a coleção completa, que estava espalhada pela casa. Oliver dispensou a ideia rapidamente.

— Nós precisamos lidar com alguns negócios de família — disse secamente enquanto Moira virava os olhos. Ela deixou o aposento para encontrar algum membro da equipe de funcionários que pudesse mostrar a Slade o resto das pinturas. Assim que se afastou, Oliver pegou abruptamente um abridor de cartas da mesa e avançou, mas Slade viu que estava se aproximando e o pegou pelo pulso com firmeza. Usando a força do mirakuru, forçou Oliver a soltar a arma improvisada.

— Ainda não, garoto — Slade advertiu —, eu ainda tenho que conhecer o resto da sua família. — Soltou o pulso dele quando a irmã de Oliver atravessou a porta da frente.

— Thea! Chegou na hora certa! — Moira disse, entrando de novo na sala. — Esse é o Slade Wilson. Eu estava prestes a mostrar pra ele a nossa coleção de obras de arte, mas você está vestida bem melhor que eu. — A garota pareceu satisfeita e concordou em atuar como uma guia de turismo improvisada.

Thea estava demonstrando muito orgulho ao conduzir Slade pela mansão. Ele parecia estar admirado com a quantidade de obras que a família Queen possuía, examinando muitas delas cuidadosamente, e disse que estava impressionado com como ela era perspicaz para arte. O *tour* chegou ao fim, e Slade agradeceu à mãe e à filha pela hospitalidade. Então começou o caminho em direção à sala de estar.

— Thea, você está em casa? — O grito veio enquanto o grupo se aproximava da porta da frente.

— Roy? — Thea respondeu alto. — Achei que eu ia encontrar você na Verdant.

Moira apresentou Roy Harper a Slade. Os dois apertaram as mãos e Slade sorriu, sabendo que Roy havia sido submetido com sucesso aos testes com mirakuru. Julgando pela firmeza do aperto de mão que recebeu, Slade imaginou que a Equipe Arrow havia antecipado problemas e que os inimigos deles estavam prontos para atacar.

O seu plano estava correndo como esperado.

— Ollie! — Sara Lance chamou, vindo da escada, e ele se esforçou para manter a compostura ao revê-la tão inesperadamente, a garota que Oliver havia escolhido em detrimento da sua amada Shado. Os dois trocaram gracejos enquanto o tempo passado em Lian Yu queimava por trás dos olhos deles.

— O que é que o senhor gostaria de fazer agora, sr. Wilson? — Oliver perguntou, sem mais parecer desnorteado. Slade percorreu os olhos pela sala, sabendo que estavam mastigando a ideia de atacá-lo.

Estúpidos, pensou consigo mesmo enquanto agradecia a Moira por tê-lo recebido em casa. Oliver se ofereceu para acompanhá-lo até o carro.

***

John Diggle se mexeu levemente no lugar onde estava empoleirado, acertando a posição da sniper, pronto para abater Slade assim que saísse da Mansão Queen. Falou no rádio de circuito fechado, depois esperou.

Assim que viu Oliver saindo da casa com Slade, espreitou pela mira, alinhando a arma ao alvo. De repente, foi atingido na cabeça e perdeu a consciência instantaneamente. Não escutou em momento algum a aproximação de quem o atacou.

A Devastadora estava radiante, satisfeita consigo mesma, sentindo uma onda de adrenalina atravessá-la por estar participando de um combate real. Estava surpresa com como se sentia bem com aquilo, e estava pronta para repetir a dose.

— O Cyrus Gold — Oliver murmurou, com raiva. — O homem da máscara de caveira, os companheiros dele, todos eles trabalham pra você! — Tão calmo quanto poderia estar, Slade entrou no carro. — O que é que você quer? — Oliver exigiu saber.

— Há cinco anos, eu fiz uma promessa pra você, e estou aqui pra cumpri-la. A Sara foi só a primeira — Slade disse. — Vejo você por aí, garoto. — Com isso ele bateu a porta do carro, terminando a conversa, e momentos depois estava acelerando pela noite enquanto a lua brilhava de encontro aos olhos e o coração se enchia de ódio.

***

Alguns dias depois, pouco antes do nascer do sol, Sebastian foi até o escritório de Slade. Estava cansado quando entrou na sala.

— Eu tenho uma novidade, Slade, e não é das boas — disse apressadamente.

— O que é agora, Blood? — Slade perguntou, girando na cadeira. — Mais alguma coisa sobre a sua incapacidade de seguir simples instruções?

— Infelizmente, é sobre a sua incapacidade, senhor — Sebastian respondeu, preparando-se para o que viria a seguir.

— Prossiga — Slade pediu, com um toque de humor no tom de voz.

— Os meus informantes no Glades me disseram que a máfia russa está de olho nos seus negócios — Sebastian informou.

— O que é que você quer dizer com isso? — Slade perguntou.

— Alguém está tentando dizer que você é o vigilante — Sebastian explicou. — Pelo que me disseram, estavam perguntando por um homem com um tapa-olho, alguém que não chegou em Starling há muito tempo. Pode não ser nada, mas estamos num momento crucial e não podemos arriscar agora.

— Estou impressionado, Blood — Slade comentou. — Quem você conhece que pode estar envolvido com isso?

— O Alexi Leonov é o cabeça dos negócios que eles operam no Glades — Sebastian respondeu. — Acho que ele vai saber de mais informações.

— Então eu vou visitar o sr. Leonov hoje à noite — Slade disse.

***

Vestindo a armadura de Exterminador, Slade se aproximou da oficina na qual Alexi Leonov trabalhava. Assim que chegou, matou os dois primeiros homens que viu em trajes de mecânico. Depois entrou energicamente na oficina, encontrou Alexi atrás de uma mesa e tirou a espada da bainha.

— Quem é você? — Alexi perguntou, arregalando os olhos.

— Uma pessoa pela qual você e Oliver Queen têm demonstrado curiosidade demais — Slade respondeu.

Alexi tentou ficar de pé para se defender, girando para alcançar uma gaveta. Slade o apunhalou nas costas, fazendo-o cair estirado no chão, com sangue vazando do corpo. Então levou a mão às costas e pegou uma flecha laranja da mochila. Encarou Alexi.

— O que os seus homens encontraram? — Slade exigiu saber.

— Eu não vou contar nada pra você — Alexi zombou, com desdém. A ameaça de apunhalar a perna dele não serviu de nada para que abrisse o bico, então Slade afundou a flecha, sentindo a ponta dela perfurar o osso. Ele se partiu de novo quando Slade puxou a flecha de volta. Alexi urrou de dor, e quando Slade ameaçou repetir o processo, o russo gesticulou para que esperasse.

— Eu dei o número de uma conta bancária pra ele — confessou —, só isso. Já foi o bastante.

— Concordo plenamente — Slade disse enquanto cravava a flecha laranja no olho de Alexi, matando-o instantaneamente.

— Boa tentativa, garoto — Slade murmurou.

***

Após jogar o corpo de Alexi na mala do carro, Slade voltou para o escritório na cobertura sabendo que não levaria muito tempo para Oliver saber onde estava. Smoak realizaria aquela tarefa por ele.

A mente dele estava fervendo de ódio enquanto arrastava de forma selvagem o corpo de Alexi para fora do elevador até o escritório, com o corpo da flecha saltando da órbita ocular e sendo arrastado contra o piso. Levantou o corpo com um movimento com o braço e o afundou sobre uma cadeira, depois observou com nojo enquanto o sangue pingava da ferida, já mais lentamente do que antes. A mente de Slade estava percorrendo várias memórias do passado — do tempo que havia passado na ilha com Oliver e Shado, de quando havia acordado no oceano sentindo-se solitário e perdido —, mas a sensação familiar de retribuição logo retornou.

Foi até o gabinete de arquivos, vasculhou uma gaveta e voltou com uma caixa de filme e um retroprojetor. Abriu cuidadosamente a caixa e tirou o rolo de filme, depois o posicionou suavemente no projetor. Ligou a máquina, fazendo a gravação brilhar na parede. Ficou hipnotizado ao assistir às imagens de Shado — gravações que havia roubado do A.S.I.S. Ela estava sorrindo para a câmera, brincalhona, a beleza e a essência da mulher que amava brilhavam na tela. O rosto dela estava bonito como sempre, com os cabelos negros voando ao vento.

A raiva dele se dissipou enquanto estava assistindo, tentando trazê-la para dentro de si e se lembrando de como era tê-la por perto, viva. Imaginou uma vida com Shado, na Austrália, e como seria chegar em casa todos os dias e cair nos braços amorosos dela. Foi até a parede, tocou no rosto dela e desejou que pudesse sentir aquela pele macia.

Depois de um momento, recuou e recuperou o foco.

Shado não estava mais ali.

Shado havia morrido por causa de Oliver.

Abruptamente trazido de volta à realidade, Slade colocou a mão no bolso da calça e pegou o celular. Escreveu uma mensagem para Isabel e Sebastian, instruindo-os a encontrá-lo em um depósito fora de Starling City.

Depois colocou de novo o telefone no bolso e pegou o paletó na mesa, deixando o corpo de Alexi para ser encontrado por Oliver, com esperança de que o Arrow entendesse a mensagem. Olhou uma última vez para as imagens de Shado, então se virou e deixou o escritório — sabendo que a saudade no coração continuaria ali para sempre.

14

Slade estacionou na Tosca Cartage, um depósito fora do perímetro de Starling City. Saiu do carro, abotoou o paletó e entrou no galpão. Blood e Isabel estavam esperando pacientemente por ele num escritório.

— Amanhã é o dia em que vamos dar início à fase final do plano — começou —, porque é amanhã que os Queen vão começar a fazer a parte deles.

Isabel sorriu com satisfação. Aquele era o momento pelo qual estava esperando. Para ela, parecia que havia passado uma eternidade desde quando havia conhecido Slade, naquela noite na garagem. Havia feito o melhor que podia para se manter paciente, mas cada dia que havia se passado desde quando entrara para a equipe havia aumentado o ódio que sentia pela família Queen.

— É assim que as coisas vão acontecer — Slade explicou. — Primeiro, nós vamos pegar a adorável Thea, amanhã à noite. Ela vai estar trabalhando na boate no Glades, e pegá-la vai ser fácil. Ao contrário do irmão dela, ela não tem guarda-costas; é bem descuidada. Blood, eu vou cuidar disso, depois vou encontrar você no lugar que combinamos. Quando entregá-la a você, confio que vá ficar de olho e manter ela a salvo até eu voltar. — Blood fez que sim com a cabeça. — Outro sequestro e a possibilidade de que ela acabe morta vão destruir a confiança da Moira. Ela vai sair da disputa, deixando você pra reinar sobre a cidade.

Ele se virou para Isabel.

— Quanto ao irmão amoroso dela, o Oliver, é hora de você fazer o que for necessário pra tomar o controle da Queen Consolidated, Rochev.

— Como é que você pode ter tanta certeza de que isso vai funcionar? Como é que podemos ter certeza de que a Moira vai simplesmente desmoronar? — Blood perguntou.

— Você *vai* ser o prefeito, Blood, com ou sem a participação da Moira Queen em toda essa história — Slade respondeu, depois voltou a atenção para Isabel. — Rochev, por favor, alugue um carro no meu nome e deixe alguns farelos no seu rastro pro vigilante. Pegue um Porsche. — Ela concordou, lembrando que Sebastian ainda não sabia quem estava por trás do capuz verde.

— Isso não é deixar um pão inteiro pro vigilante? — Blood perguntou.

— É exatamente essa a minha intenção — Slade disse enquanto se virava de costas. Finalmente estava pronto para destruir os Queen e colocar uma flecha no olho de Oliver.

***

— A sua maquiagem está escorrendo — Slade disse, entregando um lenço a Thea para que enxugasse os olhos no banco traseiro do sedan preto.

— Obrigada pela carona, sr. Wilson — ela disse, soltando um suspiro profundo. — É só que o meu namorado... ex-namorado agora. Ele simplesmente acabou com tudo, do nada. — Abafou um soluço.

— Ficar com o coração partido é uma coisa que entendo muito bem — respondeu, soando inteiramente simpático à dor dela. — Não é fácil se recuperar disso, e às vezes nunca se consegue. — O carro parou.

Thea olhou para fora da janela.

— Aqui não é a minha casa.

— Você não está indo pra casa, Thea — Slade disse e se virou. — *SAIA DO CARRO!* — gritou.

Aterrorizada, Thea saiu rapidamente do carro. Olhou ao redor, tentando freneticamente ter alguma noção de onde estava. Correu, ansiosa para sair de perto de Slade e do carro, com o coração martelando de medo. Cambaleando em meio às sombras, bateu de frente com alguém, ricocheteando nele e quase perdendo o equilíbrio. Olhando para cima, viu uma máscara de caveira e tomou um susto.

— Olá, Thea — o homem disse. — É um prazer conhecer você. — Ele pegou o braço dela com firmeza.

Ela tentou gritar, mas nenhum som saiu de sua boca.

Horas depois, a caçada pelo sequestrador de Thea estava a todo vapor. O saguão da Queen Consolidated estava lotado de repórteres e *paparazzi* tentando conseguir alguma declaração de qualquer membro da família ou do corpo de funcionários.

Alguns andares abaixo, Moira estava se encontrando com o detetive Lance e os membros do Departamento de Polícia de Starling City. Ela levantou a ideia de que de alguma forma Malcolm Merlyn estaria por trás do sequestro da filha dela. Oliver estava observando a mãe com um caos na mente, sabendo que em algum lugar, de algum jeito, Slade estava com Thea.

Isso é minha responsabilidade, pensou. *Eu devia ter colocado alguém na cola dela.*

De repente, Isabel Rochev bateu na porta, gesticulando para que se aproximasse dela. Antes que a mãe pudesse vê-la, ele pediu licença e se juntou a ela na sala de conferências.

— Peço perdão por lembrar você disso agora, mas na reunião de hoje a diretoria nomeou os novos ocupantes dos cargos da empresa — começou. — Infelizmente, a votação tem que acontecer dentro de 24 horas, e não pode ser adiada. É um mandado da Comissão de Câmbios e Segurança.

— Eu não estou nem aí pras regras, Isabel — Oliver lhe disse. — Preciso lidar com coisas mais importantes agora.

— Me desculpe, mas você tem que se importar com isso — ela respondeu, com um tom de voz um pouco mais ríspido. — Você tem responsabilidades com a sua companhia e com os seus empregados.

Oliver começou a andar de um lado para o outro.

— Você tem que me dar cobertura — pediu. — Estamos falando sobre a vida da minha irmã.

— Eu não posso fazer nada, não tenho autoridade pra isso — ela respondeu. — A não ser que...

— A não ser que o quê?

— Não, não é uma boa ideia — completou. Parou por um segundo, depois continuou. — Você poderia indicar um presidente *pro tempore*, mas você precisa escolher com cuidado, encontrar alguém qualificado.

Oliver pegou um bloco de anotações e começou a rabiscar.

— Eu indico você — Oliver declarou. Pegou o bloco e mostrou para Isabel.

> *Por meio deste, transfiro a minha autoridade*
> *como presidente da Queen Consolidated*
> *a Isabel Rochev.*

Então ele assinou.

— Parabéns — disse. — Você é a nova presidente temporária. — Havia gratidão nos olhos dele. — Obrigado.

— Você pode fazer a Thea me agradecer quando ela estiver de volta, em casa e em segurança — Isabel respondeu. Antes que pudesse dizer algo mais, Felicity Smoak apareceu à porta para tirar Oliver da sala de conferências.

Assim que Oliver deixou a sala, todas as falsas aparências desapareceram. Isabel olhou para o bloco de anotações, mal conseguindo respirar, espantada por ter exatamente o que precisava para destruir Oliver e a família dele. O choque diminuiu rapidamente quando o secretário dela se aproximou.

— Chame os membros da diretoria — disse para Theodore. — Vai haver uma reunião de emergência. — Ele fez que sim com a cabeça e correu para realizar a tarefa que lhe fora incumbida. Ela olhou de novo para o pedaço de papel, com o coração pegando fogo. Os Queen finalmente receberiam o que mereciam.

O vídeo que mostrava Thea como refém havia causado exatamente o efeito que ele queria.

Do outro lado da cidade, Slade entrou no carro alugado, sabendo que os Queen estavam saindo de controle em meio à busca por Thea. Tudo estava correndo exatamente de acordo com os planos que havia elaborado. Foi até uma fábrica próxima, sabendo que a Equipe Arrow iria identificar o carro alugado através da câmera de vigilância. Eles juntariam as peças, usariam um GPS para rastrear o veículo e iriam encontrá-lo.

Entrando na fábrica, Slade se sentou na poltrona de couro enquanto esperava a chegada de Oliver. Enquanto estava se sentando, pegou uma foto de Shado no bolso do casaco. Estava rasgada e gasta pelos anos que haviam passado, mas a beleza dela ainda reluzia. Afagou a foto com o dedo indicador, desejando que ela ainda estivesse viva. Embora soubesse que era impossível, quase que ainda conseguia sentir a presença dela.

Fechou os olhos e tentou esquecer o remorso eterno.

Então o som de uma motocicleta surgiu a distância, e ele voltou à atenção subitamente.

Oliver. Tem que ser ele.

Guardou a foto de novo no bolso do casaco.

***

— Onde ela está, Slade? — Oliver exigiu saber enquanto invadia o lugar com Roy e Sara. Slade ficou parado, sentindo prazer em ver o odiado inimigo sofrer.

Roy deu um salto à frente e socou o rosto de Slade.

— Fale pra gente agora, ou...

— Ou *o quê?* — Slade perguntou. — O que é que você vai fazer, garoto? Vai me matar? Aí você nunca vai saber onde a sua querida Thea está.

Harper recuou, Oliver pegou uma flecha com uma espécie de líquido e atirou no peito de Slade. Ele caiu de novo na poltrona, desmaiando quase instantaneamente.

O mármore frio reluzia na semiescuridão da sala de conferências da Queen Consolidated. Isabel estava sentada na cabeceira da mesa, examinando fichas de arquivos. Uma única luz de LED brilhava sobre ela. Estava esperando com ansiedade pelo que estava prestes a acontecer.

Theodore abriu a porta e olhou para dentro da sala.

— Os membros da diretoria estão começando a chegar, srta. Rochev.

Isabel levantou a cabeça do trabalho, ficou em pé e ajeitou o paletó.

— Por favor, peça que entrem — disse, com um sorriso confiante. Aproximou-se da porta. Theodore ficou ao lado dela, segurando a porta enquanto cada um dos 10 membros entravam na sala.

— É bom ver os senhores, obrigada por virem tão depressa — Isabel disse enquanto apertava a mão de cada um deles ao entrarem, um por um. Manteve-se educada e cortês, oferecendo água a todos, pegando os casacos e os pendurando nos ganchos. Quando todos se sentaram, ela voltou para a cabeceira da mesa e juntou o material em que estava trabalhando.

— De novo, obrigado; quero pedir desculpas por interromper a noite dos senhores — ela começou —, mas queria agir de acordo com os eventos dramáticos que estão se desenrolando. — Parou por um momento e olhou para o rosto de todos que estavam presentes. — Acho que podemos concordar com o fato de que, ao longo do ano passado, o envolvimento de Oliver Queen com a companhia foi... bem, abaixo das expectativas.

Murmúrios tomaram a sala, e algumas pessoas concordaram com a cabeça.

— Enquanto presidente em ato, o sr. Queen esteve frequentemente indisponível para reuniões e decisões importantes que precisavam ser feitas. Sob a liderança do sr. Queen, a QC sofreu dois grandes ataques. Como se lembram, quando cheguei a Starling City, bandidos de rua nos colocaram sob a mira de armas em nossa primeira reunião. — Ela encolheu os ombros. — Eu nunca temi tanto pela minha vida. Além disso, há algumas semanas o departamento de Ciências Aplicadas sofreu uma invasão, também sob a guarda dele. — Mais cabeças concordaram. — Agora, poderiam argumentar que ele e eu somos sócios, mas enquanto metade dessa sociedade, eu digo que isso termina agora.

Isabel pegou os arquivos, mostrando o bloco de anotações com a mensagem rabiscada e a assinatura de Oliver, dando a Isabel autoridade como presidente temporária da Queen Consolidated.

— Como muitos dos senhores com certeza sabem, o sr. Queen está lidando com outros assuntos, então ele me nomeou como presidente durante esse período. É por isso que chamei todos aqui esta noite. — Ela se inclinou para a frente, olhando de novo para cada rosto da sala. — Acredito que seja do interesse de todos os presentes realizar uma votação para vermos se essa nomeação deve se tornar permanente.

Ela se recostou na cadeira, permitindo que os murmúrios atravessassem a sala. Finalmente, um dos membros da diretoria tomou a palavra.

— Vamos votar — disse. — Não tem sentido adiar ainda mais essa decisão. Todos aqueles que sejam favoráveis à eleição da srta. Rochev ao cargo de presidente permanente da Queen Consolidated levantem a mão.

Quando 10 mãos se ergueram no ar, Isabel permaneceu sentada e desabotoou o paletó. Ainda recostada na cadeira, passou os dedos pelos cachos longos e castanhos. Inclinando-se à frente de novo, sentiu um fluxo de emoções — finalmente estava conseguindo aquilo que esperava há anos.

Eu finalmente consegui, pensou consigo mesma.

— Bem, srta. Rochev, — o diretor do conselho disse, sorrindo —, parece que está na hora de darmos os parabéns à senhorita. — Os homens e mulheres da mesa se levantaram e aplaudiram, saudando-a.

— Muito obrigada, isso é muito gentil — Isabel disse, esforçando-se para respirar. — Mas agora temos muito trabalho a fazer. Devemos começar? — Abriu o portfólio e tirou a agenda. Por um momento, porém, pensou na jovem ingênua que havia olhado para Robert Queen como se ele pudesse mover montanhas. Agora, a companhia que ele havia construído era dela.

Numa sala de interrogatórios empoeirada do Departamento de Polícia de Starling City, Slade estava sentado, algemado à mesa. Havia apenas mais um ocupante na sala, e a câmera de vigilância estava desligada.

— Por que é que você está fazendo isso? — Oliver perguntou.

— Você sabe porque — Slade respondeu calmamente, feliz por tudo estar acontecendo de acordo com os planos. — Eu tentei sair da ilha, mas ela ainda está em mim. E se esse capuz que você usa toda noite serve pra alguma coisa, é pra mostrar que ela ainda está em você também.

— Ela nunca fez nada com você — Oliver protestou. — Coloque a culpa em mim, a Thea é inocente. Você quer que eu implore? Eu estou implorando a você. Você ganhou! — gritou. — Por favor, me diga onde ela está.

Slade simplesmente permaneceu em silêncio, saboreando a dor de Oliver. Sem provas do envolvimento dele, seriam forçados a soltá-lo, e o álibi que tinha era perfeito. Tudo o que precisava fazer era esperar.

O carro preto rugia pelas ruas urbanas em meio à madrugada. Encontrar o dispositivo de rastreamento havia sido uma brincadeira de criança, e ele os havia despistado clonando o símbolo de rastreamento. Olhou por cima do ombro para se certificar de que não estava sendo seguido, então voltou a toda velocidade para o galpão.

— Ela ainda está lá dentro — Blood lhe disse.

— Muito bem, vereador; isso é tudo — Slade respondeu enquanto entrava. Sentou-se de frente para Thea e lhe disse que ela não era mais uma prisioneira.

— Eu só precisava demonstrar uma coisa, e agora isso já foi demonstrado.

— Aqueles caras vão atirar em mim assim que eu sair daqui — Thea disse.

— As instruções que dei aos meus homens eram de manter você aqui até que eu voltasse. Agora que voltei, você está livre pra ir embora.

Thea se levantou cautelosamente e foi em direção à porta.

— *Entretanto* — ele continuou —, se você sair, nunca vai saber o segredo do seu irmão. — Olhou nos olhos dela, gostando da expressão confusa no rosto dela. — Você gostaria de saber qual é esse segredo?

Ela se virou e deu alguns passos na direção dele.

— O que é? — perguntou.

— Já faz um tempo que o seu irmão sabe que você não é filha do Robert Queen — ele revelou, escondendo o prazer que estava sentindo. — O seu pai é o Malcolm Merlyn. — O rosto dela ficou com um olhar confuso, até mesmo horrorizado. Ele começou a se afastar dela.

— Não guardo nenhum rancor de você, Thea — Slade disse enquanto saía, batendo a porta do galpão atrás de si.

***

Isabel estava sentada na cabeceira da mesa da sala de conferências, finalmente se sentindo em casa. Pela primeira vez em muito tempo estava se sentindo feliz — animada e ansiosa para dar início às tarefas do seu novo cargo. O cargo que lhe havia sido prometido uma vez — o que ela sempre deveria ter tido. O cargo que havia nascido para ocupar.

De repente, a porta se abriu e Oliver interrompeu os devaneios dela. Enquanto invadia a sala e exigia saber o que estava acontecendo, ela ficou momentaneamente desnorteada. Então se levantou da cadeira — da cadeira *dela* — e se recompôs.

— Foi você que tornou isso possível quando me nomeou presidente — ela disse, com escárnio. — Faz meia hora que a sua companhia pertence a mim. Os diretores decidiram tornar a nomeação permanente numa votação unânime. Eu diria que eles perderam a fé na sua liderança, mas isso implicaria dizer que um dia eles tiveram alguma fé pra início de conversa. — Havia uma calma gélida na voz dela.

Oliver estava sentindo a cabeça dar voltas enquanto se aproximava dela. O coração começou a bater com mais força, e sentiu como se houvessem puxado o tapete de baixo de seus pés.

— Talvez você devesse ter ficado menos focado nas suas... atividades noturnas — Isabel disse, com maldade.

— Slade — ele rosnou. — Você está trabalhando pra ele. — Os olhos de Oliver se arregalaram ao se dar conta daquele fato terrível.

— Eu estou trabalhando *com* ele — ela respondeu. — Ele sabia que me infiltrar nos negócios da sua família iria atrair você de volta pra Starling City. Pra dizer a verdade, eu estava um pouco cética quanto a isso.

Oliver avançou sobre ela e a pegou pelo pescoço. Depois de um momento de pânico instintivo, Isabel se acalmou e recuperou o controle. Ela havia ganhado, e não deixaria Oliver abalá-la de forma alguma.

— *Onde está a Thea?* — ele perguntou, rangendo os dentes furiosamente.

Foi pra isso que você treinou, Isabel pensou. Sorriu, sabendo que não iria ceder nenhuma informação. Não daria a Oliver a satisfação de superá-la, nunca mais.

— Por que é que você está fazendo isso?

— Eu acho que é triste o fato de você não saber — Isabel respondeu, lembrando-se do caminho que a havia levado até aquele momento. — Os pecados do pai são os pecados do filho — continuou, pensando no antigo amante.

De repente, Isabel se lembrou de como eram todos aqueles anos atrás, com Robert. Lembrou-se da felicidade que havia sentido, construída sobre uma fundação de mentiras e promessas não cumpridas. Subitamente tomada por uma raiva vulcânica, deu um chute alto, atingindo Oliver na lateral da cabeça.

Ele se esquivou do golpe seguinte, mas ela aproveitou a oportunidade para pular sobre ele, fazendo-o cair com força contra o chão. Ela se levantou primeiro e deu um chute voador, mas ele a pegou pela perna e pelo braço e bateu o corpo de Isabel contra a mesa de conferências. Mais uma vez, agarrou o pescoço de Isabel e o apertou até deixá-la sem ar.

— Onde ela está? — Oliver perguntou como se estivesse possuído.

Ele é capaz de me matar, ela percebeu, e o pânico a dominou.

— Ele está mantendo ela num depósito, logo além dos limites da cidade — ela respondeu, mal conseguindo falar. — Na Tosca Cartage.

— Como é que eu sei que você não está mentindo?

Ela achou a pergunta engraçada.

— É tão bonitinho você achar que as coisas não estão acontecendo exatamente como ele quer que aconteçam. — Deu uma risadinha e Oliver a soltou. — E ele quer que você vá sozinho. Se ele sequer *sentir o cheiro* dos seus parceiros, ele vai estripar a sua querida Theazinha que nem uma truta.

Ele se afastou dela, encarando-a como nunca havia feito antes. Então se virou para ir embora.

— Foi um prazer fazer negócios com você, Oliver — Isabel gritou para ele. Olhou para as próprias roupas, desarrumadas, e tentou se recompor. Saiu da sala de conferências e entrou no escritório executivo, colocando a blusa para dentro da calça e ajeitando o paletó enquanto pegava o telefone. Discou um número.

— Dei a localização — ela informou.

— Você superou muito as minhas expectativas, Rochev.

— O seu escritório vai estar pronto, esperando por você — Isabel respondeu, desligando o telefone.

***

Slade estava parado em uma rua deserta, fria e escura, vestindo a armadura de Exterminador. Nenhum carro estava passando pela pista. Aproveitou o momento para refletir. Levou anos para formular e executar aquele plano, e o momento de redenção estava se aproximando. De repente, viu faróis a distância.

Aqui vamos nós.

Os faróis se aproximaram, revelando um ônibus. Slade manteve-se na mesma posição, no meio da rua, enquanto o veículo parava lenta e cautelosamente. Era possível ver os passageiros, embora não passassem de vultos — prisioneiros a caminho de Iron Heights. Eles espreitaram pelas janelas, com trajes facilmente reconhecíveis. A escória da cidade — homens que dariam bons soldados.

Um oficial saiu do ônibus, com uma escopeta na mão.

— O Halloween foi há seis meses, babaca — disse. — Agora sai do meio da rua ou vamos abater você.

Um momento depois o homem estava encarando o próprio peito e a espada que estava saindo dele. O oficial caiu no asfalto da rua, morrendo. Dois outros policiais, ainda no ônibus, tentaram alcançar as armas — mas Slade foi mais rápido que eles, abatendo-os com apenas duas balas através do para-brisa. Os prisioneiros, incertos sobre o que estava acontecendo, ficaram apenas observando atentamente. Slade gesticulou para eles e então começaram a sair um por um, lentamente.

— Tenho uma proposta pra vocês — disse. — Starling City deu as costas pra vocês. Vocês foram chamados de lixo da cidade, mas vocês não são isso. Vocês são exatamente o que a cidade precisa, vocês são exatamente o que *eu* preciso. Juntos, vocês vão se tornar um exército. Com a minha ajuda vocês vão se tornar mais fortes que todas as pessoas do mundo. O único objetivo de vocês vai ser destruir a cidade e todos que estiverem nela. Nós não vamos fazer prisioneiros, não vamos parar por nada, e, depois que tivermos terminado, vamos mandar na cidade.

— E se nós não quisermos fazer parte de nenhum exército? — um dos presos gritou. — E se nós quisermos só tentar escapar?

Sem paciência para perguntas, Slade desembainhou a outra espada e a cravou no peito do prisioneiro. O homem tossiu sangue enquanto caía lentamente no chão.

— Alguém mais tem alguma pergunta? — Slade disse enquanto o resto dos prisioneiros o encarava em silêncio. Então passou calmamente entre os prisioneiros e entrou no ônibus, sentando ao volante. Os prisioneiros também voltaram para o ônibus e se sentaram em silêncio.

Afundou o pé no acelerador e conduziu o ônibus pela escuridão da noite.

15

— Como foi com os prisioneiros? — Isabel perguntou.

— Tudo foi satisfatório até agora — Slade respondeu, sentando-se à mesa. — Sabemos a condição da Thea?

— De acordo com as minhas fontes, ela ainda não reportou nada pra polícia, o que faz ser ainda mais provável que ela tenha ido dar as notícias à Moira e ao Oliver, como você tinha previsto. Também é bem provável que eles queiram manter os detalhes entre eles.

— Maravilhoso — Slade disse e sorriu.

— Eu também queria falar com você sobre o garoto, o que segue o Oliver por aí com um capuz vermelho — Isabel comentou.

— O Roy Harper. Conheci ele na Mansão Queen; ele foi submetido aos testes há alguns meses, e foi bem-sucedido. O que você quer saber sobre ele?

— Parece que a situação está bem tensa por lá, e pode ser melhor pra gente ficar de olho no protegido do Oliver — Isabel continuou. — Pode ser que tenha algum jeito de virar isso a favor da gente.

Nesse momento, Sebastian Blood entrou no escritório de Slade, fervendo de raiva.

— O que é que aconteceu dessa vez, Blood? — Slade perguntou sem se sobressaltar.

— Liga a TV no noticiário — Sebastian vociferou.

Slade ligou a tela do computador à frente dele para captar a transmissão do noticiário. Bethany Snow, surpreendentemente alegre, estava apresentando as notícias da madrugada, e Slade aumentou o volume.

— A família Queen passou por momentos terríveis após Thea Queen, filha de Moira Queen, ser sequestrada e mantida como refém. Durante o debate dos candidatos a prefeito Moira Queen e Sebastian Blood, realizado na noite de ontem, foi transmitido um vídeo aterrorizante mostrando o sequestrador de Thea. Então, horas depois, a própria Thea Queen chegou ilesa ao Departamento de Polícia de Starling City, alegando ter sido sequestrada por um homem chamado Slade Wilson. Na frente política, devido ao que se pode chamar apenas de 'simpatia popular', Moira Queen avançou muito em relação a Sebastian Blood nas últimas pesquisas, conduzidas ao longo das últimas 24 horas — continuou, e Blood bateu o punho contra a mesa, fazendo a tela sacudir.

— Essa história toda acabou de sair pela culatra — Blood disse, com raiva. — Como é que eu vou ser eleito agora, porra? Você disse que eu seria o prefeito, mas agora você acabou de entregar a eleição pra Moira Queen; e pelo quê? Qual é essa obsessão sua pela família Queen?

Isabel abafou uma risada e segurou a língua.

— Você me prometeu — Blood continuou, rangendo os dentes. — Cadê as suas promessas agora?

— Eu prometi a você essa cidade — Slade disse, levantando-se subitamente e avançando na direção do vereador até estar a apenas alguns centímetros de distância dele. — Eu prometi a você um exército pra tomar Starling City. — Virou-se para olhar para Isabel. — Qual é a nossa situação?

— Agora, a Divisão de Ciências Aplicadas da Queen Consolidated está completamente dedicada a replicar um soro baseado em amostras do seu sangue.

— Está vendo? — Slade perguntou, calmo de novo. — Tudo está correndo de acordo com o planejado. — Pegou o paletó, vestiu-o novamente e foi em direção à porta.

— Onde é que você está indo agora? — Blood exigiu saber.

— Servir à minha 'obsessão'; o Oliver Queen ainda precisa de mais uma distração — Slade respondeu, com o fantasma de Shado na memória.

Sebastian se virou para encarar Isabel.

— Eu *exijo* que você me diga o que está acontecendo com a família Queen — disse, com a voz ecoando pela sala.

— Me perdoe? — Isabel vociferou.

— O objetivo do sequestro era fazer a Moira Queen desistir da disputa pra procurar a filha. Mesmo assim, o foco de toda a operação parece estar sobre o Oliver, o único membro da família que pelo menos *parece* estar tentando fazer a coisa certa. O único deles que eu talvez possa chamar de amigo.

— Amigo? Deus, você é um imbecil, Sebastian — Isabel respondeu rispidamente. — Abra os seus olhos e ligue os pontos.

— Só me diz: o que é que vai acontecer com o Oliver? — Sebastian perguntou.

— Não seja um idiota, Blood, isso vai acabar matando você — ela respondeu, virando de costas e seguindo na direção do elevador.

Slade bateu na porta do apartamento de Laurel Lance. Quando ela abriu, o olhar de surpresa misturado a medo quase fez ele rir. Ela tentou bater a porta imediatamente, mas ele impediu o movimento com facilidade e abriu caminho com um empurrão, lançando-a aos trancos e barrancos para trás na sala de estar.

— Não se preocupe — ele disse, apontando com o dedo coberto por uma luva preta. — Não estou aqui pra machucar você.

— Vai pro inferno! — ela respondeu.

— Com certeza vou, na hora certa — disse. — Mas antes disso, eu vim pra Starling City pra ver o Oliver Queen sofrer.

— O Oliver...? — ela perguntou. — O quê? *Por quê?*

— Porque ele não é o homem que você pensa que ele é.

— E como é que você sabe disso?

— Porque eu sei que o Oliver Queen é o Arrow. — Slade observou enquanto a revelação atingia Laurel. Ela arquejou, atordoada com aquela informação. Era a reação de alguém que enfim se dava conta da verdade de que sempre havia suspeitado no fundo de si. Então Slade se virou... e foi embora.

Saiu do apartamento dela se sentindo virtuoso. Havia lançado uma bomba no mundo de Oliver que causaria resultados catastróficos. Slade se lembrou do primeiro ano na ilha, e de como Oliver havia se vangloriado de ter a mulher mais bonita de todas esperando por ele em Starling City. Zombou daquele pensamento.

A Laurel Lance, a Shado, a Sara... Slade pensou com crueldade. *Ele pega tudo o que pode pegar de quem quer que seja.* Enquanto caminhava, levantou a cabeça e congelou.

Shado estava parada à frente dele.

— Ele nunca me teve — ela confessou a Slade —, eu nunca fui dele.

Slade olhou para a bela mulher à sua frente. Deu um passo hesitante para se aproximar dela, depois relaxou, vendo que a pessoa que amava era mesmo real.

— Eu devia ter sido mais forte — ele disse. — Eu devia ter tirado você de perto dele quando tive a chance.

— Você já fez tanta coisa por mim, Slade — ela respondeu. — Você não consegue ver isso? Você levou *anos* pra chegar até esse momento, e aqui está. Eu estou tão orgulhosa de você.

— Eu fiz tudo isso por sua causa. — Slade esticou o braço para tocar nela. — Foi sempre por sua causa.

— Eu sei, e agora você precisa terminar o que começou, o que devíamos ter feito juntos lá em Lian Yu — Shado disse, com um brilho nos olhos. — Mate ele.

— Eu vou — prometeu. — Por você, por nós. Tem mais alguns passos antes de poder chegar a esse momento de felicidade. — Deu outro passo na direção de Shado, depois outro, lembrando-se do cheiro de lilases. Estendeu a mão, preparado para pegar na dela, e ela sorriu para Slade de volta, com um olhar ao mesmo tempo bonito e traiçoeiro. Logo quando Slade ficou perto o bastante para pegar na mão de Shado, tomá-la nos braços e finalmente beijá-la...

O celular dele vibrou no bolso do paletó. Involuntariamente, Slade olhou de relance para baixo e pegou o telefone para checar quem estava ligando. Era Isabel do outro lado da linha.

Quando levantou a cabeça de novo, Shado havia desaparecido, um fantasma furtivo em meio à noite. Ele olhou freneticamente por cima dos ombros, perguntando-se para onde ela havia ido, e de repente se sentiu mais solitário do que nunca.

Pressionou o botão com força para atender a ligação.

— O que é, Rochev? — Slade perguntou rispidamente.

— O protegido do Oliver, o garoto do capuz vermelho — ela respondeu. — Como nós suspeitamos, ele deixou o Oliver e os amigos pra trás.

Os olhos de Slade ficaram arregalados com aquela notícia — os acontecimentos haviam tomado um rumo que não poderia ser tão bem planejado nem por ele mesmo. Tinha que aproveitar aquela reviravolta.

— Onde é que você está agora? — Slade perguntou.

— Estou seguindo o rastro dele. Ele acabou de sair dos limites de Starling City; o meu palpite é que ele está indo pra Blüdhaven — Isabel respondeu.

— Isso é bom. Me mantenha atualizado sobre a sua posição e eu vou encontrar você. — Então ele desligou.

Ficou parado na rua, congelado por um momento.

— Shado? — chamou, esperando que ela se revelasse.

Sentiu uma dor no coração, e o vazio dentro de si fez com que se sentisse insignificante. Deixou o desespero percorrer o corpo enquanto chamava o nome dela de novo, e de novo, cada vez um pouco mais alto.

De repente, o desespero de Slade se dissipou e se transformou em raiva, no começo branda, mas depois se tornou incandescente. Começou a andar de novo e chegou ao Porsche preto.

Por que é que você está sempre me deixando?, Slade pensou enquanto colocava o cinto de segurança.

— Por causa dele — Shado respondeu do banco de trás, e ele a viu pelo retrovisor. — Eu tenho que deixar você por causa do Oliver — Shado repetiu enquanto Slade afundava o pé no acelerador. O Porsche rugiu pela estrada em direção a Blüdhaven, onde Slade tomaria outra pessoa de Oliver Queen.

Slade saiu do Porsche e encontrou Isabel esperando pacientemente.
— Onde estamos? — Slade perguntou.
— Num abrigo, principalmente pra famílias desfeitas que precisam de ajuda. Harper entrou lá há cerca de meia hora.
— Muito bem — Slade disse enquanto se aproximava do prédio —, vamos lá pegar o sr. Harper pra leva-lo de volta pra casa.

Os dois entraram no abrigo, passaram pelo saguão de entrada e chegaram a uma sala de estar improvisada. Uma mãe estava sentada numa cadeira de balanço, lendo um livro para o filho. Crianças estavam jogando damas em um canto, e um grupo de homens estava do outro lado da sala jogando xadrez. O olho de Slade aterrissou sobre uma poltrona ocupada por uma pessoa de costas para eles. Gesticulou para Isabel, os dois se aproximaram da poltrona e viram um capuz vermelho.

Slade colocou a mão no ombro de Roy.
— Está sem sorte, garoto? — Sentiu os músculos dele se enrijecerem e deu a volta para ficar de frente para o ocupante da poltrona. — O Oliver Queen é um imbecil — disse.
— Me diz alguma coisa que eu não sei — Roy respondeu rispidamente.
— O senhor é especial, sr. Harper — Slade insistiu. — Ele não consegue perceber isso.
— Especial? Porque eu tenho o seu soro louco em mim?
Isabel virou os olhos nas órbitas.
— Chega de falar besteiras.
Roy se levantou e ficou cara a cara com Slade.

— Você pode assustar o Oliver, mas você não me assusta — Roy disse. Mas Slade apenas sorriu, gostando da ousadia dele e sabendo que aquilo era fácil demais.

— Bem, então — respondeu, levantando a sobrancelha —, me mostre o caminho, sr. Harper.

— Você não vai nem lutar? — Isabel perguntou enquanto Roy se virava para o outro lado.

— Por que me dar ao incômodo de fazer isso?

16

— Covarde. De que mais se poderia chamar alguém que, sem nenhum motivo, destruiu a divisão de Ciências Aplicadas da Queen Consolidated, onde guardamos tecnologias médicas de ponta com o único objetivo de fazer de Starling City e do mundo um lugar melhor e mais seguro?

— Essa foi a declaração feita esta manhã pela nova presidente da Queen Consolidated, Isabel Rochev — anunciou Bethany Snow —, poucas horas depois de a divisão de Ciências Aplicadas da companhia ser brutalmente destruída em uma explosão na madrugada de ontem.

Slade continuou a assistir à transmissão, mesmo quando Isabel entrou furiosa na sala, com uma atitude bem menos calma do que a que havia mostrado na coletiva de imprensa.

— Eu acabei de perder uma instalação de um bilhão de dólares — ela disse com raiva. — Como é que você pode simplesmente ficar aí sentado, tão calmo?

— Mudança de estratégia. É um pequeno contratempo, Rochev. Deixe eles se vangloriarem por um breve momento. Porque não vai passar disso, só um momento. Nós precisamos replicar o soro... de novo. Porém, dessa vez temos uma coisa que não tínhamos antes. O Roy Harper — Slade continuou, ansioso. — Nós vamos usar o sangue do sr. Harper pra replicar o soro, drenando ele durante o processo.

— Mas ainda precisamos de uma centrífuga grande *e* precisa o bastante pra isso. Como e onde vamos encontrar outra dessas em Starling City? — Isabel perguntou, ainda exaltada.

— *Nós* não vamos — Slade respondeu. Abriu o gabinete onde guardava os equipamentos do Exterminador.

— O que é que você quer dizer com isso, Slade?

— Nada, Rochev. Você pode duvidar de mim, e o Oliver Queen pode achar que é mais esperto que eu, mas eu... sempre venço.

Slade olhou ao redor da aparelhagem que antes fazia parte da fundição, perscrutando em meio às sombras. Havia recuperado a chave de esqueleto de que precisava, então poderia sair de lá bem antes do retorno da Equipe Arrow. Mas, sem hesitar, Slade decidiu permanecer ali, ansioso para passar uma mensagem. Ficou em pé no meio do covil subterrâneo de Oliver, usando a armadura de Exterminador. Então escutou o som de uma porta se abrindo no andar de cima.

— Eu conheço o Slade. — Era Oliver. — Ele não vai parar até...

— Bem-vindo.

Slade sentiu prazer com o olhar chocado no rosto de Oliver. Ele estava com Sara, Diggle e Felicity. Slade sacou a Glock e abriu fogo, fazendo a equipe se espalhar. Não tinha nenhuma intenção de matar Oliver. Os outros, porém... se morressem no meio do tiroteio, que assim fosse.

Oliver agarrou Felicity e pulou por cima do gradeado. Diggle e Sara correram escada abaixo e deram a volta no perímetro do covil. Diggle era o único que estava armado, então Slade continuou perseguindo-o com tiros.

Diggle acertou a caixa de disjuntores, deixando o esconderijo na escuridão.

Quase que instantaneamente, Sara avançou por entre as sombras, pegou a barra de metal da escada salmão de Oliver, depois saltou sobre a área de trabalho de Felicity para atacar. Antes de aterrissar, Slade a pegou pelo pescoço e a levantou no ar.

— Olá, Sara — ele disse, e com um movimento calmo a jogou sobre uma mesa de suprimentos com uma força que a fez deslizar e se chocar contra uma coluna de sustentação.

Um a menos.

Diggle, o guarda-costas, veio correndo das sombras, abrindo fogo com a Glock.

— Diggle! — Oliver gritou. — Não avance!

Algumas das balas atingiram o alvo, mas Slade não recuou. Elas ricochetearam inofensivamente na armadura de promécio reforçado soltando fagulhas, até o pente ficar vazio.

— Você está gastando as suas balas — Slade observou ironicamente.

Mas Diggle continuou avançando, usando a arma como um bastão, batendo-a várias vezes com velocidade no capacete de Slade. Os golpes não fizeram nenhum efeito, e quando Slade ficou cansado dos esforços do homem, pegou-o subitamente pelo braço e o lançou contra a proteção de vidro que guardava a roupa de Arrow de Oliver.

Oliver entrou na briga, correu até a mesa e pegou o bastão de bo de Sara, brandindo-o sobre o ombro como se fosse um bastão de *baseball*. Deixou que o seu próprio movimento o levasse, e Slade o viu partindo para o ataque. Ele se esquivou do golpe e, enquanto isso, desembainhou uma das espadas militares.

Os dois trocaram uma sequência rápida de golpes. Oliver separou o bastão de bo e brandiu as duas partes como se fossem bastões de eskrima, exatamente como havia feito em Lian Yu. Porém, com seus reflexos aprimorados, Slade se defendeu com facilidade do ataque do oponente. As armas se prenderam uma à outra, ambas sendo forçadas para frente, mas Oliver não era páreo para a força aprimorada. Slade girou e atacou com a espada, cortando o braço do inimigo.

Oliver gritou de dor.

Slade o jogou de costas no chão e depois o nocauteou com um soco no rosto.

— Não se esqueça de quem ensinou você a lutar, garoto.

Examinando a sala, certificou-se de que não havia mais nenhuma resistência dos inimigos. Então foi embora do covil, deixando Oliver e sua equipe para trás — machucados e abalados, entendendo a mensagem que lhes fora passada.

Nenhum lugar era seguro.

***

TSÁA!

A faca de Slade penetrou na espinha do guarda dos laboratórios S.T.A.R., e o som do golpe ecoou pelo salão. Ele prosseguiu, resoluto. Arrow acreditava que havia frustrado os planos de Slade ao destruir a centrífuga.

Não foi dessa vez, garoto, Slade pensou enquanto caminhava pelas instalações de Starling City, vestindo a armadura de Exterminador. Superior até mesmo à Queen Consolidated, o S.T.A.R. abrigava as tecnologias mais inovadoras de todas.

Fez uma curva e encontrou dois empregados embasbacados, identificados nos crachás de segurança como Caitlin Snow e Cisco Ramon. Slade desembainhou a espada e os dois fugiram às pressas pelo corredor, numa progressão marcada pelo barulho alto dos passos que davam. Ele os seguiu com calma.

— Quanto mais fugirem, mais lentamente vou matar vocês — ele gritou.

Snow e Ramon se depararam com uma área restrita, onde ficavam guardados protótipos de armas. A jovem mulher olhava freneticamente de um lado para o outro, procurando algo que pudessem usar como arma, enquanto escutava os passos de Slade se aproximarem.

— Me ajuda — ela pediu a Ramon, com suor surgindo sobre as sobrancelhas. Ela se aproximou de uma caixa de madeira, abriu-a e encarou o seu conteúdo, recuando de leve.

— Por favor, me diga que você consegue fazer isso funcionar — ela disse enquanto Ramon estava se aproximando da caixa. Ele pegou um rifle de energia com as duas mãos e olhos arregalados.

— Eu acho que sim — respondeu —, e, de qualquer forma, é a nossa melhor chance. Fica na minha frente pra pegarmos ele desprevenido.

As vozes deles não passavam de murmúrios enquanto Slade se aproximava do lugar onde estavam, e sentiu o coração acelerar ao pensar em matá-los. Quando entrou na sala, deparou-se com Snow à sua frente, desarmada e assustada. O poderoso Ramon estava encolhido por trás dela. Slade a encarou fazendo movimentos com a espada, pronto para cortar a garganta dela.

— Vou voltar atrás no que disse — Slade anunciou. — Vou resolver esse assunto de um jeito rápido. — Ao dar um passo na direção dela, Snow se agachou.

— AGORA!

Ramon estava segurando uma espécie de rifle. Puxou o gatilho, liberando uma explosão de energia que lançou Slade ao chão, deixando-o atordoado. O barulho de passos voltou a ecoar pelo ambiente quando os dois correram para fora das instalações de armazenamento, ficando em segurança.

Merda, isso foi uma atitude de amador!

Enquanto Slade tentava se recompor, a explosão estava ecoando na própria cabeça. Então olhou para cima e viu... o biotransfusor, um equipamento mais avançado que a centrífuga da QE. Colocando-se de pé, pegou a máquina com ansiedade.

Que aqueles dois vão pro inferno, pensou, com uma animação crescente. *Consegui o que queria — vem pro papai, querido.*

Oliver devia chegar a qualquer momento, e por algum motivo Isabel não achava que ele chegaria atrasado hoje. Ela estava sentada à mesa, preparando-se para o confronto inevitável, quando de repente escutou um tumulto no elevador.

Era Oliver, acompanhado por Diggle.

Ela não se importou em levantar a cabeça, preferindo ficar focada nos documentos em que estava trabalhando.

— Independentemente do que você tenha vindo dizer, leva cerca de 60 segundos pros seguranças chegarem aqui — ela comentou —, então, se eu fosse você, começaria a falar logo.

— Onde está o Slade?

Será que ele realmente esperava que ela fosse lhe contar aquilo? Ela sorriu com aquele absurdo. Mas a resposta dele ao silêncio foi... inesperada.

— Eu só queria dar pra você a chance de fazer a coisa certa.
— Eu não tenho nem 30 anos e sou presidente de uma empresa da lista Fortune 500 — Isabel respondeu. — Diria que já fiz a coisa certa.
— Você sequer sabe quem é o Slade, ou por que ele está fazendo isso?
— Eu não me importo — ela disse, ainda sem levantar a cabeça. — Consegui o que mereça.
— O que você mereceu? Você acha que dormir com o meu pai dá a você o direito de mandar na empresa da minha família?
— Você não faz ideia do que está falando.
— Uau — Oliver suspirou. — Ele se envolveu com um monte de garotas. Mais do que você pode imaginar. Eu não vejo nenhuma delas orquestrando aquisições hostis.
Aquilo a atingiu. Ela levantou a cabeça.
— Se envolveu?
— É.
— Foi isso que a sua mãe contou pra você? — Ela juntou os papéis. — É claro que foi, ela me reduziria a um simples caso sem importância. — Então se levantou e saiu de perto de Oliver, entrando na sala de conferências. — O Slade Wilson me fez passar por um inferno. O treinamento dele quase me matou. Você acha que eu passaria por tudo isso só porque fui uma amante rejeitada?
— Sinceramente, eu não sei o que você é!
— Eu era a alma gêmea do seu pai — ela disse. Oliver zombou daquelas palavras, e isso a deixou enfurecida. — Ele ia deixar a sua mãe, deixar a companhia, deixar *você*. As nossas malas estavam feitas.
— Claro.
— A sua irmã tinha que quebrar o braço... Fazendo alguma coisa ridícula, sem dúvida.
— Ela caiu do cavalo.
— Nós estávamos no aeroporto quando ele recebeu a ligação. — Ela caminhou ao redor da mesa da sala de conferências, arrumando os papéis para a reunião da diretoria que estava prestes a começar. — Eu implorei pra ele não ir, e lembrei ele que Thea nem era dele.

— Você está dizendo que o meu pai sabia disso?

— É claro que ele sabia, ele era um bobo, não um idiota. E, como um bobo, ele amava ela mesmo assim. Ele me prometeu que iríamos embora no dia seguinte. Mas, ao invés disso, ele acabou com o meu estágio e nunca mais falou comigo.

— Ah, então esse é o verdadeiro motivo de tudo isso — Oliver disse, com uma expressão que misturava compreensão a incredulidade. — Ele escolheu a gente ao invés de você.

Três seguranças entraram pela porta.

— Por favor, acompanhem o sr. Queen até a saída.

— Não toquem em mim.

— Ele não é mais bem-vindo nesse prédio — ela disse. — No *meu* prédio.

Ela observou Oliver sair da sala de conferências, deixando vacilar a expressão de bravura no rosto. Ele estava certo. Aquilo tudo era devido à preferência de Robert pela própria família em detrimento dela.

Sempre havia sido.

17

Eles escolheram um galpão abandonado próximo a um restaurante Collins & Main. Um espaço industrial cavernoso. Slade e Isabel inspecionaram o biotransfusor recém-adquirido — um aglomerado de vasilhas, bitolas e cabos presos a um equipamento metálico grande e aberto com um visor digital. Sobre ele, pregada a uma plataforma, havia uma cadeira médica em formato de cruz. Era rodeada por uma auréola de metal presa como se fosse um andaime, com tubos de plástico pendurados formando uma cortina de tentáculos apontados para o chão. A tubulação levava a uma série de seringas presas a 15 macas que estavam arrumadas em um semicírculo.

Slade se virou para os prisioneiros de Iron Heights que havia juntado — passavam de 30 no total. Alguns deles estavam amarrados às macas enquanto outros ficaram para trás, esperando pela chance de renascerem.

— Agora é o momento de vocês — ele disse. — As pessoas de Starling City viraram as costas pra vocês, e essa é a chance de mostrar a eles que vocês não foram esquecidos. Que vocês não vão sumir com facilidade: que essa é a cidade *de vocês*. — Parou por um momento para provocar um efeito dramático, depois continuou. — Eu estou aqui pra tornar vocês invencíveis; essa é a hora de vocês passarem de bons para ótimos. — Slade se aproximou de Roy no centro da plataforma, preso sem camisa à cadeira, ainda sedado e com os braços presos no lugar por quatro anéis de metal.

— Juntos, vamos nos erguer.

No final de cada tubulação havia um dos 15 homens. Todos estavam sedados e deitados sobre macas de metal, com agulhas injetadas nos braços. A máquina começou a funcionar produzindo um zumbido alto. Sangue — de um vermelho escuro e vívido — fluiu do corpo de Roy até o transfusor, onde o mirakuru era extraído. Então era bombeado através das tubulações de plástico em direção aos prisioneiros sedados num fluxo verde e fluorescente, entrando nos corpos deles.

Deviam tomar bastante cuidado para não remover sangue rápido demais, o que causaria a morte de Roy prematuramente e acabaria com a efetividade dele enquanto fonte da droga. A máquina tinha que estar calibrada com precisão.

Tão rápida quanto começou, a operação estava completa.

— E agora? — Isabel perguntou.

— Agora nós esperamos — Slade respondeu.

Quando Arrow chegou, quase todos os prisioneiros já haviam sido transformados. Graças ao sedativo, ainda estavam inconscientes. Slade, vestindo a armadura e segurando a espada, e Isabel, em trajes executivos, observavam das sombras. Slade estava impressionado com a engenhosidade do vigilante para encontrar o lugar em que estavam.

Que pena que é tarde demais.

Quando Oliver descobriu que era Roy quem estava preso à máquina, que estava sugando completamente o sangue do corpo dele, um olhar de horror atravessou o rosto do Arrow. Começou a checar as conexões e estava prestes a puxar um fio quando Slade decidiu se revelar.

— Eu não tocaria nisso se fosse você.

Arrow se virou com uma flecha no arco.

— Tirá-lo no meio do processo vai acabar com a vida dele com certeza — Slade continuou.

— Se eu não parar a máquina, ele vai morrer de qualquer jeito — Arrow disse. — Slade, ele é só um garoto!

— Um garoto que está aqui simplesmente porque você mandou ele embora. — A voz de Slade ficou mais alta. — Você era a única pessoa que ele admirava e, por isso, você destruiu a alma dele.

— Nós encontramos ele em um abrigo em Blüdhaven — Isabel acrescentou. — Patético. Ele nem tentou lutar.

— Bem, eu vou — Arrow disse. — Me diz como parar a máquina.

— Se você pudesse sentir o poder que está passando por mim — Slade respondeu, com uma fúria crescente —, saberia que não tenho medo de uma flecha. Eu sou mais forte do que você pode sequer imaginar e, logo, logo, não vou estar sozinho. — Usou a espada para apontar para os muitos prisioneiros que estavam recebendo o mirakuru.

Arrow respondeu atirando a flecha, não em Slade, mas na caixa de fusíveis do galpão, cortando a energia da máquina temporariamente. Ela soltou um zumbido enquanto se apagava. Então ele atirou uma série de flechas na direção de Slade, que as desviou facilmente com a espada. Isabel se agachou ao lado e abriu fogo em resposta com a pistola, fazendo o Arrow mergulhar para se proteger — e se afastar de Roy.

Com assassinato nos olhos, Isabel avançou furiosamente na direção dele, ainda atirando. Arrow a desarmou com um dardo, tirando a arma da mão dela. Sem hesitar, ela o atacou, usando uma das macas para se lançar sobre ele, fazendo-o recuar. Ela liberou toda a frustração que tinha guardado durante os anos, numa revanche catártica pela traição de Robert. Iria matar o que Robert considerava mais precioso. Arrow se defendeu da série de chutes giratórios da oponente e então deu um soco no rosto dela, mandando-a ao chão.

Slade avançou, batendo o Arrow violentamente de costas contra uma pilastra e quebrando o concreto velho. Antes que o vigilante pudesse se recuperar, Slade o pegou por um braço e uma perna e o jogou para longe, fazendo-o cair no chão e provocando um forte estampido.

Arrow se recuperou rapidamente, levantou-se e colocou duas flechas no arco, apontando-as para Slade, que apenas sorriu.

— Você não pode me machucar, garoto.

Ignorando as palavras dele, o Arrow atirou — mas as flechas eram adesivas, e não perfurantes. Elas se prenderam ao peito de Slade e ele olhou para as pontas brilhantes, confuso, escutando o som de bipe que elas emitiam. Uma contagem regressiva... Antes que pudesse reagir, as flechas explodiram, produzindo um flash ofuscante que o lançou voando para trás.

Instantaneamente Arrow voltou a atenção para Roy e os frascos de mirakuru, sem notar Isabel se mexendo no chão. Ela estava se esforçando para levantar enquanto ele soltava o jovem da máquina. Então ela encontrou a arma, pegou-a e a apontou para Oliver.

O movimento chamou a atenção dele, mas era tarde demais para reagir.

Ela começou a apertar o gatilho.

BANG, BANG!

Dois tiros saíram do cano da arma, atingindo o peito de Isabel com precisão. Atordoada, olhou para as vigas de sustentação e viu Diggle com a arma fumegante apontada para ela.

Isabel caiu amontoada.

Slade se levantou com dificuldade, ainda confuso devido às explosões e incapaz de impedir Arrow de atirar uma flecha adesiva no teto, segurar Roy com firmeza e escapar noite afora. Ele viu Isabel no chão, estirada sobre uma poça de sangue. Slade a pegou e a levou até uma maca vazia, injetando uma das agulhas no braço dela. Ligou a energia da máquina de novo tirando a caixa de fusíveis do circuito elétrico. Ela voltou a funcionar, produzindo o mesmo zumbido de antes.

Então ele tomou o lugar de Roy Harper na cadeira e se conectou ao biotransfusor, dando continuidade ao procedimento, agora alimentado pelo próprio sangue. Sangue começou a vazar dos olhos dos condenados inconscientes de Iron Heights, parecendo lágrimas.

Então começaram a acordar.

Era o nascimento do exército de Slade.

Mas será que ainda havia tempo o bastante para Isabel? Será que ele a havia inserido no processo a tempo? Slade se manteve preso à máquina, na esperança de salvá-la com o próprio sangue. Finalmente os olhos dela começaram a sangrar — e então, ela acordou.

Soltando-se da máquina, Slade pairou sobre ela, com o punho tremendo e cercado pelos prisioneiros em estados diversos de consciência. Logo formariam o seu exército.

Ele estaria pronto para a guerra.

18

Sebastian Blood estava no telefone na sede de sua campanha quando Clinton Hogue, o velho amigo e guarda-costas, abriu a porta. Moira Queen marchou para dentro da sala.

— Vou ter que ligar pra você daqui a pouco. — Ele desligou e se levantou, surpreso por vê-la.

— O senhor quer que eu fique aqui, sr. Blood? — Clinton perguntou.

— Hm, não, não, obrigado. Vou ficar bem. — Hogue saiu, dando privacidade aos dois. Blood se desculpou. — É o meu novo guarda-costas. É um pouco superprotetor. — Apontou para a cadeira de convidados, oferecendo-a a Moira. — Por favor.

— Não, obrigada.

— Eu diria que essa visita era inesperada, mas eu odeio eufemismos.

Moira foi direto ao assunto.

— Eu vou sair da disputa — disse, inexpressiva. — Vou fazer um discurso para anunciar isso no meu comício hoje à noite. — Os olhos dele ficaram arregalados.

— Mas você está na frente nas últimas pesquisas de intenção — ele respondeu. — Até os comentadores políticos mais céticos estão dizendo que talvez você realmente consiga se eleger.

Moira afastou aquela ideia com um aceno.

— Eu senti que devia a você a cortesia de dar essa notícia pessoalmente — ela continuou. — Mas também não tenho que dar explicações pra você.

— Não, você não tem mesmo — Blood respondeu enquanto Moira se virava para ir embora. — Mas eu gostaria que você desse. — Ela parou, e ele insistiu. — O que você está fazendo, Moira, por mais que seja benéfico pra mim, na verdade não faz muito sentido.

Ela parou, depois falou por cima do ombro.

— É a minha filha. No momento, ela precisa mais de mim do que Starling City precisa.

— Bem, você está fazendo a coisa certa — concordou. — Eu vou mudar essa cidade, Moira. Está chegando um novo dia. Um dia melhor, pra todos nós.

Moira concordou com a cabeça.

— Você realmente acredita nisso, não acredita? — ela disse. — A gente pode não estar de acordo em tudo, mas eu agradeço pela sua sinceridade, Blood. Eu sei que você se importa com essa cidade. — Voltou a andar. — Boa sorte.

Com isso ela saiu da sala, deixando Sebastian Blood para trás, pasmo, mas agora podendo regozijar-se com a vitória repentina e inesperada. Havia chegado tão longe, do orfanato às ruas do Glades, até a beira do seu destino final — o escritório do prefeito.

Será que realmente podia estar tão próximo da vitória?

Não parecia verdade. De repente, ficou desconfiado.

Moira pareceu sincera, mas ela havia feito promessas que não cumpriu antes. Será que uma tigresa como ela — uma predadora por natureza — poderia realmente mudar o desenho de suas listras? Queria tanto acreditar nela dessa vez.

Ousaria fazer isso?

Toda a equipe dele estava na sala de campanha, assistindo à transmissão do comício de Moira Queen na Verdant. Sebastian Blood pegou a caneta, contando os segundos que faltavam para finalmente poder se declarar o prefeito de Starling City e começar a fazer mudanças de verdade.

— Com o passar das semanas, pessoas boas como vocês levantaram a voz pra me apoiar — Moira disse do palanque —, e eu comecei a achar que poderia fazer a diferença. Eu poderia ajudar a salvar essa cidade. — Então ela parou, com um olhar abatido no rosto. Sebastian sentiu que aquele era o momento. Os pelos do braço dele se eriçaram e o coração começou a acelerar. — Mas acontecimentos recentes mudaram os planos, e...

Por que é que você está parando de novo?, ele pensou com ansiedade. *Diz logo o que tem pra dizer.* Viu alguma coisa mudando nos olhos dela. Era a confiança florescendo. Uma motivação renovada.

O coração dele foi ao chão.

— ... e agora eu *sei* que posso fazer a diferença. — Os espectadores começaram a aclamá-la fervorosamente.

Sebastian precisou de toda a disciplina que tinha em si para não gritar naquele momento. Apertou a caneta com mais força, lutando contra o ímpeto de destruí-la, com adagas saindo dos olhos em direção à tela.

— Starling City é a minha casa — ela continuou —, vocês são a minha família, e não tem nada mais importante pra mim do que a minha família. Obrigada!

A equipe deixou a sala, confusa e desanimada, e Sebastian fechou a porta do escritório, ainda lutando contra a própria raiva. Ela havia feito aquilo de novo. Mudado de ideia. Está *sempre* mudando de ideia; bem típico do um por cento, fazer tudo o que quiser, tudo o que lhe trouxer mais benefícios. Independentemente de quanto custassem aquelas decisões para as outras pessoas.

Sentou-se à mesa e fez uma ligação.

Slade atendeu.

— Sr. Blood, presumo.

— Você disse que esse era um negócio certo — Sebastian rosnou. — Que a Thea seria o bastante. Por que é que a Moira mudou de ideia?

— Eu acho a sua falta de fé perturbadora.

— Não foi a fé que me levou até a porta da Prefeitura!

— Não — Slade concordou. — *Fui eu.* — Algo no tom de voz dele fez Sebastian congelar.

— Olha, eu agradeço muito pelo que você fez — disse, mudando a forma de abordar o assunto. — Mas ela está mais popular do que nunca. Ela vai *ganhar*.

— Mulheres mortas não ganham eleições.

— O que é que você vai fazer? — Sebastian perguntou, sentindo o rosto ficar sem sangue.

— O que for necessário — Slade respondeu. — Comece a escrever o seu discurso de investidura.

Sebastian escutou um clique e a ligação terminou.

***

Slade guardou o celular no bolso e ficou de guarda, sob as sombras, do lado de fora da Verdant, a sede da campanha de Moira. Viu os Queen saírem do local e entrarem em uma limusine. Moira, Thea e Oliver estavam com a guarda baixa.

— Você está pronto, meu amor?

Slade fez que sim com a cabeça, virando-a para olhar para Shado. Ela afagou o rosto dele.

— Só dê pra ele uma provinha da vingança que está por vir — ela disse.

Enquanto a limusine saía, Slade entrou na caminhonete, seguindo-os e esperando até que estivessem passando pela área desolada do Glades, intocada desde o Empreendimento. Isolada de qualquer intervenção. Então acelerou o carro e se aproximou pelo ponto cego do motorista, batendo na lateral da limusine.

Certificando-se de que estavam inconscientes, tirou cada um dos Queen dos destroços e os levou até um campo que havia checado previamente. Escolheu aquele lugar devido à semelhança sinistra que tinha com a floresta de Lian Yu, onde havia encontrado o corpo de Shado. Onde Oliver havia feito a sua escolha fatídica.

Slade o faria escolher de novo.

Amarrou as mãos deles por trás das costas, arrumando-as da forma como imaginava que Ivo havia feito com Shado e Sara quando forçou Oliver a escolher qual vida lhe era mais querida.

— Está parecido com como foi?
— Está perfeito — Shado respondeu.

Oliver foi o último a acordar, e Slade se divertiu com a expressão de horror que surgiu no rosto dele quando reconheceu o cenário. Moira e Thea estavam choramingando perto dele, quase histéricas com aquela situação traumática, sem ideia do que estava prestes a acontecer.

— Eu estava morto na última vez que deixaram você fazer essa escolha — Slade disse.

— O que está acontecendo? — Thea gritou enquanto Oliver se esforçava para ficar sentado, testando a corda. Estava bem presa, assim como Slade sabia que estaria.

— Frequentemente me pergunto como você estava quando ele apontou a arma pra Shado — ele continuou, ajoelhando-se para olhar Oliver no olho — e tirou ela de mim.

— Você é um psicopata! — Oliver disse, rangendo os dentes. — A Shado não era sua.

— Não, ela era sua — Slade concordou com a voz áspera. — Até que você escolheu outra mulher no lugar dela.

— Não foi isso que aconteceu!

— Isso *foi* o que aconteceu. Foi sim! Ela me contou. — Ele apontou para Shado.

— O que é que você quer dizer com 'ela'? — Oliver exigiu saber. — Não tem ninguém ali!

— Slade — Moira interferiu. — Você estava na ilha com o Oliver?

— Eu achava que sabia o que era desespero de verdade, até conhecer o seu filho — ele respondeu, encarando o lugar onde ela estava amontoada. — Eu confiei que ele faria a escolha certa.

— Deixa eu fazer a escolha certa agora — Oliver disse, implorando. — Me mata. Me escolha... por favor!

— Eu vou matar você, Oliver — Slade sacou uma arma de trás do sobretudo preto. — Só que de uma forma um pouco mais lenta do que você gostaria. — Apontou a arma para Moira.

— Escolha.
Depois para Thea.
— Escolha.
A mulher arquejou, com medo.
Oliver fez força contra as amarras.
— Eu juro por Deus, eu vou matar você!
— *ESCOLHA!*
— Não — Moira disse. Torcendo o corpo, levantou-se e encarou Slade.
— Mãe, o que é que você está fazendo?
— Só tem uma forma de esta noite terminar — ela continuou, encarando o sequestrador. — Nós dois sabemos disso, não é, sr. Wilson?
Tanto Oliver quanto Thea imploraram à mãe para que não fizesse aquilo, falando de forma atrapalhada, mas ela ignorou os pedidos deles e se manteve firme. Slade olhou nos olhos dela, depois levantou a arma.
— Thea, eu amo você — Moira disse. — Feche os olhos, querida.
— NÃO! — Oliver gritou, ainda se esforçando em vão.
— Você possui coragem de verdade — Slade disse, colocando a arma no bolso. — Eu realmente sinto muito...
— Pelo quê? — Moira perguntou.
— ... por você não ter passado isso pro seu filho.
Então ele desembainhou a espada e atravessou o coração dela com a lâmina. O corpo de Moira caiu no chão, os olhos sem vida ficaram encarando Oliver. Thea estava chorando inconsolavelmente.
— Ainda tem uma pessoa que tem que morrer — Slade disse, caminhando em direção a Thea — antes de isso poder terminar. — Ao invés de matá-la, cortou as cordas que estavam amarrando as mãos dela. Depois se afastou pela noite.
Mais uma vida, então a sua vingança estaria completa.

19

Slade voltou para o galpão abandonado perto do Collis & Main bem no momento em que o sol estava se preparando para nascer. Entrou e encontrou Isabel treinando com um dos soldados de mirakuru. Ela estava mais forte do que nunca. Levantou a cabeça e hesitou enquanto ele entrava, arrastando a espada por trás de si.

Ainda estava brilhando com o sangue de Moira Queen.

— Não me deixe interromper o seu treinamento — Slade instruiu.

Ela concordou com a cabeça e continuou, usando um bastão de bo para acertar um golpe firme na lateral da cabeça do soldado. Surpreendentemente, sentia o poder dela crescer a cada golpe.

— Esse soro... é realmente milagroso — ela disse enquanto respirava. Acertou outro golpe, ainda mais forte que o anterior, e fez o oponente cair no chão. — Embora o exército... talvez ainda precise trabalhar um pouco.

— Eles estão fortes e prontos — Slade respondeu.

Isabel esticou a cabeça para o lado, notando a espada de Slade.

— Tem alguma coisa que você queira me contar? —perguntou, curiosa. — Você decidiu matar o Oliver antes do esperado? — Abafou uma risadinha ao pensar naquilo.

— A Moira, na verdade — Slade respondeu com frieza, virando-se de costas para ela e se afastando.

— *O quê?* — ela ladrou. — Foi isso?! Isso é tudo o que me cabe? — Seguiu Slade. — Fiquei imaginando a morte dela durante *anos*, e agora você vira e diz que acabou?

Na sala contígua, Slade parou para assistir às imagens da Mansão Queen. Tudo estava imóvel. Fez com que se lembrasse da época em que havia ficado vigiando a família Queen das instalações do A.S.I.S. Mas logo, logo, todos chegariam ali e ele teria uma posição privilegiada para ver o desenrolar daquela situação. Diggle, Felicity, Laurel, Quentin e Walter Steele — todos eles estariam sob o mesmo teto...

... e de repente uma ideia surgiu na mente de Slade.

— Você tem que comparecer à vigília, Rochev — Slade disse, encarando as salas vazias.

— Nem morta! — Isabel respondeu, depois levantou a cabeça quando escutou as próprias palavras. — Eu odiava aquela mulher, eu não vou lá chorar por ela.

— Você precisa comparecer — ele insistiu. — Precisa mostrar pra eles que você está viva e bem, precisa intimidá-los. Eu quero vê-los congelarem de medo quando virem você na casa.

Ela começou a responder, depois parou, deixando aquela ideia se assentar na própria mente.

— Eu entendo — disse, enfim.

— Teve alguma notícia do próximo prefeito de Starling City? — Slade perguntou. Com Moira fora do caminho, Blood assumiria o cargo imediatamente.

— Não, ele não ligou pra dizer como estão as coisas — ela respondeu. — Agora que ele tem o que queria, como você vai fazer pra garantir que ele fique na linha?

— Eu tenho as minhas maneiras de manter nosso prefeito... motivado — Slade disse.

A tensão estava palpável quando Sebastian entrou na Mansão Queen. Havia tomado posse há muito pouco tempo, e tinha que esconder o entusiasmo que estava sentindo. Havia conseguido depois de meses de esforço e persistência, mas agora tinha que cumprir o papel de líder preocupado com uma cidade que havia sofrido uma perda trágica.

A primeira pessoa que encontrou foi Thea, que estava com o rosto branco e sem emoções.

— Sra. Queen — ele começou —, queria oferecer meus sinceros pêsames pela sua perda. Sua mãe era uma boa mulher. Ela teria sido uma prefeita maravilhosa.

— Obrigada — Thea respondeu.

— Eu queria conversar com o Oliver — Sebastian pediu —, se for possível.

— Bem, se você o vir, diz que ele perdeu o enterro da própria mãe.

— Ninguém vê o Oliver há dias — Laurel disse por cima do ombro de Sebastian. Ele se virou e a encarou, enterrando o desdém, beirando o ódio, que sentia por ela. Felicity Smoak e John Diggle também entraram na sala.

— Todos nós lidamos com o pesar de maneiras diferentes — Sebastian disse —, e a perda de uma mãe é... — As palavras dele foram desaparecendo enquanto se lembrava da própria mãe. — Bem, ela muda você. Quando você percebe que os seus ancestrais agora estão olhando pra você; que o legado da sua família, a continuidade do trabalho deles, agora está só nas suas mãos. Se você encontrar o Oliver, por favor, diga que eu apareci pra procurar por ele.

Ele se afastou de Laurel, indo em direção à porta.

Laurel olhou para trás de si, sentindo que alguma coisa estava errada. Olhou para Felicity e Diggle, que estavam do outro lado da sala. Felicity estava chorando, e Laurel achava que ela estava fazendo isso tanto por Oliver quanto por Moira. Diggle lhe entregou um lenço.

— Onde é que ele está, Dig? — ela perguntou, com os olhos vermelhos por trás do óculos. — Como é que ele pode não estar aqui?

— Eu não sei... — Diggle respondeu.

— Se o Oliver for inteligente — Isabel Rochev disse, entrando na sala —, ele voltou correndo pra ilha dele pra se esconder. — Eles a encararam, impedidos de responder pelo choque causado pela presença dela. — Mas talvez ele compareça aos funerais de vocês — ela acrescentou, virando-se e indo embora.

O prefeito Blood estava sentado à mesa assinando documentos, cercado de repórteres. Estava se deleitando com aquele momento.

— Essa legislação é o primeiro passo para transformar Starling City na joia que um dia ela foi — declarou. — A joia que pode voltar a ser.

A secretária se aproximou em meio à multidão de repórteres.

— Tem uma ligação pro senhor, prefeito Blood.

— Ainda estou me acostumando com as pessoas me chamando desse jeito, Alyssa — disse alegremente. — Por favor, anote um recado.

— A pessoa insistiu — ela respondeu. — Disse que é o seu pai.

— Isso é impossível... — disse, mas parou antes que pudesse pronunciar mais alguma palavra. — Deixa pra lá. Vou atender. — Pegou o aparelho.

— Alô?

— Oi, Sebastian — Slade disse, com um tom de voz ameaçador. — Desculpe incomodar você. Só queria falar com você e ver como está indo o seu primeiro dia como prefeito.

— Muito bem, obrigado — Blood respondeu, atento ao fato de estar rodeado por repórteres. — Mas estou um pouco ocupado agora, então, se você permitir que eu retorne a ligação, vou fazer isso assim que puder.

— Não precisa — Slade disse. — Tenho certeza que tem muitos assuntos com que lidar. Você é o prefeito agora, afinal de contas. Então, ao trabalho!

A linha ficou muda e ele desligou, com a mente a mil. Finalmente havia se tornado o prefeito, mas tinha um débito com Slade que ainda não havia sido pago.

Qual poderia ser o preço daquilo?

Sabia o que aquele homem era capaz de fazer.

***

Isabel apareceu na Verdant e encontrou Thea Queen trabalhando no bar, limpando-o.

É uma ética de trabalho excelente, ela meditou, *especialmente pra uma Queen*. Estendeu a mão para cumprimentá-la.

— Isabel Rochev.

— Eu sei quem você é — Thea respondeu bruscamente, sem parar com o trabalho. — O que eu posso fazer por você, Rochev?

— Sinto muito pela sua perda, Thea — Isabel disse.

— Foi pra isso que você veio aqui? Pra me dar os pêsames?

— Os pêsames... e isso aqui. — Ela colocou uma mala sobre um banco, abriu-a e pegou alguns documentos, que entregou para Thea. — É uma nota de despejo desse edifício. Esse clube e a fundição onde ele se encontra são propriedades da Queen Consolidated.

— Não, você não pode fazer isso! — Thea disse, ficando murcha instantaneamente.

— Já está feito.

— Quanto tempo eu tenho?

— Alguns dias. — Isabel se virou para ir embora, mas parou por um momento. — Thea, eu sei que provavelmente sou a última pessoa do mundo da qual você quer escutar isso, mas eu já estive onde você está agora.

— Você não sabe nada sobre mim — Thea respondeu com escárnio.

— Talvez. Mas eu sei como é se sentir sozinha; ser traída por todos que fazem parte da sua vida, todas as que você já amou. — Isabel percebeu que suas palavras atingiram Thea. — Eu também achei que a minha vida tinha acabado. Até que uma pessoa me ajudou a ver que na verdade eu tinha ganhado um presente: a chance de começar de novo, de construir uma nova vida. — Continuou o caminho até a porta. — Pense sobre isso.

Quando fechou a porta por trás de si, lembrou-se de como era quando havia conhecido Robert. Thea havia recebido cartas ruins numa vida que não podia controlar. Parecia um pouco com ele, e por um segundo Isabel sentiu remorso de saber que havia acabado de tomar tudo que a garota tinha.

Quando voltou ao escritório na Queen Consolidated, Slade estava esperando por ela. Ele havia usado o computador para acessar as gravações escondidas da mansão Queen.

— Você não devia fazer isso — ela disse. — Dá pra rastrear isso.

— Você chegou bem na hora de ver corações sendo partidos, Rochev — Slade respondeu, ignorando o comentário dela.

Ela foi para o lado dele, observando a tela por cima do ombro do parceiro. Oliver e Thea estavam parados na sala de estar vazia, com a mobília coberta por lonas. Slade deixou Rochev a par do que estava acontecendo. Após Isabel tomar a Verdant dela, Thea havia decidido deixar Starling City. Oliver apoiou a decisão dela e lhe implorou para que fosse para o mais longe possível dali.

— Você tem o coração mais puro de todos — Oliver disse para Thea —, e eu não posso nunca deixar que você perca isso. Ok? Você promete pra mim?

— Ok — ela respondeu, e então Oliver a abraçou. Era um abraço desesperado, da espécie que é dada por quem está prestes a partir em uma jornada da qual não espera voltar.

— Eu sei que nem sempre eu fui o melhor dos irmãos — ele continuou. Mesmo pela gravação pixelada da câmera de segurança, era fácil ver as lágrimas surgindo nos olhos deles. — Nem amigo, nem o que quer que você precisasse que eu fosse, mas não teve um dia desde quando você nasceu no qual eu não desse valor a ter você como minha irmã.

— É tocante, não é? — Slade perguntou enquanto a tela mostrava Thea saindo da sala. Ele passou para outra câmera e assistiram à partida dela da mansão.

— Estou surpresa por você sequer ter deixado ele se despedir — Isabel comentou. Secretamente, uma parte dela tinha esperanças de que Thea conseguisse sair da cidade antes que fosse transformada em destroços.

Voltando para a câmera da sala de estar, assistiram enquanto Oliver sacava o celular e digitava um número. Então o celular de Isabel começou a tocar. Olhando de relance para ele, ela disse para Slade:

— É ele.

— Então vamos ver o que o rato tem a dizer.

Isabel colocou o celular em viva-voz e o atendeu.

— É o Oliver — disse.

— Eu estava pensando sobre você agora — ela respondeu. — A sua irmã ficou muito triste quando tomei a boate dela.

— Isso acaba agora — ele começou, indo direto ao assunto. A voz dele estava soando oca, como se houvesse desistido de lutar.

— O poderoso Oliver Queen está se rendendo? — ela perguntou. — Eu acho que é difícil acreditar nisso.

— Vou estar no píer, sozinho. — Então ele encerrou a ligação.

Na tela, Oliver andou sem rumo de um lado para o outro até se aproximar da lareira, tocando-a como se estivesse se despedindo. Depois saiu da mansão exatamente como Thea havia feito.

Isabel se virou para Slade.

— Ele desistiu. Que nem um covarde.

— Não — Slade discordou. — Se render é fácil demais. Ele tem que sofrer. Se ele está realmente acabado, então agora é a hora perfeita de começarmos o nosso cerco. Se prepare. Atacamos hoje à noite.

20

Em Starling City, o lugar para ver e ser visto era Rokkaku, um restaurante refinado a alguns quarteirões da Prefeitura. Localizado na cobertura do maior arranha-céu do centro da cidade, era o cume da escada social da cidade tanto literal quanto figurativamente — e Sebastian Blood era o mais novo rei da região. Era uma tradição dos novos prefeitos jantar ali no primeiro dia no cargo para conhecer e cumprimentar a elite da sociedade.

Blood sempre havia odiado aquele ritual. Ele simbolizava exatamente os mesmos males que esperava expurgar da cidade. Porém, quando saiu do elevador, o fato de se ver bem recebido por aquelas pessoas havia estranhamente legitimado a tradição. Também tinha pena deles, pois não tinham nenhuma suspeita da destruição que estava prestes a começar.

Nessa noite, porém, aproveitaria uma refeição na conta deles. Era um momento que queria apreciar sozinho. Virou-se para Clinton Hogue, que ainda estava atuando como guarda-costas dele.

— Clinton, você pode esperar no carro — disse.

— Você tem certeza de que isso é uma boa ideia? — Hogue perguntou.

— Nada vai acontecer comigo aqui.

Hogue concordou com a cabeça e voltou para os elevadores. Sebastian entrou no restaurante, cumprimentando os presentes de forma calorosa enquanto passava pelas mesas. Causava uma sensação estranha ser o centro das atenções, depois de ter se esforçado durante toda a carreira apenas para ser escutado por aquelas pessoas. Era uma sensação com a qual se acostumaria de bom grado. Mas foi tirado daquele devaneio quando viu Oliver Queen encarando-o da mesa com uma intensidade que dava nos nervos.

— Sebastian, posso me juntar a você pra jantarmos?

Blood tentou esconder a surpresa. Concordou com a cabeça enquanto se sentava lentamente.

— Senti sua falta no velório da sua mãe — Blood disse. — Eu queria dar os meus pêsames a você.

— Você é o prefeito — Oliver respondeu. — Parabéns. Você sempre quis isso.

— Acredite em mim, Oliver, eu queria que isso tivesse acontecido de outro jeito. A sua mãe e eu, nós não concordávamos em muitos assuntos, mas nós dois queríamos o melhor pra Starling City. Eu vou ajudar essa cidade a encontrar o próprio coração de novo, eu prometo isso pra você.

Oliver se inclinou sobre a mesa, falando em voz baixa para se misturar ao barulho de murmúrios do restaurante.

— Você realmente acha que *ele* vai deixar isso acontecer?

Blood sentiu que estava ficando na defensiva. Tentou fingir que não havia ficado abalado com aquelas palavras, virando a cabeça levemente para o lado como se estivesse curioso e simulando indiferença.

— De *quem* é que você está falando? — perguntou.

— Do Slade Wilson.

Blood engoliu em seco.

— Como é que você... — As palavras ficaram presas na garganta dele. — Como é que você sabe que eu estou trabalhando com o Wilson?

— Porque eu sou Arrow.

Blood se recostou na cadeira, com a boca aberta mas sem dizer nada. Então zombou da própria lentidão, balançando a cabeça.

Como é que eu pude ser tão estúpido?, perguntou-se.

— É claro — disse, abaixando a voz como Oliver havia feito. — Agora tudo faz sentido pra mim. Estava bem na minha cara. —

Inclinou-se para a frente, na esperança de convencer o amigo de que ainda eram aliados. — Você foi até o meu escritório e apertou a minha mão. Você disse que, juntos, nós podemos salvar essa cidade.

Oliver estava incrédulo.

— Você acha que ainda vai existir uma cidade depois que você soltar o exército de mirakuru do Slade?

— Ele está sob controle — Blood respondeu. — Eles só vão causar estragos suficientes pra deixar a cidade pronta.

— Pronta pra sua liderança?

— Pra minha visão do que essa cidade pode ser. Um lugar melhor pra se viver; e depois da tempestade pela qual estão prestes a passar, as pessoas vão me apoiar e me seguir em direção a essa cidade.

— O que quer que o Slade tenha prometido a você, ele não vai cumprir — Oliver contestou. — Ele quer me atingir. Você é só um peão num jogo muito maior.

Blood sentiu o sangue ferver e, com a raiva, veio a convicção.

— Slade me prometeu a Prefeitura, e aqui estou eu. Ele cumpre as promessas que faz. — Então levou a xícara de chá lentamente à boca, com os olhos brilhando. — Eu compreendo que ele fez uma promessa pra você também.

Oliver foi tomado pela raiva. Por instinto, pegou uma faca de jantar. Blood percebeu e se inclinou para trás.

— O que é que você vai fazer? — perguntou sombriamente. — Você vai apunhalar o prefeito num restaurante cheio de pessoas? — Sabendo que estava em vantagem, relaxou e mostrou um sorriso. Nem Oliver nem Arrow poderiam sequer encostar nele. Então se levantou da mesa, abotoando o paletó. — É um novo dia em Starling City, Oliver, e você não pode fazer nada pra impedir isso.

Blood saiu do restaurante, sentindo os olhos de Oliver cavarem um buraco nas suas costas. Porém, quando saiu do alcance da vista dele, sentiu a própria confiança ficar abalada.

Será que o Oliver estava certo sobre o Slade Wilson?

Por que ele havia escondido a identidade secreta de Oliver?

Voltou ao carro e o encontrou vazio. Não era do feitio de Hogue simplesmente sair e desaparecer sem dar notícias. Devia haver algum motivo, e isso deixou Blood preocupado. Tentou ligar para o amigo, mas não foi atendido, e começou a suspeitar do pior.

Hogue sabia dos detalhes do plano. Se Arrow tivesse aliados, eles poderiam estar extraindo essas informações dele agora.

Blood entrou rapidamente no carro e partiu em disparada na direção da Queen Consolidated.

***

Sentados no escritório de Oliver Queen, Slade e Isabel estavam olhando de cima para a cidade, preparando-se para a destruição que estava se aproximando. Estavam saboreando a iminência de colocarem em prática a vingança que há tanto esperavam.

Vestido com um terno elegante, Slade saiu do escritório e foi até a sala de conferências. Lá, encontrou um grupo de 20 homens à espera — os condenados que havia libertado e nos quais havia injetado o mirakuru. Isabel estava vestindo a armadura de Devastadora e entregou a cada homem uma máscara que imitava a dela e a de Slade. Laranjas e pretas e feitas de fibra de vidro, todas contavam com cortes profundos para os olhos e a boca, que lhes conferiam uma aparência demoníaca com a intenção de intimidar quem as visse.

Slade marchou de um lado para o outro em frente aos homens alinhados com movimentos lentos e seguros, dando-lhes as ordens de partida.

— As pessoas dessa cidade viam vocês como nada além de animais raivosos que precisavam ficar enjaulados — disse. — Hoje à noite, eu quero que você mostre pra eles que *eles estavam certos*.

Os homens abriram sorrisos malévolos. Slade deu instruções para que encontrassem Blood sob os bueiros.

— Espalhem-se pelo povo — continuou. — Infiltrem-se nos lugares em que as pessoas se sentem mais seguras: em shoppings, estações de trem, perto de delegacias. Então, quando o relógio anunciar

as nove horas, coloquem as máscaras e botem essa cidade de joelhos.
— Parou e observou a fileira de soldados.
— Vão.

Enquanto a facção de homens saía da sala de conferências em direção aos elevadores, passaram por Sebastian Blood. Ele os encarou, franzindo o rosto, e foi em linha reta até Slade e Isabel.

— Talvez estejamos em perigo — Blood disse sem respirar. — O Irmão Hogue desapareceu, e talvez Arrow seja o responsável por isso.
— Olhou diretamente para Slade. — Ou devo dizer Oliver Queen?

Slade e Isabel se entreolharam. Sebastian conseguia imaginar o que eles estavam pensando. *O idiota finalmente encaixou as peças do quebra-cabeças.*

— Vocês não acharam que essa informação fosse importante o bastante pra me contarem?

— Que diferença ela teria feito? — Slade perguntou. — Você não é o prefeito?

— Bem, pelo menos eu não teria deixado os meus homens expostos — Blood respondeu. — O Hogue não teria desaparecido.

— Isso não importa — Slade contestou. — Arrow não tem como impedir o que está pra acontecer. Agora, acalme-se e continue seguindo o que foi planejado. Vai lá liderar o seu exército e tomar a cidade.

Blood permaneceu onde estava.

— Tem algum problema, Blood?
— Problema nenhum.
— É bom que seja assim.

Sem pronunciar mais nenhuma palavra, Blood se virou de costas para eles. Iria encontrar os 15 soldados no esgoto sob o centro da cidade e começariam o ataque às nove horas da noite.

Quando ele foi embora, Slade se virou para Isabel.

— Eu também quero patrulhar as ruas sobre o ponto onde vamos começar. Além disso, coloque alguns dos nossos homens para ficar vigiando os túneis em volta de lá. Se algum deles encontrar o Oliver, não devem matá-lo. Ainda não.

— E os companheiros dele? O sr. Diggle e a Felicity Smoak?
— Esses são seus, faça com eles o que quiser.

No esgoto, Blood chegou e encontrou os seus soldados de mirakuru prontos e à espera. Pegando a máscara, segurou-a nas mãos e encarou profundamente os olhos vazios da caveira. Parou um momento antes de colocá-la, refletindo enquanto estava prestes a iniciar uma guerra na cidade. Faria aquilo para honrar os irmãos que havia perdido. Faria aquilo para cumprir a promessa que havia feito ao padre Trigon.

Iria salvar aquela cidade.

Com a resolução sólida e as forças reunidas, vestiu a máscara pelo que esperava ser a última vez. Depois de hoje, depois do cerco, seria capaz de perpetrar mudanças à luz do dia, como prefeito, não sob as sombras como o Irmão Sangue.

Virou-se para os soldados.

— Hoje à noite, nós fazemos história — disse. — Hoje à noite, nos erguemos como um só e tomamos essa cidade. Porque Starling não pertence aos ricos, poderosos e corruptos. Não mais. A partir da noite de hoje, Starling pertence a nós.

O grupo de homens soltou rugidos de aprovação, com as máscaras pretas e laranja ameaçadoras sob a luz fraca do esgoto. Blood visualizou o terror que estavam prestes a infligir na elite dominante. Finalmente, iriam sentir o que ele havia sentido no dia em que o Glades tremeu.

— Nós vamos conduzir essa cidade pra fora da escuridão, e cada um de vocês vai me ajudar. Porque vocês não são apenas homens. Vocês são as armas mais poderosas que o mundo já viu e, quando lutarem juntos, ao lado de seus irmãos, nada vai poder nos impedir.

Os homens rugiram de novo, a união deles fazia o número de soldados parecer o dobro do que era. Então, gesticulando com o braço, Blood os soltou sobre a cidade.

Enquanto Blood reagrupava as tropas em baixo, Isabel patrulhava as ruas em cima. Seguindo as instruções de Slade, havia focado as buscas sobre áreas de maior vulnerabilidade — pontos estruturais onde detonações cuidadosas e bem direcionadas fariam as ruas caírem sobre o complexo de esgotos, transformando o exército deles em panqueca.

Como havia imaginado, encontrou Diggle prendendo explosivos a uma das pilastras de sustentação. Ele estava tão focado na tarefa que estava realizando que não percebeu a chegada dela. O barulho do tráfego impedia que qualquer som que ela pudesse fazer chegasse aos ouvidos dele.

Avançando em silêncio, ela o chutou contra o chão. Ele grunhiu alto e caiu de costas, o que lhe agradou. Ela queria que ele visse o rosto dela e soubesse quem havia cortado a garganta dele.

— Você me matou — ela disse, desembainhando as espadas irmãs. — Me deixe retribuir o favor.

Enquanto ela estava partindo para o ataque, Diggle se levantou da forma que pôde, empurrando-se para trás e evitando por um triz o golpe da lâmina. Mas ela estava incansável, atacando-o com um golpe atrás do outro com as espadas. Diggle estava reagindo puramente por instinto, esquivando-se das lâminas por muito pouco — até que se agachou para fugir de um ataque e acertou um gancho no rosto dela.

Enfurecida, Isabel contra-atacou com um chute violento no abdômen dele, fazendo-o cair estirado para trás.

— Você não é capaz de me matar — ela disse.

— Você não é invencível — Diggle respondeu. Então, com um único movimento rápido e contínuo, ele sacou um bastão de combate do casaco, agitou o punho para esticá-lo e atacou na direção da cabeça dela. Mas Isabel era rápida e forte demais para ele. Ela se defendeu, depois revidou com uma forte cotovelada nas costelas dele, produzindo um barulho de *crack*. Outro chute o fez girar sobre o cascalho.

— Você quer me ajudar a poupar um pouco de tempo e energia? — Isabel perguntou, avançando. — Então me diz onde é que eu posso encontrar a Felicity Smoak. Eu estou me coçando pra botar uma bala no rostinho arrumado dela desde o dia em que...

CRASH.

Escondida por trás do rumor do tráfego, a van de Diggle se chocou contra ela, com Felicity no volante. Socada pelo para-lamas, Isabel foi atirada para a frente, rolando por cerca de 20 metros pelo chão até parar bruscamente. Foi um golpe que teria matado cinco vezes uma mulher mortal.

Mas Isabel não era mortal — não mais. Com o soro no sangue e a armadura protegendo o corpo, o impacto havia apenas a deixado atordoada. Recuperando-se do choque, ficou de pé e começou a andar para a frente, com uma listra fina de sangue escorrendo da lateral da cabeça. Ao vê-la, Diggle saltou sobre o banco do carona da van e Felicity partiu em disparada.

Correram. Que nem covardes.

21

Blood chegou à Prefeitura logo quando a primeira onda de caos havia despencado sobre a cidade. O escritório dele já estava ativo como uma colmeia. Funcionários apavorados estavam ocupados nos telefones e laptops, tentando acompanhar a crise enquanto estava se desenrolando. As linhas de emergência estavam congestionadas e transmissões ao vivo dos ataques estavam passando em televisões espalhadas pelo escritório. A destruição estava crescendo em tempo real, aumentando em escala a cada segundo.

'Terroristas' mascarados haviam aparecido em vários lugares do centro urbano — em estações de trem, na região de teatros, na usina elétrica central, até mesmo no estádio esportivo. Em todos os casos estavam exibindo habilidades super-humanas e, quando atacavam, pareciam ter o objetivo de causar o máximo de estrago possível, independentemente de quantas vidas humanas custasse.

— O Hospital Geral de Starling está se preparando para possíveis fatalidades — um assessor informou.

— Toda a região ao sul do Harbor Boulevard está sem energia — outro disse.

A ferocidade coordenada dos ataques dos condenados estava deixando até o próprio Blood chocado. Cada indivíduo movido a mirakuru era por si só um exército, e a selvageria deles fazia parte dos planos. Ele seria o olho calmo daquele furacão, e os cidadãos se voltariam para ele. Não para um milionário ou para uma corporação, nem mesmo para um pirralho rico com um arco e flecha. Para ele.

— O que é que a gente faz? — outro membro da equipe perguntou freneticamente.

— A gente fica calmo — Blood respondeu, colocando a mão no ombro dele para acalmá-lo. — O pessoal de emergências foi enviado e estamos em contato com o departamento de polícia. Vamos colocar tudo sob controle... logo, logo.

A secretária dele se aproximou às pressas, segurando o telefone.

— Prefeito Blood, o governador está no telefone.

Blood atravessou rapidamente a sala comum e entrou no escritório para atender à ligação, lançando olhares tranquilizadores para a equipe enquanto o fazia, numa tentativa de lhes prover confiança. Assim que atendeu, o governador ofereceu enviar o exército para ajudá-lo — a última coisa que ele e Slade queriam. A tarefa dele era manter os reforços longe dali.

Mas estava preparado para aquilo.

— Governador... *Governador* — Blood disse. — Mandar a Guarda Nacional só vai servir pra causar uma histeria em massa. Ao verem soldados armados, as pessoas vão entrar ainda mais em pânico. Nós precisamos manter isso isolado na região e confiar na nossa própria equipe de polícia. Os incidentes parecem estar relativamente isolados, e vamos mantê-los assim. Estamos com a situação sob controle.

Assim que desligou, a promotora colocou os pés no escritório dele.

— O que é que está acontecendo? — Spencer exigiu saber. — Tem homens mascarados destruindo a cidade toda.

— É, eu sei — Blood respondeu com uma calma calculada —, e nós estamos fazendo tudo o que podemos fazer. As unidades especiais do DPSC já foram mobilizadas.

Spencer parecia chocada.

— Você não pode fazer isso. Esses caras estão atacando em regiões de alta densidade, onde a maior parte dos civis seria atingida em um fogo cruzado — ela disse. — E pior que isso, esses mascarados estão aprimorados: são fortes, rápidos e implacáveis. É como se nem fossem humanos.

— Não fossem humanos? — Blood lançou um olhar para ela com a intenção de fazê-la sentir-se uma criança que estava com medo do bicho-papão. — Kate, você está conseguindo escutar as suas próprias palavras? Olha, eu sei que você está assustada, mas você precisa se recompor. Starling City precisa que nós dois estejamos com a cabeça no lugar.

— Do que é que você está falando? Você viu o que está acontecendo lá fora? — Ela encarou a transmissão ao vivo. — Como é que você está tão calmo?

Blood olhou para o mesmo lugar que ela, fazendo o melhor que podia para dissipar os próprios receios assustadores ao observar a destruição crescente. Virou-se para ela e se aproximou, tentando tranquilizá-la.

— Porque eu sei que vamos conseguir superar isso; e, quando superarmos, Starling City vai estar ainda melhor e mais forte por causa disso. Posso contar com você? Eu preciso de você comigo nessa.

Ela o encarou por um momento, como se estivesse tentando encontrar as palavras que deveria dizer. Franziu a sobrancelha, mas finalmente fez que sim com a cabeça.

— Que bom — Blood respondeu. — Então vamos salvar a cidade, juntos. — Então voltou a atenção para o Canal 52, que estava apresentando informações cada vez piores. A apresentadora, Bethany Snow, estava pálida enquanto lia os relatos.

— Perdemos o contato com os nossos repórteres nas ruas, mas tivemos mais de duas dúzias de relatos confirmados sobre homens mascarados atacando vários locais da cidade.

Blood conseguia sentir os olhos da promotora sobre si. Manteve o olhar fixo na tela da televisão, mas o seu pensamento estava no meio de um furacão. Se a destruição continuasse crescendo daquela forma, seria pressionado a chamar reforços.

— Estão sendo emitidos pedidos oficiais para que os cidadãos permaneçam abrigados enquanto tentam...

A tela ficou preta quando a energia caiu, as luzes se apagaram e o escritório mergulhou na escuridão.

Que merda que está acontecendo?, Blood pensou.

Do outro lado da porta do escritório, escutou gritos vindos da sala comum dos funcionários.

Não, ele não iria...

De repente, o corpo de um de seus assessores se chocou contra a porta dupla de vidro que levava ao escritório em que estava. Spencer arquejou quando o corpo veio rolando pelo chão e parou em frente aos pés dela. Um dos soldados fantasiados seguiu o corpo e atravessou a porta da sala, depois levantou a arma e mirou na promotora.

— Espera! — Blood berrou. — Para!

— Não, não, *não*! — Spencer gritou, recuando, mas o soldado a pegou bruscamente e começou a estrangulá-la, aumentando a pressão sobre o pescoço dela.

— Isso é o bastante! — Blood gritou. — Isso não faz parte dos planos!

— Sebastian? — Spencer perguntou, rangendo os dentes e se esforçando para conseguir respirar. Blood a ignorou e se aproximou do soldado, dando comandos para que ele e os outros voltassem para os túneis subterrâneos.

— Eu sou o prefeito de Starling City — ele disse — e eu *ordeno* que você solte ela.

O soldado parou, como se estivesse levando aquele pedido em consideração. Então, com uma brutalidade sem esforços, quebrou o pescoço de Spencer.

Blood observou o corpo dela cair no chão.

— Não. — Encarou o corpo dela em choque, horrorizado. *Não era pra isso acontecer.*

— Eu não recebo ordens de você — o soldado disse. Encarou Blood, como se estivesse desafiando-o a discordar do que havia dito. Blood se encolheu, sabendo que não tinha o poder necessário para combater o homem. Então o soldado se virou e saiu da sala. Enquanto Blood observava a saída do mascarado, um pensamento tomou a sua mente.

O Oliver Queen estava certo quanto ao Slade Wilson.

22

Bem acima da cidade, no escritório na cobertura da Queen Consolidated, Slade estava observando Starling City pegando fogo. Vários incêndios podiam ser vistos espalhados pela paisagem, cada um deles representando um soldado com mirakuru correndo pelas veias. Estava se deleitando com o caos e a destruição — finalmente, depois de tanto tempo, o plano dele estava chegando ao fim.

Isabel se juntou a ele para contemplar a vista.

— Você está com cara de que foi atropelada — ele disse, um pouco de brincadeira.

— Eu fui.

Slade levantou uma sobrancelha. Em resposta, recebeu um olhar com a intenção de cortar a conversa. Então um bipe eletrônico vindo do computador chamou a atenção dele para a mesa de novo. Como na vez em que havia usado o programa SIIRA, ainda na Austrália, Slade havia realizado uma busca pelas vozes de Oliver, Felicity e Diggle, na esperança de conseguir acesso às comunicações telefônicas do grupo.

A busca dele havia sido bem-sucedida.

Isabel estava logo atrás do ombro dele quando a ligação ganhou vida através dos alto-falantes. Havia sido feita a partir do celular de Felicity para um número desconhecido — embora o código da área de cobertura indicasse ser um número de Central City, lar dos Laboratórios S.T.A.R. Se Oliver tivesse sido bem-sucedido em desenvolver uma cura para a amostra de mirakuru que havia roubado da centrífuga, necessariamente teria sido através da *expertise* deles.

— Alô? — um homem não identificado disse, atendendo à ligação.

— Alô, é a Felicity Smoak. Onde é que você está? — a ligação estava soando como se ela estivesse usando o viva-voz.

— Na Fourth Street, eu acho — o homem respondeu. — Eu não sei o que aconteceu. Um cara com uma máscara de hockey surgiu do nada e atacou o meu carro. Me ajuda, por favor.

A voz seguinte era a de Oliver.

— Fique onde você está — Oliver disse.

Bingo! Slade pensou. Julgando pela urgência na voz deles, o homem desconhecido tinha que ser o encarregado pela entrega — haviam sintetizado uma cura! E o entregador havia ficado preso no caos das ruas. Disse-lhes que estava preso debaixo de um carro virado, com a perna quebrada e sem poder se mexer.

Slade rastreou a ligação, localizando-a em uma ponte no meio da cidade. Sob circunstâncias normais, entraria numa corrida para chegar àquele local. Mas Slade tinha homens sob os efeitos do mirakuru.

Chamou um de seus soldados que estava do outro lado da porta.

— Encontre ele — disse e deu a localização. O homem saiu em disparada, o soro havia-lhe proporcionado a velocidade de que precisaria para chegar à cura antes de Oliver e sua equipe.

Slade sorriu, sentindo a vitória chegando ao alcance das próprias mãos. Então se levantou e foi até a janela de novo, contemplando o fogo e as cinzas.

— Dizem que Nero ficou cantando enquanto assistia Roma queimar — Slade disse para Isabel. — Agora eu entendo o porquê. — Então a voz dele foi tocada por uma melancolia inesperada. — Se pelo menos a Shado estivesse aqui pra testemunhar isso.

— Quem é a Shado? — ela perguntou, parecendo confusa.

Antes que Slade pudesse responder, Blood invadiu o escritório.

— Que merda é essa que está acontecendo? — disse, com a voz quente de raiva. — Um dos seus nazistas dopados acabou de matar toda a minha equipe de funcionários e quebrar o pescoço da promotora!

Slade mal se virou para responder.

— E?

— *E* — Blood repetiu, rangendo os dentes. — E eu nunca concordei com isso! Você devia ter segurado os seus cachorros!

— Esse era o seu plano, Blood, não o meu.

— Nós tínhamos um acordo.

Cansado da insolência do homem, Slade finalmente se virou da janela para encará-lo. Andou na direção dele, diminuindo o espaço entre os dois até ficarem cara a cara.

— E você acha que eu não cumpri a minha parte dele? — exigiu saber. A proximidade intimidou Blood, que ficou desesperado.

— Tem pessoas inocentes morrendo lá fora — respondeu em tom de súplica. — Você não precisa matá-los.

— *Eu preciso, sim* — Slade contrariou, com a raiva finalmente surgindo na voz. — Eu fiz uma promessa pra uma pessoa, e eu vou manter a minha palavra.

— Então tudo isso realmente é só você tentando atingir o Oliver Queen — Blood disse, como se estivesse tentando se convencer daquilo.

— Eu jurei pra ele que iria tomar tudo e todos que ele ama — Slade acrescentou. — E ele ama essa cidade.

— Mas essa cidade... — Blood argumentou. — É minha também.

— Não mais. — Slade se aproximou mais ainda, e Blood recuou. — Amanhã à noite, ela não vai passar de destroços, cinzas e morte. Uma terra que só vai servir pra uma coisa... — Virou-se e voltou até a janela, observando a destruição. — Túmulos.

Sebastian estava andando de um lado para o outro atrás de Slade enquanto as notícias sobre o cerco continuavam a jorrar da televisão.

— A situação está ficando mais intensa enquanto as forças policiais se esforçam para conter esse ataque histórico que está tomando a nossa cidade — Bethany Snow estava anunciando enquanto transmitiam imagens de soldados mascarados dominando por completo policiais muito menos armados do que o necessário. Sebastian engoliu em seco, sentindo o gosto de bile.

Ele era diretamente responsável pela destruição da cidade que havia lutado tanto para salvar. Em algumas curtas horas, seria o prefeito de ruínas. Um fracasso para o Glades, para a irmandade e para o padre Trigon. Não era um homem chegado a orações, mas, naquele momento, pegou-se lembrando da cruz que a mãe usava no pescoço. Para salvar a cidade, precisaria de um milagre da espécie em que ela acreditava.

Então zombou daquele pensamento — que, no momento mais negro da sua vida, estivesse tentando encontrar a salvação numa memória. A cidade dele estava realmente condenada.

De repente, o soldado que Slade havia enviado para pegar a cura do mirakuru retornou. Estava segurando uma pasta de metal com o logotipo dos Laboratórios S.T.A.R. gravado em alto relevo na lateral. Colocou-a sobre a mesa de Slade.

— Sr. Wilson, era isso que estava procurando? — perguntou.

Slade abriu a pasta, revelando frascos repletos de um líquido azul e fluorescente. A cura.

— É isso mesmo — respondeu.

Sebastian espreitou por cima do ombro dele.

Um milagre para combater outro milagre.

Olhou para a cidade que amava, ainda com vários incêndios, e sabia que precisaria do que estava naquela pasta. Por trás dele, Slade dispensou o soldado, depois fechou a pasta, colocando-a sobre o aparador que estava atrás dele. Notou Sebastian encarando a noite do lado de fora do prédio.

— Você está bastante quieto, Blood — disse. — Tem alguma coisa na sua cabeça?

Sebastian pensou rapidamente.

— Remorso — respondeu. — Por já ter acreditado no Oliver Queen uma vez.

Slade concordou com a cabeça.

— Então finalmente você conseguiu entender.

— Eu agi precipitadamente antes — Sebastian concordou. — Mas agora, vendo a cidade em chamas, entendo que tudo isso é culpa dele, e por isso ele tem que pagar.
— Logo, logo — Slade murmurou. — A última fase do meu plano vai começar.
— Quando é que ele vai terminar?
— Quando eu tiver pegado a pessoa que o Oliver Queen mais ama.

Sebastian esperou até que Slade saísse para se preparar para a batalha final. Então, sozinho com os dispositivos de Slade, pegou a pasta dos Laboratórios S.T.A.R. e seguiu pela sala em direção ao elevador. Pegou o celular e digitou enquanto caminhava. Tocou uma, duas vezes.
— Atende, merda, vai. — Então, finalmente, Oliver Queen atendeu.
— O que é que você quer?
— A mesma coisa que você, Oliver. Salvar essa cidade antes que seja tarde demais.
— Já é tarde demais.
— Você estava certo quanto a Slade Wilson. Eu devia ter ouvido você. — Sebastian estava esperando pelo elevador. — Mas eu estou aqui agora e posso ajudar você.
— Por que é que eu deveria confiar em você?
— Porque, Oliver — Sebastian respondeu —, eu estou com a cura do mirakuru. — Entrou no elevador. — Me encontra na Prefeitura.

***

Entrando na Prefeitura, teve que passar por cima dos cadáveres da equipe de funcionários — todos de pessoas que haviam confiado nele. Quando chegou ao escritório, encontrou o corpo de Spencer, o pescoço dela num ângulo impossível e os olhos arregalados. Com delicadeza, pegou-a do chão, levou-a pela porta e a colocou sobre uma mesa.

De volta no escritório, ficou andando de um lado para o outro e segurando a máscara de caveira, examinando-a. Depois olhou pelas persianas da janela, contemplando a cidade destruída. Os incêndios ainda estavam acontecendo, lançando luzes vacilantes em colunas de fumaça onduladas pelo vento. Por trás dele, entraram Oliver e Diggle, e pelo reflexo pôde ver que estavam com as armas a postos.

Estão esperando serem traídos, sem dúvida, meditou. Então começou a falar.

— Quando eu era um garotinho, era atormentado por pesadelos. Toda noite, acordava suando frio, assustado e sozinho. Era o rosto do meu pai que me assombrava, e era assim que eu via ele. — Mostrou-lhes a máscara, levantando-a no ar. — É a personificação do desespero e da aflição. Eu fiz essa máscara pra dominar os meus medos, e pra lembrar por que eu luto, todo dia, pra dar uma chance aos mais aflitos dessa cidade. Tudo o que eu sempre quis foi ajudar as pessoas, Oliver.

— Então me ajuda a acreditar em você — Oliver respondeu. — Onde é que está a cura?

— O Slade Wilson não vai descansar até conseguir honrar a promessa que fez a você.

— Não vai ser tão fácil assim me matar quando estivermos lutando sob as mesmas condições.

— Ele não está interessado em matar você — Sebastian explicou. — Pelo menos não até que ele consiga acabar com tudo e todos que você ama.

— Depois que ele matou a minha mãe, ele disse que mais uma pessoa tinha que morrer.

— A pessoa que você mais ama.

Sebastian foi até a mesa, abaixou-se e colocou a mão em um espaço embaixo dela. Pegou a pasta e, quando se levantou, não ficou surpreso de ver a arma de Diggle apontada para si.

— Eu espero que você possa ganhar dele com isso — disse, entregando a pasta para Oliver. — Pelo bem de todos nós. E, quando isso tiver acabado, eu prometo a você que vou fazer tudo o que estiver sob o meu poder pra reconstruir Starling City. Eu não vou só fazer ela voltar a ser o que era. Vou fazer ela ser ainda melhor. Como eu sempre planejei.

Oliver olhou para ele como se Blood estivesse louco.

— Você realmente acha que depois de tudo o que aconteceu, depois do que você fez, eles ainda vão deixar você ser o prefeito?

— Por que não? — perguntou. — Ninguém sabe o que eu fiz, exceto pelo fato de que tentei salvar a cidade. E se você contar a alguém sobre a minha máscara, eu também conto sobre a sua.

Oliver ficou apenas encarando Blood, depois abriu a boca.

— Faça o que você tiver que fazer, Sebastian.

Virou-se e foi embora, seguindo Diggle. Sebastian observou-os enquanto saíam com a última esperança da cidade guardada em uma pasta de metal cinza.

***

Mais tarde, serviu-se de dois dedos do uísque de 30 anos que havia pegado na garrafa do seu próprio bar. Um presente da equipe de apoio — os mesmos cujos corpos estavam estirados pela sala. Sem tentar se enganar, sabia que o tempo como prefeito havia terminado. Não por causa de Oliver, mas por causa de Slade. Sebastian não era um idiota. De nenhum jeito permitiriam que ele continuasse vivo.

Enquanto tomava um gole de uísque, Isabel chegou com a espada na mão.

— Você deu ela pra ele, não deu?

— Eu fiz o que achei que era necessário. — Tomou outro gole.

Isabel se aproximou do telefone que estava sobre a mesa.

— Não se preocupe — Sebastian disse. — Eu mesmo conto pro Slade.

Ela o ignorou e pressionou o botão de chamada rápida. Slade atendeu no primeiro toque, com a voz sendo emitida pelo alto-falante do viva-voz.

— Ele ainda está com a cura?

— Não — Isabel respondeu.

— Slade — Blood interferiu com a voz alta o bastante para que fosse escutado. — Você traiu...

— Adeus, sr. Blood.

A linha ficou muda. Sebastian se virou para encarar Isabel e foi atingido pelas duas espadas, que lhe atravessaram o peito. Ele olhou para ela, com as lâminas cravadas até o cabo.

— Eu amava essa cidade.

Isabel arrancou as espadas do peito dele. Ele ficou cambaleando no lugar, olhando chocado para baixo enquanto o sangue se espalhava rapidamente, quase negro na escuridão da sala. Então ela o empurrou, fazendo-o tombar sobre a mesa estirado e de costas enquanto a última gota de vida se esvaía do corpo dele.

A última coisa que escutou foi o barulho da máscara de caveira caindo no chão.

23

Slade voltou a atenção para a televisão. Aeronaves estavam se aproximando da cidade, e o repórter as identificou como apoio militar — mas Slade sabia que não havia nenhuma base militar próxima o bastante para que fosse o caso. A julgar pela formação em V que estavam, aquelas tropas não estavam ali para salvar Starling City do exército dele. Estavam ali para encurralar os soldados.

Estavam ali para mantê-los dentro dos limites da cidade.

O rastreador de telecomunicações apitou de novo, notificando-o de outra chamada em curso. Dessa vez, era Oliver que estava na linha, ligando para um número restrito que Slade não podia rastrear. A voz da mulher do outro lado da ligação era ríspida e áspera, os indicadores certeiros de uma comandante. Lembrava-o de Wade DeForge.

— Como foi que você conseguiu esse número? — a voz exigiu saber.

— Amanda, o que é que você está fazendo?

— Não estou muito certa do que você quer dizer com isso, Oliver.

— As tropas ficando em posição de guarda nas saídas da cidade, elas não são do exército. Elas são da A.R.G.U.S. Esses homens são seus. Então me diz o que é que você está armando.

Então eles realmente são da A.R.G.U.S., Slade pensou. A mulher ainda não havia respondido a pergunta.

— Amanda! — Oliver gritou.

— Os seguidores de Slade são um perigo claro e atual — a mulher, Amanda, respondeu hesitante. — Eu não posso permitir que eles escapem da cidade. Eles precisam ser contidos a qualquer custo.

Slade sabia exatamente o que aquilo deixava implícito.

— Você não pode fazer isso — Oliver disse.

— Tem um drone a caminho levando seis bombas GBU-43/B. É poder de fogo o bastante pra destruir a cidade.

Apesar dos protestos dele, a mulher disse a Oliver que tinha até o nascer do sol. Se até lá ele não conseguisse neutralizar os soldados de Slade, ela transformaria Starling City em uma cratera.

Perfeito, Slade pensou. Mesmo se a cura se mostrasse bem-sucedida, Oliver não tinha como neutralizar o exército inteiro até o nascer do sol. Ele simplesmente não tinha aliados o bastante. Impedindo Slade ou não, a cidade preciosa de Oliver ainda viraria um buraco no chão — e isso seria realizado pela mesma organização que Slade havia ajudado o A.S.I.S. a rastrear.

Às vezes é engraçado como o mundo é.

Slade usou o computador para identificar a localização de Oliver, rastreando a ligação até encontrar onde estava, na torre do relógio do Glades. Pelo rádio, instruiu seus homens a atacar tanto aquele local quanto o covil subterrâneo na Verdant, só por precaução. Deviam destruir tudo o que encontrassem pelo caminho, exceto duas pessoas. Arrow e a promotora assistente Laurel Lance.

Era de Slade a tarefa de acabar com aquelas duas vidas.

Foi até a antessala mais no interior da cobertura para trocar o terno pela armadura de Exterminador. A batalha final estava se aproximando rapidamente.

Isabel chegou e encontrou Slade já com a armadura, segurando o capacete. Quinze soldados — que haviam acabado de voltar após deixar em pedaços o covil do Arrow— também estavam ali, aguardando a próxima tarefa. Ela passou por eles para falar com Slade.

— O Blood foi dispensado como pediu — disse —, mas não é o corpo dele que eu quero na ponta da minha espada.

— Então você está com sorte — Slade respondeu. — Porque é hora de levar a briga até o Arrow.

Ela sorriu. Finalmente, poderia se vingar de Felicity Smoak. Ela a mataria lentamente, saboreando cada segundo da dor que lhe causaria.

Escutaram uma comoção no corredor, na área dos elevadores. Ambos se voltaram e viram Arrow entrando, seguido por Laurel Lance vestindo o uniforme de Canário. Isabel ficou chocada com a audácia de Oliver de realizar um ataque como aquele sem aliados o bastante para apoiá-lo.

Slade estava pensando a mesma coisa.

— Você deve ter bastante fé nessa cura pra vir aqui sozinho — ele disse.

— Nós não viemos sozinhos — Oliver respondeu. Como se estivessem esperando a deixa, membros da Liga dos Assassinos, liderados por Nyssa al Ghul, entraram pelas janelas, estilhaçando-as. Eles aterrissaram e atiraram flechas nos soldados de mirakuru mais próximos, fazendo-os cair instantaneamente. Eles ficaram tremendo no chão, com os corpos assolados por espasmos enquanto a cura fazia efeito.

Oliver mirou e atirou flechas com a cura nos dois ombros de Slade. Virando o torso com simplicidade, Slade deixou que a armadura as desviasse. Então, quando Oliver ajeitou a mira e atirou na direção do buraco que havia ficado no lugar do olho dele, Slade cortou o caminho da flecha ainda no ar.

No outro lado da sala, Isabel atacou Sara, que se defendeu das espadas com o bastão de bo. Isabel girou as lâminas formando um arco, um furacão de movimento mortal, com as pontas afiadas sendo lançadas de cima para baixo. Sara girou e saiu do caminho delas, com o bastão se movendo no ar e a protegendo dos golpes mortais.

Enquanto lutavam, a Liga dos Assassinos continuava a despachar os homens de Slade. Ao ver o contingente diminuindo, Slade percebeu que estavam sendo superados rapidamente. Sem se importar com Isabel, arrancou em direção a uma janela aberta e saltou por ela, agarrando-se a um cabo do lado de fora e descendo de tirolesa até o edifício abaixo rápido demais para que Oliver o seguisse. Lá, ficou em segurança.

Embora lutasse com ferocidade, as habilidades de Isabel aprimoradas pelo mirakuru não eram páreo para Sara *e* a Liga dos Assassinos. Nyssa atacou por trás, acertando uma flecha com a cura no bíceps dela. Instantaneamente, a força dela diminuiu e Sara e Nyssa a dominaram com facilidade. A assassina chutou a perna de Isabel e a fez cair de joelhos, logo depois arrancou o capacete dela.

Por instinto, Sara levantou o bastão de bo, pronta para infligir o golpe mortal.

— Sara, não! — Oliver gritou. Sara abaixou a arma.

Isabel apenas lançou um olhar feio para eles.

— Me matando ou não — ela disse —, não importa. Eu ganhei de vocês. Eu tirei de vocês a única...

Nyssa pegou a cabeça de Isabel e a torceu para trás, usando o joelho como alavanca. Com um estalo repugnante, Isabel estava morta. A vida dela acabou no antigo escritório de Robert.

24

A fuga de Slade o levou até uma fábrica abandonada nos arredores do centro da cidade, no distrito industrial de Starling City. Originalmente uma siderúrgica, os corredores do lugar eram um labirinto de concreto e canos, válvulas e engrenagens de cobre. Era onde pretendia chegar ao fim do seu plano.

Encontrou um dos soldados lá, esperando com Laurel Lance após tê-la tirado da delegacia. Embora ela estivesse tentando esconder, ele conseguia ver o medo nos olhos dela — reconheceu a expressão lembrando-se do encontro que tiveram no apartamento dela, quando ele lhe contou que Oliver era o Arrow.

— Olá, Laurel — ele disse. — Espero que você não se importe de dispensar formalidades. Agora, nos conhecemos há tempo demais pra ficar chamando o outro pelo sobrenome.

— O senhor não me conhece, sr. Wilson — ela respondeu. — Se conhecesse, saberia que eu não sou uma isca muito boa.

— Mas você é uma ótima isca — Slade contestou. — Você sabia que eu fiquei com o Oliver naquela ilha esquecida por Deus? Eu vi ele olhar pro seu retrato todos os dias por um ano. Eu sei que ele ama você.

Ela pareceu surpresa com aquela revelação.

— Ah, é, Laurel. No fundo do coração do Oliver, tem um lugar bem especial reservado só pra você. — Aproximou-se dela, sorrindo de forma ameaçadora. — A sua morte vai causar uma dor inimaginável a ele.

Laurel o olhou no olho, desafiadora.

— Ele vai impedir você de fazer isso.

— Mas ele já fracassou.

Sobre uma plataforma de concreto — que Slade havia preparado para caso precisasse —, um *tablet* apitou. As câmeras de segurança que havia escondido por toda a Mansão Queen estavam captando uma nova movimentação no local. Aproximando-se e pegando o *tablet*, viu dois vultos entrarem no saguão — Oliver Queen e Felicity Smoak. Slade escutou a conversa dos dois.

— Oliver — ela disse. — O que é que você está fazendo aqui? A cidade inteira está caindo aos pedaços.

— Eu sei — respondeu, e então levou Felicity até o centro da sala.

— Você precisa ficar aqui.

— O quê? Por quê? Você não pode pedir pra eu simplesmente...

— Eu não estou pedindo — interrompeu. — Eu vou voltar pra pegar você quando tudo tiver acabado.

— Não!

Tanta lealdade, Slade pensou. *Que pena que é em benefício de um covarde desses.*

— Felicity... — Oliver disse, com a intenção de fazê-la ficar em silêncio. Então ele começou a sair.

— Não — ela repetiu, seguindo-o. — A não ser que você me diga o porquê.

Ele se virou para ficar de frente para ela.

— Porque eu preciso que você fique segura.

— Bem, mas eu não quero ficar segura. Eu quero ficar com você e com os outros... insegura.

— Eu não posso deixar isso acontecer.

— O que você está falando não faz sentido nenhum.

Oliver puxou Felicity para perto de si. Slade reconheceu a expressão nos olhos dela, pois era o mesmo jeito com que ele mesmo olhava para Shado.

— O Slade pegou a Laurel porque quer matar a mulher que eu amo.

— Eu sei, e daí?

— E daí que ele pegou a mulher errada.
— Oh...
— Eu amo você — completou. — Você entende agora? — Ele estendeu a mão e tocou no braço dela, segurando-a pela mão. Foi um gesto delicado e amoroso...
— Entendo.
... e a sentenciou à morte.
Slade observou enquanto Oliver ia embora. Fez um gesto com a cabeça para o soldado.
— Vá até a Mansão Queen e me traga a Felicity Smoak.

Menos de uma hora depois, o soldado voltou, arrastando Felicity consigo. O cabelo dela estava desarrumado depois de uma noite de fuga e estava com um corte na testa com sangue coagulado já há bastante tempo. Mesmo assim, ele conseguia ver a beleza simples dela. De todas as mulheres da vida de Oliver, ela era a que menos se destacava fisicamente. Slade imaginou que ela teria dificuldades até mesmo para matar uma mosca, o que dizer de segurar uma arma.

Ele a examinou e pegou o *headset* de *Bluetooth* que ela estava usando. Era incrivelmente decepcionante, ele meditou, que aquela magrela frágil e assustada fosse o amor da vida de Oliver. Matá-la seria quase um desperdício da lâmina.

— Devo dizer que estou surpreso por uma porcaria chorona que nem você ter conseguido conquistar o coração do Oliver.

O insulto pareceu acabar abruptamente com o medo que ela estava sentindo.

— Primeiro, aqui está empoeirado — respondeu com raiva. — E segundo, o Oliver *não* está apaixonado por mim.

— *Mentirosa.* — Ele fez um movimento brusco na direção dela e gritou, não de raiva, mas para provocar uma reação. Como esperava, ela deu um pulo e soltou um grito involuntário.

— E você é um louco assustador exatamente do nível que eu estava esperando — ela disse, disparando as palavras rapidamente.

— E certamente você fala demais pra alguém que está aterrorizada — Slade respondeu.

— O que é que você quer comigo?

— Como eu disse ao Oliver, isso não pode acabar até que eu tire dele a pessoa que mais ama no mundo.

— Ok, está bem, sou eu — ela disse. — Eu, a choroninha, ganhei o coração do Oliver. Então por que é que você não deixa a Laurel ir embora? Ela não vale nada pra você.

Então, afinal, essa mulher possui alguma força.

— Talvez — Slade respondeu —, mas também pode ser que eu queira vê-lo sofrer duas vezes.

Afastou-se alguns metros e ligou o *headset* de *Bluetooth*. Oliver atendeu do outro lado.

— Fala.

— Você esteve ocupado, garoto — Slade disse.

— Acabou, Slade! — Oliver gritou. — O seu exército foi vencido.

— E tenho pena deles, mas, mais uma vez, você esqueceu o porquê de tudo isso. — Slade cerrou o punho com força, sentindo o tremor familiar. Iria aproveitar aquele momento, o que havia levado cinco anos para orquestrar. — Eu estou com a garota que você ama. Você vai me encontrar no lugar que eu disser. Senão vou matá-la.

— Faça o que tiver que fazer. Parei de entrar nos seus joguinhos.

— Você vai parar quando eu disser pra parar! — A raiva ferveu em Slade de novo. — Eu fiquei surpreso. Eu achei que você tivesse uma queda por mulheres fortes. Mas agora que eu a conheci, entendi qual é o encanto que ela causa. Ela é bem adorável, essa sua Felicity.

— O que é que você quer, Slade?

— Ver o seu rosto quando eu rasgar a garganta dela e manchar essa pele adorável com sangue.

— Não encoste nela.

— Não até que você chegue aqui. Eu prometo.

Slade desligou e enviou as coordenadas de onde estava para Oliver. Então se preparou para o confronto final contra o riquinho mimado de Starling City. Depois de cinco longos anos, Slade iria finalmente vingar a sua amada.

25

Slade estava segurando Felicity firmemente com um braço, enquanto colocava a lâmina contra o pescoço dela com o outro. Conseguia escutar os passos de Oliver, e falou com ele através do barulho da instalação industrial.

— Mexa um músculo e eu vou cortar a garganta dela — disse em voz alta, provocando ecos. — Foram as minhas primeiras palavras pra você. Lembra? Eu lembro — continuou. — Eu me lembro do momento exato. A minha lâmina estava contra o seu pescoço, assim como está agora contra o pescoço da sua amada. Se eu tivesse matado você naquela hora, tudo teria sido diferente. — Slade não estava usando o capacete, deixando o rosto exposto. Queria que Oliver o visse claramente no momento em que tirava a vida dela.

Oliver surgiu de trás de um aglomerado de canos que se esticavam do chão ao teto.

— Solte o arco, garoto. — Oliver continuou a avançar com a flecha preparada. Em resposta, Slade pressionou a lâmina contra o pescoço de Felicity. — Solta.

Oliver finalmente abaixou o arco e o colocou no chão. Por trás de Slade, um dos soldados trouxe Laurel, segurando-a com o braço pelo pescoço.

— É — Slade disse. — Inúmeras noites sonhando em tirar de você o que você tirou de mim.

— Você quer fazer isso matando a mulher que eu amo?

— É.

— Como você ama a Shado.

— É — Slade admitiu, apresentando uma vulnerabilidade que não lhe era comum. Ao escutar o nome dela, ele encarou a escuridão, vendo o vulto dela assistir àquela cena a apenas alguns metros de distância. O rosto dela estava bonito e inexpressivo.

— Você está vendo ela, não está? — Oliver implicou. A pergunta fez Slade entrar profundamente na própria memória, fazendo-o soltar Felicity, que caiu de joelhos em frente a ele. Slade manteve a lâmina posicionada contra o pescoço dela enquanto avançava em passos firmes e curtos, e Oliver continuou. — Bem, como é que ela é na sua loucura, Slade? O que é que ela fala pra você? Eu lembro que ela era bonita. Jovem. Gentil. — Olhou de forma intensa para o oponente. — Ela ficaria horrorizada com o que você fez em nome dela.

— O que eu fiz? — Slade respondeu, com uma intensidade crescente. — *O que eu fiz...* foi o que você não teve coragem de fazer. Lutar por ela! — Aproximou a lâmina de Felicity, que ainda estava à frente dele. — Então quando o corpo dela estiver estirado aos seus pés e a sua pele estiver molhada com o sangue dela, *aí você vai saber como eu me senti!*

— Eu já sei qual é essa sensação — Oliver disse. — Eu sei o que é sentir ódio e querer vingança, e agora eu sei qual é a sensação de ver o meu inimigo tão distraído que não vê que o perigo de verdade está bem na frente dele.

Enquanto Slade dava alguns passos, pensando que o perigo era Oliver, não notou Felicity se levantar vagarosamente, tirando uma seringa do bolso do casaco. Ela a pegou com firmeza, preparou-se e a cravou profundamente no pescoço de Slade.

Então ela correu.

Slade caiu de joelhos, sentindo instantaneamente a cura fazendo efeito no corpo, tirando suas forças. Enquanto começava a neutralizar o poder do soro, Slade observou Shado começar a desaparecer em meio à escuridão. Então ela sumiu.

Furioso e fazendo esforço contra os efeitos da cura, gritou para o soldado que estava segurando Laurel.

— Mate ela! — berrou.

Antes que o soldado pudesse fazer qualquer coisa, porém, Sara surgiu da parte de trás do prédio e atingiu o soldado com um dardo com a cura. Então Laurel se virou e o socou, primeiro com o punho direito, depois com o esquerdo. Ele caiu no chão de concreto provocando um barulho de algo se quebrando.

— Tira elas daqui! — Oliver gritou. Sara juntou Laurel e Felicity e as levou para onde estariam seguras, deixando-o sozinho com Slade.

Oliver pegou o arco.

Reunindo o que havia restado da sua força, Slade o atacou, lançando um golpe de cima para baixo com a espada que Oliver escorou com o arco. Ficaram dançando de um lado para o outro, trocando golpes. Embora estivesse enfraquecido, Slade estava furioso. Porém, estavam lutando de forma justa agora, e quando Slade o atacou, Oliver o repeliu com um chute no peito, fazendo o oponente bater de costas numa porta de vidro, que se estilhaçou.

Caindo no terraço do edifício e ainda segurando a espada, Slade se recuperou rapidamente e jogou Oliver no chão com um chute. Então levantou a espada acima da cabeça e a trouxe para baixo violentamente. De novo, Oliver bloqueou o golpe com o arco, depois se levantou e voltou à luta, chutando o torso de Slade.

Continuaram lutando no terraço, com o céu de Starling City por trás deles no horizonte e alguns focos de incêndio nas ruas abaixo.

— Não foi o mirakuru que me fez odiar você. — Slade golpeou com a espada, forçando o inimigo a se agachar e o deixando vulnerável a ataques. Aproveitou o momento de vantagem e pegou Oliver pela garganta. Enquanto apertava mais forte, estrangulando-o, o rugido de um jato chamou a atenção dele para o céu. Um drone enviado pela A.R.G.U.S. estava cortando o céu noturno em direção ao centro da cidade.

— O fim está próximo — Slade disse —, mas talvez eu seja piedoso o bastante pra deixar você viver e ver a sua cidade ardendo em chamas!

De repente, Oliver reuniu forças o bastante para dar um chute e se soltar de Slade. Os dois recuaram, movimentando-se em torno de um círculo e trocando socos e chutes. Oliver estava usando o arco como uma espada improvisada para enfrentar a lâmina de Slade; as armas formavam arcos em torno dos dois. Oliver acertou outro chute no torso de Slade e, embora a armadura o protegesse, foi lançado pelo ar para trás.

Balançando a cabeça para se recuperar, Slade avançou para atacar de novo, acertando um soco em cheio no rosto de Oliver. Eles se atracaram, depois jogaram um ao outro para trás, ambos exaustos e caindo no chão.

— Nós dois sabemos que isso só pode terminar de um jeito — Slade disse, esforçando-se para ficar de pé. — Pra me vencer, garoto, você vai ter que me matar. — Levantou-se usando toda a força de vontade que tinha, assim como Oliver. — Mas no momento em que você me matar, você vai provar uma coisa: que você *é* um assassino. — Após reunir forças, os dois avançaram um contra o outro de novo, chocando-se no centro do terraço. Com o impacto, foram empurrados para a beira do prédio e caíram no andar de baixo.

A luta deles havia ficado brutal, a fadiga havia transformado habilidade em um desespero primitivo. Os dois recuaram e jogaram todo o peso do corpo em cada ataque, infligindo golpes lentos e muito previsíveis. Oliver tentou aplicar um direto nele, mas Slade se agachou antes de receber o golpe e o ímpeto de Oliver o fez bater contra uma pilastra. Girando, Slade acertou um gancho de esquerda no rosto do oponente, que foi seguido lentamente por outro golpe, ambos provocando estampidos secos. Naquele ponto, todo o objetivo de Slade era causar o máximo possível de estragos.

Com o impulso a seu favor, avançou com pressa, esticando a lâmina na direção do peito de Oliver com a intenção de infligir o último golpe mortal. Quando estava a centímetros do alvo, Oliver reuniu as últimas energias que tinha e se defendeu do golpe com o arco, saindo do caminho com um giro. Bateu nas costas de Slade com o arco, deixando-o atordoado, depois rapidamente posicionou duas flechas ligadas por uma corda e as atirou.

Slade ficou preso à coluna, terminando a luta de uma forma abrupta.

Sem mais nenhuma energia, deixou-se cair contra a corda, que ficou apoiando todo o peso dele.

— Você pode me matar ou não — disse. — De qualquer forma, eu ganhei. — Então voltou a atenção para o horizonte, esperando pelo momento em que o drone liberasse a carga, vaporizando Oliver, ele e a cidade inteira. Mas Oliver o ignorou. Quase sem energias para sequer ficar em pé, encostou no fone de comunicação que estava usando, ligando para a A.R.G.U.S.

— Amanda, acabou — disse. — O Slade está preso, e o exército dele foi abatido. Cancele o drone. — Um silêncio pesado tomou conta da conversa enquanto esperava pela resposta. Slade sentiu os segundos passando um por um, contando-os com as batidas do coração e se perguntando se a sorte do garoto o salvaria de novo.

— Amanda, acabou! — gritou de novo.

Após mais alguns segundos de tensão, o rugido de um motor de jato cortou o silêncio. Olharam para cima enquanto o drone estava voltando, com a rota traçada para voltar à A.R.G.U.S.

Os dois inimigos se entreolharam por um longo momento, com a respiração pesada e visível no ar frio. Cinco anos haviam levado até aquele momento. A longa batalha entre os dois havia finalmente terminado. Oliver, porém, não parecia nada vitorioso.

— E agora, garoto?

Slade observou enquanto Oliver tirava uma flecha da aljava, posicionava-a no arco e atirava.

Então, como há muitos anos, o mundo ficou preto de novo.

26

Slade acordou sobressaltado.

— Onde é que eu estou?

A boca estava seca e a garganta áspera enquanto levantava o torso para ficar sentado. O corpo respondeu com uma lentidão que indicava que havia ficado inconsciente por um bom tempo. Desorientado, viu-se numa cama pequena no meio do que parecia ser uma cela. Três dos lados da prisão eram compostos por barras. Porém, a parede de trás era de pedra e o teto era baixo, como se fosse o interior de uma caverna. Não havia janelas, e a única luz do lugar, incômoda, irradiava de lâmpadas de halogênio no teto.

Virando-se, Slade encontrou Oliver Queen encarando-o através das barras. Estava sentado num banquinho virado para a cela, com o rosto ainda marcado pela batalha dos dois.

— Você está o mais longe possível do mundo — Oliver respondeu. — Num lugar onde você não pode machucar ninguém, nunca mais.

— Essa é a sua fraqueza, garoto. — Slade finalmente conseguiu encontrar as próprias pernas e se levantou, aproximando-se cambaleante e se apoiando nas barras da cela. — Você não tem coragem o bastante pra me matar.

— Não, eu tenho força o bastante pra deixar você vivo.

— Ah, você é um assassino — Slade disse, andando de um lado para o outro na cela e mantendo o olhar fixo sobre Oliver. — Eu sei disso. Eu criei você. Você já matou muitas pessoas.

— É, eu matei — Oliver respondeu. Havia uma calma estranha na voz dele. — Você me ajudou a me transformar num assassino quando eu precisava ser um, e hoje eu estou vivo por sua causa. Eu voltei pra casa por sua causa, e pude ver minha família de novo. Mas, ao longo do ano passado, eu precisei ser mais que isso. E eu vacilei. Mas então eu impedi você. Sem matar ninguém.

Oliver se levantou e se aproximou da cela de Slade.

— Você me ajudou a me tornar um herói, Slade. — Olhou para o prisioneiro nos olhos, com sinceridade. — Obrigado.

Slade parou por um momento, entendendo as palavras de Oliver. Sentiu a raiva queimar dentro de si de novo. Não provinda do mirakuru, mas das profundezas da própria alma.

— Você acha que eu não vou sair daqui? — Slade perguntou. — Você acha que eu não vou matar as pessoas que são importantes pra você?

Oliver abriu a porta para ir embora, revelando a insígnia da A.R.G.U.S. Aquela era uma prisão de segurança absoluta. Inescapável. Impenetrável. Sigilosa. Ele se virou para encarar Slade.

— Não, não acho — respondeu. — Porque você está no purgatório.

Slade observou enquanto ele fechava a porta por trás de si, fazendo o som ecoar pela cela espartana. Quando o silêncio tomou conta do lugar, percebeu que sabia exatamente onde Oliver havia escolhido para condená-lo ao exílio. Estava de volta ao lugar onde tudo havia começado. Abandonado em Lian Yu. Era um prisioneiro da ilha mais uma vez. Era uma sentença bem mais cruel que a morte.

Fervendo de raiva, Slade balançou as grades da cela...

— Eu cumpro as minhas promessas, garoto.

A voz dele ficou mais alta...

— *Eu cumpro as minhas promessas.*

Lembrando Oliver do que havia jurado...

— EU CUMPRO AS MINHAS PROMESSAS!